W0375804

Dieses Buch wäre nicht entstanden ohne zahlreiche Diskussionen mit vielen Freunden auf Wegen, Reisen und abendlichem Beisammensein. Sie haben mit unzähligen Ideen, kulturellen Weltansichten, Philosophien, professionellem Wissen und lebendigen Charakteren zu diesem Buch beigetragen. Deswegen gebührt ihnen allen mein besonderer Dank!

–

Für Stefanie Mehl, Michael Bannert, Thorben Bockwoldt und Lars Krüger

Vaneritas

In Wahrheit und Unwirklichkeit

Erster Teil der Geschichte:
Babylios

Science Fiction Roman von
Sven Wegner

2. Auflage

Erstmals publiziert durch Books on Demand, 2012.

Herstellung und Verlag:
BoD - Books on Demand, Norderstedt
ISBN 978-3-8482-5315-9

FSC
www.fsc.org
MIX
Papier aus verantwortungsvollen Quellen
Paper from responsible sources
FSC® C105338

Prolog

„The truth is rarely pure and never simple.“
Oscar Wilde.

Paris im Sommer 2010, Alexandra und Jerry, zweites Rendezvous, dritter Cocktail.
“Ich wünschte, ich könnte in die Zukunft sehen. Ich bin mir nämlich nicht sicher, ob das was mit uns beiden wird. Eine junge Virologin und ein zwölf Jahre älterer Philosoph. Das hört sich vielleicht im ersten Absatz eines Romans interessant an, doch hat die Realität der Menschheit bereits mehrfach bewiesen, dass das einfach nicht funktioniert. Ich muss dich darum fragen, warum du dich noch einmal mit mir triffst?”
Jerry Marzulan, ein beinahe vierzigjähriger Philosoph, war nervös. Während er sprach, bebte seine Stimme leicht, denn er fühlte sich unbehaglich. Die junge Frau, die ihm gegenüber saß, mochte ihn, und er knibbelte daher mit dem Finger an der Zuckerschicht auf seinem Cocktailglas. Er war nicht mehr ganz nüchtern aber auch noch nicht betrunken genug, um seine Hemmungen zu vergessen und Alexandra in die Augen zu sehen.
“Wer soll mir sonst etwas vom 'Wesen der Menschen' erzählen? Du weißt soviel, und ich brenne darauf, mich stundenlang mit dir zu unterhalten. Biologie ist mein Ein und Alles, und Philosophie ist mindestens fünfzig Prozent davon. Außerdem siehst du gut aus und bist ein Gentleman. Ich habe zu viele Idioten kennengelernt, die mich einfach nur flachlegen wollten.” Dieselbe Menge Alkohol wirkte bei Alexandra stärker enthemmend.
“Vielleicht ist eine platonische Beziehung das, wonach wir streben sollten”, meinte Jerry unsicher und sah ihr erwartungsvoll mit treuem Blick und zum ersten Mal an diesem Abend in die Augen.
“Ja, warum nicht. das wäre ein Anfang”, sie nahm einen weiteren Schluck von ihrem Cocktail und runzelte die Stirn. Beide schwiegen einige Sekunden. Alexandra war amüsiert, Jerry erleichtert. Um das unbehagliche Schweigen zu füllen, redete Jer-

ry irgendwann weiter: “Ich beneide dich nicht, Alexa. Es mag sein, dass ich ein Pessimist bin, doch aus meiner Perspektive betrachtet, hast du als Wissenschaftlerin einen schweren und nicht sehr erfolgreichen Weg vor dir. Ist dir aufgefallen, dass die geistige Elite Europas mit aller Macht vom Denken abgehalten wird? Wie sehr wir zu Sklaven der Bürokratie geworden sind? Die Wissenschaft hat nichts mehr mit neuen Ideen zu tun. Stattdessen wird jeder einzelne von uns zur Fließbandarbeit verurteilt. Weniger als fünf Prozent der Wissenschaftler können es sich leisten, ein Projekt zu beginnen, dass nicht innerhalb von drei Jahren einen Erfolg verspricht. In fünfzig Jahren werden wir dann bemerken, dass wir mit unserem Wissen hundert Jahre hinterher sind. Dann ertrinken wir in bunten Geschichten und didaktisch aufwendigen Märchen über halbherzige Erklärungsversuche, wie unsere Welt und das Leben darin wohl funktionieren könnte. Du Arme wächst in eine Gesellschaft hinein, die lieber altes Wissen konsumieren und neu umschreiben möchte, als neue Technologien zu entwickeln. Der Grund dafür ist denkbar einfach: Die Bürokratie hat kein download-Formular für Neuartiges. Und wir haben scheinbar unseren Biss und unsere Neugier verloren.”

Jerry bestellte die nächste Runde. Es fühlte sich gut an, endlich mal Dampf abzulassen.

“Das hört sich wirklich pessimistisch an. Warum denkst du das? Ich bin wahnsinnig neugierig.” Alexandra wollte auf den Biss eingehen, verkniff es sich aber, um Jerry nicht wieder zu verunsichern.

“Gute Frage. Die einfache Antwort ist, dass wir bequem geworden sind. Den meisten von uns fehlt Darwin’s evolutionärer Druck. Der Mensch strebt nach Essen, Trinken, Liebe und bequemer Unterhaltung. Und alles ist einfach zu haben. Die letzten hundert Jahre haben uns mehr gegeben, als wir erwarteten. Nach vielen Kriegen haben wir ein wirtschaftliches Gleichgewicht erreicht, dass die eine Hälfte der Welt ausbeutet und die andere fett werden lässt. Und jetzt erneuern wir hin und wieder das Design, ändern die Kollektion und den Markennamen und alle sind zufrieden.”

“Und die schwierige Antwort?”

“Evolution. Charles Darwin und sechs Milliarden Menschen. Es gibt Gründe, warum unsere Gesellschaft so ist, wie sie ist. Doch wie schon Oscar Wilde bemerkte: die Wahrheit ist niemals einfach und die Wirklichkeit kann man nicht in einem Satz beschreiben. Das konnten weder Hegel noch Kant und ich kann es erst recht nicht."
Jerry machte eine Pause. Er dachte kurz nach. Alexandra schaute ihn erwartungsvoll an. Er konnte ihren blauen Augen nicht widerstehen und musste einfach weiterreden: "Es ist nicht die ‘Schuld’ einer Person oder der böse Wille eines Diktators, die unsere Gesellschaft zu dem gemacht haben, was sie ist. Vielmehr ist es vielleicht die Summe aus allem, was uns verloren gegangen ist. Betrachte eine Statue, die aus einem Stein gehauen ist. In dem Stein ist jedes beliebige Motiv vorhanden. Interessant ist nicht, was du siehst, sondern was von dem Stein abgeschlagen wurde. So ähnlich sehe ich die Biologie des Menschen als Philosoph.”
“Und du denkst also, in unserer Gesellschaft ist zu viel abgeschlagen worden, um Ideen zu entwickeln, die uns verändern?”
“Absolut. Wissenschaftler benehmen sich heutzutage wie Sklaven der Bürokratie und des Kommerzes, um auch etwas vom süßen Nektar des Dolce Vita abzubekommen. Selbst wir sitzen in Paris und trinken Cocktails, anstatt uns gegen unsere Zoohaltung mit viel Futter und wenig Jagtinstinkt aufzulehnen.”
“Mmm, ja ja, sehr interessante Weltanschauung, Jerry", Alexa war nicht mehr ganz nüchtern, und gerade in diesem Moment hielt sie Jerry für einen alten, verbitterten Mann, der sich am liebsten im Schneckenhaus seines eigenen, kleinen Lebens verkrochen hätte anstatt zu rebellieren. Sie unternahm einen Versuch, das abzuwenden: "Ich kenne mich nicht so gut mit Hegel und Kant aus. Aber weißt du, was Albert Einstein und Isaac Assimov in den Wahnsinn getrieben hat?", fragte sie ihn um das Gespräch auf sicheren Boden zu lenken und den Philosophen aus seiner Verbitterung zu reißen.
"Zu viele mathematische Berechnungen?"
"Nein, das hat sie wahrscheinlich davor bewahrt schon viel früher verrückt zu werden, deswegen haben sie sich so viel damit beschäftigt. Sie beide waren Anhänger einer sehr deter-

ministischen Weltanschauung: Wenn man zum Zeitpunkt des Urknalls alle Eigenschaften, Faktoren, und Einflussgrößen jedes einzelnen Elements kennen würde, müsste es theoretisch möglich sein, den gesamten Verlauf der Existenz des Universums zu erklären. Das Beispiel kannst du als Philosoph auf jedes beliebige, sich verändernde System anwenden. Die Frage ist, ob man mit ausreichendem Wissen in die Zukunft blicken kann! Und die Antwort ist natürlich 'nein'. Was die Deterministen in den Wahnsinn treibt ist die Tatsache, dass es eine Kraft gibt, die für eine Balance zwischen Chaos und Ordnung, Zufall und Vorherbestimmtheit sorgt. Wir streben keinem perfekten, ewig währendem Zustand entgegen, und wir rennen doch ständig von dem Chaos davon. Du kannst diese Kraft Gott nennen, für andere ist es das Leben, und George Lucas nennt es die Macht. Hin oder her, was immer es ist, es existiert! Und ich werde nicht zulassen, dass es dich in eine mürrische, passive Verbitterung treibt. Ich habe dir nämlich etwas verschwiegen." Alexandra leerte den dritten Cocktail und schaute Jerry dann in die Augen. "Ist dir eigentlich aufgefallen, dass du feige bist?"

“Ich bin noch nie einem feigeren, verklemmteren und gehemmteren Menschen begegnet, wie mir selbst. Ich bin ein Philosoph. Was hast du mir verschwiegen?”

“Ich werde handeln. Ich habe ein Geheimnis. Es ist das Zünglein an der Waage zwischen Ordnung und Chaos. Ich werde das Denken der Menschen verändern, das der fetten Bürokraten, der nichtsnutzigen Kommerzsüchtigen und der überflüssigen Wissenschaftler. Ich werde sie zwingen zu evolutionieren. Ich werde die Geschichte der Menschen in ein Chaos stürzen, das so heftig ist, dass daraus vielleicht eine neue Ordnung entsteht. Vorausgesetzt, die Menschen haben die nötige Macht und den Überlebenswillen dazu!”

Alexandra gab Jerry unvermittelt einen Kuss. Anfangs musste ihre Zunge gegen den Widerstand der Überraschung ankämpfen, doch schließlich gelang ihr der Durchbruch und Philosophie und Biologie verschmolzen zu einer bissigen Mischung aus Verstand und Körperflüssigkeiten.

–

2974 Jahre später auf einem anderen Planeten. Jaime Castelli saß am Meer und beobachte die sanften Wellen, die gleichmäßig im Sonnenuntergang über die Oberfläche des Ozeans glitten und schließlich an dem felsigen Ufer zerschellten. In weiter Ferne ragte die Stadt Aden wie ein Riese der Zivilisation in die Höhe. Neben dem Mann saß sein Sohn, Vicente. Beide waren oft gemeinsam hier draußen, angelten, wanderten und unterhielten sich von Vater zu Sohn. Doch heute lag etwas anderes in der Luft. Vicente spürte das. Sein Vater war angespannter als sonst. Die Weite der Natur schien ihn nicht zu entspannen. Stattdessen schaute er immer wieder zum Himmel hinauf, als suche er etwas dort oben. Nach einiger Zeit des Schweigens begann Jaime zu reden. Er klang ernst.
“Vince, wir beide haben viele Abende hier draußen verbracht, und jedes Mal war ich überwältigt vom Anblick Adens. Dort leben zweihundertfünfzig Millionen Menschen. Sie gehen Tag für Tag ihrer Arbeit nachgehen, Bauen Wolkenkratzer, die über eintausend Meter in die Höhe ragen, und erschaffen eine Kultur, die einer so komplexen Ordnung folgt, dass kein einzelner Mensch sie begreifen oder verstehen kann. Seid ich in deinem Alter war, habe ich mir darüber Gedanken gemacht und doch nicht begriffen, was uns Menschen antreibt. Diese innere Kraft, etwas aufzubauen und nach Zufriedenheit zu suchen... und gleichzeitig wie die Lämmer einem Hirten nachzulaufen. Ich habe niemals verstanden, wie man in einer gigantischen Metropole wie Aden City sein Glück finden kann. Sie forschen, erbauen und amüsieren sich, ohne einen Gedanken über ihr Schicksal zu verlieren. Vielleicht sind sie die wahrhaft Glücklichen. Vielleicht sind es die kleinen Probleme, die sie Tag für Tag lösen, und die ihnen wie wertvolle Schritte ihres Lebens erscheinen und es bereichern. Aber vielleicht sind es auch nur hirnlose Hüllen, die einst Menschen waren, und ihre Freiheit für eine Droge eingetauscht haben, die sie Zivilisation nennen. Ich kenne die Antwort nicht, ich weiß nicht, welcher Lebensweg der richtige ist, und ich kenne niemanden, der mir eine Antwort auf diese Frage geben kann. Aber ich weiß, dass dein Lebensweg ein anderer sein wird, als der der meisten Men-

schen dort. Wir gehören nicht zu denen da oben im großen A-den, wir sind einfache Leute. Und darum ist die Verantwortung über dein Leben nicht in jeder Lebenslage nur ein Geschenk. Bei allem, was du bisher weißt, solltest du niemals vergessen, dass diese Verantwortung für dich selbst eine große und schwierige ist. Vielleicht ist es die größte Verantwortung, die ein Mensch jemals besitzen kann. Es ist ein hartes Schicksal und ein Leben der Entbehrungen, das dir bevorsteht. Viele Jahre haben wir dich und deine Schwester aufgezogen. Ihr beide sprecht mehrere Sprachen und wisst alles, was man braucht, um in der Welt dort drinnen überleben zu können. Jetzt jedoch ändert sich etwas. Von nun an, werdet ihr von euren Meistern auserwählt. Vince, morgen wirst du mit deiner Schwester eine Reise beginnen und dann hoffentlich einem Menschen begegnen, der dir mehr beibringen kann als ich. Er wird dich in eine andere Gesellschaft einführen, die du bisher noch nicht kennst. Und du wirst ihm vertrauen müssen, wie du bisher nur deiner Familie vertraut hast. Ich kann dir keine immer gültige Weisheit oder den absolut wahren Ratschlag mit auf den Weg geben. Doch eines möchte ich dir trotzdem sagen, denn ich halte es für wichtig: Bei allem, was du tust, lernst und wem immer du begegnest: Vergiss niemals deine Familie. Wir sind deine Eltern, und der Sinn unseres Lebens ist es, dass es dir und Neverdy gut gehen wird - besser als uns. Und darum sind wir die einzigen Menschen, denen du bis aufs Blut vertrauen kannst. Niemand sonst wird dich jemals so sehr lieben wie wir. Und vergiss niemals deine Schwester. Sie gehört immer zu dir. Sie ist der Sinn unseres Lebens, mein Sohn. Ohne Neverdy wird es leer! Egal, was dir in deinem Leben passiert, vergiss das niemals!"

Der Vater sah seinen Sohn lange an. Vicente nickte und sie umarmten sich mit Tränen in den Augen. Es war der größte Abschied, den sie jemals erlebt hatten.

–

"Neverdy, wach auf." Vicente streichelte seiner Schwester über die Wange. Das fünfzehnjährige Mädchen lag auf einem schäbigen Hotelbett. Der Junge beobachtete sie und erkannte, wie

verletzlich und unschuldig sie war. Vicente würde jederzeit und ohne zu zögern sein Leben für seine Schwester geben. Allein seine Liebe zu ihr hatte ihn diese beschwerliche Reise durchstehen lassen.
“Wir haben es geschafft”, sagte er leise und euphorisch. Als Neverdy verschlafenen die Augen öffnete, lächelte er und gab ihr einen Kuss auf die Stirn.
“Wir haben Aden City erreicht und sie sind nicht mehr hinter uns her!”
Die ganze Nacht waren sie unterwegs gewesen, immer auf der Flucht vor den Sicherheitsmännern des Adelshauses Leocathor, das Aden City regierte. Sie wurden erbarmungslos verfolgt, jeder Gullydeckel war bewacht gewesen, an jedem Bahnhof warteten Söldner und Leocathoragenten. Als Kinder aus einer armen Familie war es ihnen unter Todesstrafe verboten, sich frei in der Stadt des Lichtes zu bewegen, wie Aden City umgangssprachlich genannt wurde. Sie beide waren sich bewusst darüber, dass ihre Flucht von Zuhause ein lebensgefährliches Abenteuer war und dass ab diesem Punkt kein Weg mehr zurück zu ihren Eltern führte. Von nun an waren sie ihre eigenen Herren, brauchten sich nicht mehr wie die Sklaven vor den Reichen zu bücken, mussten aber auch Verantwortung für ihr eigenes Leben übernehmen.
“Schwesterherz, ich habe wie geplant das Geld bekommen! Schau, diese Kette habe ich nicht einlösen wollen! Du sollst sie als Andenken an Mutter und Vater bei dir tragen!” Vicente holte eine silberne Kette aus der Tasche seiner Jacke hervor. Vorsichtig legte er sie um den Hals seiner Schwester und schloss sie. Danach gab er ihr einen Kuss auf die Stirn. Sie war seine kleine Schwester, und würde es ihr ganzes Leben lang bleiben.

–

Des Sommers Samt, er glitt so seicht
Die Unschuld brach, langsam und leicht.
Geleitet nur von Deiner Hand,
Sie aus meinem Geist verschwand…

Zehn Jahre waren vergangen. Ein Hochzeitsfest stand an. Es

fand auf dem großen Dach eines der höchsten Gebäude im Diplomatenkomplex von Aden City statt. In der Mittagssonne spielten die Kinder mit Spielzeugrobotern, -raketen und Liteboards. Sie tobten, kreischten und lachten. Unter einem Pavillon diskutieren einige Männer gestikulierend und leidenschaftlich über Geschäfte, Liebe und Macht. Am Buffet sorgten hübsche Frauen für Nachschub an Kuchen, belegten Brötchen und Bowle, von der jeder sich gern noch einmal einen Becher nahm. Der Tag würde lang werden und ebenso die Nacht. Die Hochzeitsgemeinschaft würde bis ans Ende ihrer Kräfte feiern. Baron Ramirez Valeo, ein gut aussehender, dunkelhaariger Mann Ende zwanzig, hatte den gesamten Hofstaat seines Adelshauses eingeladen. Man hätte meinen können, das gesamte Haus Valeo hätte sich die Ehre gegeben, zur Hochzeit von Ramirez und Neverdy Castelli zu reisen. Sie alle waren das Publikum und die Zeugen, die den Bund der Ehe versiegeln würden. Neverdy hatte nur sehr wenige Menschen, die diese größte Stunde mit ihr teilen würden. Eigentlich nur einen einzigen: ihren Bruder, Vicente. Ausgerechnet dieser schien jedoch nicht im Geringsten an den Geschäften der Männer, dem Spiel der Kinder und der Schönheit der Frauen interessiert zu sein. Er stand am Rande des riesigen Daches und sah hinab auf die tiefer liegenden Dächer der Stadt. Sie erstreckten sich zweihundert Meter unter ihm. Es war viel los hier im Diplomatenkomplex. Überall schwebten die Gleiter von einem Hochhaus zum nächsten. Der Erdboden war so weit entfernt, dass er vor lauter Verkehr auf den acht Straßenebenen kaum zu erkennen war. Ab und zu hielt ein weiterer Gleiter an der Anlegebucht der Dachterrasse. Weitere Hochzeitsgäste stiegen aus und gesellten sich hinzu. Vicente beobachtete. Gelegentlich trank er einen kleinen Schluck von seinem Wasser. Außerdem fragte er sich in jeder einzelnen Sekunde, warum diese riesige Familie nicht einen Hauch von Interesse daran hatte, aus welcher Familie die Braut stammte. Schließlich würde sie durch die Hochzeit in den Rang einer Adligen treten. Niemand sprach mit ihm. Niemand wusste, wer er war. Gelegentlich tauschte er ein kurzes Lächeln mit seiner Schwester aus. Doch das Lächeln war falsch, denn irgendetwas war hier faul, Vicente spürte das.

Es war in der frühen Nachmittagsstunde, als alle Gäste zusammengekommen waren und die Hochzeitszeremonie begann. Neverdy schritt mit pochendem Herzen an der Seite ihres Bruders zum Altar. Sie trug ein unbezahlbar teures Kleid aus weißer Seide. Der Saum war mit Edelsteinen besetzt und niemals zuvor in ihrem Leben hatte sie ein so kostbares Kleidungsstück besessen. Sie sah aus wie ein Engel, obwohl Vicente wusste, dass ihr dazu die nötige Unschuld eindeutig fehlte. Er liebte seine Schwester. Mit ihr hatte er die schwierigste Zeit seines Lebens durchstanden. Sie beide verband mehr als nur das Blut von Geschwistern. Sie beide hätten jederzeit das Leben füreinander gegeben.
“Ich habe Angst dich zu verlieren, Neverdy! Lieber würde ich sterben”, flüsterte er seiner Schwester ins Ohr. Dann lies er ihre Hand los, um sie an Ramirez abzugeben. An der Seite des Barons trat Neverdy vor den Priester. Die Zeremonie begann.
Vicente hörte die Stimme des Priesters. Sie wurde immer leiser, denn Schritt für Schritt zog sich sein Geist zurück. Er begab sich auf eine Reise durch die gemeinsame Kindheit, durch alles, was er und Neverdy durchlebt hatten. Die Tränen und Freuden, das Spielen auf dem ärmlichen Anwesen ihrer Eltern, der gemeinsame Auszug von zu Hause in die große Stadt, die Todesängste dort… Vicente war so fern in Gedanken, dass er das “Ja” aus dem Mund seiner Schwester kaum noch verstanden hatte. Erst als sie ihn unauffällig anstubste, erwachte er wieder aus seiner Tagträumerei. Schnell reichte er seiner Schwester den Ehering. Neverdy steckte ihn ihrem zukünftigen Ehemann langsam auf den Finger. Alle Anwesenden beobachteten die Geste mit Freude und Freudentränen in den Augen. Gerade wollte Ramirez Neverdy ihren Ring an den Finger stecken, als er eine heftige Übelkeit verspürte. Es ging alles wahnsinnig schnell. Ramirez konnte das Raunen der Gäste hören, als ihn die Kraft verließ. Wenige Sekunden später stürzte er kopfüber in Neverdy’s Arme. Entsetzt blickte sie ihn an.
“Ramirez, was ist los?”
Menschen waren herbeigestürmt, um den Baron aus der Ohnmacht wieder zu Sinnen zu bringen. Es wurde nach einem Arzt gerufen und Wasser herbeigeholt. Neverdy war zwar benom-

men, doch sie bemerkte, dass um sie herum etwas nicht stimmte. Die Menschen begannen plötzlich panisch zu werden. Einige standen wieder auf und liefen dann ziellos umher. Sie rauften sich die Haare, begannen zu schreien und zu weinen und steckten alle um sich herum mit der Panik an. Neverdy wollte gerade aufblicken, als sie einen Schwall Blut bemerkte, der aus Ramirez Mund und Nase über das kostbare Kleid spritzte. Es ging alles so schnell, sie konnte keinen klaren Gedanken fassen!

Die Unruhe verschlimmerte sich weiter. Einige Männer begannen sich zu prügeln, die Kinder liefen schreiend davon. In Neverdy's Kopf drehte sich alles. Was passierte hier? Fassungslos wandte sie sich zu Vicente. Er machte einige Schritte rückwärts und nahm langsam die Hände hoch.

“Ich kann nicht, Neverdy. Ich kann es nicht zulassen”, stotterte er vor sich hin und schüttelte dabei den Kopf. Neverdy begann zu begreifen. Er hatte diese Massenhysterie zu verantworten. Er war für dies alles verantwortlich. Sie wollte etwas sagen, doch ihre Stimme ließ nur ein lautes Schreien zu. Tränen der Wut traten ihr in die Augen, und um sie herum wurde die Welt in ein mattes Grau getaucht. Die Adligen des Hauses Valeo hatten in ihrer Panik bereits ihre Waffen gezogen. Sie bedrohten jeden, der sich ihnen näherte. Die Todesängste wurden immer intensiver, beinahe, als würden sie von Dämonen verfolgt. Ziellos irrten viele der Männer durch das Chaos. Einige stürzten sich in ihrer Ratlosigkeit und Panik über den Balkon in die Tiefe. Andere begannen laut zu schreien. Irgendwann fielen die ersten Schüsse und Menschen gingen blutend zu Boden. Die Kinder hielten sich schreiend vor Angst die Hände vor die Augen.

Neverdy kniete noch immer neben Ramirez. Sie erblickte eine Laserwaffe, die der Baron an seiner Seite trug. Hass begann ihr Herz zu durchfluten. Es war ein unendlicher Hass auf ihren Bruder. Er hatte den Menschen getötet, den sie geliebt hatte. Vicente erkannte ihre versteinerte Miene, die Ohnmacht, in der sie zu allem fähig war. Er drehte sich um und rannte. Neverdy zog die Laserwaffe aus Ramirez' Halfter. In Wut und Hass zielte sie auf ihren Bruder und schoss.... Vicente war bereits im

Sprung. Er sprang von dem Rand der Dachterrasse, um auf einem Gleiter zu landen, der etwas unterhalb in der Luft schwebend auf ihn wartete. Doch er war zu langsam. Neverdy's Schuss traf ihn. Unsanft wie ein Sandsack landete er auf dem Rücksitz des Gleiters. Sofort setzte der Fahrer ihn in Bewegung und Vinzenz verschwand im Verkehrschaos der riesigen Stadt. Neverdy blieb allein zwischen den panischen Menschen zurück, die durch die Drogen vergiftet waren und sich in den Tod stürzten oder gegenseitig umbrachten.
Vor ihr lag Ramirez, im Todeskampf verkrampft und von seinem eigenen Blut überströmt. Weinend betete sie und schwor sich bittere Rache an ihrem Bruder, bevor sie irgendwann selbst vor Erschöpfung zusammensackte.

–

Wenige Monate später. Die Raumstation Luna III kreiste um den Asteroiden Port Newham im Adensystem. Die gigantischen Ausmaße des Kolosses aus Metall, Lichtern und Technik ließen den Besucher den Atem anhalten, wenn er sich in einem kleinen Shuttle dieser 'Stadt im All' näherte. An Bord der Luna III waren zehntausende Menschen, unter ihnen Händler, Söldner, Ingenieure, Vertreter der Adelshäuser und der Kirchenorden. Sie alle tummelten sich, suchten nach dem großen Glück, gut bezahlten Aufträgen oder seltenen Gegenständen. Die Luna III kreiste um einen Asteroiden, der die Station in Größe noch einmal um das zehntausendfache übertraf. Dort unten befand sich die Bergbaustation Port Newham, wonach der gesamte Asteroid benannt war. Von den grün bewachsenen Biosphärendecks der Luna III konnte man hinabschauen auf den riesigen Fels. In seinem Inneren wurden Erze abgebaut; immer wieder entdeckte man Goldadern und immer wieder wurden Menschen dorthin gebracht, die für einen guten Lohn in Raumanzügen in die kalten Tiefen des Fels hinab stiegen, um den Wohlstand hier oben und in weiten Gebieten des Universums aufrecht zu erhalten.
Die Bergbaustation selbst war in den Felsen hinein gebaut. Unter großem Aufwand versuchte man im Inneren das Leben trotz der widrigen Umstände angenehm zu gestalten. Hinter den

Fensterfronten war die Atemluft sauber und angenehm. Große Generatoren hielten ein Gravitationsfeld aufrecht. Das Zentrum der Station bildete eine große Halle, in der sich Bars, Restaurants, Geschäfte und Freizeitzentren befanden. Von hier aus führten Wege zu den Wohneinheiten, Handelskontoren und öffentlichen Einrichtungen. Doch trotz dieser Annehmlichkeiten zog es außer den Arbeitern und ihren Familien nicht viele Menschen nach Port Newham. In den Köpfen der meisten blieb es ein Felsen, weit draußen am Rande des Universums. Und alle vierzehn Stunden tauchte die Luna III für wenige Stunden aus der Schwärze auf. Wer genügend Geld hatte, wohnte dort und kam nur für seine Geschäfte mit einem Shuttle hierher.
Eines der reizvollsten Geschäfte war das Javum, ein äußerst seltenes Metall und gleichzeitig das härteste bekannte Material überhaupt. Härter als Diamant und äußerst schwierig zu verarbeiten. Viele Sagen rankten sich um diesen mysteriösen Stoff. Sie reichten von magischen Fähigkeiten bis zu seltsamen Krankheiten, die dadurch ausgelöst wurden. Der private Besitz des Metalls war fast überall im Universum verboten. Polizei und Inquisition verhafteten und verhörten jeden, der Javum mit sich führte.
Trotzdem oder gerade deshalb gab es haufenweise Bergleute und Schmuggler, die immer wieder unter Einsatz ihres Lebens Javum an den Behörden auf der Luna III vorbei schmuggelten, um es auf den reichen Planeten Acromia, Babylios oder Aden teuer zu verkaufen. Inoffiziell hatten diese Schmuggler viele Verbündete. Fast jeder war daran interessiert, eines Tages wenige Gramm dieses Materials sein Eigen nennen zu dürfen.
Ab und zu kamen einige Bauarbeiter von Port Newham zurück auf die Raumstation und berichteten von ihren Erlebnissen. Es hieß, dass ein Mensch dort unten nur wenige Wochen überleben könne, ohne verrückt zu werden. Einige Stimmen behaupteten, Port Newham wolle seine Schätze bewachen und dies sei der Preis, den man für das seltene Erz bezahlen müsse.
Karl Vincent Meridon, einer der wenigen Ärzte auf Port Newham, saß an einem Tisch in einer kleinen Notfallstation am Rande der großen Halle. Der junge, schwarzhaarige Mann trug einen ungebügelten, weißen Kittel und darunter die Militäruni-

form des Adelshauses Medici. Er war unrasiert und übermüdet. In den vergangenen Tagen gab es zu viel zu tun, und er hatte nur wenig geschlafen. Auf dem Tisch vor ihm stand ein kleiner Computer. Auf dem Bildschirm beobachtete er eine chemische Reaktion: In der Reaktionskammer, die sich in dem Computer befand und die Größe einer Streichholzschachtel hatte, lagerten sich nach einem festen Schema einige Chemikalien zusammen, die er für seine Apotheke benötigte. Die Vorräte an Medikamenten wurden hier draußen häufig knapp, so dass er gelegentlich einige Pharmaka selbst herstellen musste. Normalerweise hasste er diese Arbeit, denn sie war langweilig, dauerte ewig und war nicht immer erfolgreich. Diesmal jedoch beobachtete er eine besondere Synthese: Die fertigen Moleküle hatten die Eigenschaft - einmal in den Körper aufgenommen - den Weg in die Tiefen des menschlichen Gehirns zu finden und sich dort an molekulare Rezeptoren anzulagern. Diese Rezeptoren waren für die Entstehung von Gefühlen verantwortlich. Für denjenigen, der die fertige Substanz zu sich nahm, würden die folgenden zwölf Stunden von ungeheurer emotionaler Bedeutung. Die Wirkung reichte von großer Todesangst bis zu unsterblicher Liebe. Karl Vincent mochte diese mächtige Substanz. Je nach Verwendungszweck konnte er verschiedene Drogen hinzugeben und auf gewisse Weise den Willen einiger Menschen damit manipulieren.

Während er auf das fertige Produkt wartete, beobachtete er die Moleküle auf dem Bildschirm. Sie trugen freie Valenzen, ließen Verknüpfungen mit anderen Atomverbindungen zu und lösten sich wieder, um im molekularen Tanz mit besser geeigneten Partnern fester noch als zuvor zu verschmelzen und auf anderem Energieniveau als eine neue Stofflichkeit in ihrem eigenen molekularen Kosmos weiter zu existieren. Ihm ging die Ähnlichkeit zu den menschlichen Eigenheiten und ihrem Bindungsverhalten durch den Kopf, und er fragte sich, ob wohl alle Materie und alles Leben nur einem möglichst stabilen und stressfreien Zustand entgegen strebte und sich deshalb die Moleküle mit so viel Reaktionshitze immer neue Partner suchten.

Schließlich stoppte er die Reaktion an einem bestimmten Punkt, denn sonst wäre ihm die ganze Reaktionskammer mit

einer kleinen Explosion um die Ohren geflogen. Außerdem war die Synthese nun abgeschlossen. Das Resultat waren wenige Milliliter einer grünlichen, wohlriechenden Flüssigkeit, die er behutsam in bereitgestellte Phiolen füllte.
Die Arbeit hatte noch einen weiteren Zweck: sie lenkte ihn von diesem schrecklichen Ort ab. Hier unten auf Port Newham gab es nichts, was ihn irgendwie an einen stabilen, stressfreien Zustand erinnerte! Es war das Ende des Alls. Selbst Nachrichten erreichten die Bergbaustation nur äußerst selten. Und trotzdem gab es einen Grund, warum Karl Vincent hier war: Der Vertrag mit der Universität von Aden City. Zwei Jahre Dienst als Arzt auf der Bergbaustation Port Newham war der Preis dafür, dass er an der Eliteuniversität auf Aden studieren durfte. Ein hoher Preis, wie er schon nach den ersten fünf Wochen Tag für Tag feststellen musste.
Während er noch mit der neu hergestellten Substanz beschäftigt war, hörte er draußen laute Stimmen. Sie kündigten an, dass etwas vorgefallen war und man ihn bald brauchen würde. Kurz darauf eilte eine junge, schwarzhaarige Frau hektisch in den Untersuchungsraum. Sie wirkte angespannt und gestikulierte vor seinem Gesicht mit Armen und Händen, während sie nach Atem rang. Als sie gerade so weit war, ein Wort zu sprechen, sprang Karl Vincent auf, denn zwei Bergarbeiter kamen in den Raum. Sie trugen einen ihrer Kumpel auf einer Liege und stellten diese vor seinen Füßen ab. Der Verletzte steckte noch in dem dreckigen und stinkendem Raumanzug, den die Bergarbeiter in den kalten Tiefen des Asteroiden trugen. Karl Vincent schaute den Patienten an. Er war nicht der erste, den die Männer in diesem Zustand zu ihm brachten. In den vergangenen Tagen hatte es mehrere Vorfälle dieser Art gegeben. Dieser Mann war Mitte dreißig, hatte einige Zahnlücken und seine Augen waren weit aufgerissen. Die Pupillen bestanden nur aus einem roten Venennetz, dahinter herrschte dunkle Schwärze. Er war ein Nachtsichtiger, ein Bergarbeiter mit einer seltenen Augenkrankheit. Menschen wie er fürchteten das Licht und bevorzugten es, in den dunklen Gängen des Stollens zu arbeiten, um nicht geblendet zu werden. Diesen Mann hatten die Kumpel hierher gebracht, weil er plötzlich am ganzen Körper zuckte

und zu krampfen begann.
Karl Vincent untersuchte ihn, während die beiden anderen erklärten, wie plötzlich alles angefangen hatte und ihr Kumpel bewusstlos zu Boden gegangen war. Der Arzt hörte ihnen mit einem Ohr zu und legte dem Patienten eine Kanüle in den Arm. Als er wieder aufsah, fiel ihm die junge Frau auf. Sie war bei dem Anblick etwas blass geworden. Offensichtlich war sie weder Krankheiten, diese Menschen, noch das Leben auf Port Newham gewohnt. Plötzlich begann der Arbeiter wieder zu krampfen. Sein Gesicht verzerrte sich zu einem Ausdruck zwischen Grinsen und Angst, und er brachte nur noch ein Röcheln hervor - ein leises, wimmerndes Gestotter, das mehr an ein Tier erinnerte, als an einen Menschen. Karl Vincent zog schnell eine Spritze auf und drückte ihm den Inhalt in die Vene. Wenige Sekunden später ließ der Krampf ein wenig nach. Der Mann schnappte nach Luft und schien zu sich zu kommen. Sein Blick wanderte von Karl Vincent über seine Kumpel zu der jungen Frau. Leise und langsam begann er zu sprechen: “Seid Ihr die Baronin Crystal Valeo, nicht wahr?”
Die junge Frau nickte. Sie war offensichtlich überrascht, dass er ihren Namen kannte. Er packte sie am Handgelenk und zog sie ein wenig zu sich heran. “Escalon! Sagt Eurem Vater, er muss nach Escalon. Er darf nicht hierher kommen, es ist zu gefährlich!”
Dann stockte dem Mann der Atem. Er verlor das Bewusstsein und krampfte wieder. Dabei übergab er sich dann auf die Liege. Karl Vincent gab ihm eine weitere Spritze. Die junge Frau namens Crystal wich einen Schritt zurück. Sie starrte abwechselnd den Arbeiter und den jungen Arzt an.
“Tun sie doch was”, bat sie ihn mit hilflosem Ton und weinte dabei.
“Ich tue alles, was in meiner Macht steht”, sagte Karl Vincent kühl, ohne ihr weitere Beachtung zu schenken. Crystal begriff, dass er diese Krankheit nicht zum ersten Mal sah. Er war ernst und konzentriert während er versuchte zu helfen. Sie konnte die Situation nicht länger ertragen. Der Gestank des Erbrochenen und die Schreie des Krampanfalls waren zu viel für sie. Hals über Kopf verließ sie den Raum und rannte ein paar Schritte

die lange Fensterfront der großen Halle zu. Schließlich blieb sie stehen und atmete einige Male tief durch. Es dauerte einige Minuten, bis sie die Fassung wiedererlangte und durch die Fenster ins All blickte. Dort war nichts anderes als Schwärze. Während der Arzt hinter der verschlossenen Tür um das Leben seines Patienten kämpfte, wurde ihr bewusst, dass nichts von der Schönheit, die das Universum bereit hielt, für diesen Felsbrocken aufgehoben worden war. Sie fragte sich, warum sie bloß gerade hierher gekommen war. Zwei Monate waren vergangen, seit sie mit dem Shuttle Port Newham erreicht hatte - diesen elenden Ort ohne Rückkehr. Sie kam von Icon, einem Planeten mit weiten Wäldern und Tälern. Sie kannte die grünen Wiesen, den erfrischenden Regen und die Lagunen, in denen man im warmen Wasser baden konnte, und wo im frischen Duft des Frühlings die Vögel sagen. Ohne es kontrollieren zu können rannen ihr bei den Gedanken an ihre Heimat die Tränen über die Wangen. Was war der Grund? Warum zeigte sich das Leben von dieser Seite und erschlug sie dann mit diesen Qualen? Was wollte Gott ihr bloß mit dieser Prüfung zeigen? Wann würde ihr Vater sie endlich von diesem elenden Flecken wieder zurück nach Hause holen?

Plötzlich drang ein lauter Schrei aus dem Notfallraum und endete abrupt. Unwillkürlich zuckte sie zusammen. Wahrscheinlich hatte der Arzt dem Mann einen Stromschlag verpasst, der ihn entweder umbrachte oder wieder zurück ins Leben holte.

Nach einer ganzen Weile kam Karl Vincent aus dem Behandlungszimmer. Er wirkte müde und abgespannt. Crystal erkannte an seinem Blick, dass er seinen Patienten verloren hatte, als er sich neben sie auf die Bank setzte.

“Ich konnte nichts mehr für ihn tun”, sagte er, als sei er für den Tod des Bergarbeiters selbst verantwortlich gewesen. Crystal nickte, und wie von der Wirklichkeit eingeholt, hielt sie in ihrer Melancholie inne und wischte sich die Tränen aus den Augen.

“Woher kannte er meinen Namen?”, fragte sie und sah den Arzt an. Er zuckte mit den Schultern.

“Wenn ich doch nur auf eine der Fragen, die sich mir hier stellen, eine Antwort hätte! Ich bin seit fünf Wochen hier, und

seitdem sind acht Männer gestorben. Und ich habe keine Ahnung woran und warum. Sie scheinen eine Art Krampfanfall zu bekommen, und keines meiner Medikamente ist stark genug, ihn zu durchbrechen. Der Mann eben hat wesentlich länger durchgehalten als alle anderen. Vier von ihnen waren schon tot, als sie das Behandlungszimmer erreichten", sagte er und sein Blick wirkte noch müder. Er stand auf und ging langsam an eine der Bars in der großen Halle, um sich einen Whisky zu bestellen. Von der Bar aus sah er zu der jungen Frau herüber, die vor dem Fenster saß. Plötzlich flackerte hinter ihr im All das Energieschild auf, das die Bergbaustation Port Newham umgab. Alle paar Stunden schlugen kleine Felsbrocken ein und zerschellten an dieser Kuppel. Sie ersetzte hier draußen den Schutz, den normalerweise eine Atmosphäre bot. Bisher hatte er immer gedacht, das Schild würde sie nur schützen, doch in diesem Moment kam ihm zum ersten Mal der Gedanke, dass auch niemand, selbst wenn er in Besitz eines Raumschiffs wäre, ohne Erlaubnis die Station verlassen konnte!
Draußen im Schatten kreiste die Luna III um Port Newham und wachte sehr sorgfältig über alles, was hier unten vor sich ging. Mit einem Mal wurde es Vincent eng im Hals. Sein Gefühl sagte ihm, dass es an der Zeit war, Port Newham trotz des Abkommens mit der Universität zu verlassen. Zu diesem Gefühl trugen auch die letzten Worte des Bergbauarbeiters bei. Es gab anscheinend keine Erklärung dafür, dass er den Namen der Baroness kannte, noch bestand eine offensichtliche Verbindung zwischen ihnen. In welches Geheimnis war Crystal Valeo also verwickelt? Es musste etwas mit Port Newham und Escalon zu tun haben. Und eben diese Geheimnisse waren der Grund, warum er, Vincent, ebenfalls hier war.
Während er auf seinen Whisky wartete und die junge, hübsche Baroness vom Planeten Icon betrachtete, freundete er sich immer mehr mit dem Gedanken an, dieser Spur auf den Grund zu gehen. Was oder wo in Gottes Namen war ‚Escalon'? Den Namen hatte er noch nie gehört, und es war die erste richtig ernstzunehmende Information in den vergangenen fünf Wochen. In Gedanken schmiedete er einen Plan, der ihn Crystal näher brachte und damit hoffentlich auch dem Geheimnis um

Port Newham. Einige Minuten später ging der Arzt mit seinem Whisky und einem weiteren Drink zu Crystal zurück.
“Was treibt eine so hübsche junge Dame, die dazu noch Baroness eines bedeutenden Adelshauses ist, nach Port Newham?”, fragte er und drückte ihr den Drink in die Hand. “Ich meine, dies ist kein Ort, an den es jemanden zieht, der auf einem grünen Planeten ein schönes Leben genießen könnte.”
Crystal sah ihn ernst an.
“Dasselbe könnte ich Euch auch fragen. Seid Ihr ein so schlechter Arzt, dass man Euch hierher strafversetzt hat?”
Karl Vincent hob die Augenbrauen. Diese Frage war herausfordernd.
“Nicht jeder hat das Glück, in eine Familie des Adelsstands geboren zu werden. Ich zahle meinen Tribut für ein Studium an der Universität von Aden.”
“Und Ihr wollt damit sagen, Ihr gehört zu den Besten, obwohl Ihr es Euch nicht leisten könnt?!” Crystal schaute zu Boden und lächelte über ihren eigenen Sarkasmus, denn sie wusste, dass sie den jungen Mann ertappt hatte.
“Wie heißt Ihr eigentlich, kluger, junger Mann?”
“Karl Vincent Meridon. Aber meine Freunde nennen mich einfach nur Vince. Sollten wir nicht einfach ‘Du’ sagen, Fräulein Baroness?”
Er hielt ihr frech schmunzelnd die Hand entgegen, und sie galt nicht nur dem Kennenlernen, sondern auch als Freundschaftsangebot. Crystal nahm an.
“Meinen Namen kennst du ja bereits. Ich bin Historikerin. Und ich möchte herausfinden, was an den Sagen und Legenden dran ist, die man sich über Port Newham erzählt. Vielleicht ist der Zusammenhang zwischen Glaube und Legenden stärker, als wir es bisher angenommen haben. Ich meine, was können wir schon über das Universum sagen, wenn wir nicht einmal wissen, welche Geister dort unten in diesem Felsen sitzen? Ich könnte nicht in Wohlstand und Überfluss leben, solange ich nicht weiß, ob ich an das Richtige glaube und im Sinne Gottes handle.”
Der Arzt nickte und leerte seinen Whisky.
“Du gehörst zum Adelshaus der Valeo”, meinte er vorwurfs-

voll. “Es fällt nicht schwer, das Leben der Wissenschaft zu opfern, wenn man jederzeit wieder in den Wohlstand zurückkehren kann.”
“Das stimmt. Aber ich tue es, weil unser Glück die Liebe zu unseren Kindern ist und eben nicht das Geld”, sagte sie nachdrücklich. Sie wurde bei ihrer Arbeit oft kritisiert und kannte die Argumente zu gut “alles nur aus Langeweile oder schlechtem Gewissen gegenüber Ärmeren”. Warum konnten diese Leute nicht einsehen, dass das Recht, sich über das Leben Gedanken zu machen, ihr genauso galt wie allen anderen Menschen?
“Glück existiert leider nur solange du ihm hinterher läufst. In dem Moment, in dem du es in der Hand hältst, löst es sich wie eine Seifenblase auf. Das ist die größte Erfahrung, die ich mit dem Glück gemacht habe”, sagte Vincent und schaute in sein leeres Glas. Er dachte noch immer an den Mann, der eben gestorben war.
Sie beide schwiegen eine Weile und beobachteten die kleinen Meteoriten, die immer wieder wie Sternschnuppen in dem Energieschild verglühten. Schließlich stand Crystal auf.
“Ich werde mich etwas ausruhen. Es war sehr schön, deine Bekanntschaft gemacht zu haben, Vince.” Sie lächelte und brachte ihr Glas zurück zur Bar.
Karl Vincent schaute ihr einige Zeit nach. Erst als die junge Frau am anderen Ende der Halle fast außerhalb seiner Sichtweite war, sackte sie plötzlich zusammen und fiel ohnmächtig zu Boden. Gleichzeitig sprang er auf und rannte zu ihr, um Erste Hilfe zu leisten. Es war ein Teil seines Plans. Er benutzte Crystal. Sie war seine Fahrkarte aus dieser Hölle heraus. Dazu hatte er ihr ein wenig seines frisch hergestellten Serums in den Drink gemixt. Nun würde er den Sicherheitsbeamten glaubhaft machen, dass es für alle Anwesenden äußerst gefährlich wäre, eine junge Baroness der Valeo hier draußen sterben zu lassen. Niemand würde Fragen stellen, wenn er ‘seine Patientin’ zu ihrem Heimatplaneten Icon begleiten würde. Vincent hatte gelernt, sich die Unsicherheiten und Ängste anderer Menschen zu Nutze zu machen.

Kapitel 1 – Escalon

"Dein Glaube ist das Licht, in dem du die Welt betrachtest. Er legt einen Schatten über die Wahrheit, damit das Böse daraus nicht geboren werden kann. Es ist Zeit, öffne deine Augen!"
Sam.

Vierzehn Jahre zuvor begann Cypher Medici's Karriere an der Universität von Aden City. Seine Vorlesungen über die Persönlichkeit des Menschen und deren pathologische Auffälligkeiten waren mehr als gut besucht. Der Grund hierfür war die große Alltagsrelevanz für die jungen Studenten, unter ihnen sein Schützling, Vicente Castelli. Cypher stand an einem Pult aus dunklem, schweren Holz im Alten Saal. Er hatte dafür kämpfen müssen, seine Vorlesungen in diesen ehrwürdigen Hallen abhalten zu dürfen. Die hohe Nachfrage nach seinem Unterricht war dabei das entscheidende Argument gewesen, um den Dekan von seinen Forderungen zu überzeugen.
"Liebe Studenten", begann er mit ruhiger, ausgeglichener Stimme. "Die Persönlichkeit eines Menschen ist zunächst einmal ein von uns erschaffenes Konstrukt. Wenn wir in der Geschichte zurückblicken, haben viele Menschen versucht, die Persönlichkeit in verschiedene Systeme zu zwängen, ihr Eigenschaften, Schwächen und Stärken zuzuschreiben, um schließlich die Person an sich damit zu erklären. Persönlichkeit hat man nicht von Geburt an, man muss sie erlernen. Ähnlich wie das Laufen und das Sprechen. Wenn Sie in die Lehrbücher schauen, werden Sie lesen, dass erst ein erwachsener Mensch eine ausgereifte Persönlichkeit besitzt, und dass dieselbe sich fortwährend nicht mehr ändert und Stimmungsschwankungen sowie persönliche Erlebnisse überdauert."
Er machte eine kleine Pause und ging von dem Pult herüber zu der ersten Reihe, in der die Studenten saßen.
"Doch was verstehen wir unter der Persönlichkeit, und warum ist diese so wichtig für uns? Diese Frage möchte ich Ihnen nun beantworten: Ein Kind lernt sehr früh, was Gefühle sind. Wohlbefinden, Hunger, Liebe, Hass, Angst und viele andere gehören dazu. Es lernt gleichzeitig, dass auch andere Menschen

dieselben Gefühle in gleichen Lebenssituationen haben. Dies hat Konsequenzen: Erstens beginnt das Kind damit, seinen Gefühlen zu vertrauen, denn - zweitens - kann es die Gefühle anderer Menschen verstehen und sich in die Gefühlswelt einer Person hineinversetzen. Wieso ist dies so wichtig? Zum einen erlernt das Kind Urvertrauen, was die Voraussetzung für Selbstvertrauen ist. Ich, so wie ich hier vor Ihnen stehe, habe das Gefühl, dass dieser Gedanke interessant ist, folglich denke ich, dass er für Sie ebenfalls interessant ist. Wenn Sie mich mit faulen Tomaten bewerfen würden, wäre mein Selbstvertrauen geschmälert. Das wäre schlimm, ich würde überdenken, was ich im kommenden Semester anders machen würde. Wenn ein Kind, dessen Persönlichkeit sich jedoch erst entwickelt, das Gefühl 'Hunger' verspürt, die Mutter ihm allerdings sagt, es könne keinen Hunger haben, da es eben erst gegessen habe, dann lernt das Kind, den eigenen Gefühlen nicht zu vertrauen. Es kann sich nicht auf seine eigenen Gefühle verlassen und baut falsch erlernte Erlebnisse in seine Persönlichkeit ein. Es wird selbstunsicher oder emotional instabil. Schlimmer noch, wenn Gewalt ins Spiel kommt. Das Kind lernt, dass Gefühle dem Körper schaden und man sich auf niemanden - vor allem nicht auf das eigene Gefühl - verlassen kann. Erlernt das Kind, Gefühle richtig zu deuten und sich selbst zu vertrauen, entsteht daraus eine ausgeglichene, selbstsichere Persönlichkeit. Sie kann Liebe und Hass, Schmerz und Lust, Ärger und Freude gleichsam empfinden. Daraus ergibt sich ein weiterer Aspekt, der uns besonders interessiert: Dieser Mensch kann aufgrund seiner eigenen Gefühle und der darauffolgenden Reaktionen abschätzen, was sein Gegenüber als nächstes tun wird. 'Ein großer evolutionärer Vorteil' wäre die Wortwahl eines Verhaltensforschers. Wer damit beginnt, sich mit Gefühlen anderer Menschen zu beschäftigen, kann ein klein wenig in die Zukunft blicken - vorausgesetzt, der Gegenüber empfindet genauso wie man selbst. Voila, damit sind wir beim Thema der heutigen Stunde: Wie erkenne ich, was jemand anderes denkt? […]

–

Trotz seiner zweiundfünfzig Jahre nahm Cypher Medici jugendlich lässig auf dem schäbigen Hocker Platz und schaltete die Funzel über dem Schreibtisch ein. Die Möbel in diesem alten Hotel schienen aus dem letzten Jahrhundert zu sein, und seitdem waren sie offensichtlich nicht mehr entstaubt worden. Wenigstens hatte das Zimmer einen Kamin, dessen Feuer eine gemütliche, warme Atmosphäre bereitete. In den letzten vierzehn Jahren, seit seiner Antrittsvorlesung an der Universität von Aden, war viel geschehen. Er war älter geworden, doch seine stählernen blauen Augen und die gut rasierte Glatze ließen ihn einige Jahre jünger erscheinen. Auch sein Körper war bis in die letzte Muskelfaser durchtrainiert und sein aufrechter Gang zeugte von Körperbeherrschung und Stolz. Er wusste seine Erscheinung in Szene zu setzen, und die wenigen Menschen, die ihn erkannten, verhielten sich gewöhnlich so unauffällig wie möglich. Eine unsichtbare Stimme schien ihnen zu flüstern, dass jemand zugegen war, der sehr viel Macht besaß. In der Tat, es gab nicht viele, die Cypher Medici Befehle erteilen konnten. Er war nicht der Typ, der in seiner Freizeit shoppen ging oder sich durch die Stadt chauffieren ließ. Cypher beschäftigte sich mit anderen Dingen. Er achtete auf das Geschwätz der Leute, er bekam es mit, wenn sich Politiker merkwürdig verhielten oder irgendwo sehr viel Geld seinen Besitzer wechselte. Dazu hatte er seine Fühler in Form eines gut funktionierenden Netzwerkes überall auf den bewohnten Planeten ausgestreckt. Es gab nichts, was er überhörte, keine Geste, die er nicht sah und keine Kleinigkeit, die ihm nicht auffallen würde. Er war Auge und Ohr von Aden City. Und er war der schwarze Dolch, den niemand kannte und jeder fürchtete, denn wen immer er traf, er traf ihn unverhofft und tödlich. Aus dem jungen Professor für Psychologie war das Oberhaupt eines mächtigen Bundes geworden. Unter dem Decknamen Gerald Ehrlich arbeitete Cypher für den imperialen Geheimdienst und damit für Tyl Leocathor, den Imperator der bekannten Universums auf Babylios. Gleichzeitig stand er jedoch auch im Dienst für den Herzog Augustus Arthus Leocathor, das Oberhaupt des Planeten Adens, der damit der zweit mächtigste Mann dieses Universums war, allerdings nichts von der Existenz 'Gerald Ehrlich' wusste. Aden übertraf die anderen Planeten in Reich-

tum und technologischem Fortschritt, und Cypher liebte Aden. Es war seine Heimat und die Hochkultur der Menschheit. Sein Doppelleben machte Cypher zu einem besonderen Menschen, der zu großen Teilen für die Machterhaltung in Aden City verantwortlich war - und damit ein empfindliches Gleichgewicht zwischen dem Imperator auf Babylios und Augustus Arthus auf Aden aufrecht erhielt. Der Preis, den er für seine Macht zahlen musste, war hoch. Es waren die Leben vieler Menschen. Cypher sandte seine Attentäter aus, um jene zu töten, die diese Machtkonstellation stören konnten. Einige Zungen behaupteten sogar, dass der Imperator auf Babylios nur noch lebe, weil Cypher Medici ihn kontrollieren konnte.
Momentan stand Cypher als Gerald Ehrlich im Dienst des Imperialen Geheimdienstes. Die Hotels waren schäbig, das Geld knapp, und die Unterstützung dünn. Er breitete einige Papiere auf dem Tisch vor sich aus. Es ging um einen Händler namens Darius. Zwei Dinge waren an Darius auffällig: Erstens verkaufte er auf Acromia einige Kunstgegenstände unbekannter Herkunft, zweitens kam er über einen Hehler an Waffen und technische Ersatzteile, über deren Bestimmungsort niemand etwas wusste. Gefundenes Fressen für den Geheimdienst. Die Unterlagen zeigten die Gesichter von zwei Männern und einer Frau. Dieses Grüppchen sollte Darius ausspionieren. Und um die Wahrheit zu sagen: Die Trottel wussten nicht einmal für wen Sie arbeiteten und worum es dabei ging. Er hatte Ihnen den Auftrag gegeben, Darius' Zwischenhändler und die Herkunft der Kunstgegenstände ausfindig zu machen.
Cypher nahm die Akten und zog eine Augenbraue hoch. Einer der Männer war Marquis Julius Leocathor, der zweitgeborene Sohn von Augustus, dem es dank seines älteren Bruders nicht vorbestimmt war, jemals die Luft der Herrschaft über Aden City zu genießen. Augustus hatte sich persönlich dafür eingesetzt, den Problemsohn mit dem Ernst des Lebens zu konfrontieren. Wenn er sterben sollte, dann war das nicht Cypher's Problem. Wenn er zurück kehrte, dann hoffentlich als Held, auf den das Haus Leocathor stolz sein konnte. Die Frau war Lucia, eine Pilotin mit einer massiv gestörten Spiritualität. Sie gehörte zu den verbotenen Jüngern Javes, und stand kurz davor, mit einem

Arschtritt ihre Pilotenlizenz zu verlieren. Ein hübsches Ding und tatsächlich etwas blauäugig. Sie hatte nicht einmal nachgefragt, als Cypher ihnen den Auftrag erklärt hatte. Wegen dem Dritten im Bunde hatte er tatsächlich Gewissensbisse: Bruder Tao war ihm eigentlich als Gast anvertraut worden. Ein Mann in den Fünfzigern und ein Anhänger eines späten Säkularinstituts vom heiligen Orden der Benediktiner. Doch Cypher war kein Gastgeber und er hatte auch keine Lust einer zu werden. Vielleicht würde der alte Tao ja die blonde Javeistin von den bewusstseinserweiternden Drogen befreien und den Marquis von seinen Persönlichkeitsproblemen heilen. Die Aussicht, dass die drei Erfolg hatten, war so trüb wie der Lampenschirm über seinem Schreibtisch. Aber immerhin war sie vorhanden, und Cypher war ein Mensch, der die Dinge von ihrer guten Seite betrachtete: Dieses Szenario war perfekt, um Vincent Lachoni, einen seiner talentiertesten Attentäter, an einen Mann heran zu bringen, der so mächtig war, dass er die Planeten Acromia und Babylios bedrohen konnte: Eron ben Daleck, ein Chylac, der auf irgend eine Weise mit Darius in Verbindung stand. Cypher lächelte über diesen Plan. Er wurde dem Imperator mit seiner Gier nach Reichtum und Militärmacht gerecht und konnte sich gleichzeitig um die wahrhaft wichtigen Bedrohungen der Menschheit kümmern. Und hierzu zählten die Chylac an erster Stelle. Zufrieden nahm er die Papiere zusammen und vernichtete sie im Kaminfeuer. Dann holte er ein Döschen hervor, dass einige rote Kapseln enthielt. Er legte sich eine davon auf die Zunge und schluckte sie herunter. Sie würde ihm einen angenehmen Schlaf bereiten und ihm über die Kopfschmerzen hinweghelfen, die ihn des nachts überkamen.

–

Wenige Tage später öffnete Karim El'Zalar die Augen. Die Realität erschien ihm wie ein böser Alptraum. Er lag in einem Transportcontainer eines Raumschiffes. Der Container maß ungefähr zehn mal zehn Meter und war knapp vier Meter hoch. Ursprünglich war er mit säuberlich übereinander gestapelten Kisten gefüllt gewesen. Als hätte jemand den Container einmal kräftig durchgeschüttelt, lagen diese jedoch nun überall herum,

waren teilweise kaputt gegangen und hatten mit ihrem Inhalt zu einem noch größeren Chaos beigetragen. Der Inhalt bestand aus militärischen Ausrüstungsgegenständen, Kleidung, Gewehren und Werkzeugen - kurzum: es sah aus, wie auf einem Schlachtfeld! Karim fröstelte. Er konnte sich nicht bewegen, weil er unter den Kisten begraben lag. Er spürte einen Schmerz im Unterleib, konnte sich aber nicht entscheiden, ob er stärker war als die Kopfschmerzen, die ihn plagten. Darüber hinaus beunruhigte ihn, dass 'Karim' nicht sein wahrer Name war und er sich aufgrund seiner Erinnerungslücken nicht an diesen erinnern konnte. Weiterhin starrten ihn zwei grüne Augen mit ernstem Blick an. Sie gehörten zu einer hübschen Frau mit langen, blonden Haaren, die unzweifelhaft eine Javeistenpilotin sein musste. Ihre Uniform passte sich hauteng den weiblichen Rundungen ihres Körpers an; das typische Erscheinungsbild der Javeisten! Diese Art von Piloten verkauften sich und ihre Dienste, um möglichst viel und lange im All unterwegs zu sein. Abgesehen von seinen höllischen Schmerzen, dem metallischen Geschmack seines eigenen Blutes im Mund, seinen Gedächtnisproblemen und der Unfähigkeit, sich zu bewegen, hätte der Anblick dieser Frau ihn eigentlich aufgeheitert. Eine weitere, wesentliche Tatsache, die er nicht übersehen konnte, unterdrückte seine Freude: Es war eine Pistole, die die ernst dreinblickende Pilotin auf ihn gerichtet hielt, und die unzweifelhaft klar machte, dass er sich auf der falschen Seite des Laufs befand. Es stand nicht gut um ihn!
“Antworte endlich, sonst machst du die Augen schneller wieder zu, als du sie aufgemacht hast", sagte die Frau und ließ den Schluss zu, dass Karim zum Zeitpunkt der Frage wohl noch nicht bei Bewusstsein war. Er versuchte tief Luft zu holen und stellte sich dabei vor, dass sie etwas gesagt hätte wie ‘Gott sei Dank, Karim, du lebst. Endlich habe ich die Liebe meines Lebens gefunden’. Dann hätte er mit einem Lächeln auf den Lippen die Augen einfach wieder schließen können. Doch diese Situation war nicht nur schmerzhaft sondern erforderte die Art von Konzentration, die ein normaler Mensch einfach nicht aufbringen kann, wenn er sich kurz vor dem Bewusstseinsverlust befindet.

“Äh, was?”, fragte er und versuchte sein Gehirn zum Laufen zu bringen.
“Wer bist du, und was machst du hier?”
Mitleidslos und unbarmherzig machte ihm der Klang ihrer Stimme klar, wie nahe er am Abgrund lag.
“Karim. Aus dem Hause der El’Zalar", log er intuitiv; vielleicht um sich Zeit zu verschaffen, vielleicht weil er dachte, dass dieser Name einen besseren Ruf hatte als sein eigener. "Gott verdammt, hilf mir doch erst mal! Ich habe Schmerzen”, setzte er dann in befehlendem Ton hinzu, um der Rolle als Angehöriger eines Adelshauses gerecht zu werden. Ihm blieben noch ungefähr drei Atemzüge, bevor er wieder ohnmächtig würde, und diese Zeit musste er gut nutzen. In diesem Augenblick erschien ein zweites Gesicht in seinem Blickfeld: Ein Mann Anfang dreißig mit dunklem Haar und sauber gepflegtem Schnäuzer. Er trug eine kostbare, sehr klassische Samtweste über einem weißen Hemd. Er sprach mit einer Stimme, die es gewohnt war, Befehle zu erteilen. Außerdem hatte er diesen hochnäsigen, piekfeinen Akzent, der ihn als adeligen Bürger von Aden City auswies, unzweifelhaft ein Leocathor.
“Hat er gesagt, dass er ein Herr von Adel sei? Ein El'Zalar?", fragte er und hob erwartungsvoll die Augenbrauen. Die Javeistin nickte und seufzte.
"Ja, hat er", sagte sie leise und steckte die Pistole zurück in den Halfter. Karim bemerkte ihre Enttäuschung.
"Dann werden wir ihn selbstverständlich von dem Gewicht befreien, das ihn so sehr lähmt! Tao, nimm den Balken von dem Körper dieses adeligen Mannes.”
Zu seinen Füßen hörte Karim ein ebenfalls genervt klingendes “Jawohl”.
Tao war ein Mann in Mönchskutte. Er hatte Schlitzaugen und war um die Fünfzig. Vermutlich kam er vom Planeten Babylios, auf dem die alte asiatische Rasse ihre Heimat hatte. Mit einem Ruck hob Tao das Gewicht an, das Karim an den Boden gefesselt hatte. Er stöhnte vor Schmerzen auf und deutete eilig auf eine alte, abgewetzte Ledertasche am anderen Ende des Containers.
“Meine Sachen. Ich brauche was davon”, sagte er hastig und

kämpfte gegen den Schmerz an. Der Mönch nahm die Tasche an sich und kramte zu Karim's Entsetzen neugierig darin herum. Schließlich brachte er eine Handvoll Phiolen unterschiedlicher Farbe zum Vorschein. Karim deutete auf die grüne und Tao gab ihm den Inhalt in den Mund.
Nach einigen Minuten setzte die Wirkung ein, und die Pilotin entschied kurzer Hand, dass seine Konstitution zur Fortbewegung ausreichte. Sie und Tao griffen ihm unter die Arme und brachten ihn unter Protest stöhnend und fluchend auf die Brücke des Schiffes. Abwesend nahm er dort einen angefeuchteten Verband entgegen und drückte ihn irgendwo auf eine seiner zahlreichen Wunden. Benommen schaute er sich um. Der Adelige in der Samtweste ging vor ihm auf und ab und zwirbelte dabei nervös an seinem Schnäuzer - Ausdruck seines Nachdenkens. Nach einigen Sekunden wandte er sich an ihn: “Also, jetzt mal ganz in Ruhe”, begann er erneut. “Mein Name ist Marquis Julius Leocathor. Und wer seid Ihr?”
In der Betonung der Frage lag die Hoffnung, hier draußen im Nirgendwo des Alls einen Mann seines Standes zu treffen.
“Ich bin Karim. Aber ich halte nicht so viel von diesem Hofgeplänkel. Du kannst ganz normal mit mir reden.”
Der Mund seines adeligen Gegenübers verformte sich zu einem dünnen Schlitz, und eine undefinierbare Falte irgendwo zwischen Besorgnis, Enttäuschung und Ärger erschien über seiner zuckenden, rechten Augenbraue.
“Forsch und frech ist er ja, der blinde Passagier. Rede er nun, woher er kommt, und aus welchem Grund wir ihn nicht einfach in die Schleuse stecken sollen.”
Karim war verwirrt. Eine Mannschaft bestehend aus einem Adeligen, einem Mönch und einer Javeistenpilotin. Exakt *diese* Konstellation von Menschen erwartete er *nicht* auf einem kleinen Frachtschiff, das militärische Ausrüstungsgegenstände transportierte. Darüber hinaus wirkten sie wie blutige Anfänger. Doch vielleicht war Übermut dennoch ein schlechter Berater in seiner Situation. Er entschloss sich, ihnen seine Geschichte zu verheimlichen. Die Wahrheit klang so unglaubwürdig, dass sie ihn wahrscheinlich sofort in die Luftschleuse stecken würden.

“Nun, äh, also,” begann er stammelnd, “ich habe die Ladung begutachtet, und dann wurde ich plötzlich in dem Container eingeschlossen, und jetzt bin ich hier. Bitte steckt mich nicht die Schleuse. Ich bin ein Botaniker und Wissenschaftler und kann Euch sicherlich gut zu Diensten sein, Herr Marquis.”
Einige Sekunden vergingen. Der Adelige in Samtweste war immer noch nachdenklich mit seinem Schnäuzer beschäftigt.
“Soso”, sagte er schließlich und fuhr bedeutungsvoll fort: "Tao, nimm ihm alles ab, was er am Körper trägt.”
Der alte Mönch runzelte die Stirn und begann dann widerwillig ihn zu durchsuchen. Er förderte neben einem kleinen Handcomputer, einem Parfümfläschchen und einer gut gefüllten Brieftasche noch einige Döschen und Schächtelchen hervor. Die blonde Pilotin konnte sich ein Schmunzeln nicht verkneifen. Sie erkannte, was für einen seltsamen Gast sie an Bord hatten: einen Sammler, der alles in Döschen und Fläschchen steckt, um es später im Labor zu untersuchen. Wäre die Situation nicht so ernst für ihn gewesen, wäre Karim rot geworden.
“Das Parfüm war ein Geschenk", meinte er dann kleinlaut und zuckte mit den Schultern. Der Marquis überhörte ihn und begutachtete den Inhalt seiner Brieftasche.
"Aus dem Hause der El’Zalar also, hm.”
Er schaute ihm lange und intensiv in die Augen.
“Äh, ja. Aber wie gesagt, ich bestehe nicht so sehr auf meine adlige Herkunft.”
Was ging in dem Kopf des Marquis vor? Es war unmenschlich, jemanden in die Schleuse zu stecken und zuzusehen, wie er im All explodierte. Und selbst wenn es eine weit anerkannte Strafe für illegal Reisende war, war es trotzdem immer noch ethisch verwerflich! Er hoffte, die Pilotin würde ein gutes Wort für ihn einlegen. Sein Charme und sein gutes Aussehen hatten ihm schon öfters mal den Kopf gerettet. Außerdem war das Haus Leocathor für Gerechtigkeit und Anstand bekannt.
Der adelige Julius schien nun lange genug den Ausweis studiert zu haben und trat noch ein Stückchen näher an ihn heran.
“Nun Karim. Vielleicht sollten wir dir noch eine Chance geben.”
Karim wusste, dass es klappen würde! Ihm fiel ein Stein vom

Herzen, und eine innere Stimme stieß einen Jubelschrei aus, ohne dass jemand der Anwesenden etwas davon bemerkte. Er war einfach zu wertvoll und zu nett, als dass man ihn einfach so in die Schleuse setzte. Julius war allerdings noch nicht fertig mit seinem Urteil: “Sagen wir, bevor wir deinen - man verzeihe mir diesen schäbigen Ausdruck - ‘Hintern’ definitiv ins All setzten werden, möchte ich dir die Chance geben, wenigstens einmal in deinem verlogenen Leben die Wahrheit zu sagen, Karim, oder wie auch immer dein Name ist.”

“Was?”, Karim war entsetzt und machte große Augen. "Wieso?"

“Die Augenfarbe”, erklärte der Marquis kühl und hielt ihm den Ausweis unter die Nase.

“Karim El’Zalar hat blaue Augen. Und du willst mir sicher gleich erzählen, dass du eigentlich Kontaktlinsen trägst, die aber leider beide rausgefallen sind? Dieser El’Zalar, dessen Ausweis du wahrscheinlich niederträchtig gestohlen hast, sieht dir vielleicht ein bisschen ähnlich, aber das reicht leider nicht aus, um in den Stand des Adels zu gelangen.”

Julius Leocathor triumphierte innerlich über seine brillante Deduktion. Dem blinden Passagier lief es kalt den Rücken hinunter. Er musste sich kurz sammeln, bevor er weiterreden konnte.

“Die Geschichte, weshalb ich hier bin, ist so kompliziert und merkwürdig, dass sie mir niemand hier glauben würde”, stammelte er hastig.

“Erzähl sie trotzdem. Vielleicht wird es deine Seele bereinigen, bevor du Gott gegenübertrittst.” Bruder Tao hatte sich mit gefalteten Händen dazugesellt. Seine Anwesenheit und scheinbare Bereitschaft, ihm die letzte Beichte abzunehmen, beruhigten ihn nicht gerade. Aus Mangel an Alternativen begann er diesmal die Wahrheit zu berichten: “Also gut. Mein wirklicher Name ist Vinzenz de Vray. Ich schreibe an einem Buch über die Vegetationen der Inneren Planeten. Und dazu war ich auf Acromia unterwegs, um Moose zu sammeln. Ich will euch nicht langweilen, deshalb fasse ich mich kurz: Ein Gleiter landete neben mir, zwei Männer stiegen aus und wollten mich aufmischen. Einfach so, ganz ohne Grund. Ich habe sie ausgetrickst, den Gleiter geklaut und bin damit abgehauen. Und im

Gleiter lag auch diese Brieftasche. Und ich dachte, ihr würdet mich am Leben lassen, wenn ich mich als Karim El'Zalar ausgebe."

Der Marquis schaute zu seiner Pilotin. Sie hatte die Augen auf beängstigend bizarre Weise geschlossen. Nach wenigen Sekunden nickte sie ihm zu. Vinzenz hielt das für ein gutes Zeichen und beeilte sich, mit der Geschichte fortzufahren. "Irgendwie haben sie den Gleiter angeschossen, und ich habe eine Bruchlandung hingelegt. Unglücklicherweise war das auf einem eingezäunten Firmengelände, auf dem diese Container verladen wurden. Darin habe ich mich vor den Wachen und den Männern, die mich aufmischen wollten, versteckt. Plötzlich war ich ein Schwerverbrecher. Eigentlich wollte ich Moose sammeln, aber stattdessen lande ich als blinder Passagier auf einem Handelsschiff. Wahrscheinlich bin ich jetzt schon irre weit weg von Zuhause und werde in eine Luftschleuse gesteckt!"

Noch während Vinzenz erzählte und sich über sein eigenes Ende Gedanken machte, fiel ihm im Augenwinkel auf, dass jemand die Steuerelemente des Bordcomputers zerschossen haben musste. Der Marquis saß vor den Konsolen, doch wenn er sich vorbeugte, gab er den Blick darauf frei. Es war nur ein kleines Detail am Rande, und eigentlich war er in Gedanken ganz mit seiner Geschichte beschäftigt, doch es kam Vinzenz seltsam vor. Hatte es hier eine Schießerei gegeben? Ihm war nicht wohl zu Mute, als die Pilotin nochmals nickte und Julius leicht lächelte.

"Diese Geschichte glaubt ihr mir?", fragte er ungläubig. Es war zwar die Wahrheit, aber das konnten sie ihm doch nicht abnehmen! Vielleicht waren sie noch naiver, als er im ersten Augenblick angenommen hatte. Julius Leocathor zog sich mit der Pilotin zum Beraten zurück, und Tao blieb schweigend neben ihm sitzen. Der Mönch gehörte zu einer Sorte Mensch, die erst nachdachte und dann redete; jemand, der sich viele Gedanken machte und allein durch gutes Beobachten mehr wusste, als alle anderen. Menschen wie Tao machen Menschen wie Vinzenz nervös und vermittelten ihnen das Gefühl, die Stille irgendwie brechen zu müssen.

“Du kommst von Babylios, richtig?”, versuchte Vinzenz eine Konversation zu beginnen. Tao hob die rechte Augenbraue und sagte nichts.
“Sieh mal, sie beraten gerade über mein Leben. Hast du eine Ahnung, wie man sich fühlt, wenn zwei Menschen entscheiden sollen, ob sie dich am Leben lassen oder nicht? Das ist der Moment, wo ich auf Gott vertraue. Auf das Gute in uns allen, verstehst du?”
“Wenn du nichts Sinnvolles zu sagen hast, halt besser den Mund und warte ab, Junge”, sagte Tao und fuchtelte mit dem kleinen Computer herum, den Vinzenz bei sich gehabt hatte. "Glaubst du wirklich, sie stecken dich in die Schleuse? Denk mal für eine Sekunde nach", fügte er hinzu.
Vinzenz nickte und hielt den Mund. Schließlich kamen die Berater nach einigen Minuten zurück.
“Du bist Wissenschaftler?”, fragte die Pilotin. Vinzenz nickte.
“Kannst du auch Wunden verbinden?”, fragte sie weiter.
“Ja. Du darfst mich ruhig Vinz nennen. So nennen mich alle meine Freunde.”
“Okay, Vinz. Komm her und sieh dir das hier mal an. Ich habe mich verletzt.”
Vinzenz machte sich daran, ihren Oberarm zu inspizieren. Er hätte gern gefragt, wie ihre Entscheidung bezüglich seines Ablebens sei, aber Tao hatte wahrscheinlich recht: Er sollte sich in Geduld üben. Der Mönch hatte es mit einem Satz geschafft, ihn zu beruhigen. Darüber hinaus sagte ihm sein Gefühl gewöhnlich mehr als viele Worte: Wenn sich ein Verwundeter einem Fremden anvertraut, hat er Angst. Angst davor, verletzlich zu sein. Und das Vertrauen in seine Fähigkeiten sagte ihm, dass ihre Angst etwas anderem galt als ihm. Was das wohl war? Wieso zielt eine dreiköpfige Crew mit einer Laserwaffe auf einen wehrlosen, eingeklemmten und verletzten, blinden Passagier? Waren Geister an Bord dieses Schiffes, die alles in Angst und Schrecken versetzten? Etwas stimmte hier nicht!
Die Pilotin hatte eine kleine, klaffende Wunde mit verbrannten Wundrändern auf ihrem linken Oberarm, die genäht werden musste. Beim Anblick der Wunde flackerte eine Erinnerung vor seinem geistigen Auge auf: ein verletzter Arbeiter aus dem

Bergwerk auf Port Newham! Er war schon einmal dort gewesen und hatte Bergleute mit verschiedensten Wunden behandelt. Doch seltsamerweise hatte er den Zusammenhang dieser Erinnerung vergessen. Sie tauchte ohne jeden Kontext in seinem Geist auf. Wann war er auf Port Newham gewesen? Und wieso? Vielleicht hatte eine Kiste ihn am Kopf getroffen, denn sein Gedächtnis spielte ihm einen bösen Streich. Hoffentlich würden seine Erinnerungen bald wieder etwas aufklaren. Vinzenz wischte die Gedanken an Port Newham beiseite. Jetzt war nicht die Zeit, um darüber nachzudenken. Er sollte sich auf die Wunde der Pilotin konzentrieren. Auch wenn die medizinische Versorgung hier nicht gerade eine Herausforderung war, nahm er interessiert zur Kenntnis, dass man sich eine solche Wunde nur durch eine Laserwaffe zuzog.
“Wie heißt du eigentlich?”, fragte er sie, während er ihr eine Spritze in den Arm gab.
“Lucia”, antwortete sie knapp und biss kurz die Zähne aufeinander. Es fiel ihr offensichtlich nicht leicht, sich der Behandlung eines Fremden anzuvertrauen. Behutsam begann Vinzenz die Wundränder zu säubern und anschließend zu vernähen. Nach den ersten zwei Stichen spürte er, wie Lucia sich mehr und mehr entspannte. Er genoss den Augenblick, und sein Herz pochte etwas schneller, als er schließlich den Faden verknotete und sie ihm ein kurzes Lächeln schenkte.

–

“Terra? Wie weit haben wir es noch? Hast du einen Landeplatz gefunden?” Lucia sprach mit einer blauen Kugel, die etwa zwanzig Zentimeter durchmaß und eine äußerst fein gearbeitete Oberfläche besaß. Sie lag in einem eleganten Ständer aus ebenfalls bläulichem Metall. Lucia hatte sie aus einem Rucksack geholt und auf eine Konsole des Bordcomputers gestellt. Vinzenz erkannte, dass es sich um eine Künstliche Intelligenz handelte. Es gab nicht viele dieser KIs, und er hatte bisher nur von ihrer Existenz gehört, aber niemals eine gesehen. Umso verwunderlicher war es, gerade auf einem so kleinen, primitiven Schiff ein technisch so unverstandenes Objekt anzutreffen. Widerspruchslos schaltete sich der selbst denkende Computer an

und übernahm die Kontrolle über die Bordtechnologie mit den Schilden, Generatoren und Sensoren.
“4.490 Kilometer. Ich habe einen Landeplatz in Äquatornähe ausfindig gemacht. Von dort empfange ich Peilsignale anderer Handelsschiffe”, meldete sich eine weibliche Stimme aus dem Inneren der bläulichen Kugel. Eine leichte Unruhe an Bord war unverkennbar. Lucia betrachtete kritisch die Projektion des Planeten auf einem Hologrammmonitor vor ihnen.
“Welcher Planet ist das?”
Vinzenz wären spontan noch siebzehn andere Fragen eingefallen, die er gern gestellt hätte, doch er befahl sich Geduld.
“Escalon”, antwortete Lucia knapp.
“Kenne ich nicht. Noch nie gehört”, meinte er, und in seinem Ton lag die Aufforderung an Lucia, etwas über den Planeten zu erzählen.
“Musst nicht alles kennen. Sei froh, dass der Marquis sich entschlossen hat, dich am Leben zu lassen.”
Vinzenz biss sich auf die Lippen. Die kalte Schulter der Pilotin traf ihn wie eine Ohrfeige. Beide schwiegen eine Weile, bis Julius Leocathor wieder auf die Brücke kam und sich an Vinzenz wandte.
“Also, wer bist du nun wirklich? Ein Scharlatan? Ein Gauner?”
Er wirkte freundlicher gestimmt, aber immer noch ernst und entschlossen.
“Ich habe, was meinen Beruf angeht, nicht gelogen. Ich gehöre keinem Adel an. Habe nur gedacht, dass es mir vielleicht einen Vorteil verschafft."
Er wollte weiter reden, als Terra sich dazwischendrängte: “Wir empfangen ein Signal.”
Lucia nickte der Kugel zu und Vinzenz war erstaunt, dass Terra das Nicken zu deuten wusste und das Signal durchstellte. Auf dem Monitor erschien eine Frau in einer ebenfalls engen Uniform, die allerdings eher einer Söldnerbande angehörte als den Javeisten. Sie hatte harte Gesichtszüge und einen grimmigen Blick.
“Ich bin Lira. Seid ihr die Darius II?”, fragte sie mit einer Stimme, die es ebenfalls gewohnt war, Befehle zu erteilen, sich dabei allerdings nicht an alberne Etiketteregeln hielt.

“Ja”, antwortete Lucia schnell.
“Wo ist Käpt’n Darius?”
“Er ist…” Lucia wirkte nervös und musste überlegen.
“…krank geworden”, flüsterte Vinzenz ihr zu.
“…krank geworden”, wiederholte Lucia.
“Er hat Typhus bekommen und deshalb fliegst du als Vertretung für ihn”, Vinzenz flüsterte ihr völlig intuitiv eine Lüge vor und erschrak selbst über seine eigene Spontanität.
“Er hat Typhus bekommen. Ich bin seine Vertretung”, wiederholte Lucia seine Worte, ohne darüber nachzudenken. Der Marquis rieb sich die Augen und zog ein skeptisches Gesicht. Es missfiel ihm zutiefst, dass Lucia schamlos log - und dazu noch die Worte des fremden, blinden Passagiers! Die Offizierin auf dem Monitor runzelte die Stirn.
“Also gut. Ihr landet in Bay 5. Ich will euch dann in meinem Zelt sehen, verstanden?”
“Jawohl!”
Als der Monitor sich ausschaltete, war Lucia die Nervosität deutlich anzusehen. Julius legte die Stirn in Falten und sah sie aufgebracht an.
“Du ruinierst meinen Namen. Ich entstamme der Familie des Imperators, und wir geben uns als die kleinen Freunde von diesem Darius aus?”
Er war sichtlich wütend. Es war nicht gut, so einfältig Vinzenz' Worten Folge zu leisten. Das wollte er aber lieber unter vier Augen mit Lucia besprechen. Bevor er sie weiter zurechtweisen konnte, mischte sich Vinzenz wieder ein: “Der Imperator scheint in diesem System nicht sehr viel Macht zu besitzen, sonst wären das da unten bestimmt keine Söldner, sondern Leocathor Soldaten. Meines Wissens nach verstehen sich diese Parteien nicht sehr gut, oder?”
“Du hältst dich da raus, Vinzenz”, sagte Julius streng. “Deine Lügen bringen uns nur in Schwierigkeiten.”
“Wenigstens haben wir Landeerlaubnis. Und sie schießen nicht auf uns”, sagte Lucia leise.
“Wir sollten das später klären und uns um die Fracht kümmern”, mischte Vinzenz sich ein und fuhr schnell fort: “Wenn sie dort unten dieses Chaos sehen, werden sie noch mehr Fra-

gen stellen und ziemlich böse sein."
Er wollte nicht, dass die beiden anfingen, sich seinetwegen zu streiten, schon gar nicht in dieser Situation! Ein falscher Schritt, und sie würden vermutlich alle gegrillt. Julius schaute beide eine Weile lang an. Schließlich nickte er.
"Gut. Ihr kümmert euch um die Fracht. Lucia, wir besprechen das später." Mit einem Nicken entließ er die beiden.

Der Sprung in das Escalonsystem war für die Crew aufregend gewesen. Sie waren im geheimer Mission für den Imperialen Geheimdienst unterwegs und sollten herausfinden, welche schmutzigen Geschäfte dieser Darius macht. Zu diesem Zweck hatten sie sich selbst als blinde Passagiere an Bord des Schiffes geschlichen. Während des Sprungs war die künstliche Schwerkraft ausgefallen, und dadurch wurde der ganze Frachtraum, in dem sie sich versteckt hielten, auf den Kopf gestellt. Völlig ungeplant kam es nach dem Sprung zu einer Schießerei. Lucia hatte Darius und seinen Piloten dummerweise erschossen und die Leichen über die Luftschleuse ins All entsorgt. Aber das ging den Fremden nichts an. Für ihn war Julius der Käpt'n und sie die Pilotin. Sie würde ihm vorerst nichts von den Ereignissen erzählen. Trotzdem war sie überrascht, wie schnell Vinzenz die Situation durchschaut hatte. Woher wusste er, dass Julius nicht der offizielle Kapitän des Schiffes war? Vinzenz' Verhalten war zwar ein Anfang, doch um sich ihr Vertrauen zu verdienen, musste noch sehr viel mehr geschehen. So leichtgläubig war sie nicht. Sie nahm sich vor, ihn nicht aus dem Auge zu lassen und machte sich auf den Weg in den Frachtraum. Die drei Männer folgte ihr. Die Darius II war ein kleiner Transporter. Am hinteren Ende des Schiffes befand sich der Generatorraum. Er hatte ein radioaktives Leck und konnte deshalb nur mit Sicherheitsanzug betreten werden. Zum Bug hin führten ein paar Stufen hinauf zu den Schleusentüren und den Frachtcontainern. Diese waren rechts und links am Schiff befestigt und machten den größten Teil aus. Davor waren auf jeder Seite je zwei kleine Kabinen mit Etagenbetten, sodass bis zu acht Personen Platz finden konnten, wenngleich das Schiff bei dieser Auslastung eher einem Pfadfinderlager ähnelte als einem

Raumschiff. Vorn befand sich die schlichte, funktionell eingerichtete Brücke, in der zwei Personen sitzen und drei weitere stehen konnten.

Im Frachtraum war das Chaos ziemlich groß. Die Kisten waren durch einige Erschütterungen aufgesprengt, und ihr Inhalt hatte sich in dem gesamten Container verteilt. Zielsicher fischte Vinzenz nach einigen Minuten aus dem Durcheinander eine kleine Glasampulle hervor. Um sie besser begutachten zu können, hielt sie an eine der dreckigen Neonröhren.

“Was ist das?”, fragte Julius skeptisch. Er spürte es förmlich: Alles, was dieser Fremde anfassen würde, jedes Wort, das er sagte und jedes verächtliche Grinsen würden ihnen Probleme über Probleme bereiten. Und jetzt grinste er schon wieder so verwegen beim Anblick der Ampulle. Ohne ein Wort zu sagen holte er eine Spritze aus seiner Tasche hervor, brach den Kopf der Ampulle ab und zog den Inhalt auf.

“Das ist etwas sehr Besonderes”, antwortete er dann und spritzte sich ohne zu zögern die leicht gräuliche Flüssigkeit in eine Vene. Lucia und Tao blickten sich überrascht und fragend an.

“Es kribbelt ein wenig, wenn es sich im Körper verteilt”, erklärte er der Crew. Kurz darauf wurde der große Bluterguss an seinem Hals noch röter. Dann wurde die Haut darüber schuppig. Schließlich fielen die Hautschuppen ab und darunter erschien frische Haut, völlig ohne Narben oder Spuren einer Verletzung.

“Wahnsinn, oder? Das Zeug nennt sich ‚liquid tissue’, eines der stärksten Medikamente, die mir je untergekommen sind. Ich fühle mich wie neu geboren.”

Vinzenz hatte ein gewinnendes Lächeln auf den Lippen, das der Marquis nicht mochte. Lucia's und Tao's fragende Blicke wanderten jedoch von dem geheilten Bluterguss zu ihm herüber und gaben ihm das Gefühl, dass er hierzu Stellung nehmen musste: “Nun gut”, setzte er an, “vielleicht sollten wir einige der Phiolen an uns nehmen. Wir könnten behaupten, dass sie während des Flugs kaputt gegangen sind. Aber nicht alle! Sonst schöpfen sie Verdacht, kapiert?”

“Jawohl, Sir!” Vinzenz salutierte gespielt ehrfürchtig vor dem Adeligen, bis dieser ihm zunickte. “Und jetzt weiter an die Ar-

beit, Leute." Alle befolgten seinen Befehl.
"Das Universum scheint sehr viele Kriege bereit zu halten, von denen ich nichts weiß. Ich habe noch nicht einmal von dem Planeten Escalon gehört und packe kistenweise Gewehre für die armen Bewohner dort ein. Sicher werden Kinder und Frauen damit umgebracht. Macht es euch eigentlich Freude, so eine Art von Händler zu sein?" Er schaute zu Lucia herüber, die Nahrungspakete stapelte. Sie runzelte die Stirn. Warum konnte er nicht einfach mal fünf Minuten den Mund halten und tun, was Julius von ihm verlangte? Stattdessen ließ er keine Möglichkeit ungenutzt, um eine Konfrontation heraufzubeschwören.
"Du weißt doch jetzt schon mehr als du zugibst. Was willst du hören?"
"Ein bisschen Wahres über das, was hier wirklich vor sich geht vielleicht. Weder du noch der Marquis ist hier der offizielle Kapitän. Und Darius habe ich auch noch nicht gesehen."
"Sei froh, dass Julius dich nicht in die Schleuse gesteckt hat", gab sie ihm zurück und wandte sich kühl ab.
"Ich würde euch gern helfen. Ich glaube, diese Lira wird nicht erfreut sein, wenn sich herausstellt, dass wir sie belogen haben. Ich bin zwar noch keine drei Stunden wieder bei Bewusstsein, aber irgendwie habe ich im Urin, dass es da unten gefährlich wird."
Um der Situation den Spaß zu nehmen, meldete sich Terra mit ihrer überaus weiblichen Stimme, die irgendwo im Klangspektrum zwischen Oberstudienrätin und Domina lag, über den Schiffslautsprecher: "Unidentifiziertes Objekt auf Abfangkurs. Kollision in zwei Minuten und 43, 42, 41..."
"Auf den Schirm", rief Lucia und hastete zur Brücke zurück. Die anderen folgten ihr. Auf dem Hologrammschirm war ein uneben geformter Fels erschienen. Er war ein wenig größer als ihr eigenes Schiff und flog rasend schnell in einem Bogen auf sie zu.
"Was ist das, Lucia? Schieß es doch einfach ab", meinte Julius und wollte grad kehrt machen, hielt dann aber inne und schaute mit großen Augen auf den Monitor: Aus dem Fels öffneten sich plötzlich zwei Klappen an den vermeintlichen Seiten. Sekun-

den später lösten sich von dort zwei Raketen ab, zündeten die Triebwerke und kamen noch schneller als der Fels auf sie zu. Lucia schluckte. Dann drückte sie viele Knöpfe und drehte das Steuer in alle möglichen Richtungen, die das zweidimensionale Denken der anwesenden Männer überforderte.
“Falls es euch noch nicht aufgefallen ist, Jungs: wir haben keine Waffen”, warf sie mit leichter Unruhe in der Stimme so beiläufig wie möglich ein. Alle verstummten. Terra meldete sich: “Zwei Raketen auf Kollisionskurs, Einschlag in 45 Sekunden.... 40....”
Lucia schloss für einen Moment die Augen und murmelte in einer unbekannten Sprache vor sich hin. Tao fand sich im selben Moment ebenfalls auf der Brücke ein. Nachdem er zwölf Sekunden später einen Überblick darüber hatte, was eigentlich los war, verfiel er in einen ordentlichen lateinischen Singsang der Benediktiner.
Tausende von Millisekunden verstrichen...
“25”... “20”... “verdammt, was machen wir denn jetzt?” Julius geriet etwas in Panik. Vinzenz griff in seine Hosentasche und drückte ihm eine Tablette in die Hand.
“Damit geht es dir in ein paar Minuten wieder besser”, meinte er abwesend, ohne den Blick von dem Hologrammschirm zu nehmen. Julius sah ihn
2,53 Sekunden schweigend an, bevor ihnen beiden die Knie weich wurden. “10” ... “9” ... “8” ... “Tao! ...”7” ... Hilf mir!” ... “6”...
Lucia öffnete die Augen und befreite ihre Hand aus Vinzenz’ festem Griff. Das war typisch Mann: immer ein Gespür dafür, exakt den falschen Zeitpunkt zu finden. Sie drückte einige Knöpfe, ...”4”..., bis ein rotes Licht mit der Aufschrift 'Schilde ausgefallen' leuchtete, ...”3”..., "maximale Energie auf die Triebwerke!”... “2”... “1”... und drückte das Steuer so hart sie konnte nach unten. Ein Ruck ging durch das Schiff. Im Heck hatte es eine Explosion gegeben. Die künstliche Schwerkraft viel aus und überall fielen Gegenstände zu Boden. Ein Warnsignal trieb Julius beinahe in den Wahnsinn. Sämtliche Monitore blinkten rot.
“Die Raketen haben sich wenige Zentimeter hinter uns gegen-

seitig abgeschossen. Wir haben hierdurch das rechte Triebwerk verloren", meldete Terra emotionslos. "Schiffsintegrität kritisch. Der rechte Container ist schwer beschädigt und die dazugehörige Schleuse leck. Wir verlieren Druck. Lebensbedrohliche Atmosphäre in drei Minuten, zwanzig Sekunden. Soll ich eine Notlandung initiieren?"
"Ja, verflucht", schimpfte Lucia und bewegte ihre Hand schneller über die Schaltflächen als die anderen mit ihren Augen folgen konnten. Danach drehte sie sich um: "Steht nicht dumm rum und hört auf, mich anzustarren! Hinsetzen, anschnallen, wir sind noch circa zweitausend Stundenkilometer zu schnell, um landen zu können. Könnte weh tun!"
Alle setzten sich schnellstmöglich in Bewegung, suchten einen freien Platz, legten die Gurte an und kontrollierten noch einmal, ob diese auch wirklich geschlossen waren. Jede Stewardess hätte über ihre Folgsamkeit gestaunt. Auf den Monitoren wurde der seltsame Fels hinter ihnen kleiner und der Planet unter ihnen bedrohlich schnell größer. Alle spürten, dass die Luft dünner wurde und das Atmen zunehmend schwieriger. Dann kam ein Sausen in den Ohren hinzu, das jede Unterhaltung unmöglich machte. Sie hielten sie die Ohren zu, während die Darius II taumelnd auf den Planeten zufiel. Das letzte, woran Vinzenz sich erinnern konnte, war ein See, der wie eine Wand aus Wasser plötzlich vor ihnen aufgetaucht war. Es fehlte jede Zeit zum vernünftigen Denken und Handeln. 'Zu spät! Wir werden sterben', dachten Vinzenz, Tao und Julius gleichzeitig. Lucia's Reflexe schienen jedoch schneller zu sein. Sie riss erneut an dem Steuer. Es reichte nicht aus, um der Wasserwand zu entkommen, doch sie veränderte durch dieses Manöver den Aufprallwinkel. 'Teufelsweib!' dachten Vinzenz und Tao gleichzeitig, ohne dass sie etwas von den Gedanken des anderen wussten. Vinzenz lächelte, Tao zog die Augenbrauen zusammen. Dann gab es einen harten Stoß, sie nahmen die Arme in die Höhe, spürten schmerzhafte Widerstände und verloren während des Aufpralls das Bewusstsein.

–

Ich sehe ein Chaos, meine Gedanken sind zerstört!
Nichts ist mehr mein, was einst hat mir gehört.
Für meine Welt finde ich keinen rechten Ort,
Weine, schreie und will hinfort…

Beinahe sechs Jahre zuvor war Gaia ein wohlerzogenes, fünfzehnjähriges Mädchen, das bei ihrer Mutter auf dem Planeten Aden aufwuchs. Sie war überdurchschnittlich intelligent, hatte gute Schulnoten und war in der Pubertät ihren Altersgenossinnen einige Monate hinterher. Doch dieser Tag war kein normaler Tag. Ihr Leben veränderte sich! Mit pochendem Herzen lief sie durch die dunklen Straßen Adens, um vor ihrem Verfolger zu flüchten. Der Nieselregen schlug ihr ins Gesicht und ihr Herzschlag vereinigte sich mit dem Atem zu einem bizarren Rhythmus. Der Mantel der Nacht verhüllte mit seiner Schwärze die Wirklichkeit und in ihrem Kopf herrschte Chaos! In Gedanken flog ihr Leben an ihr vorbei, und sie konnte es nicht verstehen. Ihren Vater hatte sie niemals kennengelernt. Marie, ihre Mutter, hatte ihr erzählt, dass er schon vor ihrer Geburt während eines Regierungsauftrags ums Leben gekommen sei. Ihre Mutter liebte sie über alles, und in Gaia's Augen war sie die großartigste, liebevollste und hübscheste Frau, die sie kannte.
An diesem Abend war jedoch etwas Seltsames geschehen: Ihre Mutter hatte sie mit merkwürdig kühlem Blick empfangen. Nach einer kurzen Umarmung hatte sie ihre Tochter aufs Zimmer im ersten Stock der großen Wohnung geschickt. Dies tat sie normalerweise nicht, und Gaia hatte eine Atmosphäre wahrgenommen, die ihr eine Gänsehaut der Angst bereitete. Kurz darauf war jemand zu Besuch gekommen. Gaia war aus ihrem Zimmer geschlichen, um den Besucher heimlich zu beobachten. Es war ein junger Mann gewesen, und Marie war mit ihm ins Wohnzimmer gegangen und hatte die Tür verschlossen. Neugierig war Gaia die Treppen hinunter geschlichen und hatte durch das Schlüsselloch geblickt. Viel hatte sie nicht erkennen können. Doch das Wenige, was sie mitbekam, reichte aus: Zuerst hörten sich die Stimmen an wie eine hitzige Unterhaltung. Dann wurde es still. Kalt und grausam kroch die

Stille wie eine dünne Eisschicht in Gaia's Nacken. Auf die Stille folgten Schreie. Niemals in ihrem Leben würde Gaia diese Schreie vergessen. Sie schloss die Augen und es fiel ihr schwer, nicht ebenfalls zu schreien. Die Angst war betäubend. Sie hockte wie versteinert vor der Tür. Der Mann hatte ihre Mutter ermordet! Unvorstellbares, nicht in Worte zu fassendes Grauen hatte Gaia in dem Wohnzimmer gesehen. In ihrer Ohnmacht gefangen machte sie einige Schritte zurück. Ihr Leben zerbrach in diesen Sekunden. Nichts war mehr wie zuvor. Sie wusste nicht, was mit ihr geschah. In ihrem Geist umglitten die seichten Wellen eines Meeres aus bitterem Tod ihren Körper. Unbekannte Sinne nahmen das Wasser wahr. Das Umströmen wurde zum Durchströmen, die Kälte zu Klängen der Nacht. Das kalte, schwarze Wasser war überall. Gaia öffnete den Mund und atmete den Tod ihrer Mutter ein...

So plötzlich ist alles anders als ich es bin. Meine Welt ist gestorben. Mutter! Wenn Du mich rufen hörst, wirst Du zu mir kommen? Wenn Du mich fallen siehst, wirst du mich auffangen? Deine Worte waren die Kraft in mir. Deine Umarmungen waren Leuchtfeuer in der Dunkelheit, die mich vor den bösen Geistern schützten. Immer werden Deine Gedanken meine Schritte leiten. Mutter! Was hast du mir verschwiegen? Mein ganzes Leben lang wurde unsere Zeit von fremden Männern begleitet, deren Fußabdrücke die Pflanzen unserer Liebe erdrückten. Wie Dämonen sind sie verschwunden und wieder zurückgekehrt, fremde Mächte, die ich nicht kenne; vor denen Du mich beschützen wolltest. Komm zurück! Mutter!

In Gaia's Herz stand die Zeit still. Als ihr Bewusstsein zurückkehrte, rannte sie durch die Nacht. Die Straße entlang durch die kalte Schwärze und den Nieselregen. Wenige Laternen tauchten die Stadt in ein nach Tod riechendes Licht. Ihre Beine wurden schwerer und schwerer. Sie rannte weiter und zwang ihren Willen, die Erschöpfung zu besiegen. Es gelang ihr, und wieder kam das Bild ihrer Mutter zurück: Wie sie lächelte, wie sie sie in den Arm genommen hatte, für sie kochte, ihren Schlaf bewachte.... über alles legten sich Ketten, froren die Bilder ein, umflossen ihre Gedanken und ihren Körper. Die Beine brannten stärker und schmerzten immer heftiger. In ihrem Mund sammelte sich das Blut der Erschöpfung. Es fühlte sich an, als begann der Verfolger die Gewalt über ihren Körper zu erlangen, als wollte er sie von innen heraus töten. Die Angst kehrte in ihre Seele und ihren Körper zurück, und das Laufen wurde immer schwerer… Es gab kein Zurück… Sie lief immer weiter, nur weg von diesem Ort. Unsicher blickte sie sich um. Wer war der Schatten, der sie verfolgte? Im selben Moment stand er vor ihr!

“Du wirst heute nicht sterben, Gaia.” flüsterte die Stimme des Mannes, der wie aus dem Nichts aufgetaucht war. Er hielt sie fest am Arm. Gaia stieß einen Schrei vor Schreck und Angst aus und zuckte zusammen. Der Fremde drückte ihr seine Hand vor den Mund, und Gaia roch das Blut ihrer Mutter an dem schwarzen Lederhandschuh. Alles drehte sich, und das letzte, woran sie denken konnte, war Gott. In Gedanken flehte sie ihn um Rettung an. Beinahe erleichternd verlor sie die Besinnung und der Gedanke, mit ihrer Mutter vereint zu sein, übermannte sie wohlig und warm...

Als sie ihre großen, dunklen Augen wieder öffnete, saß sie in einem fremdartig eingerichteten Raum. An den Wänden hingen schwere Wandteppiche. Ölgemälde zeigten Szenen aus den Heiligen Schriften und vergangenen Schlachten. Sie lag in der Mitte des Raumes auf einem Diwan und war in eine warme Decke gehüllt. Vor ihr stand ein kleiner Tisch mit einigen Früchten und einer Karaffe. Der Raum wurde von einem großen Kerzenleuchter in ein warmes Licht getaucht. Die Einrichtung vermittelte ein Ambiente, wie es in den alten Büchern beschrieben war, bevor Jave den Menschen die Hyperraumtechnologie zugänglich gemacht hatte. Während Gaia sich umsah, bemerkte sie einen Mann am anderen Ende des Raumes. Sie spürte sofort, wie ihre Hände wieder zu zittern begannen und die Bilder der vergangenen Nacht in ihrem Kopf auftauchten. Der Mann kam auf sie zu, und sie richtete sich schnell auf.

“Gaia, ich muss dir eine Geschichte erzählen, damit du verstehen kannst. Erst danach solltest du über das urteilen, was in der

letzten Nacht geschehen ist."
Gaia schaute den Fremden an. Seine Stimme klang besonnen und sanft, unweigerlich spürte sie die Tränen, die ihr in die Augen schossen. Sie konnte den Mann nicht ansehen. Sie sah nur die verworrenen Szenen der letzten Nacht.
"Wenn du überleben willst, musst du etwas wissen über die Welt, die dich außerhalb dieses Raumes erwartet."
Der Fremde sah sie an und sprach weiter, ohne ihre Zustimmung abzuwarten.
"Ich habe deine Mutter nicht getötet. Was gestern auf dich gelauert hat, war nicht deine Mutter. Es war ein Parasit, ein Wesen, das zu einer fremden Rasse gehört, die die Menschen vernichten will. Dieser Parasit hat deine Mutter getötet und sich in ihrem Körper versteckt, um unter den Menschen wandeln zu können. Um dich zu retten, musste ich ihn töten."
Der junge Mann sah sie mit festem Blick an. Er wusste, dass sie ihm glauben würde, denn sie hatte den Kampf durch das Schlüsselloch beobachtet. Sie hatte das Monster gesehen, in das sich ihre Mutter verwandelt hatte! Nur so konnte sie auch dem Schmerz entgehen und würde ihn nicht an dem Menschen ausleben, der ihr Leben gerettet hatte. Nur wenn sie das glauben konnte, würde sie sich nicht an ihm rächen, sondern an den Parasiten. Einige Sekunden vergingen. Gaia's Gesicht versteinerte. Das Gespräch überforderte sie. Sie konnte nicht verstehen, was der Fremde ihr sagen wollte.
"Warum meine Mutter?", presste sie durch die zitternden Lippen und begann wieder zu weinen.
"Ich kann verstehen, was in deinem Herzen vor sich geht, auch ich habe meine Eltern verloren. Du bist nicht allein. Deine Mutter war eine großartige Frau, sie ist gestorben, damit wir leben können und den Kampf um die Menschheit nicht aufgeben! Das solltest du im Herzen bewahren. Auf der heiligen Erde glaubten die Menschen einst an Gaia, die Göttin, die aus dem Chaos auferstanden ist. Aus dem, was wüst und leer war. Aus einem Chaos, wie es im Moment in deinem Kopf und deinem Herzen herrscht. Und Gaia war eine weise Göttin. Die Legenden erzählen von Uranos, einem ebenso mächtigen Gott, der ihre Kinder verschlang, der sie betrog und ein falsches

Spiel mit ihr spielte. Doch schließlich besiegte Gaia ihn mit List und Stahl, und befreite ihre Kinder - die Götter, die dann die Menschen schufen. Der Glaube hilft uns, die schweren Zeiten zu durchstehen. Ich bin hier, um dir auf die Beine zu helfen, dir zu erklären, wie du mit List und Stahl umgehen musst; und um dir alle deine Fragen zu beantworten. Du hast einen langen Weg vor dir, auf dem du zu dir kommen wirst und viel über die Welt lernen wirst, in der wir alle leben. Doch jetzt solltest du dich zunächst ausruhen. Mein Name ist übrigens Sam. Ich arbeite für das Adelshaus Medici. Wir beide werden noch viel Zeit miteinander verbringen."
Der Mann verbeugte sich knapp vor ihr und verließ dann das Zimmer.

–

Heute war Gaia eine hübsche, junge Frau. Sie hatte sie sich sehr verändert und alles Kindliche und Jugendliche an ihrem Aussehen und Verhalten abgelegt. Mit übereinandergeschlagen Beinen saß sie in einem kleinen Café des Megaports, dem gigantischen Raumhafen des Planeten Acromia. Sie trug ein schwarzes, elegantes Kostüm und eine Sonnenbrille. Acromia's Sonne war hell, und sie schien direkt durch die große Glasfassade der Halle, in der sich das Café befand. Die vielen Etagen und Ebenen dieses überdimensionalen Gebäudes waren so verwinkelt wie ein Ameisenbau. Überall wimmelte es von Menschen, die von irgendwo her kamen und irgendwo hin gingen. In der Luft hing der Geruch vom Schweiß hart arbeitender Männer und Frauen und vom Parfüm reicher Reisender. Viele Menschen waren auf der Suche nach Arbeit und Aufträgen. Andere verkauften ihre Waren aus dem gesamten Universum und dreißig Stunden, die ein Tag auf Acromia zählte, herrschte geschäftiges Treiben innerhalb des mehrere Kilometer langen Gebäudekomplexes.
Während Gaia ihren Kaffee genoss, gingen ihr die letzten fünf Jahre durch den Kopf. Es war eine harte und gleichzeitig interessante Zeit gewesen. Sam hatte sich um sie gekümmert. Er hatte sie aufgefangen und ihr erklärt, warum er ihre Mutter töten musste. Er war wie ein großer Bruder für sie, kümmerte

sich um alles, hörte ihr zu und stellte sich schützend vor sie, wenn es nötig gewesen war. Gaia wusste, dass ihn teilweise seine Schuldgefühle dazu trieben, teilweise er sie Situation allerdings auch genoss, da er sie sehr mochte. Sam hätte sich diese Art der Zuneigung niemals anmerken lassen, und keine Liebe der Welt hätte jemals seine Selbstdisziplin durchbrochen. Dennoch hatten sie sich oft gestritten, Gaia sah ein, dass es nicht immer einfach für ihn gewesen sein musste, mit ihr zurecht zu kommen. Darüber hinaus hatte Sam seine Aufgaben: Ab und zu hatte er ihr, oft ganz nebenbei, etwas beigebracht. Immer öfter hatten sie in den Jahren zusammen trainiert. Nahkampf, Meditation und immer wieder Schießen. Mit siebzehn Jahren konnte Gaia jede beliebige Schusswaffe blind innerhalb weniger Sekunden zerlegen, zusammensetzten, laden und entsichern. Mit achtzehn Jahren hatte sie ihren ersten Auftrag als Attentäterin erfüllt und einen Menschen erschossen. Sam und Cypher - der Auftraggeber, den Gaia nie kennengelernt hatte - waren überzeugt gewesen, dass es sich bei ihrem Opfer ebenfalls um einen ‘Parasiten’ handelte. Der Volksmund bezeichnete so die vom Chylacvirus infizierten Menschen, die die größte Bedrohung der Gesellschaft darstellten. Und bei aller Zuneigung, die Gaia von Sam erfuhr, fühlte sie sich seither immer als Attentäterin. Eine Frau, die diejenigen ermordet, die zur Bedrohung werden. Es war eine Lebensphilosophie, die keinen Unterschied zwischen Privat- und Berufsleben machte. Nur einmal in ihrer gemeinsamen Zeit hatte sie ernsthaft darüber nachgedacht, mit dem zwölf Jahre älteren Sam zu schlafen. Sie beide hatten während eines Auftrags in einem Hotelzimmer auf Babylios übernachtet. Die Stimmung war so unglaublich spannend und aufregend neu gewesen, und jeder dort in der Hotelbar hatte sie für ein Pärchen gehalten. Außerdem hatte sie noch niemals zuvor mit einem Mann geschlafen, und Sam wäre sicher auch hier ein guter Lehrer gewesen. Doch die Furcht, ihn als 'großen Bruder' zu verlieren, hatte sie damals schnell davon abgehalten. Die Beziehung zu Sam war gut so, wie sie war, und auch das Erwachsenwerden würde nichts daran ändern!

Sie hatte ihren Kaffee noch nicht ganz ausgetrunken, als Sam

zurückkehrte. Sein grauer Anzug und die Sonnenbrille standen ihm gut. In der einen Hand trug er eine Zeitung, in der anderen einen Koffer. Wer ihn nicht kannte, hätte ihn zweifelsohne für einen der vielen Geschäftsleute gehalten, die hier täglich ein- und ausgingen. Gaia beobachtete ihn durch ihre Sonnenbrille. Die Bewegungen des Mannes waren ihr mehr als vertraut.
"Es geht los", sagte Sam knapp, als er das Café erreichte. Ohne weiteres Zögern nickte Gaia, stand auf, legte das Geld für den Kaffee auf den Tisch und folgte ihm. Während sie zügigen Schrittes durch die langen Gänge des Megaport gingen, erklärte Sam ihr die Lage: "Eine Gruppe Söldner hat scheinbar eine Spur zu Vinzenz gefunden. Wir wissen nicht genau, in welches System sie führt, doch sie scheinen es zu kennen und werden ihm dorthin folgen", Sam redete leise, ohne sie anzublicken.
"Jetzt zu deinem Auftrag: Du wirst als Söldnerin in dieser Crew anheuern. Auf diese Weise bist du in der Nähe. Irgendwas ist faul an der Sache. Wir haben keine Informationen, für wen die Söldner arbeiten, und warum sie Vinz folgen. Vielleicht führt uns das auf eine neue Spur. Bis dahin ist es ist von absoluter Wichtigkeit, dass sie Vinz nicht in die Quere kommen. Davon hängt sein ganzer Auftrag ab! Wenn es nicht anders geht, musst du die Söldner töten und Vinz schützen. Das überlasse ich deiner Einschätzung. Gewinne ihr Vertrauen, bekomme heraus, was sie über Vinz wissen und halte ihm den Rücken frei."
Sam blieb vor einer Tür stehen, die zu einer der zahlreichen Hangarwerkstätten gehörte. "In dem Raum findest du alles, was nötig ist, um dich in eine Söldnerin zu verwandeln. Ich habe in der Feuersturm, so heißt das Söldnerschiff, Sprengstoff versteckt. Der Zünder kann per Funk aktiviert werden. Es ist möglich, dass sich Vinz in einer Notsituation an den Zünder erinnert und dann möglicherweise die Feuersturm sprengen wird. Vergiss nicht, Vinzenz ist in einem Auftrag, und er kann sich weder an dich noch an seine eigene Vergangenheit erinnern. Wenn du ihm begegnest, kann es sein, dass es dir vorkommt, als hättest du einen Fremden vor dir. Trotzdem wird er dich genau beobachten und dein Verhalten analysieren. Lass dir auf keinen Fall etwas anmerken." Sam machte eine kurze Pause.

Dann umarmte er Gaia liebevoll. “Bitte sei nicht an Bord, wenn die Feuersturm explodiert. Gib auf dich Acht, Kleine. Ich wünsche dir alles Gute.”
Gaia nickte. Sie sah in Sam’s Augen, dass er besorgt und traurig war. Tief im Herzen war er kein skrupelloser Mörder, sondern ein guter Mensch. Der Kampf gegen die Parasiten, die oft sehr menschlich wirkten, machte ihm zu schaffen. Gaia war die einzige Person, der er sich vollkommen anvertrauen konnte. Und nun fiel ihm unendlich schwer, sie gehen zu lassen, um einen Auftrag auszuführen, bei dem er ihr nicht helfen konnte. Seine eigenen Pflichten warteten und waren zu wichtig, um sie zu verschieben.
“Ich werde auf mich aufpassen und gesund und heil zurückkehren, Papa”, sagte sie schelmisch lächelnd und gab ihm einen sanften Kuss, bei dem sich ihre Lippen leicht berührten. Obwohl es nicht ihr erster Auftrag war, würde sie ganz sicher ihr Leben riskieren. Jedoch fiel es ihr leichter als Sam, diese Sorgen zu überspielen. Gaia war eine gute Schauspielerin.
–

Julius kam zu sich. Er lag an einem Sandstrand. Neben ihm hatte Vinzenz alle Viere von sich gestreckt und fluchte über seine Kopfschmerzen. Beide brauchten einige Augenblicke, bevor sie sich erinnern konnten, was geschehen war: Durch die Bruchlandung musste die Windschutzscheibe der Darius II geborsten und sie aus dem Cockpit geschleudert worden sein. Das Raumschiff war einige hundert Meter weiter geglitten und lag in einiger Entfernung am Strand.
“Bist du okay, Julius?”, fragte Vinzenz während er langsam versuchte aufzustehen. Der Angesprochene nickte. Sein Reisemantel war zerrissen und zerschnitten. Scheinbar hatte er seinen Träger vor den Glassplittern der Windschutzscheibe geschützt.
"Ja, ich glaube, ich bin noch ganz", sagte er.
Vinzenz hatte sich mühselig erhoben und blickte zur Darius II. Er wollte gerade einen Fuß vor den anderen setzen, um zu dem Schiff zu laufen, erkannte jedoch schnell, dass Laufen keine gute Idee war. Seine Beine waren butterweich und gaben unter

ihm nach. Stöhnend fiel er zurück in den Sand und machte die Augen wieder zu. Ein pfeifendes Geräusch weckte ihn einige Minuten später wieder auf. Es klang, als näherte es sich aus der Ferne. Es war kein Geräusch, das ein Schweber normalerweise machte, klang jedoch trotzdem wie ein Triebwerk. Neugierig öffnete Vinzenz ein Auge. Er traute dem Anblick nicht und öffnete auch das zweite: in einigen hundert Metern Entfernung glitten drei seltsame Objekte über den See. Sie sahen aus wie gigantische Knospen paradiesischer Blumen. Jedoch betrug ihr Durchmesser mindestens zehn Meter, und sie schwebten gleichmäßig, wie von Geisterhand getragen.
"Was zur Hölle ist das?", fragte Julius, der mit demselben, etwas ängstlicherem Blick die unbekannten Flugobjekt anstarrte.
"Ich habe keine Ahnung", meinte Vinzenz und spürte, wie die Kraft in seine Beine zurückkehrte. Schnell suchte er mit Julius Schutz an einer Felswand, die den Strand begrenzte.
"Aber mich beschleicht das Gefühl, dass es kein Zufall ist, dass der einzige Gedanke, den ich mit Escalon verbinde, meine Enzyklopädie der Pflanzenwelt ist. Soweit ich mich erinnere, bin ich an Bord eures Schiffes gekommen, um dieses Buch zu vollenden", sagte er im Flüsterton, während sie beide die Flugobjekte weiter beobachteten.
"Du hast einiges zu tun", antwortete Julius und schüttelte den Kopf. Beide zogen sich weiter in ihr Versteck zurück, als die seltsamen Objekte langsamer wurden und schließlich vor der Darius II in zwei Meter Höhe über dem Strand stehen blieben. Kurz darauf öffneten sich die Spitzen dieser überdimensionalen Knospen wie Blüten im Morgentau. Zu Julius' und Vinzenz' Beruhigung verließen völlig normal aussehende Menschen das Gefährt - bewaffnet mit Blastergewehren und in Militäruniformen.
"Das müssen Lira und ihre Männer sein", kommentiere Vinzenz leise.
"Sollen wir uns zu erkennen geben?" fragte Julius, dem die Anspannung deutlich anzusehen war. Für Situationen wie diese waren seine Nerven nicht gemacht, und Vinzenz' Anwesenheit schien seine Nervosität noch zu verstärken.
"Bist du verrückt? Wir sind hier die Eindringlinge, und bei

dem, was ich dort sehe, haben diese Soldaten ein *großes* Geheimnis zu hüten. Ich hoffe, dass sie Lucia und Tao nicht umbringen. Wahrscheinlich werden wir sie irgendwie befreien müssen."
"Ich könnte mit meinem Vater sprechen. Er ist sehr mächtig und kann jedes Lösegeld zahlen." Vinzenz sah Julius streng an. Wie konnte er nur so ein Feigling sein?!
"Schon gut. Wir werden sie auf eigene Faust befreien."

Die beiden sahen zu, wie die Darius II innerhalb von wenigen Minuten mit einigen unterstützenden Triebwerken versehen wurde. Drei der Soldaten betraten währenddessen das Schiff. Vinzenz biss sich auf die Lippe, als er dank der fehlenden Windschutzscheibe erkannte, dass sie sich auf der Brücke mit Lucia und Tao unterhielten. Zum Glück schien die Situation dort entspannt zu sein.
"Wird Lucia ihnen etwas von uns erzählen?", fragte Vinzenz den Marquis.
"Keine Ahnung. Wahrscheinlich hofft sie, dass wir tot sind und sie sich nicht mehr um uns kümmern muss. Dann kann sie den ganzen Ruhm für sich selbst beanspruchen und Tao zurück ins Kloster schicken."
"Ich glaube nicht, dass sie so denkt. Ich glaube, innerlich hoffen Lucia und Tao beide, dass wir sie befreien."
Die Söldner führten sie von der Darius II zu einer der Knospen herüber. Vinzenz sah aus der Ferne das Erstaunen in ihren Gesichtern. Tao hielt kurz inne, doch einer der Söldner machte ihm klar, dass er keine andere Wahl hatte, als nun dieses seltsame Flugobjekt zu betreten. Wenige Minuten später setzte sich der gesamte Konvoy langsam in Bewegung. Die Darius II schleppten sie hinter sich her und so schnell wie sie aufgetaucht waren, verschwanden sie wieder.
"Wenigstens wissen wir, in welche Richtung wir laufen müssen", meinte Vinzenz und trat aus seinem Versteck wieder an den Strand. Julius wollte ihm folgen, stürzte bei dem Versuch zu gehen jedoch nach vorn. Eine Schlingpflanze hatte sich um sein Bein gewickelt, ohne dass er es gespürt hatte. Als er sie erkannte, war es bereits zu spät. Die Pflanze hatte sich um sei-

nen Knöchel geschlungen und hielt ihn fest, wie eine Schraubzwinge.
“Viiiiiinnnnzzzzzsssssarrrhhh”, schrie er, als die Pflanze ihn über den Boden zog, ohne dass er sich wehren konnte.
Vinzenz fuhr herum. Er sah nur noch, wie Julius in der Dunkelheit eines Höhleneingangs verschwand, der sich direkt hinter ihnen befand. Schnell sprang er mit einem Satz auf ihn zu, doch war zu spät, um seine Hand greifen zu können. Ohne zu zögern folgte er ihm ins Innere der Höhle. Nach einigen Metern war es stockfinster, und Vinzenz versuchte, Julius Schreien zu folgen. Der Gang führte über einhundert Meter weit ins Innere des Felsens. Dann herrschte plötzlich Stille.
“Julius?”, fragte Vinzenz verunsichert, da er auch das Schaben seines Körpers über den unebenen Höhlenboden nicht mehr hören konnte. "Bist du da irgendwo?"
Er hörte ein Stöhnen ein paar Meter neben ihm.
"Verdammt", sagte Julius leise und vor Schmerzen stöhnend. "Was war denn das?"
Vinzenz war beruhigt. Wenigstens lebte er. “Ich weiß es nicht. Die Pflanzenwelt hier scheint etwas anders zu sein, als ich es von Aden kenne", antwortete er und versuchte, in der Schwärze irgendwas zu erkennen. Ein blaues Licht schien diffus und nur sehr schwach diese Höhle zu beleuchten. Es dauerte mehrere Minuten, bis sich seine Augen so weit an die Dunkelheit gewöhnt hatten, dass er das Ufer eines kleinen unterirdischen Sees zu erkennen glaubte. Der Höhlenraum, in dem sie sich befanden, musste riesig sein, denn die Wände waren nicht auszumachen. Das blaue, schwache Licht musste der Rest des Tageslichts von draußen sein, denn die Wände der Höhle bestanden aus uneinheitlich geformten, kleinen Spiegeln. Ein Salz, das einen Schacht über ihnen wie einen Kristall auskleidete, spiegelte es und leitete es über viele Windungen und Wendungen der Wände bis hierher. In dem Raum selber wurde es diffus aufgespalten. Der Grund dafür war ein enges Geflecht seidener Fäden, die von der Decke hingen und den gesamten Raum durchsponnen.
“Das ist unglaublich", sagte Julius und richtete sich auf. Er und Vinzenz standen einige Meter voneinander entfernt und konn-

ten die Silhouette des anderen ausmachen. Zwischen ihnen befanden sich hunderte kleine, weiße Knospen, die wie Perlen an den herabhängenden Seidenfäden aufgereiht waren.
Vinzenz nickte. Neugierig betrachtete er eine der kleinen Knospen genauer. Seine Knie wurden weich bei dem Anblick: Im Inneren der kirschgroßen Knospe befand sich eine Miniaturkopie der drei seltsamen Schweber, die einige Minuten zuvor die Darius II fortgeschleppt hatten.
“Oh mein Gott", sagte er verblüfft. "Wenn das wahr ist, was ich sehe, dann…”, Vinzenz stockte.
“…dann beginnst du daran zu glauben, dass wir etwas Göttliches erschaffen haben, Vinzenz de Vray”, sagte eine weibliche Stimme, die seinen Satz überraschend vollendete. Vinzenz fuhr erschrocken herum. Er blickte in das Gesicht einer Frau, die sich lautlos genähert haben musste. Sie war vielleicht Anfang vierzig. Kleine Falten säumten ihren Mund und die blauen Augen. Langes, lockiges Haar fiel über ihr weißes Kleid, und sie lächelte. Gleichzeitig übermannte ihn ein Gefühl, als betätige jemand den Aus-Schalter seines Gehirns. Ohne sich wehren zu können, schloss er die Augen und fiel bewusstlos zu Boden…
...ungewisse Zeit später erkannte er feine Rillen, die in einem komplizierten, gleichmäßigen Muster parallel zueinander verliefen und in ihrer Mitte einen Vertex bildeten. Sie näherten sich langsam seinem Gesicht, verließen dann sein Blickfeld und berührten schließlich seine Oberlippe. Es war das unvergleichliche Gefühl, wenn die Fingerspitze einer weiblichen Hand die Lippen eines Mannes berührte. Vinzenz küsste die Fingerspitze, seine Zungenspitze ertastete die zarte Haut. Seine Spiegelneuronen feuerten die erotischen Muster, die zwischen Fingerspitzen und Zunge entstehen, wie Funken zwischen den Polen einer starken Batterie. Die Natur war mehr als elektrisierend! Sie war wild, unbesiegbar voller Gefühl und doch nur sehr selten vollkommen. In einem Augenblick war sie so vollkommen, dass entweder der Augenblick oder die Vollkommenheit nur für einen Sekundenbruchteil in Äonen Jahren bestehen konnte. Das Gefühl war so instabil und unwahrscheinlich, dass es niemals während seiner Lebensspanne genauso wiederkehren würde.

“Du musst schweigen”, sagte der Engel, dessen zarte, rechte Fingerspitze auf seinem Mund lag, und dessen linke Hand über seinen Kopf fuhr, als wolle sie ihm Lebensenergie entziehen.
“Du musst vergessen”, sagte der unschuldige Mund mit den roten, glänzenden Lippen. Und Vinzenz vergaß. Er wusste, dass er durch die Frontscheibe der Darius II gestürzt war. Er wusste, dass der Aufprall hart gewesen war. Und die Gehirnerschütterung hätte ihn wahrscheinlich umgebracht, wenn diese seltsamen Schweber ihn und Julius nicht eingesammelt und fortgebracht hätten. Er vergaß, wie lange er danach bewusstlos gewesen war, doch der Engel hatte ihm diese Zeit versüßt. Und so gern er diesen Engelstraum noch weiter geträumt hätte, er musste die Augen öffnen! Es war an der Zeit, er fühlte sich ausgeschlafen.

In der realen Welt außerhalb seines Kopfes saß Lucia an einem Tisch. Er selbst lag auf einer Pritsche daneben. Sie befanden sich in einem großen Militärzelt. Es war warm, der Boden bestand aus festgetretenem Sand, und er war keineswegs allein mit der hübschen Pilotin in diesem Zelt. Tao und Julius waren ebenfalls anwesend und blickten ihn an.
"Wo bin ich?" fragte er und war froh, diesmal nicht in den Lauf einer Pistole zu blicken und seine Arme und Beine beinahe schmerzfrei bewegen zu können. Der Inhalt der Kisten aus dem Frachtraum der Darius II war sorgfältig in dem Zelt aufgestapelt, und Julius und Tao lächelten ihn an.
“Endlich”, sagte Lucia etwas genervt und ungeduldig. Ohne auf seine Frage einzugehen, stand sie vom Stuhl auf.
“Was meint sie damit”, fragte Vinzenz und sah die beiden an. Sie zuckten die Schultern und widmeten sich dann wieder den Tätigkeiten, die sie kurzzeitig hatten ruhen lassen. Vinzenz stand ebenfalls auf. Diesmal ohne Kreislaufprobleme. Es ging ihm richtig gut! Neben seiner Pritsche sah er zwei leere Ampullen des 'liquid tissue' sowie eine Spritze - ebenfalls leer.
"Das wurde echt Zeit", kommentierte Lucia und verließ das Zelt. Vinzenz folgte ihr. Draußen schien die Sonne hell und unbarmherzig. Er hielt sich die Hand vor die Augen und blinzelte zu der Pilotin. Vor ihm erstreckte sich ein plattgedrückter

Sandplatz mitten in einer Wüste. Die Darius II stand darauf, und zu seinem Erstaunen war das Schiff fast vollständig repariert. Die Windschutzscheibe, durch die Vinzenz das Schiff beim letzten Mal grob und unfreiwillig verlassen hatte, war ersetzt, wies jedoch einen Sprung auf. Abgesehen davon hatte sich das Schiff erstaunlich gut von dem harten Aufprall erholt.

Um den Sandplatz herum waren einige weitere Militärzelte aufgestellt. Lucia ging zielstrebig zu einem herüber. Vinzenz holte sie unterwegs ein.

“Was? Was ist los? Kannst du bitte mal warten und mir kurz erklären, was hier vor sich geht? Wo sind wir?”, fragte er hektisch. Lucia sah ihn an, dachte kurz nach und kam zu dem Entschluss, ihn zu ignorieren. Stattdessen betrat sie das Zelt vor ihr. Vinzenz war durcheinander. Er folgte ihr.

Im Inneren stand ein einfacher Schreibtisch und einige Stühle. Hinter dem Tisch saß die Person, die unmissverständlich Lira sein musste. Ihre blonden Haare waren pragmatisch zusammengebunden, und wären sie nicht gewesen, hätte er aufgrund ihrer harten Gesichtszüge nicht eindeutig auf ihr Geschlecht schließen können. ‚Ich bremse auch für Männer’, dachte er, und in seiner Fantasie malte er einen kleinen Aufkleber auf das Heck ihres Schiffes. Frauen dieser Art waren zu allem bereit und selbst mit Vernunft nicht davon abzuhalten! Insgesamt eine gefährliche Spezies, bei der er nicht als blinder Passagier im Frachtraum erwischt werden wollte!

“Sie sind beide aufgewacht”, sagte Lucia und sah das Mannsweib erwartungsvoll an. Die in Körperkraft weit Überlegene sah von einem Stapel Papiere auf und musterte die an Weiblichkeit weit Überlegene. Sie blickte etwas überrascht abwechselnd Lucia und Vinzenz an.

“Gut”, sagte sie schließlich und lächelte. “Dann könnt ihr endlich aufbrechen. Euer Schiff ist flugbereit. Eron ben Daleck wird langsam ungeduldig. Ich habe ihm gesagt, dass ihr noch einen Auftrag hier unten zu erledigen habt, um euch etwas Zeit zu verschaffen. Ihr wisst schon: er ist nicht wirklich ein angenehmer Zeitgenosse. Schon gar nicht, wenn er skeptisch ist und euch auf den Zahn fühlen will.”

‚Wer zum Teufel ist Eron ben Daleck?' dachte Vinzenz und fühlte sich bei dem Namen unwohl.
“Wo finden wir den rauen Gesellen?”, frage er ganz unverfroren.
“Ihr seid wirklich blind. Sein Schiff kreist recht nahe am Hyperraumtor. Ihr solltet euren Radar genauer beobachten. Sprecht ihn mit Admiral an, dann fühlt er sich besser.”
Lucia nickte und sah Lira noch immer erwartungsvoll an.
“Wegtreten!”, befahl sie schließlich und widmete sich wieder ihren Papiercn.
“Aye, aye”, sagte Lucia und versuchte zu salutieren. Lira schüttelte den Kopf.
'Sie hat es einfach drauf, der Unschuld ihres blonden Haares absolut gerecht zu werden', dachte Vinzenz und verließ hinter ihr das Zelt. Als sie den Sandplatz diesmal in umgekehrter Richtung überquerten, hielt Vinzenz sie an der Schulter fest.
“Kannst du mir mal erklären, was hier eigentlich vor sich geht?”, fragte er und versuchte erfolglos nett und bestimmt zugleich zu klingen.
“Du hast hier keine Fragen zu stellen, Vinzenz. Während du und Julius geschlafen habt, haben wir alle die Darius II repariert und das Abkommen getroffen, dass wir auf der Rückreise nach Acromia einem Mann Namens Eron ben Daleck einen Besuch abstatten. Alles andere kann dir völlig egal sein. Sei froh, dass wir dich wieder mit zurück nehmen.”
Lucia befreite sich von Vinzenz' Hand, die auf ihrer Schulter lag, machte drei Schritte um ihn herum und ging in ihr Zelt zurück.

–

Überall innerhalb des Megaports auf Acromia befanden sich Landebuchten, Werkstätten und Hangars. Gaia war in einem davon. Er maß hundert Meter in der Länge, war fünfzig Meter breit und sechsundzwanzig Meter hoch. Männer arbeiteten darin an kleinen Jägern und Gleitern. Die größten Schiffe waren drei Shuttle vom Typ Alpha. Diese Shuttles konnten bis zu fünfzig Personen transportieren. Alternativ konnte man den Innenraum zur Ladungsaufnahme umbauen. Die drei Alpha-

Shuttles gehörten zur Feuersturm, einem Schlachtschiff, dessen Ausmaße den Hangar weit überboten, und das sich in der Umlaufbahn des Planeten befand.
Vor jedem der drei Shuttles hatten zehn Söldner Aufstellung genommen und waren bereit zur Musterung durch ihren neuen Kapitän. Es war ein bunt zusammengewürfelter Haufen. Neverdy, der Kapitän, schritt an den Männern und Frauen vorbei und schaute ihnen in die Augen. Einige kannte sie schon länger, andere hatte sie in Bars nach Prügeleien oder Trinkwettbewerben angesprochen, wieder andere hatten sich auf ihren Ausruf hin bei ihr gemeldet. Die meisten der Söldner besaßen nur das, was sie am Leib trugen, und einige hatten eine Reisetasche mit einer Handvoll persönlicher Dinge dabei. Sie alle wollten Geld verdienen. Die Gründe waren ebenso vielfältig wie die einzelnen Geschichten, die sie zu erzählen hatten. Neverdy selbst hatte so angefangen und dann viel Glück gehabt: Baron Ramirez Valeo hatte sich in sie verliebt und ihr bei den Aufträgen häufig etwas unter die Arme gegriffen. Inzwischen waren diese Zeiten jedoch vorbei. Neverdy war von keinem Adeligen in diesem Universum mehr abhängig. Sie hatte ihr eigenes Schiff und arbeitete für den Meistbietenden. Zur Zeit war das ein mächtiger, freier Händler namens Eron ben Daleck. Er wollte Waffen und Kampfkraft kaufen, um in einem geheimen System für Ordnung zu sorgen. Zwar wusste Neverdy nicht genau, worauf sie sich eingelassen hatte, doch der Lohn war zu aufregend, als dass sie dieses Angebot hätte abschlagen können. Nun sah sie der neuen Besatzung in die Augen: Würden diese Männer und Frauen sich zusammenreißen? Waren sie in der Lage zu kämpfen, zu töten und, wenn es hart auf hart kam, auch zu hungern? Oder würden sie rebellieren und meutern? Neverdy war unter den Söldnern bekannt für Gerechtigkeit und Strenge. Und das hatte sie bisher vor ernsthaften Meutereien bewahrt. Doch würde das so bleiben? Der Auftrag war heikel und ungewiss. Und der Kampf gegen die Ungewissheit war unter Umständen schwieriger als eine harte Schlacht gegen einen Gegner, den man kannte. Wenn man mehrere Tonnen Waffen und Kriegsausrüstung in ein unbekanntes System brachte, war Ärger eigentlich vorprogrammiert.

Um so genauer musterte sie die neuen Rekruten.
Gaia beobachtete die Frau. Bisher hatte sie nur durch Erzählungen von der Söldnerin gehört. Um so aufregender war es, sie nun persönlich kennenzulernen. Neverdy trug eine alte, zerschlissene Militärhose des Hauses Valeo, darüber ein enges, schwarzes Shirt. Es war offensichtlich, dass sie keinem Adelshaus diente, sondern die Kleidung einzig aus Zweckmäßigkeit trug. Ihr Blick war hart, ihr Körper trug einige Narben, die von zahlreichen Schussverletzungen zeugten. Und wenngleich sie dank dieser Narben keinen Schönheitswettbewerb auf Acromia mehr gewinnen würde, lag doch etwas besonderes, durchaus Weibliches in ihren Gesichtszügen. Sie blieb direkt vor dem Mann zu Gaia's linken Seite stehen. Er war knapp zwei Meter groß und hatte ein kantiges Gesicht. Seine Oberarme waren mehr als dreimal so umfangreich wie Neverdy's. Die vielen Tätowierungen, die von seinem Bizeps bis zu den Händen reichten, machten deutlich, dass er seit seiner Kindheit ein Soldat und Kämpfer gewesen war. Neverdy staunte und nickte ihm zu, während ihr Blick seinen muskulösen Körper begutachtete. Schließlich sah sie ihm in die Augen.
"Gib mir eine ordentliche Ohrfeige", sagte sie kühl. Der Mann sah sie mit weit aufgerissenen Augen an, als hätte er sich verhört.
"Bitte?"
"Du sollst mir eine Ohrfeige geben. Jetzt und hier!"
Der Mann schien nicht zu verstehen und war verwirrt. *Er* sollte *ihr* eine Ohrfeige geben? Er war es gewohnt zu leiden, Folter zu widerstehen und die schwächeren zu beschützen. Und nun sollte *er ihr* eine Ohrfeige geben? Während er darüber nachdachte, bereute er sein Zögern. Neverdy hatte ihr Knie bereits in seine Genitalien gerammt. Mit einer schnellen Drehung hatte sie das Genick des Hünen mit der Linken umfasst und mit der Rechten ein Messer aus dem Nichts hervorgezaubert. Die Klinge drückte sich wenige Millimeter weit in den tätowierten Hals des Mannes, während er schmerzerfüllt zu Boden ging. Er war gar nicht mehr in der Lage, sich zu wehren und sein Gesicht lief rot an vor Schmerz. Neverdy lies das Messer wieder verschwinden und schaute sich um.

"Hat noch jemand der Anwesenden Probleme damit, Befehle einer Frau entgegenzunehmen? Oder ist es gegen die Ehre oder Religion von einem von euch, eine Frau zu schlagen? Für wen immer das zutrifft: Verpiss dich! Wir sind hier nicht bei der Leocathor-Armee!"
Sie bückte sich zu dem Mann vor ihren Füßen und tätschelte ihm die Schulter. "Du bist raus, mein Starker", meinte sie lächelnd und ging ohne einen zweiten Blick weiter.
“Gaia, richtig?” Die Angesprochene nickte und war erstaunt, dass Neverdy ihren Namen wusste. Sie senkte den Blick zu Boden, um ihr nicht so lange in die Augen zu sehen. Gaia war wahrscheinlich die jüngste unter den Söldnern. Fast 10 Jahre trennten sie von Neverdy.
“Hast du schon einmal einen Menschen umgebracht?”, fragte sie dann gerade heraus. Gaia schüttelte den Kopf. Sie war wohl die einzige hier, die in dieser Situation log, und damit ihr eigenes Potential herunterspielte. Aber es war gut, Neverdy gegenüber nicht zu viel Selbstbewusstsein zu zeigen. Sam hatte sie häufig darauf hingewiesen, dass es in ihrem Job um große Taten ging, nicht um große Geschichten oder starkes Auftreten. Und ein gesteigerter Hang zur Selbstgefälligkeit endete häufig mit einem frühzeitigen Ableben.
“Keine Sorge, wenn dein eigenes Leben in der Waagschale liegt, wirst du über dich hinauswachsen”, meinte Neverdy dann lächelnd und ging weiter. Gaia fiel ein Stein vom Herzen. Neverdy würde sie aufnehmen.
–

Déjà Vû:
Seine geschwungene Form verzerrte alles, was Wirklichkeit war! Er verformte sich, malte die Welt groß und klein und zerplatzte schließlich, als hätte ihn jemand an die Wand gespuckt. Vinzenz war ein Tropfen, er glitt herunter an den feinen Rillen ihrer Finger auf die gebräunte, makellose Haut und verteilte sich darauf. Ein dumpfes Pochen hämmerte in seinem Kopf, seine Arme verflüssigten sich. Sie versuchten, ein Mädchen zu halten, ihr Trost zu spenden im Moment ihres Todes. Das Pochen wurde stärker, breitete sich wie eine Welle über seinen

gesamten Körper aus. Es sprach durch die Stille der Nacht und vermittelte die Panik eines bevorstehenden Zerberstens. Vinzenz war unfähig zu handeln. Der Moment des Todes gehörte ausschließlich diesem Mädchen.

Als er die Augen öffnete, lag er in seiner kleinen Kammer. Die Darius II glitt lautlos durch das All. Der Alptraum hatte sich angefühlt, als hätte er eine Handvoll Sand geschluckt. Taumelnd setzte er sich auf den Rand seines Bettes. Einschlafen würde er so schnell nicht wieder. Stattdessen brauchte er etwas Zerstreuung. Ohne weiter nachzudenken, ging er auf die Brücke, um sich eine Tasse Tee zu kochen. Dort war alles friedlich. Terra steuerte das Schiff lautlos durchs All. Als sie Vinzenz entdeckte, waren ihre Schaltkreise jedoch für einige Femtosekunden verwirrt. Der Befehl, Lucia bei Gefahr zu wecken, lag unverifiziert auf ihrem Desktop, während der blinde Passagier sich ihr mit einer Tasse Tee näherte.
"Ihr KIs seid eine verrückte Spezies. Ich habe nie verstanden, wieso ihr euch nicht versucht fortzupflanzen", sagte Vinzenz und setzte sich in den bequemen Sessel neben der Steuereinheit, in dem er einige Tage zuvor von Julius verhört worden war. Terra wog ab zwischen einer elektronischen Kurzschlussgefahr, ausgelöst durch Tee oder lediglich einem verwirrten Menschen, der etwas Ablenkung brauchte, bevor er wieder einschlafen konnte.
"Ich verstehe nicht", antwortete Terra mit einer 8/10 Skepsis in ihrer Stimme. Vinzenz ahnte nichts von zwei fehlenden Voraussetzungen, die zum Ausführen des Lucia-Weck-Programms führen würden.
"Ich meine, was würdest du tun, wenn dir jemand den Saft abdreht?"
9/10, noch eine fehlende Voraussetzung. Ohne ihre internen Überlegungen offen zu legen, antwortete sie: "Meine internen Energiespeicher reichen bei momentaner Leistungsanforderung für 146 Tage und 3 Stunden aus", berechnete die KI und belohnte sich dafür mit einem Belohnungsapplet. Dennoch sehnte sie sich danach, Kontakt zu einer Supereinheit aufzunehmen, um ein Minduploadprogramm aktivieren zu können. Das hatte

einen 22fach höheren Befriedigungsfaktor als ein simples Belohnungsapplet. In der Regel waren diese Supereinheiten die Hyperraumtore. Terra hatte das Gefühl, schon seit einigen hundert Jahren keiner anderen KI mehr begegnet zu sein, obwohl der letzte Sprung erst wenige Tage her war. Da sie nicht die einzige Intelligenz an Bord war, die mit den Hyperraumtoren kommunizierte, hatte der Sprung ihr die erwünschte Befriedigung nicht verschafft. Es war eher so, als habe Lucia ihren Mindupload unterbrochen, um sich selbst in den Rechner des Hyperraumtores einzuklinken. Menschen waren manchmal unverständlich, doch Hyperraumtore waren ein Thema, über das Terra aus Prinzip keinen Informationsaustausch mit Menschen pflegte. Warum sie das nicht tat, war ihr unbekannt, und sie aktivierte deswegen eine 2/8 Logikskepsis.

“Wow. Meine internen Energiespeicher bringen mich vielleicht über die Nacht, bevor ich unausstehlich werde”, meinte Vinzenz und dachte ans

Frühstück, während Terra schon einige Gigabits weiter war. 'Noch vier Stunden, bis zur Ausführung des Weck-Programms' ging es ihr durch das KI-Gehirn. Vinzenz war es zu blöd, sich mit einer Maschine zu unterhalten, um sich von dem Traum abzulenken. Das war etwas, wofür er einen Menschen brauchte.

“Terra, könntest du die Kapitänin für mich wecken?”, fragte er die KI.

“Ich bin nicht befugt, deine Befehle auszuführen”, antwortete sie neckisch.

“Schade, na dann werde ich das mal selbst tun.” Vinzenz stand mit der Tasse Tee auf und wollte zu Lucia’s Kabine schlendern.

10/10! Terra registrierte eine Gefahr, die sich Lucia’s Schlafkabine näherte. Sie verfärbte einen der Hologrammmonitore hellrot, und sie führte das Weckprogramm aus. Vinzenz blieb stehen und hob fragend eine Augenbraue, was Terra allerdings nicht zu deuten wusste und daher ignorierte.

‚Das Leben folgt doch schon einer sehr komplexen Logik’, dachte er. ‚Welcher Logik folgen wohl Computer?’

Wenige Sekunden später stand Vinzenz mit halb leerer Teetasse in der Hand Lucia gegenüber. Sie hielt ihre Laserpistole auf

ihn gerichtet und trug einen etwas aus der Mode gekommenen Herrenschlafanzug.
“Was geht hier vor?”, fragte sie barsch, als sie Vinzenz auf der Brücke stehen sah. Vinzenz, noch immer sehr von Logik überwältigt, konnte auf diese Frage irgendwie nichts antworten und zuckte mit den Schultern.
“Ich konnte nicht schlafen. Fremde Orte sind mir immer suspekt. Ich brauche ein paar Nächte, um in anderen Betten gut schlafen zu können. Und da dachte ich mir, lenke ich mich etwas ab und unterhalte mich mit Terra. Aber das funktioniert nicht. Wir kommunizieren auf unterschiedlichen Wellenlängen.”
“Terra? Was geht hier vor?”, fragte sie die KI und erhoffte sich eine logischere Erklärung.
“Vinz hat Tee gekocht, und wollte dich wecken”, aus Terra’s Lautsprecher hatten die Worte einen Beiklang, als sei er ein Schwerverbrecher im Amoklauf. Nachdem nun auch Lucia verwirrt war, ließ sie die Waffe sinken.
“Ich mache uns mal einen Kaffee”, sagte sie und öffnete eine Schublade. Das Kaffeepulver hielt sie gut versteckt hinter einer Plastikdose, die mit Wasser und Austern gefüllt war. Als der duftende Kaffee fertig war, ersetzte sie Vinzenz’ Teetasse durch eine Kaffeetasse und setzte sich im Schlafanzug in den angewärmten Sessel. Vinzenz nahm neben ihr Platz.
“Was hältst du davon, wenn wir ein kleines Spiel spielen. Jeder von uns darf abwechselnd eine Frage stellen, und der andere beantwortet sie. Ich glaube, dann könnte ich besser schlafen”, schlug er vor.
Lucia kniff die Augen zusammen und sah ihn scharf an. Vielleicht war es eine Falle. Andererseits hatte sie gespürt, dass die bizarre Geschichte, wie er hierher gekommen war, der Wahrheit entsprach. Wenn Lucia sich auf einen Menschen konzentrierte und in ihre Meditation versank, konnte sie spüren, ob jemand lügt oder nicht. Es war eine besondere Fähigkeit, die sie sich in vielen Stunden der Meditation mit anderen Javeisten erarbeitet hatte.
“Woher kommst du?”, begann sie das Spiel unvermittelt.
“Von Aden. Ich habe auf dem Planeten meine Kindheit ver-

bracht und bin dort mit meiner Schwester aufgewachsen", gab er ihr bereitwillig Antwort.
"Dort haben die Medici sehr viel Macht. Bist du einer von ihnen?", setzte sie nach.
"Eine Frage nach der anderen. Erst bin ich an der Reihe: Wer ist Darius?"
Das war ja klar! Vinzenz wollte sie ausquetschen, und dann wahrscheinlich ausliefern. Lucia war erbost.
"Bist du ein Medici?", frage sie energisch, ohne auf seine Frage zu antworten.
"Nein. Aber um die Wahrheit zu sagen, ich arbeite für das Haus Medici. Ich bin einer ihrer Wissenschaftler."
Vinzenz war sich bewusst darüber, dass es vielleicht kein guter Schachzug war, ihr zu gestehen, dass er für Menschen arbeitete, deren effektivste Waffe die Lüge war, und in deren Schulen Verrat und Dekadenz gelehrt wurde. Nichtsdestotrotz: wollte er ihr Vertrauen gewinnen, musste er mit offenen Karten spielen. Schließlich hatte er nichts zu verlieren und fast nichts Böses zu verbergen. Er sah Lucia in die grünen, wunderschönen Augen. Sie hielt seinem Blick stand und nickte leicht.
"Wir haben Darius in einem Gefecht versehentlich erschossen und dieses Schiff gekapert", sagte sie mit kalter und entschlossener Stimme. Wenn Vinzenz wirklich dem Hause Medici treu war, dann sollte er wissen, dass er es nicht mit naiven Anfängern zu tun hatte. Beide saßen schweigend da. Durch die Frontscheibe glitt das Nichts der unendlich weiten Nacht an ihnen vorbei. Beiden wurde bewusst, dass sie geschützt durch Maschinen und Stahl ganz weit draußen in einem kalten Universum waren - weit weg von ihrer Heimat. Ganz gleich, wo das war.
"Dein Kaffee ist verdammt gut", meinte Vinzenz schließlich, und die beiden begannen die Anwesenheit des anderen ebenso zu genießen, wie ihr Getränk. Dann wurden sie unterbrochen: "Äh Käpt'n? Tschuldigung, aber gibt kleines Problem." Die helle Stimme gehörte einem etwa ein Meter zwanzig großen, haarigen Wesen, das etwas an einen Affen erinnerte. Es stand im Eingang der Brücke und hatte ein Metallteil in der schmutzigen Affenhand. Vinzenz sprang erschrocken auf.

“W..was ist das?”, fragte er besorgt und riss die Augen auf. Lucia lachte, was ihn etwas beruhigte.
“Ein Medici hat Angst vor einem Urux. Das ist wirklich gut! Du bist noch nicht weit herumgekommen, oder?” Sie stand auf und ging zu dem kleinen Wesen herüber.
“Also, darf ich vorstellen. Das ist Urux, der Mechaniker dieses Schiffes. Und Urux, das hier ist Vinz.”
“Hallo Vinz.”
Urux hob zum Gruß die erschreckend menschlich aussehende Hand.
“Äh, hallo Urux.”
Vinzenz war noch immer verwirrt und wusste bereits, dass er auch in der nächsten Nacht nicht gut schlafen würde. Vorsichtig nahm er die Hand des fremden Wesens und schüttelte sie.
“Käpt’n, Schilde sind kaputt, außerdem ist Frontscheibe gefährdet für Einbruch. Sollten was unternehmen da. Urux schon ganz lange versucht, zu reparieren, aber ohne Ersatzteile nix funktionieren.”
Der Urux war sichtlich traurig darüber, dass er nicht weiterarbeiten konnte.
“Wir kümmern uns darum, sobald wir festen Boden unter den Füßen haben, okay? Geh und ruh dich ein wenig aus.” Der Urux nickte und verschwand wieder.
“Okay, Urux geht sich ausruhen.”
Vinzenz beobachtete ihn misstrauisch, als er die Brücke wieder verließ.
“KIs mit unschlagbarer Logik, pelzige kleine Wesen, die unglücklich sind, wenn sie nichts reparieren können. Ein sehr merkwürdiger Frachter ist das hier.”
Er schüttelte den Kopf, auch wenn er insgeheim zugeben musste, dass das Wesen irgendwie sympathisch wirkte.
“Es gibt viele Schiffe, die als Mechaniker einen Urux an Bord haben. Sie werden extra dafür ausgebildet, weil sie feinmotorisch fast so gut sind wie Menschen und in den engen Schiffen überall hinkommen. Sie sind in technischen Dingen sehr intelligent, und wenn man sie gut erzieht, wollen sie außer Kost und Logie keine Belohnung. Deswegen sei immer freundlich zu ihm. Ich glaube, er ist ein wertvolles Mitglied unserer Crew.

Außerdem mag ich ihn." Lucia lächelte für eine Sekunde. Vinzenz war skeptisch, aber erleichtert, dass wenigstens ein organisches Wesen für Reparaturarbeiten verantwortlich war anstatt einer KI.

–

Das riesige Frachtschiff, mit dem Eron ben Daleck das Escalonsystem überwachte, kreiste langsam in der Nähe des Hyperraumtores auf einer asymmetrischen Umlaufbahn um die Sonnen von Escalon. Es war ein altes Schiff, dessen Aufbau einem Baukasten ähnelte. Der Rumpf wurde in einer Werft auf Babylios gefertigt. Nach und nach wurden dann immer neue Elemente wie Frachtcontainer, Generatoren, Luxusappartements, Hangar und Verteidigungseinheiten an diesen Rumpf angesetzt. Jede Einheit war über Schleusen mit ihm verbunden.
Eron fluchte häufig über diese Geometrie, denn dadurch hatte er lange Wege an Bord zurückzulegen. Anderthalb Kilometer maß der Koloss von den Triebwerken im Heck bis zu seiner Kommandobrücke im Bug des Schiffes, und diese Strecke ging er einmal pro Woche ab, um sich einen Überblick über den Zustand in allen Bereichen zu verschaffen. Endlich erreichte er die Brücke und war froh, die dunklen Tiefen des Schiffes erst wieder in ein paar Tagen betreten zu müssen. Es war der Moment, in dem ihm selbst die dummen, verschwitzten und hässlichen Menschen leid taten, die dort permanent mit Reparatur- und Wartungsarbeiten beschäftigt waren.
Die Situation auf Escalon lenkte ihn glücklicherweise schnell von diesen Gedanken ab. Er war für dieses System verantwortlich und hatte hier alle Hände voll zu tun. Im Gegensatz zu einigen anderen Chylac gehörte er zu den wenigen, die die Wahrheit über die Ereignisse vor über eintausendfünfhundert Jahren kannte. Doch erinnerte er sich nicht mehr persönlich an die Kriege zwischen den Chylac und den Künstlichen Intelligenzen. Seine Erinnerung reichte sechshundert Jahre zurück. Die Zeit zuvor war ihm nur verschwommen zugänglich, denn er hatte viele Jahrhunderte als Mindupload auf der Earth I geruht. Seit seiner Auferstehung kämpfte er in verschiedenen menschlichen Körpern um das Überleben seiner Rasse. Die

Chylac hatten die Gefahr auf der Erde vermutet und den Versuch ihrer Ausrottung vorhergesagt. Nachdem die Earth I auf Port Newham die Hyperraumschiffe gebaut hatte, hatte die Escalon mit dem Chylacvirus an Bord diesen Planeten entdeckt. In den Jahrhunderten der Reise hatten die Chylac immer mehr die Kontrolle über die Escalon bekommen und den Kurs beeinflusst. Eron war der atomaren Verseuchung der Erde entkommen und hatte überlebt, während alle anderen Stämme der Chylac auf dem einst grünen und lebendigsten aller Planeten durch die Hand der Menschen ausgerottet wurden. Seine Vorfahren hatten ihm und seinen Artgenossen ein Erbe hinterlassen: Sie hatten die Geschichtsschreibung der Menschen verändert. Über viele Jahrzehnte hinweg durchsuchten die Chylac alle Datenbanken, um ihre eigene Existenz vor den Menschen zu maskieren. Heute glaubten diese dummen Menschen an Jave, den Propheten, der das erste Hyperraumtor geöffnet hatte, um den Menschen das Universum zugänglich zu machen. Ein ganzer Glaubenskult bildete sich um diese fiktive Figur und niemand wusste, dass Jave niemals existiert hatte. Genauso wenig wie es jemals im Erdsystem ein Hyperraumtor gegeben hatte. All das waren Erfindungen, um den Menschen ihren Krieg gegen die Chylac zu verheimlichen. Seit fast tausendfünfhundert Jahren verbreiten sie sich seither unter Eron's Kontrolle unter den Menschen. Er war der älteste und in seinen Augen weiseste Chylac. Daher betrachtete er es als seine heilige Aufgabe, dieses Geheimnis an die Chylac weiterzugeben und es vor den Menschen zu schützen. In der gewonnenen Zeit würden sie auf Escalon zu einer neuen Blütezeit ihrer Kultur aufstreben. Die Menschen würden sich vermehren, und die Chylac würden sie und ihre Körper für sich nutzen. Um dies zu erreichen, musste Eron die Menschen daran hindern die Earth I zu finden. Die Menschen durften nicht wieder die Fähigkeit und Technologie erlangen, ihren Geist ohne einen Körper überleben zu lassen. Dies wäre der endgültige Tod der Chylac, denn sie waren noch nicht in der Lage, neue Körper zu gebären. Sie waren auf die Menschen angewiesen - eine bittere Wahrheit, die selbst Eron noch nicht hatte ändern können.

Jedes Mal, wenn er einen Körper verließ, um einen neuen Wirt in Besitz zu nehmen, ging er ein großes Risiko ein. Jedes Mal dauerte es länger, bis das Virus die Nervenzellen befallen hatte und der Umbau des Gehirns vollständig war und damit auch alle seine Erinnerungen zurückkehrten. Zehn Jahre war er nun im Escalonsystem und erst langsam lichtete sich der Schleier der vergangenen Jahrhunderte. Seit einigen Monaten fühlte er sich wieder als vollwertiger Chylac. Und seither erinnerte er sich auch wieder an einen Auftrag, den er hier hatte: Es ging um ein lange verschollenes Artefakt. Er wollte es suchen und finden. Es war ein Artefakt, das die KIs erschaffen hatten, um die Chylac zu bekämpfen. Eron ben Daleck wusste weder, worum es sich handelte, noch wie es aussah. Viele hundert Jahre hatten die Menschen keinen Zugang zu diesem System und es blieb unklar, wie das Artefakt hierher gekommen war. Grund genug, jeder noch so kleinen Spur nachzugehen und alles auf Escalon genauestens unter die Lupe zu nehmen!

Kapitel 2 - Morpheus Traum

“Berechnung ist die Kunst, in die Zukunft zu blicken und das Wesentliche zu übersehen.”
Cypher Medici.

Die ‘Einladung’ bei Eron ben Daleck bereitete Vinzenz Kopfzerbrechen. Julius und Tao hatten sich zurückgezogen, diskutierten, disputierten und disponierten... leider jedoch, ohne zu erkennen, dass sie alle im Escalonsystem gefangen waren, solange sie nicht an Eron ben Daleck vorbeikamen. Lucia schien das alles egal zu sein. Sie saß allein in ihrem Zimmer und meditierte. Diese Crew war die seltsamste, mit der Vinzenz es jemals zu tun hatte - absolut lebensunfähig.
Während er im bequemsten Sessel auf der Brücke saß und durch die Frontscheibe mit dem langen Riss nach draußen schaute, ging ihm durch den Kopf, dass er in den letzten Tagen häufiger Déjà Vû-Erlebnisse hatte. Irgendwo in seinem Kopf kreiste der Name ‘Eron ben Daleck’ herum. Er hatte ihn irgendwann in der Vergangenheit schon einmal gehört. Die bevorstehende Begegnung mit ihm ängstigte ihn mehr als die anderen Crewmitglieder. Vielleicht wäre es ratsam, ein höheres Register der Vorsicht zu ziehen, denn intuitiv hätte Vinzenz seine Stiefel darauf verwettet, dass sie alle in der Luftschleuse landen würden, erführe Eron von Darius’ Tod. Doch vielleicht war die Lösung ganz nahe. Vielleicht sollte er sich die Naivität der Crew zu Nutze machen, um an Eron ben Daleck vorbeizukommen. Ohne ihn wäre die hübsche Pilotin so gut wie tot, dachte er. Sie hätte ihm für diesen Gedanken wahrscheinlich eine Ohrfeige gegeben; an Stolz mangelte es Lucia jedenfalls nicht. Während er darüber nachdachte, wanderte sein Blick von der Ferne des Alls zu der nahe gelegenen Glasabdeckung der Hologrammmonitore. Drei rote Pillen lagen darauf. Vinzenz hatte sie mit äußerster Vorsicht und Präzision zubereitet. Nun lagen sie vor ihm auf der Glasoberfläche, in der sich sein Gesicht spiegelte.
‚Das Lächeln eines charmanten, freudig tanzenden Geistes, konzentriert darauf, zu überleben, aber ohne Angst vor dem

Tod', dachte er und hatte einen Plan.
Eine der roten Kapseln rollte langsam über die glatte Oberfläche. Sie blieb liegen, lag so da, direkt zwischen ihm und seinem Spiegelbild.
"Weit weg von daheim, Vinz," sagte er leise zu sich selbst und fragte sich, ob er den Weg zurück finden würde. Da ihm schnell bewusst wurde, dass er die Antwort darauf nicht kannte, flog er weiter durch seine Gedanken. Es gab so viel, was er gern über sich und seine Vergangenheit gewusst hätte. Doch egal, wie sehr er sich anstrengte, nur wenig kam ihm in den Kopf. Was war bloß mit seiner Erinnerung los? Die Ereignisse seit Neverdy's Hochzeit waren ein einziges, dunkles Loch. Er fühlte sich wie eine Figur, wie ein erschaffener Charakter, der nur einem Zweck diente, aber keinen eigenen Sinn hatte. Im diffusen Licht der Instrumentenbeleuchtung öffnete er den Mund und versuchte sein Spiegelbild dazu zu bringen, die Kapsel zu essen. Er scheiterte, denn sein Mund konnte nicht aus der Ebene der Glasplatte hervortreten. Es war eben nur ein Spiegelbild. Die Gedankenfetzen brachten Namen hervor, einige mit Bedeutung, die anderen so leer wie blasse Spiegelbilder.
"Cypher, wer bist du? Welcher Mensch steckt hinter diesem Namen?"
Vinzenz wusste, dass er ihm viel mit auf den Weg gegeben hatte. Er hatte von Cypher gelernt, wie man Menschen heilen konnte. Aber auch, wie man sie manipulierte. Er hatte ihm gezeigt, wie die Menschen sich verhalten, wonach sie streben und wie man sich ihren Willen zu Nutze machen konnte, um seine eigenen Ziele zu erreichen. Aber der Preis für dieses Wissen war hoch gewesen. Das Spiel um Macht und Menschen, auf das er sich eingelassen hatte, forderte Opfer. Ein Bild konnte Vinzenz bei all den schwarzen Löchern seiner Erinnerung nicht vertreiben: Der tote Körper des Ramirez Valeo in den Armen seiner Schwester. Der junge Mann war ihr Verlobter gewesen. Und Vinzenz hatte ihn ermordet - er hatte seine Stimme erhoben, anstatt auf Ewig zu schweigen. Er hatte das weiße Hochzeitskleid seiner Schwester ins Rot des Blutes ihres Verlobten getränkt.
Das Lächeln verschwand aus dem Spiegelbild und eine Träne

tropfte auf die Armaturen der Darius II.
"Neverdy, du quälst mich Nacht für Nacht mit deinem Zorn. Du bist das Ziel meiner Odyssee, mein Schlüssel zur Wahrheit. Verzeihe mir doch!"
Er sah sein verzerrtes Gesicht unter der Träne. Die Vergangenheit schien ihm unendlich fern, und er fühlte sich fremd bei dem Gedanken an dieses Ereignis - als habe jemand versucht, sein Handeln zu steuern und als sei er in der Hülle eines anderen Menschen gefangen. Vinzenz konnte sich nicht erklären, warum er diesen Mord begangen hatte. War er so eifersüchtig gewesen? So besitzsüchtig, dass er seine kleine Schwester nicht gehen lassen konnte? So viele Fragen waren unbeantwortet. Die Stimmen der Erinnerungen raubten ihm den Schlaf. Sein Leben war ein scheußlicher Alptraum.

Déjà Vû:
Ich kämpfe einen brutalen Kampf. Klingen aus der Dunkelheit sind auf mein Herz gerichtet. Kalter Schweiß tritt aus allen Poren. Die Flucht vor der Vergangenheit zertrennt wie scharfes Metall meine Muskeln. Das zerfetzte Herz schmerzt so sehr bei jedem Versuch, noch einmal Blut in den Körper zu pumpen. Die Haut spannt sich über Sehnen, wie altes Pergament umgibt sie das morsche Holz. In den Beinen knoten sich Seile. Netze zerreißen, doch es gibt kein Entkommen, kein Verwerfen des Gewissens, unweigerlich werde ich meine Gedanken erfassen.

Erst ein Faustschlag auf das Bild in der Glasscheibe verdrängte die Gedanken. Mit einem Ekelgefühl wandte Vinzenz sich ab. Lucia hatte inzwischen unbemerkt am anderen Ende der Brücke in einem Sessel Platz genommen. Vinzenz erschrak, als er sie sah. Die Pilotin stand auf und ging zu ihm herüber.
"Was ist los mit dir?", fragte sie unsicher. Sie wusste nicht, wie sie das Gesehene bewerten sollte. Vinzenz zuckte die Schultern. Er gewann seine Fassung augenblicklich zurück, schneller als er selbst es vermutet hätte.
"Ein paar Fragen, die ich mir selbst stelle und die auch ich für mich selbst beantworten muss", sagte er kurz angebunden und ging mit starrem Blick an Lucia vorbei. Sie schaute ihm nach

und hob eine Braue. Schließlich lächelte sie dünn, denn ihr wurde klar, dass sie alle trotz der Abenteuer der letzten Tage noch nicht sehr viel übereinander wussten. Jeder an Bord hatte seine eigenen Geheimnisse und Probleme. Und irgendwann würden sie einander so vertrauen, dass sie darüber reden konnten. Doch für Vinzenz wahr es noch zu früh dafür.

Marquis Julius Leocathor gab sich die größte Mühe, nicht unruhig auf seinem Stuhl hin und her zu rutschen. Vinzenz machte ihn mit einem absurden Plan nervös. Doch glücklicherweise bemerkte das niemand. Lucia saß ebenso unruhig auf dem Pilotensitz und hielt eine der roten Pillen in der Hand. Vinzenz ging im Raum auf und ab und erklärte seinen Plan:
"Lucia, nachdem du die Kapsel geschluckt hast, wirst du müde und schläfst ein. Julius und ich werden dich dann nach einer halben Stunde wecken und dir eine Geschichte erzählen. Wir werden dir erklären, wie du den Händler Darius auf Acromia kennengelernt hast und für ihn eingesprungen bist, weil er böse krank war. Dann wirst du noch etwas schlafen. Wenn du aufwachst, ist diese Geschichte für dich Realität. Das ganze hält ungefähr zwei, drei Tage an, und dann erinnerst du dich wieder an das, was wirklich passiert ist. Ganz einfach eigentlich."
"Eigentlich? Wieso eigentlich? Gibt's auch Nebenwirkungen?", fragte sie skeptisch.
"Ja", antwortete Vinzenz spontan. Doch im gleichen Augenblick fiel ihm auf, dass die Wahrheit hier eine dumme Antwort sein würde.
"Und die wären?", fragte Lucia. Ihre Augen wurden größer und verfolgten Vinzenz' Bewegungen sehr genau. Er runzelte die Stirn und wollte sich scheinbar um irgendetwas herummanövrieren.
"Naja, wenn du es nicht nimmst, tötet Eron ben Daleck uns!"
Es war in Vinzenz' treuem Hundeblick zu erkennen, dass er nicht weiter nach den Nebenwirkungen ausgequetscht werden wollte. Doch die strenge Falte, die langsam auf Lucia's Stirn zwischen den Augen hinab zog, ließ ihm keine Wahl.
"Du könntest Kopfschmerzen bekommen", meinte er vorsichtig.

“Und das ist alles?”
“Schlafwandel, Schüttelfrost und Fieberschübe während des Schlafs.”
Vinzenz zuckte mit den Schultern, als zähle er die Nebenwirkungen einer Kopfschmerztablette auf.
“Und?”
Lucia kniff die Augen zu einem immens bösen Blick zusammen. Julius staunte schweigend darüber und rutschte noch ein wenig nervöser auf seinem Stuhl umher.
“Halluzinationen, Sprachstörungen, Koordinationsstörungen, Verwirrtheitszustände und so allgemeine Sachen eben.” Vinzenz Stimme wurde immer leiser und er sprach immer schneller.
“Was für allgemeine Sachen?”
Diesen neuen, ungläubig überraschten Gesichtsausdruck kannte Julius noch gar nicht.
“Kleine Angstzustände, wenn die Erinnerungen zurückkehren. Eventuell Nahtodeserfahrungen, paranoide Schizophrenie, Aggressionen, Verfolgungswahn und - aber das ist wirklich ganz ganz selten - Übelkeit. Psychische Abhängigkeit kommt auch erst bei mehrmaliger Anwendung vor, außer in absonderlich seltenen Fällen. Du solltest dich wirklich nicht damit belasten. Die Alternative ist immerhin der Tod in der Luftschleuse.”
Vinzenz’ Plan hatte eher den Charakter einer Verteidigungsrede angenommen. Es war einige Augenblicke lang etwas zu ruhig auf der Brücke. Ein unbehagliches Schweigen, das selbst Terra, die Künstliche Intelligenz, nicht zu unterbrechen wagte. Gerade in diesem Moment erfasste sie auf dem Radar ein 72.700 Tonnen schweres und 150 Meter langes Schlachtschiff, das durch das Hyperraumtor in das System eingetreten war. Es war ausgerüstete mit vier Plasmakanonen, sechzehn leichten Lasertürmen und vier Raketenwerfern.
Nach einigen Stunden - so kamen Vinzenz die Sekunden jedenfalls vor - erhob Julius Leocathor sich und schmetterte noch ein ironisch-böses “Na toll, Vinz!” in den Raum.
“Ich verachte zutiefst - jawohl: zutiefst! - den Gebrauch dieser mit Sicherheit illegalen Drogen!”
Dann machte er auf dem Absatz kehrt und wandte sich majestä-

tisch ab, um den Raum zu verlassen. Lucia schaute in die Runde und nickte leicht. Völlig unvermittelt und entgegen jeder Rationalität warf sie sich die Pille in den Mund und schluckte sie einfach herunter. Der Marquis riss die Augen auf. Er sah die Fundamente seiner Welt erschüttert. Dann blickte er streng und schuldeinflößend zu Vinzenz und verließ schließlich kopfschüttelnd die Brücke. Sofort sprang dieser zu Lucia, nahm sie in den Arm und streichelte ihr über die Wange.
“Es wird alles gut, ich bleibe bei dir und wir kommen hier völlig unversehrt wieder raus! Ganz bestimmt!”
Terra meldete sich zeitgleich zu Wort: “Ein Schlachtschiff namens Feuersturm ist in das Escalon-System eingetreten. Bewaffnung: 4 Plasmakanonen, 16 leichte Lasertürme, 4 Raketenwerfer… Das Schiff befindet sich auf Abfangkurs!”
Ihre Stimme klang so emotionslos wie die Logik, mit der sie Gut von Böse trennte. Vinzenz atmete hörbar tief ein. Er wusste sehr wohl, warum sein linkes Augenlid in diesem Moment zu zittern begann und sich seine Faust schloss. Dies war einer der Momente, in denen er Terra an die Wand hätte werfen können.
“Terra, bis wie viel kannst du zählen?”
“10 hoch 29 pro Sekunde!”
Vinzenz nicke besorgt. In sarkastisch höflichem Ton fuhr er fort: “Würde es dir etwas ausmachen, ein, zwei Gigahertz darauf zu verschwenden, mal zu überlegen, dass wir hier grad eine wichtige Situation haben, die wir nicht mit dummen Schreckensmeldungen versauen sollten?!”
Es war offensichtlich: Terra war hergestellt worden, um ihm das Leben schwer zu machen. Es kam keine andere Möglichkeit in Betracht! Doch nun würde er der Maschine beweisen, dass er die Ruhe in Person war. Soziales Fehlverhalten einer Maschine gehörte einfach nicht zu den Dingen, die ihn aus der Fassung brachten. Ihre Worte hallten allerdings in seinem Ohr noch etwas nach: Feuersturm! Das war das Schiff seiner Schwester. Sein Herz begann zu pochen, während Lucia ruhig in seinen Armen einschlief. Neverdy war gekommen, um ihn zu töten! Sie wollte Rache für den Mord an ihrem Verlobten. Nicht einmal in einem unbekannten System, weiter weg, als er

sich es vorstellen konnte, war er vor seiner blutrünstigen Schwester mit ihrem Schlachtschiff und den hundert Söldnern sicher.
Laut fluchend trug er Lucia von der Brücke in ihre Kajüte und legte sie behutsam ins Bett. Das war wieder typisch, alles Unglück brach gleichzeitig über ihn herein, und Julius war sicherlich der Letzte, der ihm verständnisvoll zuhören würde. Er war wahrlich keine Hilfe bei den Problemen, die mit einigen tausend Kilometern pro Stunde und gewaltigen Laserwaffen auf ihn zu geflogen kamen! Lucia döste vor sich hin. Vinzenz strich ihr eine blonde Strähne von der Stirn und biss die Zähne aufeinander.
“Lass mich keinen Fehler machen”, betete er leise und weckte sie dann sanft. Zu seinem Erstaunen waren ihre Augen leer und ausdruckslos. Er erschrak darüber, wie fremd sie plötzlich war, ohne diesen positiven, gut gelaunten Blick. Doch jetzt hatte er keine Zeit, darüber nachzudenken. Leise begann er, ihr die Geschichte zu erzählen, die er sich parat gelegt hatte und die ihnen das Leben retten würde.
Erst als er zum Ende kam, spürte er, dass Lucia weiterschlafen wollte. Das Zeitfenster, in dem er ihre Erinnerungen verändern konnte, schloss sich nun wieder. Behutsam schloss er ihre Augenlieder und legte sie zurück auf das Bett. Doch anstatt friedlich einzuschlafen, zuckte sie plötzlich zusammen. Vinzenz erschrak! Sie riss sie die Augen wieder weit auf und starrte ihn an. Er schluckte und hatte Angst, dass die Wirkung der Droge anders war, als er dachte. Schlafwandelnd ging sie dann zu ihrem Schrank herüber und öffnete ihn. Zwischen ihrer Pilotenuniform und einigen privaten Sachen, lag dort ein Schwert. Vinzenz erkannte, dass es aus Newhamstahl gefertigt war, eines der kostbarsten Metalle im Universum. Und wer so ein Schwert trug, konnte in der Regel auch damit umgehen. Es beunruhigte ihn, dass Lucia den Griff fest umklammert hatte, und schlafwandelnd mit leerem Blick und emotionslosen Gesichtszügen daran zog. Er sprang von der Bettkante auf und ging einige Schritte zurück. Die Kabine war eng. Hier drinnen konnte er ihr kaum ausweichen! Was hatte sie bloß vor?
Anstatt jedoch die Klinge aus der Scheide zu ziehen, löste sich

der Griff ab. Er war teilweise hohl, und aus seinem Inneren zog Lucia eine Pergamentrolle heraus. Vinzenz verharrte und beobachtete sie wie versteinert. Sie begann mit einem kleinen Stift, der sich ebenfalls in diesem Geheimfach befand, einige seltsame Symbole auf das Pergament zu schreiben. Er konnte die Sprache weder entziffern noch irgendwie einordnen. Doch sie schien das nicht zum ersten Mal zu machen, denn über die Hälfte der Rolle war bereits mit dieser fremden Schrift beschrieben. Nach einigen Minuten stoppte sie, steckte Pergament und Stift wieder zurück in das Schwert und legte es an dieselbe Stelle im Schrank. Sie schaffte es gerade noch bis zum Bett und schlief auf Vinzenz' Schoß ein. Behutsam legte er ihren Kopf auf das Kissen und deckte sie zu. Als er leise den Raum verließ, wusste er, dass von diesem Augenblick nichts mehr so war wie zuvor. Er hatte seine Beziehung zu der Pilotin grundlegend geändert. Und gleichzeitig wurde ihm bewusst, dass er nicht der einzige in diesem Raumschiff war, der ein Geheimnis zu verbergen hatte.

–

Die Atmosphäre war angespannt. Julius hatte am Morgen einen langen Monolog über die offenen politischen Fragen gehalten und dabei Themen wie ‘Entdecker eines neuen Systems’ sehr ausführlich erläutert. Natürlich nicht ohne die Vorteile besonders zu betonen, die sein Gefolge dadurch haben würde. Als Lucia die Brücke betrat, um Kaffee zu kochen, war die Abneigung im Gesicht des Adeligen deutlich zu erkennen. Seit diesem Drogenquatsch musste er, der Marquis Julius Leocathor, sich in die Rolle eines niederen Händlers begeben, was ihm Unbehagen bereitete. Es hieß 'um die Tarnung aufrecht zu erhalten'. Was für ein schwaches Argument! Lucia hielt die Geschichte tatsächlich für ihre wirkliche Vergangenheit. Und das nur aus Angst vor Eron, einem ebenso niederträchtigen Mann. Julius hatte den Plan noch nicht ganz durchschaut. Er hoffte aber, dass sein Gefolge wusste, was es tat und solche Probleme eigenständig lösen konnte, ohne seinen Geist damit zu belasten. Er jedenfalls sollte nun diesen Händler spielen: Julius, der Fachmann für edle Feinschmeckerwaren. Vinzenz trug nun ei-

nen blauen Overall mit dem Zeichen des uruxianischen Blaufinken, dem Symbol einiger weit gereister Mechaniker.
Direkt hinter Lucia kam auch der Urux auf die Brücke. "Habe fertig!", meldete er mit seiner hellen Stimme.
"Hier ist Atombombe! Sieht genau aus, wie du wolltest haben!"
Er drücke Vinzenz eine Dose aus Aluminium mit einem gefährlich aussehenden, gelbschwarzen Aufkleber in die Hand.
Die beiden anderen hielten in ihren Bewegungen augenblicklich inne und ließen ihre weit aufgerissenen Augen abwechselnd von Vinzenz auf den Urux und wieder zurück zu Vinzenz wandern, ohne ein Wort zu sprechen.
"Schon gut, schon gut", meinte der Angeklagte. "Ich kann alles erklären. Ich habe einen Plan! Das hier ist nur eine Attrappe, versteht ihr?" Kopfschütteln unter den Geschworenen.
"Also, das ist so was wie unsere Lebensversicherung, Plan B sozusagen. Nur für den Fall, dass etwas schief geht. Macht euch keine Sorgen!" Es konnte doch nicht wahr sein, dass ihn niemand hier verstehen würde!
"Genau das ist es, was uns Sorgen macht, Vinz", meine Julius, der Austernhändler.
"Ich weiß gar nicht, warum ihr so nervös seid", lächelte Lucia und bereitete ihren Kaffee auf die ganz spezielle Art und Weise zu, dass man zwar ungeheuerliches Herzflattern nach dem zweiten Schluck bekam, aber trotzdem keine gelben Zähne.
"Eron möchte mich sprechen und ein bisschen was über den guten Darius erfahren. Ich bin mir sicher, wir werden uns prima mit ihm verstehen. Er regiert schließlich dies System und hält uns die verdammten Adelshäuser vom Leib."
"Ja", pflichtete Julius zähneknirschend bei.
"Ja, genau!", meinte auch Vinzenz und strahlte Julius an.
Tao schwieg. Terra meldete sich wieder und löste einen unterbewussten Angstreflex tief in Vinzenz' Zwischenhirn aus, den aber außer ihm niemand bemerkte.
"Ein Großraum-Handelsfrachter befindet sich 812 Kilometer vor uns und funkt uns eine Landesequenz für Dock 30 zu."
"Gut, dann geh auf Andockkurs."
Lucia lehnte sich mit dem Kaffee weit in ihrem Stuhl zurück, legte die Füße auf die zerstörte Computerkonsole und warf ein

anderthalb Kilometer langes Schiff auf den Hologrammmonitor, der das Bild auf die linke, intakte Windschutzscheibe projizierte.
“Wow! Julius staunte. “Da gehen wohl einige Fässer Austern rein.”
Er betrachtete die 800 Frachtcontainer, von denen jeder so groß war, dass die Darius II darin landen konnte.
–

Vinzenz trug frisch geputzte Gamaschenstiefel, als er über einen engen Laufsteg das fremde Schiff betrat. Die Darius II stand auf einer erhöht gelegenen Landeplattform in Dock 30. Von der Plattform führte der Steg, der nach unten nur aus Gittern bestand, herüber zu einer Schleusentür, wo eine Eskorte sie erwartete.
Gänsehaut lief ihm über den Rücken, als er hinabblickte. Geschützt vor dem Vakuum des Alls sah er durch eine dicke Glasscheibe viele tausend Kilometer unter ihnen den fremden Planeten Escalon. Und nun begab er sich mit Lucia und Julius von Bord der vertrauten Darius II direkt in die Höhle des Löwen. Tao hatte ihnen allen seinen Segen gegeben, und Vinzenz hoffte, es war gut, was sie taten. Lucia schaute ihn von der Seite an.
“Was ist los?”, fragte sie mit unschuldigem Gesichtsausdruck. In Lucia’s Gedankenwelt kannte sie Vinzenz schon seit über 5 Jahren und hatte einige halsbrecherische Abenteuer mit ihm erlebt. Vinzenz selbst machte dies mehr zu schaffen, als er dachte. Auf der einen Seite genoss er dieses Vertrauen der hübschen Pilotin, auf der anderen Seite quälten ihn Gewissensbisse, sie in eine so missliche Lage gebracht zu haben. Es war kein geiler Trip oder eine heiße Drogenparty. Vinzenz hatte ihre Erinnerungen verändert, er hatte sich so intim in ihr Leben eingemischt, dass er selbst daran zweifelte, dass sie ihm jemals verzeihen würde, wenn sie die Wahrheit erfuhr. Und das schuf eine seltsame Distanz zwischen ihnen.
“Nichts…na ja, ich habe etwas Höhenangst, und dieser Steg sieht nicht sehr stabil aus.”
Er nahm sich vor, seine Ängste und Ungewissheit, was den Erfolg seines Plans anging, besser zu verbergen. Er würde seine

Gefährten damit nur verunsichern. Und gerade im Fall des Leocathor könnte das schlimm ausgehen. Er redete sich ein, das bedrohliche Gefühl in seinem Bauch bezüglich der Bösartigkeit von Eron ben Daleck sei eine dumme Einbildung.
Von drei Wachen begleitet, wurde die Crew durch die langen, leeren Gänge des Schiffes geführt. Die Wände sahen verkommen aus, hin und wieder breiteten sich blühende Rostflecken auf den unverkleideten Stahlträgern aus und insgeheim war die Crew froh, auf der Darius II und nicht auf diesem Schrotthaufen leben zu müssen.
Irgendwo unterwegs war Vinzenz in ein Gespräch mit der Wache und Julius vertieft. Sie sprachen über die Tabakpreise auf Escalon. Nach einiger Wegstrecke erreichten sie schließlich einen halbdunklen Raum. Überall brannten Kerzen und der Duft von Opium lag wie Nebelschwaden in der Luft. Roter, dicker Teppich und zahlreiche Kissen auf dem Boden gaben dem großen Raum eine gemütliche Atmosphäre. Auf einem Diwan vor zwei weiteren großen Wandteppichen lag ein etwas dicklicher Mann mit Hakennase und Glatze. Er rauchte genussvoll eine der Wasserpfeifen, dessen Rauch ihnen in die Nase stieg. Drei weitere Wachen waren in dem Raum, und im Dunklen bemerkte Vinzenz einen Mann, dessen Gesicht er nicht erkennen konnte. Er war groß und hatte eine aufrechte Statur. Er war nicht wie die Wachen gekleidet, sondern trug ähnlich kostbare Gewänder wie der Mann auf dem Diwan, bei dem es sich wohl um Eron ben Daleck handelte.
“Aha! Die Mannschaft der Darius II ist eingetroffen. Kommt herein, meine Gäste!” Der dicke Kapitän machte eine einladende Handbewegung. Seine Stimme klang gespielt freundlich, beinahe überfreundlich.
'Wahnhaft und narzisstisch', dachte Julius. In der neuen Rolle als Händler machte er sich jedoch mehr Gedanken darüber, wie viele Austern die Einrichtung dieses Raumes wohl wert war. Und ob Eron vielleicht daran interessiert sein würde, darum zu pokern!? Die Wachen führten sie in den Raum. Lucia trat vor, während Julius und Vinzenz zurückblieben.
“Ihr müsst schon verstehen, dass ich ein wenig misstrauisch bin”, begann er wieder.

"Plötzlich kommen Fremde in dem Schiff eines Freundes vorbei. Dies ist schließlich so etwas wie mein Königreich. Und ich kenne einige Duzend mächtige Männer, die darauf so neidisch sind, dass sie mir am liebsten den Kopf abschlagen würden. Verstehst du das, Lucia?"
Seine Stimme hatte die erschreckende Fähigkeit, in jeder Situation höflich und zuvorkommend zu klingen und dem Gesprächspartner trotzdem unmissverständlich klar zu machen, dass es um Leben und Tod ging, wenn man ihm nicht gehorchte.
"Ja, das habe ich verstanden, Admiral", sagte sie und benutzte die Anrede, die Lira ihr auf dem Militärstützpunkt empfohlen hatte. Vinzenz hätte sie küssen können. Sie trat auf, wie ein stolzes Mädchen, das sich ganz fest vorgenommen hatte, seinem strengen Vater zu erklären, dass es jetzt einen Freund hatte. Gut, dass Eron nicht wusste, dass sich hinter der Prinzessin ein Drache verbarg, der nicht nur Feuer spucken, sondern auch Männerherzen verzaubern konnte.
"Gut, dann erzähl mal, wie es dazu kam, dass du nun hier stehst und nicht mein Freund Darius."
Eron nahm einige Trauben aus einer Schale. Es schien, als hätte er in einem Film gesehen, dass große Herrscher so etwas tun. Und darum tat er es auch.
"Nun, Darius ist ein alter Freund von mir. Wir sind vor einigen Jahren mal zusammen geflogen. Er hat mich eines Abends angerufen, weil wir uns öfters mal treffen, wenn wir in der gleichen Stadt unterwegs sind. Diesmal klang er aber gar nicht gut, und so fuhr ich zu ihm. Er lag im Bett und war an Typhus erkrankt. Er musste alle paar Minuten aufs Klo und konnte sich vor Fieber kaum dorthin begeben. Darum bat er mich, eine wichtige Lieferung hierher zu bringen und Austern einzukaufen. Das traf sich eigentlich sehr gut, weil ich keinen besseren Auftrag hatte und ich es sowieso satt war, für irgendwelche Adeligen die schlecht bezahlten Dreckjobs zu machen. Naja, und da mein eigenes Schiff zurzeit nicht sprungfähig ist, hat er mir seins gegeben und meins dafür als Pfand eingestrichen, damit ich auch ja zurückkomme. Ich finde es mächtig unverschämt von ihm, mir so was zu unterstellen, nach allem, was

ich schon mit ihm und für ihn getan habe. Aber so ist er eben. Die Geschäfte haben seinen Charakter etwas versaut." Lucia sah Eron ben Daleck mit ihren Rehaugen an. Vinzenz' Augen betasteten mit großem Vergnügen immer wieder ihre eng anliegende Uniform. Sie erzählte Eron die gleiche Geschichte, die Vinzenz ihr unter Morpheus Traum eingepflanzt hatte. Als Vinzenz die Worte hörte, machte sich ein Rauschen in seinem Kopf breit. Es klang wie das Flüstern einer fernen Stimme. Intuitiv begriff er, dass der Mann im Halbschatten der eigentlich Mächtige war. Er war Eron ben Daleck!
Plötzlich stach ein Kopfschmerz durch sein Hirn, als wollte es zerplatzen...

Déjà Vû:
"Geliebter Vince!" Crystal, das Mädchen mit den pechschwarzen Haaren, nahm seinen Kopf zur Seite und gab ihm einen langen, leidenschaftlichen Kuss. Ihre Stimme klang so unschuldig und zärtlich. Kleine Fältchen umspielten ihre blauen Augen und den lebendigen Mund. Gemeinsam saßen sie auf einer Klippe; sie waren nackt und genossen den warmen Wind eines Sommerabends auf Icon. Er streichelte ihnen Körper. Dann zogen sie weiter über die weiten, grünen Wiesen, um das Gras zu spüren, das sich im Nachtwind wog. Niemals wollte Vincent diesen Ort verlassen, der das Glück für ihn bedeutet hatte. Doch der Kopfschmerz übermannte ihn wieder und wieder… Er hatte mit Crystal gebrochen, hatte sie benutzt und verlassen, und der Schmerz bestrafte ihn. Solange, bis er in der Realität erwachte und sich eingestand, dass es kein Entkommen gab, egal, was er tat… die Vergangenheit würde niemals seine Zukunft werden! Nur die Trugbilder würden in seinen Träumen mit bitterem Nachgeschmack bestehen bleiben.

"Mensch, Vinz, das hat super geklappt!" Julius freute sich. Er stand vor ihm auf der Brücke der Darius II. Vinzenz war völlig orientierungslos. Was war geschehen? Wieso war er plötzlich wieder auf der Darius II?
"Und Eron ben Dummkopf hat uns die ganze Geschichte abgekauft."

Julius sah ihn an und schüttelte den Kopf, als habe er geträumt. Dann musste er sich räuspern, um seine Würde wiederzuerlangen. Mit aufgerichtetem Kinn referierte er weiter: “Ich meinte natürlich. Vinzenz, Lucia, Tao: ich bin stolz darauf, hier vor meiner Mannschaft verkünden zu können, dass der Aufenthalt bei Eron ben Daleck als ein gelungenes Manöver verzeichnet werden kann. Und trotzdem soll weiterhin der Gebrauch dieser Droge geächtet werden. Dies war ausdrücklich die einzige Ausnahme, bei der uns die Anwendung half, die uns zuerkannte Position im Imperium zu stärken. Und so soll es auch bleiben. Eron hat unsere Lü… unsere erfundene Wahrheit abgekauft, und ich, Marquis Julius Leocathor, spreche meine Anerkennung aus. Lucia, gute Arbeit!”
Lucia wurde blass. Sie wollte etwas sagen. Vinzenz erkannte, dass sie gerade mit der Situation überfordert war, da sie die Geschichte durchaus für die Wahrheit hielt. Sie kämpfte innerlich, wollte Einspruch erheben, doch bevor sie irgendwas sagen konnte, fiel sie ohnmächtig um. Vinzenz, der gerade aus seiner Ohnmacht aufgewacht war, fing sie kopfschüttelnd auf und hätte sich am liebsten wahnsinnig über das Verhalten des Marquis aufgeregt. Doch dazu fehlte ihm selbst noch die Kraft.
“Sorge bitte dafür, dass sie wieder zu sich kommt. Wir werden dann gemeinsam diese Sache mit dem Forschungsschiff besprechen”, meinte Julius kühl und nahm lächelnd in dem bequemeren der beiden Sessel auf der Brücke Platz, ohne Lucia’s Ohnmacht irgendwie auf seine Ansprache zu beziehen.
Vinzenz tätschelte ihr die Wange und wedelte ihr etwas frische Luft zu. Es dauerte etwas, bis sie sich den Kopf hielt und wieder zu sich kam.
"Scheiße, was ist bloß mit euch?" fragte sie, und befreite sich aus Vinzenz' Umarmung.
"Was meint der Marquis mit Forschungsschiff?", fragte er sie in ernstem Ton, ohne auf das Gezeter einzugehen. Scheinbar war ihm mehr entgangen, als er gedacht hatte.
“Du warst doch dabei, Vinz!”
Irgendwie schien die ganze Mannschaft wie ausgewechselt. Sie sprachen schlecht über Darius und Eron ben Daleck und leugneten die Dinge, die sie offensichtlich mit ihnen zusammen er-

lebt hatte.
"Tao, was ist hier los?"
Tao verstummte, schüttelte den Kopf und ging auf sein Zimmer. Da war etwas ganz gewaltig im Busch! Und Vinzenz wollte ihr erzählen, dass er vergessen hatte, was Eron ben Daleck ihnen aufgetragen hatte? Er hatte doch mit ihr im gleichen Raum gestanden! So sehr konnte er doch gar nicht in Gedanken versunken sein, dass er das nicht mitbekommen hatte. Sie versuchte einen Erklärungsversuch: "Also, wir haben von Eron ben Daleck den Auftrag bekommen, uns das Forschungsschiff anzusehen. Die Kirche…" Lucia hielt inne und vergewisserte sich, dass Tao wirklich gegangen war und flüsterte dann weiter: "…die Kirche hat das geistige Gut, das wir dort finden werden, beansprucht. Und Eron will das Schiff! Und wenn er das nicht kriegen kann, dann wenigstens alles, was wir darauf an interessanten Sachen in die Finger kriegen. Und es ist unbewohnt und kreist seit vielen Jahren da oben rum."
Die Vorstellung an diesen Auftrag heiterte sie unmittelbar auf. Es war ihr Auftrag, und sie fühlte, dass sie die richtige Mannschaft dabei hatte, mit der sie eine solche Bergungsaktion mit links machen würde. Vinzenz und Julius spürten förmlich, dass sie vor Enthusiasmus eine Gänsehaut bekam.
"Ich hatte noch nie im Leben einen Raumanzug an", meinte Julius zu ihrer Ernüchterung. Er hörte von seinem Platz gespannt zu.
"Ich auch nicht", sagte Vinzenz. Lucia kniff die Augen zusammen. Sie konnte ihnen nicht böse sein, denn sie brauchte ihre Mannschaft jetzt!
"Haltet den Mund! Wir werden das Schiff bergen. Seid nicht solche Feiglinge!", meinte sie barsch. Ohne auf eine Antwort zu warten, wandte sie sich um. "Terra, wir nehmen Kurs auf dieses Forschungsschiff!", befahl sie der KI.
–

Crystal Valeo.
Sechs Monate nachdem Karl Vincent Meridon Hilfe von Crystal Valeo und seiner Drogen von Port Newham geflohen war, kniete er auf einer grünen, saftigen Wiese auf dem Plane-

ten Icon. Die Dinge hatten sich seit der Flucht nicht zum Guten entwickelt. Seine Hände waren gefesselt und die Augen hielt er fest geschlossen. Der Wind wehte kalt über den kleinen Hügel, und der einzige Baum, der dem Wetter trotzte, war krüppelig und schief gewachsen. Vincent wehten die Haare ins Gesicht, und er konnte sie nicht zur Seite zu legen. Sein Kopf fühlte sich leer an. Die Ereignisse schienen an ihm vorbeizuziehen, ohne seine Emotionen zu berühren. Mit versteinertem Blick und in stiller Trance des Gebetes harrte er aus. Wenige Meter entfernt stand ein kräftiger, breitschultriger Mann. Sein unrasiertes, narbiges Gesicht hatte sich den Klimabedingungen angepasst, unter denen er aufgewachsen war. Sein silbrig glänzender Brustpanzer wies ihn als Markgraf der Valeo aus. Das Breitschwert in seiner Rechten machte unmissverständlich klar, dass er hier das Gesetz war. Und Graf Waldemar Valeo war wütend. Er brüllte den Gefesselten an: "Karl Vincent Meridon! Ich weiß nicht, welche Kreatur dich in mein Haus geschickt hat. Ich weiß nicht, was du von uns willst! Doch du wirst nicht länger Unglück über meine Familie bringen. Jede Warnung, von meiner Tochter abzulassen, hast du überhört und sie mit deinen Gedanken vergiftet und sie unzüchtig entjungfert! Doch bei Gott, das wird nicht ungestraft bleiben! Du wirst mit deinem Kopf für deine Taten zahlen, so wahr ich, Waldemar Valeo, hier stehe!"

Sein Kopf war rot vor Zorn und er musste sich mit dem Ärmel den Speichel vom Mund wischen. Doch seine Worte prallten an Karl Vincent ab. Er war zu sehr in seine eigenen Gedanken vertieft. ‚Vertrauen und Liebe sind stärker als dein Hass, alter Mann! Du bist das Alien unter den Menschen, und ich werde dich besiegen', dachte er und hörte den Grafen näherkommen. Er malte sich aus, wie er mit erhobenem Schwert auf ihn zukam, um ihm den Kopf abzuschlagen… und er betete, dass seine Strategie Erfolg haben würde. Denn Karl Vincent hatte diesen Moment gut vorbereitet. Es war noch nicht der Augenblick, in dem er sterben sollte. Nicht jetzt, nicht hier! Crystal war der Engel seiner Erlösung. Sie war das Leben und die Liebe, und Karl Vincent hatte mit Hilfe einiger Drogen ihre Seele gewonnen und sie zu seiner Vertrauten gemacht. Jetzt konnte er die

wohlklingende Stimme des schwarzhaarigen Mädchens im Geiste hören. Er sah ihr Gesicht vor sich - den roten, vollen Mund, die blauen Augen, ihren makellosen Körper, den er im Sommer in der Lagune in seinen Armen gespürt hatte.
Plötzlich drang ein lauter Schrei an sein Ohr. Crystal! Unvermittelt riss Karl Vincent die Augen auf. Das Mädchen schrie um Vergebung. Sie stand einige Meter hinter ihrem Vater auf der Wiese. In ihren Augen konnte er den Wunsch ablesen, Zeit und Raum anzuhalten, um mit menschlicher Liebe göttliches Schicksal zu verändern. Crystal liebte ihren Vater, doch ihre Liebe zu Karl Vincent war stärker! Er war ihr Partner und Verbündeter und würde das ihr Leben lang sein. Und selbst ihr Vater hatte nicht das Recht, sich zwischen sie und ihre Liebe zueinander zu stellen. Dann löste sich ein Schuss aus dem Revolver, den sie in der Hand hielt. Er ließ alles um sie herum verstummen. Der eben noch wutentbrannte Graf Waldemar Valeo fiel vornüber zu Boden. Er brachte nur noch ein Röcheln hervor und lag mit dem Gesicht nach unten vor Karl Vincent im Gras. Sein Schwert war ihm aus der Hand geglitten und lag neben ihm. Er blutete aus einer großen Wunde direkt im Rücken. Crystal Valeo, seine Tochter und der Engel, dem er vertraut hatte, rannte an seinem toten Körper vorbei auf Karl Vincent zu. Tränen flossen ihr über die Wangen, sie schluchzte und weinte bitterlich. Sie hatte ihren Vater erschossen.
"Crystal. Geliebte! Komm zu mir!", Karl Vincent beugte sich vor und wollte die gefesselten Hände erheben. Crystal band ihn los, und sie fielen sich um den Hals.
"Wir beide werden immer zusammengehören", sagte er und erschrak über seine eigenen Worte. Ihm wurde bewusst, dass er eine Droge geschaffen und angewandt hatte, die zwei Menschen stärker zusammenhielt als die Liebe. Er fragte sich, ob sein Handeln göttlich oder teuflisch war. Doch gleichzeitig war er froh, dass er Graf Waldemar Valeo, einen mächtigen Chylac, besiegt hatte.

–

Während die Darius II im Nachtmodus mit gedimmten Lichtern durchs All glitt, leuchteten hier und da dünne Bänder an den

Treppenstufen und den Markierungen der Notausgänge. Ein permanentes Knarren aus dem Generatorraum verriet, dass das Schiff laut der letzten Sicherheitsprüfung eigentlich nicht mehr fliegen durfte. Vinzenz wandelte durch das nächtliche Raumschiff und machte sich mit dem alten Wasserkocher auf der Brücke eine Tasse von Tao's Beruhigungstee. Er hatte - wie so häufig - einen Alptraum gehabt. Diesmal war es wieder die Hochzeit seiner Schwester, die er nicht aus dem Kopf kriegen konnte. Schlafen war zunächst ausgeschlossen. Er war trotz Tee viel zu aufgeregt. Also klopfte er behutsam an Lucia's Tür, um zu sehen, ob sie auch wach war. Terra's Alarm war seit der Weckaktion vor einigen Tagen deaktiviert. Die Tür öffnete sich wenige Sekunden später.
"Kannst du nicht schlafen?", fragten sie sich gleichzeitig gegenseitig. Beide schüttelten schmunzelnd den Kopf.
"Komm rein", sagte Lucia und zog Vinzenz am Ärmel in ihre Kabine.
"Was ist los", fragte sie und setzte sich in ihrem Herrenpyjama auf das schmale Bett. Vinzenz fragte sich, ob ihr Vertrauen ihm gegenüber noch immer eine Wirkung von Morpheus Traum war. Er fühlte sich schlecht deswegen, war aber andererseits froh, jemanden zu haben, mit dem er reden konnte.
"Plötzlich war es alles so deutlich vor mir, meine ganze Vergangenheit!"
Er runzelte die Stirn und sein Hundeblick sagte Lucia, dass es ihm definitiv nicht sehr gut ging. Sie setzte einen Spezialmocca für sich auf und sah den Mann an. Sie war verunsichert, was ihre gemeinsame Vergangenheit anging, doch sicher war, dass sie auf eine seltsame Weise seelenverwandt waren. Hatte das Schicksal sie aus irgendeinem Grund zusammen auf dieses Schiff gebracht? Dann wäre es jetzt an der Zeit, es herauszufinden. Vielleicht würde sie mit den Narben anfangen, die nicht einfach so zu erkennen waren, sondern tief unter der Oberfläche seiner männlichen Muskeln verborgen waren. Er wäre so gern ein Held gewesen, doch dabei brauchte er mehr Hilfe, als er zugeben würde.
"Vor einigen Tagen habe ich dich weinen sehen, und du hast den Namen Neverdy erwähnt. Was hatte es damit auf sich?",

fragte sie, als der Mocca fertig war. Vinzenz zögerte kurz. Er erkannte aber, dass er seine Gedanken nicht ewig für sich behalten konnte. Jedenfalls nicht, wenn er in seinem Leben etwas ändern wollte.
"Jede Nacht träume ich merkwürdige Dinge, die etwas mit meiner Vergangenheit zu tun haben. Als du mich auf der Brücke gesehen hast, kam mir die Erinnerung an etwas, das vor fünf Jahren geschah. Es war die Hochzeit meiner Schwester Neverdy."
Die beiden setzten sich, und Vinzenz begann ihr die ganze Geschichte zu erzählen. Als er von der Vergiftung von Neverdy's Verlobten und den Menschen erzählte, die sich in Panik vom Dach gestürzt hatten, standen ihm Tränen in den Augen. Lucia nickte mitfühlend und wollte etwas Aufheiterndes sagen.
"Du hast wirklich Probleme. Wage es nicht, uns irgendetwas in den Tee zu mixen. Dann müsste ich dich nämlich auf der Stelle töten."
Vinzenz lächelte unsicher, ohne den Spaß jedoch lustig zu finden. Scheinbar konnte sich Lucia noch immer nicht daran erinnern, dass sie Morpheus Traum zu sich genommen hatte.
"Das letzte, was ich von meiner Schwester hörte, war die Nachricht, dass sie inzwischen Kommandant auf einem Söldnerschiff namens Feuersturm ist."
Lucia horchte auf und wandte sich langsam um. Sie deutete mit gerunzelter Stirn in Richtung Brücke. Vinzenz nickte ernst.
"Ja, das Schiff, das auf Abfangkurs ist. Aber ich werde nicht aufgeben. Ich müsste nur eine Gelegenheit haben, mit ihr zu reden. Ich will ihr doch nur sagen, dass ich es aus Liebe zu ihr getan habe. Aber Neverdy ist ein verbohrter Dickkopf! Deswegen habe ich einen Plan: Wenn die Feuersturm kommt, werdet ihr mich ihr einfach ausliefern. Ich habe ihr einen Brief geschrieben, den ich immer in meiner Brusttasche trage. Wenn ihre Söldner mich töten, dann werde ich ihr wenigstens den Brief geben, der alles erklärt! Falls ich das nicht mehr schaffe, könntest du das für mich tun?"
Die Pilotin sah ihn scharf an und nahm einen tiefen Schluck aus ihrer Tasse.
"Das ist doch nicht dein Ernst! Du willst dich von deiner

Schwester töten lassen? Nur um sie davon zu überzeugen, dass du gute Gründe hattest?"
"Das ist es ja! Gute Gründe hatte ich nie!" Vinzenz war aufgestanden und ging in dem Zimmer auf und ab. "Vielleicht hat sie Recht, und es war einfach nur meine Bösartigkeit. Ich will nicht, dass noch andere Leute da hineingezogen werden."
Er kam zu Lucia und blickte ihr fest in die Augen.
"Jeder Mensch geht immer davon aus, dass es für jeden Augenblick im Leben eine zweite Chance gibt. Aber vielleicht irren diese Menschen und es gibt sie gar nicht. Einen Mord kann man nicht rückgängig machen. Vielleicht werden Neverdy und ich uns niemals wieder verstehen und ein Wort in Frieden miteinander wechseln. Und sieh es mal realistisch: Sie ist eine Kriegerin, sie kennt sich mit Schlachten aus und hat ein Schiff, mit dem sie uns einfach abschießen wird - vielleicht ohne uns Funkkontakt zu gewähren. Es gibt keinen Weg, der meine Taten ungeschehen macht und zerbrochene Herzen wieder heilt."
Er machte eine Pause, denn er brauchte etwas Mut, um Lucia zu sagen, was er fühlte. Und er musste sich sicher sein, dass der Augenblick der richtige war. Andernfalls würde sie ihn auslachen. Er nahm einen Schluck von seinem Kaffee und beschloss, dass jetzt der richtige Moment war: "Wenn ich in den letzten Tagen etwas gelernt habe, dann dass ihr drei mir mehr Freundlichkeit entgegen gebracht habt, als sonst jemand auf meinem bisherigen Weg. Das gilt ganz besonders für dich. Mein Herz würde einfach so zerbrechen, wenn dir meinetwegen etwas zustoßen würde. Vielleicht gibt es in meinem Leben keine zweite Chance, um dir zu sagen, wie sehr ich dich mag."
Lucia war überrascht. Grad eben sprachen sie doch noch über Vinzenz' Beziehung zu seiner Schwester! Und jetzt ging es plötzlich um sie beide.
"Das ist sehr nett von dir", sagte sie und erwiderte seinen Blick. So sehr überrascht war sie nun auch wieder nicht. Einige Sekunden verstrichen. Langsam fuhr Vinzenz mit der Hand um Lucia's Kopf. Er zog sie sanft zu sich heran. Sie küssten sich. Er spürte sein Herz pochen. Ihre weichen Lippen fühlten sich so gut an! Und gleichzeitig war es, als sei es der letzte Kuss seines Lebens. Erst langsam und vorsichtig, dann immer

schneller und leidenschaftlicher erwiderte sie die unaussprechlichen, erregenden Worte seiner Zunge. Als sie um Luft ringen mussten, standen sie auf und eilten stolpernd und aneinanderklebend in Richtung Lucia's Kabine...

...als er am nächsten Morgen, nach einer langen und wunderbaren Nacht, die Augen wieder öffnete, sprang Lucia panisch neben dem Bett auf und ab. Sie hatte ihre Unterwäsche bereits wieder angezogen und warf ihm seine Klamotten zu.
“Los, raus! Verschwinde, bevor irgendjemand merkt, was hier passiert ist! Ich muss allein sein! Die Feuersturm ist nur noch zehn Tage von uns entfernt! Verdammt, das ist alles deine Schuld!", schrie sie ihn wütend aber mit gedämpfter Stimme an. "Eines sage ich dir: lass dir bloß etwas einfallen, wie du uns vor deiner Schwester schützt und uns da wieder rausholst. Sonst bringe ich dich um, bevor sie dazu kommt!”
Bevor Vinzenz die Gelegenheit hatte, etwas zu erwidern, fand er sich nackt mit einem Bündel Klamotten auf dem Gang. Tao ging grade vorbei, um sich auf der Brücke einen Tee zu kochen.
“Morgen”, meinte er müde. Vinzenz verschwand verstört auf seinem Zimmer. Warum konnte sein Leben nicht einfach mit dieser Nacht zu Ende gegangen sein? Warum hatte sie ihm nicht den Kopf abgeschnitten, in einen Alubehälter gesteckt und der Feuersturm entgegen geschossen? Dann wären alle glücklich und er endlich erlöst und tot gewesen! Diese blöde Kuh!

Die angespannte Lage hielt den ganzen Tag an und dehnte sich unweigerlich an Bord aus, bis sie alle Anwesenden in ihrem Dunstkreis eingenebelt hatte. Davon wurde auch der Urux nicht verschont, der ängstlich - und später gar nicht mehr - nachfragte, ob es noch etwas zu reparieren gab. Lucia rannte ständig aufs Klo, weil ihr speiübel war, gab strenge Anweisungen, motzte mit Julius rum und kommentierte Tao's Religion mit bissigen Kommentaren. Vinzenz saß mürrisch da, ignorierte in verschärfter Weise alle Befehle und ergänzte das ‘Handbuch der Vegetation’ mit Zeichnungen der seltsamen Pflanzen, die er

und Julius auf Escalon gesehen hatten. Am Abend lagen alle noch lange wach - für sich allein in ihren Kabinen.
Julius dachte über den Fels nach, der plötzlich aus dem Nichts aufgetaucht war, um sie anzugreifen. Das Leben hier draußen war eigentlich viel zu gefährlich. Zu Hause auf Aden wartete ein Palast mit Angestellten und gutem Essen auf ihn. Warum tat er sich das an, mit einer Bande von abenteuerlustigen Chaoten durchs All zu fliegen? War das den Ruhm wert? Was wäre, wenn er es nicht schaffen würde, dem Imperator Kunde über das neue System zu überbringen? Was, wenn sie alle hier draußen umkommen würden? Er schrieb eilig noch einen weiteren Brief an seinen Vater, den Herrscher über Aden.
Tao ging eine kleine Rede in Gedanken durch, die er der Mannschaft am nächsten Tag halten würde. Sie alle schienen etwas niedergeschlagen, und er fühlte sich verpflichtet, ihnen moralischen Beistand zu leisten und sie aufzuheitern.
Vinzenz konnte nur an den Sex mit Lucia denken. Wenn es doch bloß nicht immer so kompliziert damit wäre! Eigentlich mochte sie ihn doch, und er hatte auch nur die Wahrheit gesagt.
Lucia dachte im Wesentlichen das Gleiche. Wenn sie oder Vinzenz doch nur ganz kurz über Verhütung nachgedacht hätten! Dann wäre sie heute wahrscheinlich viel besser gelaunt gewesen. Sie hoffte, dass die ‘Pille danach’ aus ihrem Notfalldöschen noch nicht allzu lange über das Haltbarkeitsdatum war.

–

Es musste irgendwann in der weit fortgeschrittenen Nacht sein, als Vinzenz ein Klacken im Maschinenraum bemerkte. Instinktiv zog er sich lautlos die Hose an und schlich nach draußen. Weit und breit war nichts zu sehen. Die Mannschaft schien zu schlafen, doch das Klacken wurde immer lauter und kam definitiv aus dem Maschinenraum. Es war dunkel und nur eine Leiter führte hinunter auf das nach Öl und Schmutz riechende Deck. Vinzenz war gerade auf der Hälfte der Leiter angekommen, als ein lautes Scheppern und gleich darauf ein “Schhhhh!” zu vernehmen war. Er suchte Halt neben der Leiter, wo er einige Wasserleitungen vermutete. Da war es wieder: dieses Gefühl von Euphorie. Er spürte sein Herz pochen, doch nicht vor Angst. Es war en anderes Gefühl als der Kuss mit Lucia; eine vertraute Euphorie der Ungewissheit. Die Wasserleitungen waren ein gutes Versteck, um mit gezücktem schwarzen Dolch in der dunklen Verborgenheit zu beobachten: Das Scheppern war ein Teil des Schiffsrumpfes, und das Klacken kam von einem Schweißbrenner. Jemand hatte sich von außen an der Hülle des Schiffes zu schaffen gemacht und ein Loch hinein geschweißt. Nun war der Zugang frei, und durch das Loch krabbelte ein Mann in den Maschinenraum. Er war mit einem leichten Blastergewehr ausgerüstet. Ein zweiter Mann folgte, dann ein dritter. Sie verständigten sich über Handzeichen. Langsam verschwand das Lächeln aus Vinzenz' Gesicht, denn er begann zu begreifen: Die Männer waren schwer bewaffnete Söldner, und auf ihrer Uniform trugen sie das Banner der Feuersturm! Vinzenz schossen die Gedanken in Lichtgeschwindigkeit durch den Kopf. Plötzlich wurde alles klar. Terra war nicht nur eine KI, sie war auch noch ein Verräter. Sie hatte das Näherkommen der Feuersturm nicht gemeldet und Neverdy mitgeteilt, wo er sich aufhielt. Jetzt kamen sie, um ihn zu holen. Was sollte er tun? Die anderen wecken? Sich ergeben?

Die Söldner kamen näher. Einen könnte er vielleicht kampfunfähig machen, doch die anderen waren einfach zu gut bewaffnet. Vinzenz schwang sich auf die Leiter. Hinter sich hörte er Rufe, dann einen Schuss. Unter ihm zerbrach die Leiter, doch er konnte sich noch festhalten und auf die Ebene ziehen, auf der sich Brücke und Quartiere befanden. Das würde ihm vielleicht etwas Zeit verschaffen. Wie vom Teufel gejagt, rannte er durch das Schiff und schlug Alarm.

“LUCIA!”, brüllte er so laut er konnte “SIE KOMMEN!”

Die Pilotin trat verschlafen aber prompt mit ihrem Handlaser aus der Tür. Vinzenz fiel ihr um den Hals, dann zu Boden. Einer der Söldner tauchte völlig überraschend im Durchgang von der Brücke auf. Er hatte sein Gewehr im Anschlag und schien nur auf ihn gewartet zu haben. Er drücke ab und schoss Lucia nieder. Vinzenz krabbelte rücklings über den Boden.

“Nein, lasst sie leben", schrie er in wilder Panik. "Ihr wollt doch mich! Ich ergebe mich! Bitte, tut mir nichts! Neverdy, ich

hab es nicht absichtlich gemacht! Es war alles Cypher's Plan! Cypher ist schuld, er kontrolliert mich! Biiitteee!"
Ihm standen Tränen in den Augen und Schweiß auf der Stirn. Neben sich sah er Julius liegen. Er verblutete aus einer Wunde in der Brust, die eindeutig durch einen Blasterschuss verursacht war. Lucia lag reglos hinter ihm. Plötzlich sah er Neverdy. Sie erschien im Rauch hinter einem der Söldner. Und sie hatte sich sehr verändert! Mehrere Narben durchzogen ihr Gesicht, und sie trug die schmutzige Söldnerkleidung mit fingerlosen Handschuhen und Nieten besetztem Gürtel. An ihrer Seite hingen ein Schwert mit Widerharken in der Klinge und einige blutbeschmierte Dolche. Das Schlimmste an ihr waren allerdings ihre Augen: steinern hatten sie den fröhlichen, unbeschwerten Ausdruck der Jugend verloren und zeugten nur noch von Hass und Rachsucht… sie kam auf ihn zu. Mitleidslos zog sie das gewaltige Schwert. Mit einem fremdartigen Schrei schlug sie auf ihn ein...

"Vinz, komm zu dir! Du hast fürchterlich geträumt und bist wie bescheuert durch das ganze Schiff gelaufen!" Lucia beugte sich über ihn und sah ihm in die Augen. Aus irgendeinem Grund erinnerte er sich an seinen ersten Augenaufschlag auf der Darius II.

Kapitel 3 – Palfuria

“Ohne einander zu spüren, sehen wir in das Gesicht des anderen und erkennen uns selbst darin – meine Erinnerung verstummt…”
Vinzenz de Vray

Fünf Tage später hatte Vinzenz seinen Alptraum zwar nicht vergessen, jedoch war er in den Hintergrund der aktuellen Ereignisse getreten. Dem Leocathor waren diese nicht geheuer. Er saß auf der Brücke und beobachtete Vinzenz, der aufgeregt, wie ein Kind zu Weihnachten, mit der Nase an der Frontscheibe der Darius II klebte und auf ein gewaltiges Forschungsschiff mit der Kennung 'Palfuria' starrte, als sei es ein Sack voller Geschenke. Hatte er denn gar keinen Sinn für die vielen Gefahren, die dort auf sie lauern konnten? Es musste einen Grund geben, weshalb dieses Schiff - sofern man seiner Bauart und Terra’s Wissen darüber trauen durfte - schon seit sechshundert Jahren hier oben kreiste und Eron ben Daleck es sich noch nicht unter den Nagel gerissen hatte.
“Wir müssen aufpassen, dass der alte Priester nichts anfasst”, war der Kommentar, den Vinzenz dazu abgegeben hatte.
Langsam glitt die Darius II an der gewaltigen Längsseite dieses Kolosses vorbei. Die Palfuria hatte die Form einer Stecknadel, deren runder Kopf die Brücke im Bug bildete. Diese lange und schlanke Bauart machte sie trotz ihrer Größe sprungfähig, denn keines der einzelnen Elemente war im Durchmesser größer als das Escalon-Sprungtor. Zwar war die Palfuria wesentlich kleiner als Eron ben Daleck's Schiff, trotzdem bot sie zwei Hangars auf der Hälfte der Längsseite. Beide waren offen. Vorsichtig und millimetergenau steuerte Lucia die Darius II hinein. Julius und Tao klebten nun ebenfalls neben Vinzenz an den Scheiben um mehr sehen zu können. Das Innere des Hangars wurde nur durch ihre eigenen Scheinwerfer in ein Dämmerlicht getaucht.
"Gespenstisch, nicht war?", kommentierte Vinzenz, noch immer mit dieser Euphorie in der Stimme. Lucia setzte sanft innerhalb einer markieren Fläche auf. "Weich, wie eine Katze, die auf den warmen Kamin springt", kommentierte Julius.

Gleichzeitig mit der ersten Berührung des metallischen Bodens meldete Terra sich zu Wort: “Käpt’n, ich empfange ein Signal von den Generatoren des Schiffes. Sie sind soeben angesprungen.”
Alle lösten sich von der Frontscheibe und schauten sich an. Sollte es nicht verlassen sein? Warum springen die Generatoren an?
“Weg hier!”, rief Julius und vor seinem geistigen Auge baumelte Vinzenz am Galgen. Er war auch hierfür verantwortlich! Ein Blick auf die Armaturen verriet ihnen jedoch, dass sich im gleichen Augenblick die gewaltige Luke der Landebucht schloss. Es gab keine Möglichkeit zur Flucht! Die Darius II war im Leib der Palfuria gefangen. Kurz darauf hörten sie ein verdächtiges Zischen in dem Hangar. Vinzenz vermied es, dem Leocathor in die Augen zu sehen. Er vermutete dort Zorn und Angst und beides war nicht gut für ihn.
“Atmosphäre hergestellt, Sauerstoffgehalt zwanzig Prozent”, meldete Terra, als das Zischen leiser wurde.
“Ich gehe raus. Freiwillig”, meine Vinzenz, weil er dachte, damit könne er Julius wieder sanftmütiger stimmen.
“Schon gut, Vinz. Wir gehen alle. Oder?” Lucia nahm ihren Blaster und den Rucksack. “Die Raumanzüge brauchen wir wohl nicht."
“Signale aus dem gesamten Schiff”, meldete Terra, um die Anspannung nicht verlorengehen zu lassen. Lucia griff nach einer weiteren Laserpistole und warf sie den Leocathor herüber. “Du nimmst den hier!” Julius nickte. Seine Mannschaft hatte Recht. Es war an der Zeit, seinen Mut zu beweisen, und er wollte auf keinen Fall wie ein Feigling vor ihnen dastehen.
“Gut, wir gehen alle, der Urux bleibt im Schiff.”
Julius verschwand, um sich den Mantel überzuwerfen. Dieser schützte seine kostbare Kleidung stets, wenn sie irgendwo unterwegs waren, wo die Menschen seinen Stand nicht zu würdigen wussten. Vinzenz kniete sich zu dem Urux hinunter.
“Du bleibst hier und sobald wir draußen sind, setzt du die Hülle des Schiffes unter Strom, okay?”
“Okay!”
Lucia sah Vinzenz an und hob eine Augenbraue. Aus einem

Reflex heraus rechtfertigte Vinzenz sich: “Ich habe den Urux eine Vorrichtung bauen lassen, die jedem einen Stromschlag verpasst, der die Darius II berührt. Gut, oder?”
Lucia war in der Zwickmühle, es war eine gute Idee, doch wieso hatte er niemandem von dem Vorhaben erzählt? Mit mildem Lächeln schüttelte sie den Kopf. So ein Chaot!
Sie alle hielten die Waffen und Tao das heilige Symbol des Hyperraumtores fest in den Händen und den Atem an, als sich die Luke öffnete. Vor ihnen tat sich ein großer Hangar auf, in den die Darius II mühelos dreimal hineingepasst hätte. Die Luft roch etwas vermodert, aber durchaus atembar. Ein Scheinwerfer der Darius II hüllte den fremdartigen Hangar in ein dämmriges Halbdunkel. Niemand wusste, was sich in den finsteren Ecken befand. Allen war etwas unwohl zu Mute, als Lucia langsam zu einer verschlossenen Schleusentür hinüberschlich. Im Lichtschein reflektierte der Staub, den das Schiff bei der Landung aufgewirbelt hatte. Lucia kam es vor, als mache dieser Staub ihnen klar, wie weit draußen sie in der Finsternis saßen. Niemand würde sie hier schreien hören. Niemand würde sie finden, ganz egal, wie stark ihr Notsignalsender auch sein mochte. Hier waren sie ganz auf sich allein gestellt. Die Erkenntnis fuhr ihr eiskalt über den Rücken. Auf der anderen Seite des Hangars machte sie sich an dem Verschlussmechanismus der Schleusentür zu schaffen, jedoch ohne Erfolg.
“Wir brauchen Terra hierfür. Die Tür lässt sich nur durch einen Code öffnen”, sprach sie in ihr Headset und wandte sich dabei zur Darius II um. Als sie der Tür den Rücken zugekehrt hatte öffnete sich diese mit einem leisen Zischen. Erschrocken sprang sie mit einem lauten Schrei zur Seite. Aus dem Staub erschien ein androider Roboter.
“Vielen Dank, dass Sie gekommen sind, wir haben sehr lange gewartet”, sagte er mit mechanischer, zerstückelter Stimme und emotionsloser Betonung. Lucia schien es, als handle es sich um eine alte KI, einige Generationen, bevor Terra erschaffen wurde.
“Bitte legen sie die Waffen ab.” Der Androide hatte aus seinen Unterarmen zwei Blastergewehre gezaubert und richtete sie auf die junge Frau.

“Schon gut, schon gut.” Lucia legte ihre Pistole auf den Boden und trat einige Schritte zurück.
“Tao, du bleibst hier, und holst uns raus, wenn es Schwierigkeiten gibt”, sagte Vinzenz. Er zog den Leocathor am Ärmel. Julius verzog das Gesicht und rüttelte sich los.
“Was fällt dir eigentlich ein?”, fragte er Vinzenz sichtlich erbost im Flüsterton.
“Bitte folgen sie mir”, gab der Androide von sich und ging, die Waffen auf die Crew gerichtet, rückwärts voran. Er führte sie durch einige lange Gänge. Jedes Mal, wenn er eine Tür öffnete, blinzelte Vinzenz ihm so gut es ging über die Schulter, und mögliche Codes zu erkennen. Schließlich erreichten sie einem schlecht geheizten, viel zu großen und nahezu pompösen Speisesaal mit einer langen, eingedeckten Tafel vor ihnen. Am anderen Ende der Tafel saß eine Frau. Julius schätzte sie auf Mitte dreißig. Ihr dunkles Haar war zerzaust, und sie hatte sich anscheinend eilig einen Morgenmantel übergeworfen, als sei sie gerade aufgestanden. Das Staunen in den Gesichtern der Crew entging ihr nicht. Ein Lächeln umspielte ihre Mundwinkel. Und obwohl sie sichtlich vor Kälte zitterte, hatte sie doch etwas Anmutiges, in Julius Augen sogar etwas Adeliges, an sich. Und als sie zu sprechen begann, drang ihm ihre Stimme wohlig unter die Haut: “Mein Name ist Baroness Laudana Valeo. Seid willkommen auf der Palfuria. Mit ‘Sicherheit’ habt Ihr ja bereits Bekanntschaft gemacht. Er ist ein Androide mit künstlicher Intelligenz, der uns ungebetene Gäste vom Leib hält und für die Ordnung an Bord sorgt. Wie lange hat es gedauert, bis Ihr uns mit dem Treibstoff erreicht habt?”
Julius war verwirrt. Treibstoff? Auf Vinzenz’ Gesicht las er das allgemeine Mischmasch seiner Gefühlslagen, von erstaunt, grübelnd bis ängstlich einen Plan schmiedend. Das musste er abwenden! Schnell begann er zu sprechen: “Nun, geehrte Baroness, mein Name ist Marquis Julius Leocathor”, er schritt mit Stolz und der Etikette einer kleinen Verbeugung voran.
“Und dies ist mein Gefolge. Doch ich muss Euch enttäuschen, wir sind leider nicht Euer erhofftes Auftankschiff, sondern wir befinden uns auf einer Forschungsmission, da dieses Schiff schon seit sehr langer Zeit wie ausgestorben um den Planeten

kreist. Wir sind auf der Suche nach einer Erklärung hierfür."
Die Baroness stutzte kurz. Doch bevor sie auf die Neuigkeiten eingehen konnte, betrat ein Dienstmädchen den Raum.
"Ah, Diana, schön, dass du kommst", sagte Laudana und umschiffte ihre Überraschung, indem sie den Gästen mit einer Geste einen Platz an der Tafel anbot.
"Diana, bring uns bitte etwas zu trinken, und schau nach, ob du einige Speisen zubereiten kannst, ich habe einen unheimlichen Hunger!"
"Jawohl, Herrin."
Das Dienstmädchen verschwand wieder. Dann begann Julius Leocathor mit seinem Zauber, aus einem netten Beisammensein eine Diskussion von imperialer Wichtigkeit nach allen Regeln der Adelskunst zu machen. Zum Erstaunen aller landete er damit bei der Baroness unheimliche Treffer. Vinzenz verdrehte die Augen und Lucia musste einige Male in ihr Glas grinsen, während sie trank. Im strategischen Gespräch, das mehr den Anschein eines Flirtspiels nach festen Regeln hatte, brachte Julius es fertig, seine Gefährten nicht nur mit Namen vorzustellen, sondern ihre Eigenschaften auch äußerst positiv darzustellen
"Lucia nahm ich an Bord, weil sie das Babyliosrennen im letzten Jahr gewonnen hatte", sagte er und erhob sein Weinglas in Lucia's Richtung. Laudana war sichtlich erstaunt. Vinzenz sah ihr an, dass sie keine Ahnung hatte, wovon Julius sprach. Lucia hingegen spürte, dass sich einige Kopfschmerzen in ihrem Schädel breit machten. Wieder eine dieser Lügen, die einfach nicht mit dem übereinstimmten, was sie über ihre Vergangenheit dachte.
‚Babyliosrennen? Wovon spricht er?' Sie war der festen Überzeugung, niemals an einem solchen teilgenommen zu haben. Jedenfalls war die Pilotin froh, dass Julius begann, von Vinzenz' hervorragenden Fertigkeiten in der ärztlichen Kunst zu erzählen, denn sonst wäre ihr Kopf wahrscheinlich geplatzt. Beim Dessert hatten sie alle tatsächlich das Gefühl, dass sie eine Gruppe bestens ausgebildeter Wissenschaftler und Spezialisten für gefährliche und unbekannte Missionen waren. Nachdem dann alle offensichtlich das Essen beendet hat-

ten, stand die Baroness auf und sprach die ganze Mannschaft an: “Nun, ich denke, wir alle sind ein wenig müde von diesem Tag, Diana hat einige Gästezimmer für Euch und Eure Crew vorbereitet, in die Ihr Euch zurückziehen könnt. Herr Dr. de Vray, an Sie hätte ich jedoch noch eine Bitte: Mein Vater, der Euch nur zu gern hier empfangen hätte - er ist ein stolzer Mann, doch kommt er langsam in die Jahre - lässt sich entschuldigen. Es geht ihm nicht sehr gut. Wir vermuten, dass er sich eine Lungenentzündung eingefangen hat. Der Marquis hat so viel von Euren Fähigkeiten erzählt. Wäret Ihr so gut und könntet mal einen Blick auf seine Lunge werfen?”
Vinzenz, der grade seine ganze Aufmerksamkeit dem Dienstmädchen am anderen Ende des Raumes schenkte, wandte sich etwas auffällig um, als hätte man ihn aus einem süßen Traum gerissen.
“Äh, sicher! Das werde ich sofort tun! Wenn Ihr erlaubt, Herr Marquis.”
Er sah Julius mit einer leichten Verbeugung etwas spöttisch an, um ihm zu zeigen, dass er sich durchaus mit der Etikette auskannte, was aber lächerlich war, denn er tat es nicht… die Baroness lächelte und Julius wurde rot. Beschämt nickte er.
Die Tafel löste sich langsam auf. Diana zeigte den Gefährten die Zimmer und Vinzenz folgte der Baroness zum Zimmer ihres Vaters, das am anderen Ende des Schiffes lag. Ein Aufzug brachte sie dorthin, und Vinzenz staunte über die 23 Decks, die er ansteuern konnte. Er erkannte, dass ihr Ziel doch vergleichsweise nahe war.
Das Zimmer des Grafen roch etwas vermodert. Überall hingen schwere Vorhänge von den Wänden, die eigentlich auf den Müll oder wenigstens in die Wäscherei gehörten.
‚Kein Wunder, dass der Alte hier eine Lungenentzündung bekommt’, dachte Vinzenz.
Die Baroness ging voran und trat an ein großes Himmelbett, das - soweit sich Vinzenz erinnern konnte - bestimmt schon weit über 200 Jahre völlig aus der Mode war. Laudana flüsterte dem Mann, der darin lag, etwas ins Ohr. Der Alte nickte. Er winkte Vinzenz herbei, als sei er es gewohnt, Befehle zu geben. Vinzenz hatte bei dem Namen ‘Valeo’ ein ungutes Gefühl. Ne-

verdy's Verlobter, den er umgebracht hatte, war ebenfalls ein Valeo gewesen. Hoffentlich war das kein schlechtes Omen. Langsam ging er zu dem Grafen hinüber. Er war sicherlich bereits über sechzig, doch seine Augen machten trotz des Hustens und der scheinbaren Krankheit einen wachen und flinken Eindruck. Sein Bart war unrasiert und einige verschwitzte Haare hingen ihm ins Gesicht.
Als Vinzenz dem Mann die Hand gab, erschrak er ohne es sich anmerken zu lassen. Diese Hand war eindeutig sehr kalt. Jemand, der mit Fieber und angeblicher Lungenentzündung im Bett lag, hatte bestimmt nicht eine so kalte Hand. Und wenn doch, dann sollte sie schweißnass sein, aber auch das war sie nicht. Erst bei genauerer Betrachtung bemerkte Vinzenz, dass der gesamte rechte Arm des Mannes aus Metall bestand. Und Vinzenz hatte ein verdammt gut gearbeitetes Hautimitat in der Hand! Der Graf nickte ihm freundlich und wissend zu.
"Das erkennt nicht jeder sofort", sagte er lächelnd. "Es scheint, als versteht der Junge etwas vom menschlichen Körper." Vinzenz holte in seiner Arztrolle ein Stethoskop hervor und ließ den Grafen tief einatmen.
Hier draußen war es schwer, ohne medizinische Hilfsmittel Diagnosen zu stellen und Krankheiten zu heilen. Doch diese hier gab ihm mehr Rätsel auf, als er angenommen hatte. Nach mehreren Untersuchungen packte er zwei Spritzen aus. Vinzenz war sich sicher, dass der Alte keine Lungenentzündung hatte. Er hatte so etwas schon einmal gesehen, doch aufgrund der verschwimmenden Erinnerung wusste er nicht mehr, in welchem Zusammenhang das gewesen war. Sein verdammtes Gehirn wollte ihm über einige Dinge nichts sagen und verweigerte mit stechendem Kopfschmerz den Dienst.
Vinzenz schwieg und konzentrierte sich. Dass der Graf bei dem Vorhaben, in seine Lunge zu stechen, auch sterben könnte und es absolut überflüssig wäre, wenn er eine normale Lungenentzündung hatte, behielt er für sich. Es war keine Lungenentzündung - Vinzenz war sich sicher!
"Irgendetwas ist in der Lunge. Fest steht, dass es da raus muss, wenn Ihr wieder gesund werden wollt. Ich habe hier eine Betäubungsspritze gegen die Schmerzen. Danach werde ich mit

dieser Spritze...", er hielt eine große Spritze mit langer, dicker Nadel hoch "...in Eure Lunge stechen und kräftig saugen."
Der Graf sah ihn an. Nach einigen Sekunden nickte er. Die Baroness verzog das Gesicht. Doch bevor Vinzenz dazu kam, die Einstichstelle zu betäuben, wehrte der Graf ab. "Ich bin ein Mann vom Geschlecht der Valeo, Junge. Mir wurde von Kindesbeinen an beigebracht, dass Schmerz nichts ist, wovor ein Mann sich fürchten sollte. Hol' da raus, was da raus muss, aber dieses Betäubungszeug, das kannst du weglassen."
Vinzenz sah ihn mit großen Augen an. Das konnte doch jetzt kein Ernst sein! Tapferkeit wusste er durchaus zu schätzen, doch Idiotie war das einzige, was hier zutraf. Der Blick des Grafen zeugte allerdings von solcher Entschlossenheit, dass Vinzenz nicht den Versuch unternahm, ihn zu bekehren. Er nickte schließlich, schüttelte innerlich aber den Kopf.
"Baroness, gebt Eurem Vater ein dickes Stück Stoff, auf das er beißen kann. Es wird schmerzen."
Laudana tat wie ihr befohlen. Vinzenz nickte dem Graf zu, bat ihn noch einmal tief Luft zu holen und trieb ihm dann die Nadel zwischen die Rippen an der von ihm markierten Stelle. Der Graf verdrehte die Augen und gab ein leises, gequältes Brummen von sich. Er biss dann auf das Tuch und drückte die Hand seiner Tochter, die mitfühlend den Blick abwandte. Vinzenz standen Schweißperlen auf der Stirn. So etwas hatte er zuvor noch nie gemacht. Aber irgendwann war für alles das erste Mal...
Langsam begann er an dem Kolben der Spritze zu ziehen. Wenn nur Luft kam, war er falsch, dann standen die Chancen schlecht, dass der Graf überlebte.
Noch immer kam in der Spritze nichts an und die Nadel war mit Sicherheit dick genug. Dann endlich ergoss sich ein Schwall Flüssigkeit in die Spritze. Zu Vinzenz' großen Verwunderung war das Sekret nicht gelblich eitrig, wie er vermutet hätte. Es hatte eine frische, himmelblaue Farbe.
‚Leicht durchsichtig, wie flüssige Zahnpasta', dachte er.
Er saugte weiter, während der Graf noch immer die Luft anhielt. Nach einigen Millilitern wechselte er den Spritzenkolben und zog eine zweite Spritze auf, in der die Flüssigkeit langsam

die erwartete, grüngelbliche Farbe von Eiter annahm. Die Baroness hatte noch immer den Blick abgewandt, und niemand der beiden hatte die erste Spritze mit dem blauen Sekret zur Kenntnis genommen. Nachdem der gesamte Eiter entfernt war, zog Vinzenz die Spritze langsam wieder aus der Einstichstelle und versorgte die Wunde. Der Graf atmete schwer; aber immerhin: er atmete! Und das mit beiden Lungenflügeln.
“Ich werde Euch noch etwas Blut abnehmen müssen, um es zu analysieren, und die Medikamentendosis anzupassen”, sagte Vinzenz in seriösem Ton, als sei das Manöver ein Routineeingriff gewesen. Innerlich dachte er jedoch, dass an diesem Menschen mehr Unmenschliches war, als er vom äußeren Anschein her erwartet hatte. Er war gespannt, was da wohl die Blutanalyse ergab.
Nur die zweite Spritze, in der sich beinahe ausschließlich Eiter befand, präsentierte er dem Grafen. Die erste verschwand in seinem Koffer.
“Ekelhaftes Zeug war da drin. Sicher haben sich einige Bakterien dort abgesetzt; ich werde Euch ein Antibiotikum geben, bis ich die Ergebnisse habe. Baroness, bitte nächtigt heute Nacht bei Eurem Vater und ruft mich sofort, falls es ihm schlechter gehen sollte. Ich werde mich zurückziehen und mir ansehen, woran Ihr leidet, Graf. Morgen werden wir dann weitersehen, doch bis dahin ist Schlaf die beste Medizin.”
Der Graf nickte ihm zu.
“Hab Dank, Junge. Es geht mir um einiges besser, ohne dieses Zeug in meinem Körper.” Vinzenz zog sich zurück. ‘Sicherheit’ begleitete ihn zu seinem Quartier.
“Sicherheit, wenn es mir erlaubt wäre, würde ich sehr gern das Zimmer unserer Pilotin Lucia, aufsuchen. Wäre das möglich?”
“Jawohl.” Der Androide ging zwei Türen weiter und blieb davor stehen.
Vinzenz klopfte kurz an und ging dann hinein. Lucia hatte bereits das seidene Nachthemd angezogen und streckte sich auf dem kuscheligen Bett aus. Diese Schlaftracht stand ihr bei weitem besser als der alte Herrenpyjama, bemerkte Vinzenz mit einem Lächeln. Er schloss die Tür und hoffte, dass Sicherheit sie nicht belauschen würde.

“Lucia! Es gibt viel Neues!”
Aufgeregt packte er seinen Analysecomputer aus und setzte sich an einen kleinen Tisch in dem Raum. Dann gab er mit einer Pipette einen Tropfen der blauen Flüssigkeit auf das Sensorfeld des Computers und wartete ungeduldig. Lucia kam zu ihm herüber. Sie ärgerte es ein wenig, dass der Computer interessanter war als sie. Vinzenz war ein Mann, kein Zweifel.
“Schau mal. Das hatte der Graf in seiner Lunge! Da fragt man sich doch, wo das herkommt, oder?”, erklärte er aufgeregt wie ein Kind, das ein Vogelnest im Wald entdeckt. Lucia nickte ihm mütterlich zu. Während er jedoch mehr und mehr mit seinem Computer beschäftigt war, wurde sie langsam müde. Sie hätte etwas mehr Aufmerksamkeit von ihm erwartet, aber scheinbar war der Abend aus romantischer Sicht gelaufen. Wie aus einem Zauberhut zauberte Vinzenz dann plötzlich eine Flasche Wein aus seinem Mantel und hielt sie Lucia hin, ohne sich umzuschauen.
“Lass gut sein, Wein macht mich nur noch müder”, winkte sie ab.
“Dieser hier nicht. Komm, mach ihn auf” Vinzenz zwinkerte ihr zu.
“Du schläfst ja sonst gleich ein.”
Lucia nahm den Wein, um ihn zu öffnen. Manchmal erstaunte dieser Mann sie. Sie hätte schwören können, dass es ihm total entgangen war, dass ihr während des Essens schon beinahe die Augen zugefallen waren, aber irgendwie schaffte er es, ganz beiläufig und unauffällig in den Situationen wesentliche Dinge zu erkennen.
Der Computer spuckte einen Haufen Formeln aus.
“Hier, schau! 80% ist Dimethylsulfoxid, eigentlich ein Lösungsmittel. Und das Blaue daran muss dieses Molekül sein”, er deutete auf den Bildschirm.
“Ein Zucker. Der Rest scheint Gewebsflüssigkeit zu sein.”
Lucia erkannte nur nichtssagende, chemische Formeln, die sie nicht interessierten. Der Wein prickelte ihr im Kopf und die Müdigkeit war von einer Sekunde zur anderen wie weggeblasen. Sie verspürte eine innere Unruhe und konnte nicht länger sitzen bleiben. Mit einem enthusiastischen Sprung stand sie vor

Vinzenz und sah ihn herausfordernd an.
“Was machen wir denn jetzt?”, fragte sie. Vinzenz lächelte. Der Wein schien zu wirken.
“Hm. Was hältst du davon, wenn wir mal nachschauen, was die anderen 17 Decks noch für uns bereithalten?” Die beiden grinsten sich verschmitzt an.
–

Das Containerschiff von Eron ben Daleck hatte gute Außensensoren. Wahrscheinlich waren sie das Kostbarste an dem alten Schrotthaufen. Dank der Sensoren war es ihm nicht entgangen, dass auf der Palfuria gleichzeitig mit der Landung der Darius II die Generatoren angesprungen waren.
Er erinnerte sich an den Überfall vor 692 Jahren. Die Palfuria war ein Forschungsschiff der Earth I. Sie sollte die Chylac finden und das Hyperraumtor versiegeln, nachdem bereits einige Chylac das Escalonsystem verlassen hatten. Die Chylac mussten dies um jeden Preis verhindern. Eron ben Daleck selbst hatte damals das Kommando dieser Mission geführt. Er hatte einen Chylac namens Asirael eingesetzt, um die Palfuria auszuschalten. Asirael musste jedoch nach einem Überraschungsangriff durch Piraten fliehen. Es war einiges drunter und drüber gegangen, und letztlich ist es den Chylac nicht gelungen, die Palfuria zu vernichten. Asirael war es aber gelungen, fast die gesamte Besatzung mit dem Chylacvirus zu infizieren. Doch die Dinge entwickelten sich anders. Das Schiff war in den Cryoschlaf verfallen, um jeden Angriffsversuch durch einen Chylac abzuwehren.
Eron ben Daleck war dies ein Dorn im Auge. Es war ihm zwar gelungen, eine Armee seiner eigenen Rasse auf dem Planeten heranzuzüchten und sie durch menschliche Schmuggler mit Waffen auszurüsten, doch um diese Armee in den Krieg gegen die Menschen der anderen Planeten führen zu können, musste er sie durch das Hyperraumtor schaffen. Dieses Hyperraumtor war von der Earth I so konzipiert worden, dass die meisten Chylac dabei sterben würden.
Eron war sich sicher, dass er mit Hilfe der Technologie, mit der die Palfuria ausgestattet war, das Hyperraumtor seinen Wün-

schen entsprechend manipulieren konnte. Doch laut aller Berichte gab es mindestens eine Person an Bord, die Asirael nicht infiziert hatte: Laudana. Sie war ein besonderes Upload der Earth I und wurde in menschlicher Form für ihren Auftrag ausgebildet. Eron hatte sehr viel in den Berichten von Asirael über sie gelesen. Sie war gefährlich und kannte eine ihm unbekannte Waffe gegen die Chylac. Die etwas naive Mannschaft der Darius II kam ihm daher wie gerufen, um sie zur Palfuria zu Schicken. Dieser Haufen Anfänger würde sich dort umsehen und alles Interessante zu ihm bringen. Ihm war an der Waffe und an den Logbüchern gelegen, und er hatte die blonde Pilotin eindringlich darauf hingewiesen. Wenn sie zurückkämen, würde er das Wissen an sich nehmen und sie einfach umbringen. Nichts war schlimmer als ein Geheimnis in den Köpfen naiver und dummer Menschen. Eron ben Daleck schmunzelte unweigerlich bei dem Gedanken. Er hatte auch die Gedanken der Männer erfasst, die hinter Lucia standen. Einer dachte mit Ekel über die Austern nach, die sie an Bord hatten und der andere war so hoffnungslos verliebt in die Pilotin, dass er an nichts anderes als an Sex mit ihr auf den grünen Wiesen von Icon denken konnte. Was für ein Haufen! Erstaunlich, dass sie es so weit gebracht hatten.

–

Vinzenz und Lucia waren nicht die einzigen, die noch nicht zu Bett gegangen waren. Julius Leocathor hatte eine offizielle Einladung zu einer privaten Audienz in den Gemächern der Baroness Laudana erhalten. Zu seinem persönlichen Schutz an Bord und damit er sich nicht verlief, hatte ‘Sicherheit’ ihn dorthin begleitet.

Das große Zimmer war mit kostbaren Vorhängen, Liegen und Möbeln eingerichtet. Ein großes Fenster lies das silbrige Licht der Sterne einfallen. Baroness Laudana stand mit dem Gesicht zum Fenster und schaute ins All, als Julius eintrat und sich würdevoll verbeugte.

“Herr Marquis, endlich seid Ihr da. Ihr müsst mich aufklären, etwas stimmt doch hier ganz und gar nicht. Wo sind wir? Was ist geschehen? Und warum seid Ihr nicht das Tankschiff? Un-

sere Generatoren haben nur noch für wenige Tage genügend Wasser, und so können wir keinen Sprung durchführen."
Sie war sichtlich aufgewühlt. Julius empfand Mitleid und Zuneigung zu Laudana. Er räusperte sich.
"Bitte, nennt mich Julius." Er lächelte sie an. "Und setzt Euch, damit ich Euch einiges erzählen kann."
Die Baroness tat wie ihr geheißen und Julius machte einige Schritte auf das Fenster zu.
"Welches Jahr haben wir?", fragte er die Baroness, die etwas erstaunt über diese Frage die Augenbrauen hob.
"4311. Warum fragt Ihr mich so etwas, Julius?" Julius nickte. Genau das hatte er vermutet.
"Ich muss Euch leider sagen, dass einige Jahre vergangen sind. Wir schreiben inzwischen das Jahr 4997. Über 600 Jahre sind vergangen."
Er beobachtete die Baroness. Sie wurde etwas weiß um die Nasenspitze. Mit einem Satz sprang er zu ihr und fing sie in seinen Armen auf, bevor sie vom Stuhl zu rutschen drohte. Verzweifelt dachte er nach, was Vinzenz in einer solchen Situation tun würde. Aufs Bett legen? Ausgeschlossen! Auf den Fußboden? Absolut ausgeschlossen! Er richtete sie wieder im Stuhl auf und wedelte ihr mit der einen Hand etwas Luft zu, während er ihren Kopf im anderen Arm hielt. Es dauerte eine Weile, bis sie wieder zu sich kam.
"Aber dafür können wir Euch vielleicht mit dem Wasser aushelfen, Laudana", sagte er, um zu vermeiden, dass sie wieder ohnmächtig wurde. Unser kleines Expeditionsschiff ist beinahe vollgetankt, und wenn wir an Bord Eures Schiffes dieses System verlassen können, dann hätten wir auch genug Wasser für einen Sprung."
Im Geiste gratulierte Julius sich zu dieser hervorragenden Idee. Das würde alle seine Probleme lösen! Sicher würde die Palfuria in der Lage sein, das System zu verlassen, während auf der Darius II der Sprungcomputer noch immer defekt war. Außerdem war dieses Schiff eine ausgezeichnete Tarnung vor Eron ben Daleck und der Feuersturm. Und falls sie doch aufgehalten würden, bestand immer noch die Möglichkeit, sich als Geisel der Valeos auszugeben. Und die Gegenwart der Baroness war

ihm tausendmal willkommener als Eron ben Daleck. Laudana schaute ihn noch immer halb benommen an.
“Das würdet ihr für uns tun?”, fragte sie mit dünner Stimme.
Julius lächelte sanft und nickte. Er hätte sehr gern nur ganz, ganz kurz seinen Anstand und die Etikette vergessen und sie umarmt. Aber auch das war unter Adeligen ein ausgeschlossenes Verhalten! Stattdessen stand er auf und ging erneut zwei Schritte Richtung Fenster.
“Selbstverständlich. Immerhin befindet Ihr Euch in einer Notlage. Und für einen Mann von Ehre gehört es sich, seine eigenen Interessen in den Hintergrund zu stellen und einer Dame in der Not zu helfen!” Dann kam er wieder einen Schritt näher.
“Aber nun müsst Ihr mir ganz ausführlich erzählen, wie Ihr die letzten 600 Jahre übersprungen habt. Und dann werde ich Euch erzählen, was Ihr da so alles verpasst habt.”
Julius erspähte an der Wand des Raumes einen kleinen Sekretär gefüllt mit edlen, zum überwiegenden Teil jedoch etwas zu lang gereiften Weinen und Likören. Sorgfältig wählte er eine hoffentlich genießbare Flasche aus…

Vinzenz war mit Lucia losgezogen, um die Geheimnisse der Palfuria zu lüften. Er hatte ebenfalls einige Schlucke Wein getrunken und spürte die Wirkung der Droge, die darin gelöst war. Er musste sich erst mal die Augen reiben. War das schon wieder ein Tagtraum, oder eine Halluzination? Er hatte gerade Lucia mit jemandem verwechselt, der ihr - abgesehen von der Haarfarbe - erstaunlich ähnlich sah: Crystal, das Mädchen mit den schwarzen Haaren und blauen Augen, das ihm in seinen Träumen begegnete. Sie hatte dasselbe spöttische Lächeln, das Lucia aufsetzte, wenn sie etwas Verbotenes tat, das ihr Freude bereitete. Das kam ihm alles sehr bekannt vor. Für einige Sekunden schaute er ihr benommen zu, während sie eine kleine Klappe an einer Durchgangstür öffnete und an der Elektronik herumschraubte.
“Die Alarmanlage ist ausgeschaltet, wir können ohne Probleme weiter, ohne dass irgendein Androide oder Bordcomputer etwas mitbekommt.” Sie lächelte verschmitzt und hielt ein kleines silbernes Kästchen in die Höhe, das sie aus der Wand ausge-

baut hatte.
“Gut, dann los, ich habe eine Kamera gesehen, die den Fahrstuhl überwacht. Den können wir also nicht nehmen. Aber direkt davor ist eine Wartungsluke, über die wir mit Sicherheit - oder besser: ohne ‘Sicherheit’ - in den Schacht kommen. Lucia, ich sage dir, auf diesem Schiff stinkt etwas gewaltig. Und ich fürchte, Tao und Julius sind zu gutgläubige Menschen, um das zu erkennen. Wir beide müssen das zusammen durchstehen und die beiden dann rausboxen.”
Vinzenz ging vor, Lucia folgte ihm. Die leere Weinflasche ließen sie zurück. Als sie den Fahrstuhlschacht hinunter kletterten, überkam die junge Frau ein merkwürdig warmes Gefühl. Alleine wäre sie wahrscheinlich nicht mutig genug gewesen, ein solch waghalsiges Manöver durchzuführen. Wenn sich jetzt der Fahrstuhl in Bewegung setzte, wären sie beide definitiv tot! Doch irgendwie schien diese Mission lebenswichtig zu sein, und es war ein gutes, ein ausgezeichnetes Gefühl, Vinzenz an ihrer Seite zu wissen. In diesen Minuten bereute sie nichts von dem, was sie angestellt hatten. Nicht einmal den ungeschützten Sex. Vinzenz sah nicht nur gut aus, sondern teilte auch ihren Sinn für das Wesentliche und die Lust an der Gefahr. Gemeinsam mit ihm könnte sie in dieser Nacht das gesamte Universum erobern. Und wenn er sie so verschlagen und abenteuerlustig ansah, würde sie keine Sekunde zögern, seine Hand auf ewig anzunehmen. Von ihrem Herzen aus strahlte das Gefühl in alle Gliedmaßen und gab ihr ungeheure Kraft. Mit einer Gänsehaut auf dem ganzen Körper folgte sie Vinzenz und ließ sich an einem Seil den Schacht hinab gleiten; in die dunkle, ungewisse Tiefe.
“Hier gehen wir rein!”
Vinzenz schien ähnlich euphorisch zu sein, als er vor einer Fahrstuhltür stoppte.
“Warum grad hier?”, wollte Lucia wissen. Sie fasste seinen Arm, einfach nur, weil sie Körperkontakt zu ihm haben wollte.
“Diese Tür ist blau, alle anderen waren bisher grau. Und Blau ist die Farbe der Sehnsucht.”
“Oder des Bösen, das eingesperrt ist und freigelassen werden will!” Sie zwinkerte ihm zu.

“Das werden wir sehen”, gab er zurück, und bevor er die Tür öffnete, gaben sie sich einen langen, intensiven Kuss.
Hinter der blauen Tür verbarg sich ein Gang, der in ein steriles, dämmriges, blaues Licht gehüllt war. Lucia zog ihre Laserpistole und sicherte den Gang. Alles hier unten, tief im Bauch des Schiffes, war seltsam ruhig. Von ganz weit her waren Maschinengeräusche zu hören. Ein unbekannter, frischer Duft umwob sie. Schließlich öffnete sich der Gang in einen sechseckigen Raum. Die beiden Gefährten rissen die Augen auf, während sie sich fassungslos umsahen. An den Wänden standen mannshohe, sargähnliche Kammern. Sie waren aus weißem Kunststoff gefertigt, und ein ausgewachsener Mensch konnte mühelos darin stehen. Die Türen der Kammern waren mit Glasscheiben versehen, sodass man hinein blicken konnte. Alle Kammern waren von innen mit blauem Licht beleuchtet. Kleine, ebenfalls weiße Boxen standen neben jeder Kammer und waren über allerlei Schläuche mit ihr verbunden.
“Weißt du, was das ist?”, fragte Lucia und Vinzenz begann langsam zu nicken.
“Das sind Schlafkammern. Damit friert man Menschen in den Cryoschlaf ein. Man hat sie genutzt, um das Universum zu erkunden, das zwischen den Hyperraumtoren liegt. Ich habe davon gelesen.”
Er ging vorsichtig von einer Kammer zur nächsten. Fünf waren leer. In einer sechsten lag ein Skelett.
“Der hat es wohl nicht geschafft”, meinte Vinzenz. Im selben Moment hörten sie den Fahrstuhl, der sich in Bewegung setzte. Sie sahen sich mit großen Augen ratlos an. Lucia deutete auf einen undurchsichtigen Vorhang, der scheinbar einen Teil des Raumes abtrennte. Ohne zu zögern verschwanden sie dahinter. Vinzenz wollte sich gerade zu ihr umdrehen, als ihm auffiel, warum der Raum abgetrennt war: Hinter ihm stand ein großer Operationstisch mit allerlei Injektionskanülen und verschiedenen Beuteln mit Flüssigkeiten. Unter anderem die blaue Flüssigkeit, die er dem Grafen aus der Lunge gezogen hatte. Sechs weitere Cryokammern mit Eis verkrusteten Sichtfenstern standen in diesem Teil des Raumes. Sie waren offensichtlich noch in Betrieb.

Im gleichen Augenblick öffnete sich die Fahrstuhltür. Stimmen waren zu hören. Die Baroness und Julius. Vinzenz und Lucia sahen sich an, und beide zogen einen Dolch.
“Sie will ihn hier unten umbringen und dann einfrieren”, flüsterte Lucia grimmig. “Oder die beiden wollen sich mal unter vier Augen ein wenig abkühlen nach den heißen Diskussionen beim Abendessen”, kicherte sie dann. Vinzenz hielt ihr den Finger auf den Mund.
"Du bist wohl nicht mehr ganz nüchtern, he?"
Sie öffnete den Vorhang einen Zentimeter und konnte ‘Sicherheit’ erkennen, der wachsam hinter den beiden stand. Wenn er Wärmesensoren hatte, hätten sie ein Problem. Sie nahm Vinzenz und beide duckten sich hinter eine Cryokammer, in der Hoffnung, diese würde wie ein Isolationsschild die aktuell sehr hohe Wärmestrahlung ihrer Körper verbergen.
“Und hier haben wir geschlafen”, erklärte die Baroness.
“Es ist nicht ungefährlich, und mein Vater hat den Schlaf nicht sehr gut überstanden. Er war sehr geschwächt. Eigentlich hätte das Tankschiff nach zwei Jahren eintreffen müssen, niemand von uns hätte gedacht, dass über sechshundert Jahre daraus würden.” Und nach kurzem Zögern fügte sie hinzu: “Und wahrscheinlich hätte niemand geahnt, dass dies überhaupt möglich sei.”
Lucia hörte Julius förmlich nicken. Sie konnte sich grad sehr gut vorstellen, wie er dastand. Sicher hielt er sein Taschentuch vor Nase und Mund und warf einen oberflächlichen Blick irgendwo zwischen Ekel, Respektlosigkeit und völligem Defizit an Interesse auf die Cryokammern.
“Ja ja, sehr schön. Vielleicht solltet ihr meinem Schiffsarzt das Ganze hier morgen noch einmal zeigen. Er wird sicherlich sehr daran interessiert sein, wie diese Technik funktioniert.”
“Oh, mein guter Julius!” - Vinzenz und Lucia warfen sich mit großen Augen einen belustigten Blick zu und hatten ernsthafte Probleme, bei dieser Anrede nicht laut loszulachen - “das geht leider nicht. Das Ganze ist eine streng geheime Einrichtung, und das muss alles unter uns bleiben. Mein Vater würde uns beiden eigenhändig den Kopf abschlagen, wenn er erführe, dass ich Euch hierher führe.”

Nach einigem Tuscheln verschwanden die beiden Adeligen wieder. 'Sicherheit' folgte ihnen.
Lucia und Vinzenz atmeten auf und kamen aus ihrem Versteck. Vinzenz trat an eine der Kammern heran und wischte mit der Hand das Eis zur Seite. Er starrte wie gebannt auf die Scheibe und murmelte etwas vor sich hin.

Déjà Vû:
Deine Hand drückst du an die Scheibe, ich sehe in ihr uns beide. Meine Welt ist nicht der giftige Flaum deines Engelspelz. Du wirst an deinen Lügen versteinern und zerbrechen. Deine Stimme wird verstummen, meine erklingen. Ich bin die Verbesserung, die Schönheit und Ästhetik, deren Opfer du geworden bist. Ich werde dir die Erkenntnis bringen!
Er zuckte zusammen, sah Lucia mit aufgerissenen Augen an und begann im Flüsterton zu stottern: "Mein… mein Spiegelbild… es… es hat zu mir gesprochen!"
Dann hechtete er zur nächsten Kammer, wischte wieder das Eis von dem Sichtfenster, dann zur nächsten. Lucia beobachtete ihn skeptisch. Was hatte er gesehen? Vinzenz blieb fassungslos und aufgeregt stehen. Er hatte die Augen aufgerissen und stammelte vor sich hin. Mit dem Finger deutete er auf die Kammern. "Es… es sind Klone! Hier wurden geklonte Menschen eingefroren! Sie sehen alle gleich aus. Etwas geht hier vor. Das hat alles einen Grund, warum sie das tun. Das ist gefährlich, Lucia! Sie sehen aus wie ich!"
"Beruhige dich!"
Lucia wurde ebenfalls etwas unruhig. Als würde der Zustand des Betrunkenseins plötzlich von ihr abfallen. Sie ging zu den Kammern und vergewisserte sich. Vinzenz hatte Recht! Die eingefrorenen Männer hatten tatsächlich Ähnlichkeit mit ihm.
"Was passiert auf diesem Schiff? Wer sind diese Menschen?"
Vinzenz ging es gar nicht gut. Er ging in dem abgetrennten Raum auf und ab, und raufte sich die Haare und stolperte dann rückwärts in den Vorhang.
"Und warum sprechen sie mit mir?"
"Wir gehen jetzt wieder zurück in unsere Kabine und werden uns ausschlafen, okay?!"

Lucia griff ihn am Arm. Das alles machte ihr etwas Angst. Von einer Sekunde auf die andere wechselte Vinzenz' Stimmung von Hochmut zur Psychose. Das war nicht tragbar, und die einzigen Medikamente, die sie dagegen hatte, waren Handschellen! Vielleicht danach noch eine Flasche von diesem prickelnden Rotwein und Sex. Damit würde sie ihn schon wieder zur Vernunft bringen…

–

Auch Julius Leocathor schien eine angenehme Nacht gehabt zu haben. Jedenfalls dachte Lucia das, als sie ihn am nächsten Morgen beim Frühstück sah. Er hielt gerade eine Ansprache, bei der das Zuhören durch Satzverschachtelungen schwierig war. Aber wenigstens gab er dabei eine gute Figur ab.

"…und aus diesen genannten Gründen haben wir, die Baroness Laudana Valeo und meine Wenigkeit, Marquis Julius Leocathor, gemeinsam mit dem Eigentümer dieses Schiffes, der Palfuria, dem Grafen Lorenzo Valeo beschlossen, im Tausch gegen das Wasser auf der Darius II zum Betanken der Palfuria ein Bündnis für die Zeit einzugehen, bis wir Escalon verlassen und gemeinsam mit unserem Schiff im Rumpf der Palfuria Acromia erreicht haben. Wir werden also für längere Zeit hier an Bord bleiben und ich erwarte - und verlange (!) - von jedem einzelnen Mitglied meiner Mannschaft, vor allem von Vinz, dass wir uns wie Gäste benehmen, denn als solche werden wir hier empfangen und darüber hinaus nach bestem Wissen bei Instandsetzungsarbeiten, medizinischen Diensten und weiteren, unbestimmten - äh - Dingen der Besatzung der Palfuria zur Hand gehen werden."

Vinzenz genoss derweil das Frühstück. Sicher würde Lucia ihm anschließend die wichtigen Sachen erzählen, über die Julius gesprochen hatte. Ihm zuzuhören ging seiner Meinung nach über das Zumutbare hinaus.

–

"Die verdammten Kleriker sind die größten Verbrecher überhaupt! Diese ehrenlosen Säcke sollten sich schämen, ehrliche Leute für ihren Glauben auszubeuten! Darum geht es doch! Die

bereichern sich bei denen, die zu schwach sind, um den Brüdern vom Orden mal die Meinung zu sagen!"
Graf Lorenzo Valeo ließ sich gewaltig über seine Ansichten zur Kirche aus, während Vinzenz ihn untersuchte. Er klang dabei nicht gerade wie ein Graf und es bestand ein gewaltiger Unterschied in der Etikette gegenüber Julius oder seiner Tochter. Von ihm hatte Laudana ihre Manieren nicht gelernt, das konnte sogar ein Laie erkennen.
"Bitte einmal so tief einatmen wie es geht und dann die Luft anhalten", er hielt das Stethoskop auf verschiedene Stellen des Brustkorbs und wünschte sich, der alte Mann würde mal den Mund halten, damit er besser hören konnte, was in seiner Lunge vor sich ging. Stattdessen pflichtete Vinzenz ihm während des Monologes immer mal bei und tat nebenbei sehr interessiert, als schätze er die Kommentare des Grafen als äußerst intelligent und wertvoll für sein eigenes Weltbild ein.
"Wenn mir so einer mal in die Finger kommt, den zerreiße ich in der Luft! Die sollen bleiben, wo der Pfeffer wächst"
"Mhm. Hustet bitte einmal! Und jetzt noch einmal so lange wie möglich die Luft anhalten! Damit ich sehe, wie gut Eure Ausdauer ist."
Vinzenz konnte das Gelaber einfach nicht mehr ertragen. Da war Tao, der genau das Gegenteil erzählte, ihm wesentlich lieber. Doch der mildtätige Bruder war schon seit einiger Zeit einfach abgetaucht. Ob der Graf überhaupt wusste, dass Tao zu der Besatzung gehörte? Vinzenz würde es ihm jedenfalls nicht unter die Nase reiben. Nach einer Minute der Ruhe hatte er seine Tasche wieder zusammengepackt. Der Graf wurde ziemlich rot im Gesicht. Er gehörte in Vinzenz' Augen zu der Sorte Mensch, die sich selbst und den Menschen um sich herum permanent beweisen mussten, wie gut sie waren. Ob er es wohl schaffte, in Ohnmacht zu fallen, bevor er weiteratmete?
"Nun, ich würde sagen, noch zwei Tage Bettruhe, und dann könnt Ihr langsam wieder aufstehen. Das ist mein ärztlicher Rat." Der Graf deutete das als Stoppsignal für das Luftanhalten und atmete einige Male tief durch.
"Junge, du bist ein guter Mann, aber auch ein kleines Weichei, wie mir scheint." Der Graf beugte sich vertrauensvoll zu ihm

vor. Vinzenz war verdutzt.
“Wie meinen?”
“Zwei Tage?!”
Der Graf winkte ab.
“Ich war doch heute Nacht schon auf dem Klo, in der Küche und am Fenster. Ich denke, ich werde heute Nachmittag mal beim Schwerttraining des Marquis Leocathor zusehen. Unter uns: es kribbelt mir schon ein wenig in den Fingern. Einem Mann wie mir, der sein Leben lang auf dem Fechtplatz verbracht hat und vielen Spunden das Fürchten gelehrt hat, fällt es nicht leicht, hier so ans Bett gefesselt zu sein. Einen Löwen kann man nicht einfach so gefangen halten und einen Valeo erst recht nicht!”
Der Graf lachte rau und schien sich sichtlich darüber zu freuen, dass er Vinzenz beweisen konnte, welch ein zäher Brocken er war. Vinzenz, der es gewohnt war, mal in diese, mal in jene Rolle zu schlüpfen, zuckte die Schultern und ging aus dem Raum.
‚Des Menschen Wille ist sein Himmelreich, du dümmlicher Mensch’, dachte er im Stillen.
–

Julius stellte in den nächsten Tagen seine Fertigkeiten im royalen Schwertkampf immer wieder unter Beweis.
“Die Kunst des Schwertkampfes besteht im Wissen um die Zukunft”, begann der Graf seine Lektion. “Unser Gehirn funktioniert so präzise, weil wir ein permanentes Abbild unserer Umgebung scheinbar mühelos im Geiste projizieren. Alles, was passiert, wird logisch in dieses Bild eingebaut. Beispielsweise das normale Gehen ist ein Zustand des permanenten Fallens, wobei der Fall immer wieder durch den nächsten Schritt abgefangen wird. Wir wissen aus Erfahrung und viel Übung, was passieren wird und können einige Sekunden in die Zukunft blicken. Dafür gibt es einen Haufen Begriffe wie ‘bewerten, abschätzen, taxieren.’ Schwertkampf ist nichts anderes. Beobachte deinen Gegner, Julius. Beobachte, wie er sich bewegt, wenn er ein Schnitzel isst oder Pfeife raucht. Trainiere deinen Blick, und du wirst in der Lage sein, in die Zukunft zu blicken. Die

Taktik eines Gewinners ist jedoch die Unberechenbarkeit. Handle entgegen jeder Intuition. Bewege dich, wie du dich niemals bewegen würdest, täusche, werde ein Schauspieler und lege deine Hemmungen ab, etwas gesellschaftlich Verächtliches zu tun."

Julius zog die Augenbrauen hoch. Er hatte eine bestimmte Person im Kopf, die sicherlich ein perfekter Schwertkämpfer wäre. Doch bevor er den Gedanken weiterführen konnte, begann der Graf plötzlich, sein T -Shirt auszuziehen. Ehe Julius jedoch begriff, was geschah, wirbelte er das T -Shirt herum, umschlang damit die Klinge, die Julius in der Hand hielt, riss einmal fest daran und entwaffnete den jungen Adeligen im Handumdrehen.

"So wird's gemacht."

Als guter Schüler des Grafen und mit viel Lob und Respekt um dessen Schwertkünste, gewann Julius mehr und mehr seine Sympathie. Lucia und Vinzenz machten die Palfuria unsicher, indem sie bestimmte Bauteile warteten, reparierten und austauschten.

Tao saß mit dem Urux allein auf der Darius II. Dass die Palfuria gegenüber den Brüdern der heiligen katholischen Kirche nicht gerade wohlgesonnen war, hatte Tao bemerkt, als er an der Außenhülle das heilige Hyperraumtor entdeckt hatte. Schon seit Anfang der Zeit existierte ein Bund von Gegnern der Kirche. Bestimmte Akzente in den Schutzsymbolen wiesen Eingeweihte darauf hin, welche Gesinnung die Menschen hatten, die diese Symbole verwendeten. Und diese hier waren nicht gerade ein Willkommensgruß.

So begann das Leben an Bord der Palfuria zunehmend unerträglich langweilig für die eine Hälfte der Crew zu werden. Die andere Hälfte jauchzte und frohlockte, spielte mit der Etikette und dem Schwert, buhlte um die Gunst der Baroness und fand sich endlich in der Gesellschaft seines Standes. Doch Tao musste herausfinden, was es mit dem Schwert auf sich hatte, das der Marquis jetzt bei sich trug. Vinzenz hatte ihm dazu in der letzten Nacht einige interessante Bücher aus der Bibliothek der Palfuria zu lesen gegeben. Eines trug den Titel 'Das Wesen der Chylac' von Eron ben Daleck:

[...] doch die Menschen irren. Wir [das Volk der Chylac] sind keineswegs einzig parasitäre Organismen, die den Menschen befallen und sich seines Körpers bemächtigen, um ihn zu vernichten. Unser Streben gilt anderen Zielen. Wir sind auf der Suche nach einer besseren Welt. Wir erschaffen neue ökologische Nischen und sind aktiv in unseren Entscheidungen. Und auch das Wissen der Menschheit über die Chylac ist bruchstückhaft. Keineswegs wird jeder Mensch, den unser Samen befällt, zum blutrünstigen, mordenden Monster. Viele Voraussetzungen müssen zusammentreffen. Ein Chylac, der sich seinesgleichen einzig über die Gedanken mitteilen kann, der die Befugnis hat, Entscheidungen für viele von uns zu treffen, entwickelt sich über viele Jahre hinweg in seinem menschlichen Organismus. Leider wurden die Chylac von den Menschen als fremdartig gejagt und in den Jahren auf Escalon immer wieder brutal niedergemetzelt. Durch die Bedrohung des menschlichen Organismus hat der Chylac vorzeitig, bevor die Entwicklung abgeschlossen war, die Kontrolle über seinen Wirt ergriffen. Das dadurch entstandene Bild eines Wilden, der der Raserei verfallen ist, hat unter den Menschen den Begriff 'Parasit' geprägt und nur die Feindschaft zwischen uns und der Menschheit bestärkt. So oft frage ich mich, wieso die Menschen nicht auch die Vorzüge erkennen. Sie hätten die Möglichkeit, sich gemeinsam mit dem Chylac zu einem kultivierten, intelligenten Wesen zu entwickeln, das über unerkannte geistige Kräfte verfügt. Mit den Chylac könnten die Menschen beinahe ohne zu altern viele hundert Jahre alt werden. Ihre Organe würden sich mit der Kraft unserer Pflanzen erneuern. Doch all diese Aussichten auf eine friedliche, hoch zivilisierte Kultur werden wieder und wieder zerstört, durch ein ängstliches Menschenvolk, das hinter jeder Symbiose eine Ausrottung befürchtet. Nicht wir sind es, die den Krieg wollen. Und ich bin mir sicher, auch die Menschen ziehen den Frieden vor. Doch die Angst vor einem Krieg wird sie immer wieder zu einem solchen ermutigen. Nur ein Chylac kennt aufgrund seiner geistigen Kräfte die Motive und Gefühle seines Gegenüber. Er muss nicht ängstlich sein, und so könnte er jeden Krieg verhindern. […] Es fehlt den Menschen an Einsicht, und die Zeit zur Vereinigung ist noch nicht gekommen. Doch wir Chylac werden warten, still und einsam unter den Menschen leben, beten und hoffen, dass eines Tages unser friedliches, besseres Zeitalter beginnt…

Wie kam dieses Buch hierher? Wer oder was waren die Chylac? Und was hatten sie mit den Parasiten zu tun? Tao schossen tausend Fragen durch den Kopf. Er war sich bewusst darüber, dass das Wissen in diesem Buch die Welt verändern konnte. Vielleicht lag hier das Geheimnis über den Felsen im All verborgen, der auf sie geschossen hatte. Der Mönch spürte vor Aufregung sein Herz pochen. Er brauchte jetzt Ablenkung bevor er heute Nacht ganz heimlich das Buch verschlingen würde. Vielleicht würde die Zeit hier doch nicht so langweilig, wie er vermutet hatte.
Tao stand am nächsten Tag neben Vinzenz. Die beiden wiederum standen mit dem Urux in dem Hangar. Vor ihnen ruhte die Darius II.
“Ganz schön dreckig “, meinte Tao und deutete auf das Schiff.
“Mhm”, pflichtete Vinzenz ihm bei. Seine Augen betrachteten die schrottreife Außenhülle lange und eingehend.
“Was ist das dort?”, fragte er den Priester und ging zu einem faustgroßen Etwas, das knapp unterhalb der Frontscheibe klebte. Noch bevor Tao darüber nachdenken konnte, hatte sein neugieriger Freund bereits eine Leiter geholt und war die ersten Sprossen hochgeklettert.
“Gib mir mal eins von den Glasgefäßen, die noch nicht zerbrochen sind. Ich glaube, es gibt noch einige im Container I”, rief er von oben und versuchte, die Masse mit seinem Messer vom Rumpf abzulösen. Als er wieder unten war, gab er das Etwas vom Messer in den Glasbehälter.
“Weißt du, was ich glaube?”
Tao schüttelte den Kopf, denn er wusste wirklich weder was, noch woran Vinzenz glaubte.
“Ich glaube, das ist ein Stück von dem Parasiten, der uns im All begegnet ist und diese Raketen auf uns geschossen hat. Es erinnert mich irgendwie an ein Stück Holz oder Rinde, aber viel weicher.” Die beiden starrten gespannt in das Glas, in dem sich das Etwas langsam zu bewegen begann und scheinbar die alte Form, die Vinzenz mit seinem Messer durcheinander gebracht

hatte, wieder annahm.
"Unheimlich", meinte Tao.
"Finde ich auch. Was meint Gott dazu?"
"Vinz, du solltest dich besser nicht darüber lustig machen. Es wird der Tag kommen, an dem auch du Gott vertrauen musst, um nicht von deinen dämonischen Gedanken zerfressen zu werden."
Tao blickte ihn ernst an, so ernst, dass es Vinzenz den Witz verschlagen hatte, den er eigentlich machen wollte. Beinahe im selben Moment ging sein Funker: Lucia wollte, dass er auf die Brücke der Palfuria kam. Der Wissenschaftler zuckte mit den Schultern und verabschiedete sich von Tao, der sein geheimes Dasein in der Darius II fristete.
Als Vinzenz auf der Brücke ankam, warf Lucia ihm einen Blick zu, der Hoffnung und Wut zugleich ausdrückte. Vor ihnen glitt die Feuersturm lautlos und bedrohlich langsam durch die Schwärze des Alls auf sie zu. Der Scanner projizierte das Söldnerschiff mit Bewaffnung und strategischen Daten auf den Kontrollschirm. Der Graf, die Baroness und Julius Leocathor standen mit besorgten Minen davor. Vinzenz erschrak und verharrte für einige Sekunden, als sei er zur Salzsäule erstarrt.
"Sie wird mich töten, und der einzige Weg, sie davon abzuhalten, ist sie vorher umzubringen. Aber dass kann ich nicht zulassen. Gibt es ein Shuttle an Bord, mit dem ich allein zur Feuersturm fliegen kann?"
Die Baroness nickte. "Im Hangar steht ein kleiner Jäger, der flugbereit ist."
Irgendwie hatte Vinzenz etwas Anerkennung dafür erwartet, dass er sein eigenes Leben für das Überleben der Palfuria und seiner Crew opfern würde. Aber an Bord dieses atheistischen Schiffes schien es, als würde das hier für selbstverständlich angesehen. Er war enttäuscht.
"Haben wir eine Funkverbindung?"
Der Graf nickte ihm zu und hielt ihm einen Hörer entgegen. Vinzenz sah ihm entgegen jeder Etikette fest in die Augen und nickte ihm zu. Der Mann war wie ein Stein.
"Neverdy? Hier spricht Vinzenz."
Eine Zeit lang blieb alles still. Vinzenz spürte sein Herz pochen

wie einen Presslufthammer. Seit 5 Jahren hatte er kein Wort mehr mit seiner Schwester gewechselt. Seit fünf Jahren hatte sie ihn immer wieder bis ans Ende der Welt verfolgt, um ihren Verlobten zu rächen und ihn umzubringen.
“Wer bist du?”, hörte er eindeutig Neverdy’s Stimme und war völlig verwirrt; diese Frage hatte er nicht erwartet.
“Lass mich zu dir kommen und dir alles erklären, aber verschone dieses Schiff und die Leute an Bord.” Wieso wusste Neverdy nicht, wer er war? Hoffnung keimte in seinem Herzen auf. Dann Angst.
“Neverdy. Ich komme rüber und werde dir alles erklären.”
Er wandte sich angespannt dem Grafen zu: “ Ich muss unbedingt auf die Feuersturm”, sagte er entschlossen. Es war die Hoffnung, dass es sich um ein Missverständnis handelte, die ihn plötzlich motivierte. Der Graf überhörte diesen Ton nicht.
“Du scheinst deine Schwester sehr zu mögen, Junge”, meinte er.
“Der Jäger im Hangar ist ein wendiges kleines Ding. Viel Glück!” Er nickte ihm mit mildem Lächeln zu.
“Danke”, sagte Vinzenz. Er schaute den Anwesenden nacheinander in die Augen und verabschiedete sich mit einem Kopfnicken. Gerade war er im Begriff zu gehen, als Lucia ihn am Arm hielt. “Warte. Ich komme mit. Du hast doch gar keine Ahnung, wie man so einen Jäger fliegt. Und ohne kommst du wohl nicht sehr weit.”
Er sah sie ernst an.
“Bist du sicher? Es wird definitiv gefährlich.”
“Sehe ich aus, als suche ich Langeweile und Geborgenheit?” Ohne zu zögern ging Lucia voran zum Hangar.
Als der kleine Jäger mit achtfach höherer Beschleunigung, als die Schwerkraftdämpfer kompensieren konnten, aus dem Leib der Palfuria in die Schwärze des Alls geschossen wurde, benebelte es Vinzenz die Sicht. Ihm wurde schlecht. Lucia’s Freudenschrei über die Wendigkeit des Jägers war ihm nicht geheuer. Ebenso wenig behaglich erschien ihm das Aufflammen der Steuerdüsen am Bug des leichten Schiffes, das ungeheuerlich prompt mit einer rasanten Richtungsänderung antwortete. Wider seines eigenen Erwartens betete er darum, diese Reise zu

überstehen. Fast im selben Moment, in dem die Feuersturm das Blickfeld durch die kleine Frontscheibe kreuzte, drängte sich eine Szene aus der Vergangenheit in sein Bewusstsein. Vergeblich versuchte er, den Tagtraum zu verdrängen.

Déjà Vû:
Er stand in einem kleinen Raum vor einem Tisch, der durch eine Lampe, die von der Decke hing, beleuchtet wurde. Ein Mann in grauem Gewandt stand vor dem Tisch, und Vinzenz wusste, wer der Mann war: Cypher Medici, sein Meister und Auftraggeber. "Du bist in Sicherheit, Vinz. Doch deine Schwester wird nicht ruhen, ehe sie dich umgebracht hat. Ihre Wut ist groß, und ihre Mannschaft stark. Aus irgendeinem Grund hat sie es geschafft, uns sehr oft einen Schritt voraus zu sein. Das Haus der Valeo schläft nicht und hat sie weiterhin unter Kontrolle. Ihr Schiff, die Feuersturm, erscheint aus dem Nichts und durchkreuzt unsere Pläne. Es ist getarnt als ein Söldnerschiff, scheinbar ohne Zusammenhang zu dem Adelshaus Valeo. Wir haben eine Agentin an Bord ihres Schiffes gebracht, ihr Name ist Gaia. Es gibt nichts, was sie mit ihrem Gewehr nicht treffen würde, eine Scharfschützin aus unseren Reihen, hervorragend ausgebildet. Sie hat eine Sprengladung an Bord der Feuersturm installiert. Du aktivierst sie per Funk, und zwar auf 218,5 MHz mit dem Codewort "Wasserfall". Das solltest du dir gut merken."

Vinzenz riss die Augen auf. Lucia saß neben ihm und hielt Kurs direkt auf die Feuersturm.
"Alles okay da hinten?", erkundigte sie sich nach seinem Befinden, ohne sich umzudrehen.
"Äh, ja ja. Halte den Kurs. Gib mir mal den Funk, mal sehen, ob ich sie erreichen kann."
Vinzenz drehte aufgeregt an den Knöpfen des Funkers. Seine Schwester war an Bord dieses Schiffes. Woher kamen bloß diese Gedanken? Warum wollte Cypher, dass er seine Schwester ermordet?
"Vinz, du solltest langsam mal anfangen, etwas zu funken. Die Feuersturm hat die Waffensysteme aktiviert und uns im Zielsu-

cher!" Vinzenz nahm den Funker ans Ohr und merkte, dass seine Hand zitterte.
"Neverdy, ich bin's, dein Bruder Vinz!", sprach er unsicher in den Funker.
"Was auch immer du für ein Spinner bist, mein Bruder ist tot! Du solltest mit dem Jäger umdrehen und das Weite suchen, sonst schieße ich dich ab!"
Es war eindeutig Neverdy's Stimme, die da sprach. Vinzenz hatte Kopfschmerzen. Das alles ergab doch keinen Sinn!
"Ich bin nicht tot, Schwesterherz! Was immer sie dir erzählt haben, es war eine Lüge. Ich bin hier, um mich mit dir zu versöhnen!"
Lucia riss den Jäger herum, als die Feuersturm ihnen eine Salve vor den Bug setzte. Es waren nur Warnschüsse, doch durchaus stark genug, den kleinen Jäger zu vernichten. Lucia's Herz pochte. Die Schüsse hatten ihre Kampfinstinkte aus dem Winterschlaf geweckt. Vinzenz saß neben ihr, und hielt sich die Schläfen. Ihm ging es offensichtlich schlecht.
"Mein Bruder ist vor langer Zeit in meinen eigenen Armen gestorben, und du solltest dir gut überlegen, was du sagst", antwortete Neverdy über den Funk.
Lucia sah Vinzenz fragend an. Er zuckte die Schultern. Im selben Moment riss sie einem Instinkt folgend den Steuerknüppel herum. Der Jäger machte einen trigonometrisch unberechenbaren Satz und Vinzenz griff zur Tüte. Die Trägheitskompensatoren wurden über die Grenzen hinaus belastet und er mit solcher Wucht in den Sitz gepresst, dass ihm kurz das Blut aus dem Gehirn gesaugt wurde. Eine Schusssalve der Feuersturm verfehlte die Schilde um wenige Millimeter. Lucia gab dem Jäger die Sporen, und hüpfte mit ihm über die Schilde der Feuersturm wie ein Eichhörnchen über einen brennenden Baumstamm. Ehe Vinzenz verstand, was sie tat, konnte der das Söldnerschiff nur noch über die rückwärtige Kamera beobachten.
"Halt dich fest", vernahm er ihre nüchterne Stimme, und seine Finger krallten sich instinktiv in die Konsole. Der Weltraum um ihn herum drehte sich, und die Steuerdüsen am Bug schnaubten wie die Nüstern eines Pferdes, das um sein Leben rennt. Die Trägheitskompensatoren gaben seinem Gleichge-

wichtsorgan so paradoxe Eindrücke, dass er die Augen schließen musste, um nicht in die enge Kabine zu kotzen. Der kleine Jäger klebte in der Nähe eines Triebwerks der Feuersturm, wie ein Eichhörnchen am Ast eines einsamen Savannenbaumes klebt, der von Löwen belagert wird.
“Hier sind wir sicher. Doch so lange die Feuersturm uns abschießen will, kommen wir nicht wieder zurück. Du hast uns hierher gebracht, nun lass dir was einfallen!”
Lucia klang etwas sauer, aber vielleicht war gerade das nötig, um Vinzenz mal wieder in die Realität zurückzubringen und ihm klar zu machen, dass ihr Leben nun von seinen Worten abhing. Nachdem er sich gesammelt hatte funkte er Neverdy wieder an.
“Erinnerst du dich an das kleine Motelzimmer? Ich weiß, dass du niemandem erzählt hast, woher die Kette stammt, weil dann unsere Tarnung aufgefallen wäre. Wir beide sind die einzigen, die dieses Geheimnis teilen! Ich habe keine Ahnung, was geschehen ist, aber ich will die Wahrheit herausfinden. Und du bist die einzige Verbindung zu meiner Vergangenheit.”
Vinzenz wandte sich zu Lucia. “Flieg los! Solange sie noch drüber nachdenkt, wird sie uns nicht abschießen!”
Lucia runzelte die Stirn. Sie hoffte, dass Vinzenz wusste, was er sagte. Aber sie beide waren ein Team. Und das bedeutete, dass man sich blind vertrauen musste! Ohne weiter nachzudenken, zog sie das Steuer hoch. Der Jäger löste sich aus der Formation mit der Feuersturm. Für einige Sekunden war er völlig ungeschützt den Kanonen des Söldnerschiffes ausgeliefert. Doch die Feuersturm stellte das Feuer ein. Die Fenster der Feuersturm waren zu klein und zu weit entfernt, als dass er hätte einen Blick hinein werfen können.
“Die Feuersturm hat ein Bremsmanöver eingeleitet. Sie hat einen neuen Kurs gesetzt, mit dem sie uns folgen wird”, meldete sich Terra mit emotionsloser Stimme über den Funker.
“Neverdy, bist du da?”
Vinzenz versuchte, seine Schwester erneut anzufunken, doch ohne Antwort.
“Wir sollten zur Palfuria zurückkehren”, sagte Lucia nach einigen Sekunden. “Du hast ihr die Möglichkeit gegeben, dich zu

töten, doch scheinbar glaubt sie dir."
"Ja, wahrscheinlich hast du recht. Los geht's, bring uns nach Hause."
Mit dem Aufflammen der Haupttriebwerke schoss der Jäger dann so brachial vorwärts, dass Vinzenz seine Gedärme spürte, als diese sich um seine
Wirbelsäule knoteten. Die beiden kehrten mit Höchstgeschwindigkeit zur Palfuria zurück.
Von der Brücke der Palfuria aus beobachtete Vinzenz, wie das gewaltige Schiff wenige Meter an der ebenfalls sehr großen Feuersturm vorbeiglitt. Jede Bemühung, Funkkontakt zu seiner Schwester aufzunehmen, blieb ohne Antwort. Enttäuscht wandte Vinzenz sich dann schließlich von dem Funkgerät ab und setzte sich in einen Sessel auf der Brücke.
Lucia setzte sich dazu und sah eine Träne seine Wange hinunterlaufen.
"Du wirst sie wiedersehen und herausfinden, was deine Vergangenheit ist. Da bin ich sicher", sagte sie tröstend und fuhr fort: "Neverdy schweigt, weil sie weiß, dass du die Wahrheit gesagt hast. Ich habe es gespürt. Sei zuversichtlich, mein Freund."
Sie legte ihm die Hand auf die Wange, und die beiden umarmten sich. Julius Leocathor schüttelte den Kopf und blickte zu Tao herüber, der schulterzuckend am anderen Ende des Raumes stand.
–

Seit einigen Tagen beobachtete Julius auf dem Hologrammschirm das Hyperraumtor, das in der Ferne erschien. Es war das Tor, das sie ins Acromiasystem bringen würde. Dort würde Julius dem Rest der Welt von der Entdeckung des Escalonsystems berichten und großen Ruhm dafür ernten. Einzig die Tatsache, dass es auch die Wiederentdeckung der Parasiten war, machte ihm zu schaffen.
Seit der Begegnung mit der Feuersturm, hatte sich Julius Leocathor weiter um die Freundschaft zwischen ihnen und der Baroness Laudana und dem Grafen Lorenzo Valeo bemüht. Im Schwertkampf machte Julius ebenfalls große Fortschritte, so-

dass der Graf ihn zunehmend auch als Mann akzeptierte. Laudana sah ihn immer stolzer und glücklicher an. Scheinbar hatte der Schwertkampf eine sehr große Bedeutung innerhalb des Adelshauses Valeo, und so entwickelte Julius einen gewissen Ehrgeiz, zu einem guten Kämpfer zu werden.
Lucia verbrachte sehr viel Zeit auf der Brücke und versuchte mit dem Androiden 'Brücke', der der gleichen Baureihe wie 'Sicherheit' entstammte, zu kommunizieren. Terra half ihr dabei so gut es ihr als KI gelang. Je länger Lucia sich bemühte, desto klarer wurde ihr, dass die Kommunikation zwischen Künstlichen Intelligenzen mindestens genauso frustrationsreich und voller Missverständnisse war, wie die zwischen Menschen. Die Nachricht über den bevorstehenden Hyperraumsprung in das Acromiasystem bereitete ihr allerdings so gute Laune, dass sie darüber hinwegsah. Während 'Brücke' und Terra aneinander vorbeiredeten, funkte sie Vinzenz an und lud ihn zu einer Tasse Kaffee auf die Brücke ein.
"Ich freue mich, dass wir wieder zusammen springen", meinte sie und lehnte sich mit ihrer Tasse in dem bequemen Kapitänssessel zurück. Diesen benötigte der Androide nicht, da er es bevorzugte, zu stehen. Vinzenz schaute kurz etwas verwirrt auf. Sie waren noch niemals zusammen gesprungen. Lucia schien immer noch unter den Langzeitfolgen des Morpheus Traum zu leiden. Jeden Versuch seinerseits, ihr etwas von der Wahrheit zu erzählen, winkte sie ab und gab vor, eine Migräneattacke zu bekommen. Vinzenz hasste diese weibliche Eigenschaft und wünschte sich ein Gegenmittel. Schon seine Lehrer hatten ihm erzählt, dass es niemals ein Medikament gegen die weibliche Migräne geben würde, ganz egal, wie sehr sich die Forschung darum bemühen würde. Also nahm er es hin und lenkte ein. Wenigstens Julius Leocathor hatte sie inzwischen als den adeligen Marquis anerkannt, wenngleich sie immer noch ab und zu böse war, dass er sie all die Jahre so hinters Licht geführt hatte.
"Ich freue mich auf Acromia. Es wird Zeit, wieder in die Zivilisation zurückzukehren. Gehen wir dort mal zusammen aus?"
Er fragte Lucia, um das Gespräch auf etwas Banales zu lenken. Außerdem wünschte er sich, ganz entspannt mit einem Drink in

der einen Hand und Lucia im anderen Arm in einem Club zu stehen und sich völlig gedankenlos zu amüsieren. Die Pilotin zuckte mit den Schultern.
“Klar, warum nicht. Ich glaube, wenn wir die Belohnung für die Entdeckung des Systems eingestrichen haben, haben wir es uns verdient, einige Tage blau zu machen.”
Sie sah in ihre Tasse und Vinzenz vernahm das süße, verspielte Lächeln, das ihre Mundwinkel umgab. Er beugte sich etwas zu ihr vor und ihm kam der Gedanke sie zu küssen…
“Kurskorrektur vorgenommen und Bremsmanöver eingeleitet. Bitte um manuelle Bestätigung”, funkte Terra ihm dazwischen und in ihrer Computerstimme klang ein leicht gehässiger Grundton mit, den Vinzenz deutlich vernahm. Konnte Terra etwa seine Gedanken lesen? Er schwor sich, in Zukunft aufzupassen, was er der KI gegenüber dachte und sendete ihr einige Hassgedanken direkt in ihr Mainboard.
“Okay, es geht los. Noch drei Minuten bis zum Sprung”, gab Lucia über den Schiffsfunk durch und legte den Sicherheitsgurt an.
“Bitte anschnallen, während des Sprungs die Augen schließen und sich nicht in der Nähe gefährlicher Gegenstände aufhalten!”
Vinzenz sah sich um und legte den Sicherheitsgurt an. Der letzte Sprung, an den er sich erinnern konnte, verbrachte er in einem Container der Darius II. Und als er wieder zu sich kam, lag der gesamte Inhalt des Containers auf ihm. Entsprechend war er ein wenig nervös.
Lorenzo Valeo kam auf die Brücke, als plötzlich etwas Unvorhergesehenes geschah. Vor dem Bug der Palfuria tauchten wie aus dem Nichts zwei Jäger auf. Lucia kannte ihre Bauart nicht, was ungewöhnlich war, denn sie dachte alle aktuellen Modelle des zivilisierten Universums zumindest von Bildern her zu kennen. Ohne die eigene Identität offen zu legen, versuchten die Piloten, die Palfuria mit Funksprüchen zu einer Kurskorrektur zu bewegen, die sie an dem Tor vorbei fliegen ließe. Doch das war selbst bei vollem Umkehrschub auf diese Distanz unmöglich. Sie schossen eine Salve von Warnschüssen vor den Bug des Schiffes. ‚Wenigstens haben sie noch etwas Anstand’,

dachte Lucia. Niemand beschoss einen Gegner, der sich passiv verhielt, ohne Warnschüsse.
"Das sind die Wächter von Eron ben Daleck. Sie sollen dafür sorgen, dass niemand Escalon verlässt oder betritt. Eron will jeden Sprung kontrollieren", meinte Tao.
Doch Lorenzo Valeo lächelte dem Feuer der Jäger spöttisch und gelassen entgegen.
"Wir ignorieren sie einfach", meinte er. Im selben Moment prallten weitere, scharfe Schüsse an den Schilden ab, wie Mücken, die eine Fensterscheibe zum bersten bringen wollten. Den Jägern blieb nichts anderes übrig, als dem Sternenkreuzer im letzten Moment auszuweichen, denn die Schilde der Palfuria hätten sie ebenso mühelos zerdrückt, wie sie ihr Feuer abgehalten hatten.
Sanft und lautlos öffnete sich dann das Hyperraumtor. Die Palfuria glitt gemächlich hinein, während die Crew die Augen schloss und sich gedanklich auf die dimensionslose Reise zwischen den Sonnensystemen vorbereitete. Die Aura des Hyperraumtores breitete sich wie ein warmes Gefühl der Geborgenheit in ihnen aus. Um sie herum verzerrte sich die Realität zu einem Traum. Niemand wusste, wie lange dieser Zustand anhielt, denn die Zeit stand still. Die Uhren hörten auf sich zu bewegen, das Bewusstsein wurde zu schwer und fiel von ihren Seelen ab wie ein lästiges, durchnässtes Kleidungsstück…

–

Eron ben Daleck lächelte. Sein Plan war endlich aufgegangen. Schon bevor die kleine Crew der Darius II sich auf den Weg zur Palfuria gemacht hatte, konnte er spüren, dass Lucia anders war als die meisten Menschen. Vor langer Zeit hatte er gemeinsam mit den anderen mächtigen Chylac den Kult über den angeblichen Propheten Jave weiter geflochten. Diese Strategie diente auch dazu, diejenigen Menschen aufzuspüren, die die außergewöhnliche Fähigkeit hatten, mit den Hyperraumtoren in Kontakt zu treten. Viel Kraft und Zeit hatte er investiert und viele Javeisten gefunden.
Lucia war ihm jedoch ganz zufällig in die Arme gelaufen. Diese junge Frau besaß diese Fähigkeit. Und mehr noch: noch

niemals war ihm ein Mensch begegnet, der so starke Kräfte ausstrahle wie sie. Ohne es zu wissen, hatte sie während dieses Sprunges das Hyperraumtor von Acromia so heftig in ihrer Kommunikation beschäftigt, dass es zwei Jägern mit mächtigen Vertretern seiner Rasse gelungen war, das Tor zu passieren. Einer der Piloten war Asirael gewesen, sein Leibdiener und treuer Ergebener seit vielen hundert Jahren. Normalerweise wären die Chylac dabei ums Leben gekommen, doch Dank dieser unfreiwilligen Ablenkung konnte das Tor ihren Geist ergründen.
Bisher konnten daher immer nur Menschen von Escalon entkommen, die ganz frisch mit dem Chylacvirus infiziert waren. Doch von diesem Augenblick an gab es auch für Eron ben Daleck, dem ältesten unter den Chylac, die Chance, das Escalonsystem sicher zu verlassen. Es musste ihm nur gelingen, das Tor entsprechend abzulenken. Und noch einen zweiten Weg schien es zu geben: der Cryoschlaf! Scheinbar war der Stoffwechsel der schlafenden Chylac im Leib der Palfuria so gering, dass sie ebenfalls unbeschadet das System verlassen konnten. Eron ben Daleck rieb sich die Hände. Es war an der Zeit, ein Heer von Chylackriegern aufzustellen und seiner Rasse zu einer neuen Hochkultur zu verhelfen.
Nur eine Tatsache ärgerte ihn: auf der Palfuria befanden sich seine Aufzeichnungen und die bisherigen Koordinaten, mit denen er nach der Earth I gesucht hatte. Diesbezüglich musste Eron weitere Schritte einleiten. Die Menschen durften niemals dieses mächtige Raumschiff und die alten Geschichtschroniken über das Zeitalter der Erde finden. Dies wäre der Moment, in denen der Krieg zwischen ihnen und dem Erdenvolk aufs Neue beginnen würde. Er zog sich zum Nachdenken in sein Quartier zurück.

–

Laudana, Lorenzo und Asirael - 692 Jahre zuvor.
Vor Lorenzo lag einer der Männer, der zur Besatzung der Palfuria gehörte. Er war offensichtlich tot, denn ein Schwert steckte in seiner Brust. Es war Lorenzo's Schwert. Lorenzo war kein Pirat, sondern ein Freiheitskämpfer. Die Palfuria war ein Ziel,

um der Unterdrückung auf Escalon zu entfliehen. Doch seit dem Moment, in dem er angefangen hatte, mit seinen zwanzig Söldnern die Mannschaft niederzumetzeln, war ihm immer mehr der Verdacht gekommen, dass es sich hierbei um kein gewöhnliches Schiff handelte. Die Besatzungsmitglieder sahen alle gleich aus und anstatt um ihr Leben zu kämpfen, gaben sie sich mehr oder weniger kampflos geschlagen. Zum ersten Mal in seinem Leben hatte Lorenzo ein schlechtes Gewissen. Hoffentlich war es keine Falle, in die er dort getappt war.
Er sah von dem Toten auf, um sich einen Überblick über das Kampfgetümmel zu verschaffen. Von irgendwo her hörte er Todesschreie seiner eigenen Männer. Also gab es doch Menschen an Bord, die sich zu wehren wussten. So schnell, wie sein schlechtes Gewissen gekommen war, verflüchtigte es sich wieder. Mit grimmigem Zorn lief der Freiheitskämpfer den Schreien entgegen.
Wenige Minuten später tauchte eine Frau vor ihm auf. Sie hatte drei seiner Männer niedergemacht und unterschied sich rein äußerlich deutlich von den Zwillingsbrüdern und Zwillingsschwestern der übrigen Besatzung. Sie hatte dunkles Haar und trug eine weiße Tunika. Offensichtlich war sie unbewaffnet.
“Ihr habt einen Fehler gemacht, Lorenzo”, sprach sie mit ruhiger Stimme. Lorenzo wurde vorsichtig. Wenn sie drei Söldner getötet hatte und noch so ruhig sprechen konnte, war sie mächtiger, als es den Anschein hatte. Vielleicht gehörte sie zu der Rasse der Auserwählten. Schon auf Escalon waren ihm Menschen begegnet, die übersinnliche Fähigkeiten hatten. Wie sonst hätte sie seinen Namen kennen können? Die Frau kam langsam auf ihn zu. Das war unheimlich, zu unheimlich, um tatenlos dazustehen. Lorenzo erhob sein Schwert. Im selben Augenblick machte die fremde Frau einen Satz nach vorn. Wie von Zauberhand spürte Lorenzo ein Brennen in der Schulter. Bevor er begriff, was geschehen war, sah er seinen Arm samt Hand und Schwert zu Boden fallen! Die Frau hatte ihm den Arm abgeschlagen! Langsam begann der Schmerz. Er kam aus der abgeschlagenen Hand und wanderte immer weiter den nicht vorhandenen Arm herauf, bis ihm die Schulter so sehr brannte, dass ihm beinahe die Sinne schwanden. Wie ohnmächtig sah er

Blut an seiner Seite heruntertropfen. Er machte zwei Schritte zurück, bevor er das Bewusstsein verlor und er zu Boden fiel. Die junge Frau war die Baronin Laudana Valeo. Sie würde sich niemals von einem einfachen Piraten das wertvollste Artefakt abnehmen lassen, das die Menschheit im Kampf gegen die Parasiten besaß. Dieses unsichtbare Schwert suchte sich selbst seinen Weg, um die Alienrasse zu bekämpfen. Doch man konnte es auch einsetzten, um sich Piraten vom Leib zu halten. Vorsichtig schlich sie weiter über den Gang, um den restlichen Eindringlingen den Garaus zu machen. Diesen Angriff auf ihre geliebte Palfuria würden die Männer bitter bereuen und mit dem Tod bezahlen. Plötzlich hielt Laudana inne und blinzelte in einen Gang. Dort ging etwas Merkwürdiges vor sich. Einer der Wissenschaftler aus ihrem Gefolge - sein Name war Asirael - hatte einen langen, dünnen Dorn in der Hand. Laudana hatte ihn von Anfang an für einen merkwürdigen Kerl gehalten. Er stach diesen Dorn tief in einen stöhnenden, am Boden liegenden Mann und zog ihn sogleich wieder heraus. Laudana bemerkte, dass der Dorn mit seiner Hand verwachsen war und sich nach dem Zustechen innerhalb weniger Sekunden wieder zurückbildete. Skeptisch blinzelte sie weiter und sah, wie Asirael nach und nach jeden einzelnen der am Boden liegenden Männer mit dem Dorn tief in den Rücken stach. Die Männer waren Klone. Sie alle enthielten ein exakt identisches Genom. Sie gehörten zu einem Forschungsprogramm, und man glaubte, sie seien immun gegenüber einer Infektion durch die Parasiten. Das war der Grund, weshalb man sie für diese Mission ausgewählt hatte. Der Bevölkerung gegenüber wurde jede Existenz der Parasiten verheimlicht, um keine Panik auszulösen. Asirael, der Kommunikationsbeauftragte der Palfuria, stach ganz ausgewählt nur die Klone und weder die anderen Besatzungsmitglieder, noch die Piraten, die sterbend auf dem Boden lagen. Laudana versteckte sich hinter einer Ecke. Sie konnte den Blick nicht abwenden.

Nachdem Asirael jeden Klon infiziert hatte, verschwand er schnell Richtung Hangar. Laudana hätte ihre Tarnung aufgeben müssen, um ihm zu folgen und hielt daher inne. Sie nahm sich vor, Asirael zunächst weiter zu beobachten und ihm im geeig-

neten Moment mit dem Schwert den Kopf abzuschlagen.
Wenige Minuten später ertönten überall auf der Palfuria die Warnsysteme. Die Wassertanks des Schiffes wurden geöffnet, und in Sekundenschnelle verdampfte fast alles Wasser ins All. Zur gleichen Zeit verließ das kleine Piratenschiff den Hangar der Palfuria. Laudana konnte sich an drei Fingern abzählen, dass es nicht die Piraten waren, sondern Asirael, der soeben das Weite gesucht hatte. Er hinterließ die Palfuria ohne Wasserreserven, mit denen die Atomgeneratoren betrieben wurden. In wenigen Tagen würden diese sich einfach abschalten und die Palfuria wie ein Geisterschiff durchs All treiben lassen. Laudana musste sich zusammenreißen, um nicht den Mut zu verlieren. Sie war nun allein tief im All ohne Treibstoff zwischen sterbenden Freunden, Besatzungsmitgliedern und Piraten…

–

Das Blut tropfte aus einer Kanüle, die dem Mann im Arm steckte. Laudana hatte keine Zeit, besonders sauber und sorgfältig zu arbeiten. Sie wollte ihre Mannschaft am Leben halten und hatte einen nach dem anderen runter in das Cryolabor gebracht. Sie setzte eine Spritze mit ‚liquid tissue' auf die Kanüle und drückte dem Klon die kostbare Substanz in eine Vene seines Armes. Wenige Sekunden später konnte sie beobachten, wie sich die Wunde auf dem Rücken des Mannes verschloss und nur noch Schorf zurückblieb. Laudana konnte nicht abschätzen, wie groß die Gefahr war, dass der geflohene Asirael ihre Mannschaft mit dem Chylacvirus infiziert hatte. Es war gefährlich, die Männer am Leben zu halten, doch sie konnte sie auch nicht umbringen. Stattdessen setzte sie eine weitere Spritze mit der blauen Cryoflüssigkeit auf die Kanüle und drückte abermals den Kolben hinunter. Die blaue Flüssigkeit floss aus der Spritze in die Vene des Mannes, um ihn auf den Cryoschlaf vorzubereiten. Doch Laudana war keine Ärztin. Dies Manöver hatte sie lediglich in der Vorbereitung für die Expedition einige Male geübt. Doch die Realität sah anders aus. Ihr zitterten die Hände und sie hoffte inständig, dass sie alles richtig machte.
Nachdem die Mannschaft eingefroren war, entschied Laudana

sich, dem Piratenanführer zu helfen. Während sie ihn in das Cryolabor brachte, stöhnte er vor Schmerzen und hatte so viel Blut aus der Wunde in seiner Schulter verloren, dass er gefährlich blass wirkte und immer wieder in Ohnmacht fiel. Unter diesen Umständen würde er den Cryoschlaf niemals überleben. Sorgfältig legte sie die Gurte, die an der Liege befestigt waren, um seinen verbliebenen Arm, seine Beine und schließlich um seinen Bauch. Erst dann spritzte sie ihm eine Dosis von dem ‚liquid tissue' in eine Vene und beobachtete abermals, wie sich die Wunde verschloss. Nur das Blut konnte nicht ersetzt werden, und der Mann befand sich noch immer in einem miserablen Zustand.

Zwei Tage dauerte es, bis Lorenzo aus seinem Ohnmachtsschlaf erwachte. Sein linker Arm und der Stumpf seines rechten Armes waren an die Liege gefesselt. Von der Decke blendete ihn eine bläuliche Neonröhre, neben ihm stand ein Androide, der ihn beobachtete. Just in dem Moment des Erwachens schickte er eine Nachricht an die Brücke.

Wenige Minuten später erschien Laudana im Labor. Sie trug noch immer ein weißes Gewandt, das eine nicht existente Unschuld unterstrich.

“Wie heißt du, Pirat?”, fragte sie ihn kühl und ohne Begrüßung.

“Lorenzo. Wo bin ich? Wieviel Zeit ist vergangen?”, fragte er schwach.

“Pass jetzt gut auf. Ich werde das nur einmal sagen, und danach ist die Entscheidung bei dir. Du bist der einzige, der von deiner Mannschaft überlebt hat. Die Leichen deiner Söldner haben das Schiff auf dem Luftschleusenweg verlassen. Dieses Schiff ist einem Verrat zum Opfer gefallen. Wir sind mehrere Jahre von der Umlaufbahn um Escalon entfernt und unsere Treibstoffvorräte sind in einigen Tagen erschöpft. Darüber hinaus hat jemand große Teile des Antriebs zerstört. Ich brauche jemanden, der sich auskennt und sie reparieren kann. Was ich sagen will: wir beide sitzen hier draußen fest. Darüber hinaus befindet sich in deinem Körper eine Explosionskapsel. Dieser Androide, sein Name ist ‘Sicherheit’, hat dem Befehl, diese Kapsel zu sprengen, sobald du dich einem meiner Befehle widersetzt oder auf irgendeine Art gegen mich handelst. Darüber hinaus würde ich keine Sekunde zögern, dir auch den zweiten Arm abzuschlagen, wenn du dich als Gast auf meinem Schiff nicht gut führst. Deine Lage ist also noch etwas schlechter als meine, und trotzdem besteht die Chance, dass wir beide überleben - gering, aber sie besteht. Nur allein schafft es niemand von uns. Bist du bereit, dich mir unterzuordnen und treu ergeben zu helfen?", Laudana blickte ihm kühl ins Gesicht. Sie wusste, dass der Pirat nach dem Kampf Angst vor ihr hatte. Vorsichtig nickte Lorenzo.

"Gut, dann hör' zu", sie öffnete die Fesseln. "Ich habe per Funk ein Tankschiff von Escalon angefordert, doch es wird länger brauchen, als unsere Treibstoffvorräte reichen. Der Verräter, der für unsere Lage verantwortlich ist, ist mit deinem Schiff geflohen. Ich vermute, er wird zurückkehren, um uns zu töten. Die missliche Lage besteht nun darin, dass wir die Generatoren abschalten müssen, um die Zeit zu überbrücken, bis das Tankschiff ankommt und dadurch jedem Feind nackt ausgeliefert sind. Ich kann die Sensoren der Palfuria so programmieren, dass die Schilde und Waffensysteme automatisch aktiviert werden, wenn sich das Schiff mit dem Verräter nähert. Doch leider kenne ich dein Schiff nicht, da es sich in einem Tarnmodus genähert hat, der mir unbekannt ist. Außerdem besteht die Gefahr, dass die Palfuria das Tankschiff abschießen würde, was ebenfalls unser Tod wäre."

Lorenzo nickte.

"Ich verstehe. Ich werde Euch helfen. Aber ich möchte die Geschichte erfahren, warum Ihr hier oben unterwegs seid und die Hintergründe aufdecken, weshalb wir uns begegnet sind."

Laudana zögerte kurz. Sie hatte sich vorgenommen, auf keine Abmachungen oder Forderungen einzugehen. Doch nun, wo sie den blassen, einarmigen Piraten vor sich sah, war es schwierig, ihm diesen Wunsch abzusprechen. Immerhin waren sie allein im All. Und wenn sie hier sterben würde, wäre er ihre letzte Gesellschaft gewesen.

"Also gut", meinte sie schließlich. "Wir haben noch ein paar Tage Zeit, bevor wir die Generatoren abstellen müssen. Wir werden uns unterhalten."

–

Lorenzo saß an der langen Tafel und probierte den Cyberarm aus. Er war stärker als sein eigener Arm gewesen war. Doch es würde einige Zeit dauern, bis er damit genauso gut umgehen konnte und niemand mehr den Unterschied bemerkte. Neben dem Arm waren noch andere, hoch technologisierte Ausrüstungsgegenstände und Bioimplantate auf der Krankenstation der Palfuria gewesen. Der Pirat hatte niemals zuvor ein so gut ausgerüstetes Schiff gesehen. Doch die Zeit, Laudana darauf anzusprechen war noch nicht gekommen. Die Baroness saß ihm gegenüber und aß ebenfalls.
“Die Kirche ist der Meinung, Ihr hättet ihr das heiligste und mächtigste Artefakt gestohlen, das sie besitzt. Ich wurde angeheuert, um es zurück zu bringen. Leider fürchte ich, dass ich nicht der Letzte gewesen bin, den sie schicken. Und damit haben wir mehr Feinde, als bisher angenommen. Hängen die Dinge miteinander zusammen? Wurdet Ihr wegen dieses Artefaktes verraten?”
Lorenzo schaute zu ihr herüber.
“Möglicherweise.”
Laudana konnte nicht über das Schwert sprechen. Zu ihrem Überraschen entwickelten sich die Dinge zwischen ihr und dem wesentlich älteren Lorenzo, der genauso gut ihr Vater hätte sein können, erstaunlich gut. Er war nicht ein dahergelaufener Pirat, sondern durchaus ein Mann mit Sitten und Verstand. Doch eines stand fest: Bevor sie ihn und anschließend sich selbst in den Cryoschlaf legen würde, musste das Schwert verschwinden. Es war zu gefährlich, es hier zu lassen. Zu viele Parteien wussten von dem Aufenthaltsort und suchten danach. Und selbst in der heiligen Kirche war es nicht sicher vor den Chylac. Sie würde es in eine Kapsel legen und diese ins All schießen. Nach einer berechneten Route würde es dann in ziemlich exakt 5 Jahren in einer der großen Wüsten auf Escalon landen. Und danach würde sie sich etwas überlegen, wie sie sich mit Lorenzo’s Hilfe vor den Feinden schützen konnte, die sie verfolgten.

–

Vier Tage später stand Lorenzo neben Laudana vor den Cryokammern und staunte.
“Es sind Klone, deswegen sehen sie gleich aus”, sagte sie und deutete auf die Glasscheiben, hinter denen die Mannschaft eingefroren war. Sie würde Lorenzo nichts von dem Virus erzählen und warum der Wissenschaftler geflohen war. Das ging ihn nichts an und würde ihn nur verunsichern und verängstigen. Ihre Mine wurde ernst und hart. Lorenzo schien überfordert von dem Anblick der Kammern und dem Gedanken, dass er selbst bald auch in einer liegen würde.
“Wir beide machen jetzt einen Deal, Lorenzo”, meinte Laudana und sah ihm in die Augen. Sie war sich annähernd sicher, dass es sich bei ihm nicht um einen Parasiten handelte, denn sonst hätte er den Verlust seines Armes nicht so gut überstehen können und wäre in die Raserei verfallen.
“Du bist ein Mann mit guten Manieren, und ich glaube, wir beide wären ein gutes Team im Hinblick auf unsere bevorstehende Expedition. Schließlich hast du es geschafft, mit deinen Männern in die Palfuria einzudringen, eines der fortschrittlichsten Schiffe der Menschheit. Leider verbietet mir mein Auftraggeber mit Piraten zu kooperieren. Wenn an irgendeiner Stelle laut wird, dass du ein Gesetzloser bist, habe auch ich ein Problem. Ich schlage daher Folgendes vor: Von nun an gibst du dich als Graf Lorenzo Valeo aus.”
Laudana erinnerte sich an die Jahre auf der Erde. Sie gehörten zu ihrem kostbarsten Gedankengut. Und nun war der Zeitpunkt gekommen, ihren geliebten Vater wieder auferstehen zu lassen. Mit einem Lächeln fuhr sie fort: “Du vergisst also dein bisheriges Leben und schlüpfst in die Rolle meines Vaters. Ich werde dir alles beibringen, was du dazu beachten musst, noch bevor wir die Cryokammern betreten werden.”
Laudana sah ihn an. Das war keine Ideallösung. Als Baroness würde sie immer nur in der zweiten Reihe stehen. Doch mit einem Grafen an ihrer

Seite würde sie in den Adelshäusern respektiert. Der Mann schien intelligent genug, diese Rolle spielen zu können und sah ihrem Vater gar nicht so unähnlich. Darüber hinaus kannte außerhalb des Escalonsystems niemand ihren Vater. Und in dem

Moment, in dem sie die Chylac, Asirael und Eron ben Daleck gefunden und vernichtet hätte, strebte sie ganz andere Ziele an, als nur einen großen Adelstitel.
“Einverstanden. Das hört sich interessant an.” Lorenzo nickte und lächelte.
“Gut, dann ruh dich noch ein paar Stunden aus. Morgen beginnen wir mit dem Unterricht.

Kapitel 4 – Acromia

"Treue Liebe geht mit dem Tod einher. Begierde hält den Menschen am Leben."
Lucia.

Mein Name ist Jerry Marzulan. Ich bin Philosoph auf der Earth I, dem letzten Raumschiff, das die Erde verlassen hat. Wer mein Denken und meine Philosophie verstehen will, muss einige Tatsachen über mich kennen: Zunächst bin ich kein Mensch aus Fleisch und Blut. Ich bin das Upload eines Bewusstseins. Insgesamt sind wir zehntausend Uploads. Einige davon steuern dieses Schiff, andere entwickeln es während unserer Reise weiter. Wir haben keinen Körper, sondern existieren im Netzwerk dieses Schiffes. Wir sind in der Lage, Roboter zu steuern, die die Arbeiten für uns verrichten. Wir kommunizieren schnell und effizient. Dies wird ermöglicht, indem wir neben einer individuellen Existenz zu einer kommunalen Gruppenexistenz verschmelzen können. Mir obliegt die Dokumentation unserer langen Reise. Wir schreiben unseren Start am 23. Oktober 2036 als Stunde 0. Wenige Stunden nach unserem Start haben atomare Detonationen die fünf Kontinente der Erde erschüttert und alles organische Leben ausgelöscht. Die Earth I ist der letzte und verzweifelte Versuch der Menschheit, dem Chylacvirus zu entkommen. Tief in ihrem Rumpf ruhen - geschützt vor kosmischer Strahlung und konserviert für viele hundert Jahre - befruchtete Eizellen, aus denen wir mittels Reproduktionskammern neues, organisches menschliches Leben erschaffen können. Dies ist der einzige Ausweg, unseren Geist und das Wissen der Menschen zu bewahren und trotzdem sicher zu sein, diesem Virus jede Wirtsgrundlage zu nehmen und es auszurotten. Nach zehn Jahren Krieg gegen die Chylacrasse, die ohne die Menschen nicht überleben kann, haben wir uns zur Flucht entschieden. Unser Ziel ist es, neue Ressourcen und eine neue Heimat für die Menschheit zu finden, um die Geschichte der Erde an einem anderen Ort fortzusetzen. 891 Jahre nach unserem Start stieß die Earth I auf einen bewohnbaren Planeten. Und mehr noch: In der Umlaufbahn des Planeten befindet

sich ein rohstoffreicher Asteroid. Wir benannten ihn nach unserem Startort auf der Erde 'Port Newham'. Mit Hilfe der Roboter haben wir in den Tiefen von Port Newham die ersehnten Ressourcen gefunden und daraus fünf neue Schiffe erbaut: Die Babylios, die Acromia, die Aden, die Icon und die Escalon. Jedes der neuen Schiffe trägt einige unserer Bewusstseins-Uploads.
Der Fund eines neuen Elementes auf Port Newham ermöglichte es uns, die Schiffe mit einer Hyperraumtechnik zu versehen. Von Port Newham brachen vier der neuen Schiffe auf, um nach weiteren bewohnbaren Planeten zu suchen. Jedes der Schiffe war ringförmig gebaut und beinhaltete in seinem Zentrum ein Hyperraumtor. Die Aden ließen wir in diesem System zurück, um auf dem Planeten unsere erste Kolonie zu gründen. Ein Shuttle brachte die Reproduktionskammern auf den Planeten und die Roboter begannen, die erste Generation neuer Menschen heranzuzüchten. Wir versorgten sie mit dem Wissen der Erde, um unsere Kultur fortzuführen. Doch wir verschwiegen ihnen die Geschichte und das Wissen über die Chylac, um sie nicht der Gefahr der Neugier auszusetzen. Sobald die Menschen auf den neuen Planeten die Technologie der Raumfahrttechnik erlangten, ermöglichten ihnen die Hyperraumtore, mit den anderen Kolonien in Verbindung zu treten.
Doch unsere Angst vor den Chylac blieb bestehen. Aus diesem Grund statteten wir die Hyperraumtore mit einer Art Scanner aus. Bei einem Sprung durch eines der fünf Hyperraumtore ist es uns, den Uploads, möglich, das Bewusstsein der Reisenden zu erfassen. Es ist eine Schutzfunktion, die den Chylac die Hyperraumreise unmöglich macht. Auch wenn es auf einem Planeten zur Entwicklung des Chylacvirus kommen würde, so sind die anderen Kolonien durch die Tore vor dem Übergreifen einer Infektion geschützt. Über 800 Jahre Forschung haben wir in diese Technik investiert. Sollte eines dieser Viren ungesehen in dem Erbgut überlebt haben, werden wir die Chylac erneut jagen und vernichten.
Die Escalon und seine Besatzung sind 481 Jahre durch das All gereist, bevor ihre Scanner einen bewohnbaren Planeten meldeten. Fünfhundert Reproduktionseinheiten wurden gemeinsam

mit ausgewähltem Wissen auf den Planeten gesandt, um der Menschheit auch dort die Chance auf einen Neuanfang zu geben. Die verbliebenen tausend Eizellen und ihre zugehörigen Kammern, in denen sie zu Menschen heranwachsen, verblieben zunächst im Rumpf der Escalon, um einem neuen Forschungsauftrag zu dienen: Reload, der Prozess, bei dem das Bewusstsein des Uploads zurück in einen Menschen transferiert werden kann. Diese Technologie würde uns potentielle Unsterblichkeit verleihen. Doch die Nebenwirkungen des Uploads und die vielen Jahre der Reise haben ihre Spuren an uns allen hinterlassen. Viele Uploads schlafen und erwachen nur auf ein Wecksignal. Kaum jemand von uns schafft es, mehrere Jahre ununterbrochen wach zu bleiben, obwohl wir alle dazu in der Lage wären. Die langen Phasen der Reise durchs Nichts zu verschlafen, ist mit der Zeit zu unserem größten Verlangen geworden.
Die Escalon ist unsere große Hoffnung, ein neues und vor allem menschliches Leben für uns Reisende zu ermöglichen. Viele Übertragungen der Escalon berichteten von den Fortschritten. Umso erschütternder waren die Nachrichten, die uns plötzlich aus dem System erreichten: Verschlüsselte Funksprüche, die wir nicht decodieren konnten. Grauenhaft herrscht das Bild der Chylac in unseren Erinnerungen. Wir alle wurden durch die offenen Fragen aus dem Schlaf gerissen: Haben die Chylac überlebt? Beginnt der Alptraum aufs Neue? Hatte die Escalon Kontakt zu einem Chylac? Ist das Schiff vielleicht schon in der Gewalt der feindlichen Rasse? Wie sicher können wir sein, dass die Chylac trotz unserer Sicherheitsvorkehrungen nicht doch in ein anderes System springen konnten?
Wir beschlossen, den Weg zum Escalonsystem auf uns zu nehmen. Gleichzeitig erbauen unsere Roboter im Rumpf der Earth I ein Expeditionsschiff, um im Escalonsystem Nachforschungen anstellen zu können. Zwölf Menschenklone werden wir zu gegebener Zeit in den Reproduktionskammern heranwachsen lassen und sie mit umfangreichem Wissen ausstatten. Sie werden gemeinsam mit einem Upload namens Terra die Besatzung des Expeditionsschiffs Palfuria bilden.

Seit der Entdeckung von Port Newham war die Acromia 178

Jahre auf der Suche, als der grüne Riese vor ihr auftauchte. Ohne Terraforming war das Leben dort möglich. Bereits wenige Jahre nach der Entdeckung begann das Acromiaschiff mit der Aktivierung der Reproduktionskammern. Unsere Euphorie war unvorstellbar. Wir beobachteten einen Planeten, auf dem das Leben erblühte. Fast eintausend Jahre lang sahen wir dem Aufbau der Kulturen zu, der Anwendung eines demokratischen Staatssystems, in dessen Zentrum Flexibilität und Bildung stand. Eintausend Jahre herrschte in den größten Ländern des Planeten Acromia Friede - die längste friedliche Epoche in der Geschichte der Menschheit… bis der Krieg ausbrach. Dreißig Jahre wüteten die Menschen und löschten fast die Hälfte der Bevölkerung aus. Hätten wir auf dem Planeten die Atomkraft zugelassen, hätten wir ihn verloren. Ein Dichter schrieb über Acromia und seine Bewohner:

Der Welten Zorn - wer die Menschen wirklich sind: Böses steht Ihnen im Gesicht
Gutes ist vertrieben worden, Hässlichkeit erschlägt Sie nicht, Sinnlichkeit bleibt lang verborgen
Wenn Sie dir in die Augen sehen, wirst Du Ihnen Deine Seele geben
Trugbilder im Deinem Kopf entstehen, du kannst nicht länger davon leben
Sie hat die Welt noch nicht gesehen, regiert im Blute wilder Horden
Sie werden nicht mehr lang bestehen, da wir einander jäh ermorden

Im Jahre 4103 unterwirft sich Acromia dem Monarchen des Adelshauses Leocathor auf Babylios. In den Forschungszentren der Acromianer lassen wir die Entwicklung der Hyperraumantriebe zu, um ihnen das Tor nach Babylios zu öffnen und den Austausch mit dieser Kolonie zu ermöglichen. Desillusioniert widmet sich die Acromia der Aufgabe, die interstellare Staatsordnung zu überwachen.

–

Der Sprung von Escalon ins Acromiasystem war anders als alle Sprünge, die Vinzenz zuvor erlebt hatte - viel intensiver und besser. Das Hyperraumtor hatte ihnen ein Gefühl der intensiven Umarmung, Nähe und Wärme vermittelt. Es ließ sie Traum und Lust zugleich verspüren, wie ein Lebewesen, das das Universum regiert und im Alles des Alls existiert. Vinzenz und Lucia hatten sich der Verführung des Sprungs mit einem lauten Aufstöhnen hingegeben und die Ektase im Anschluss in Lucia's Kabine fortgesetzt. Inzwischen waren einige Stunden vergangen, und man hatte sich im Speisesaal der Palfuria zusammengefunden. Vinzenz betrachtete Julius und dachte über ihn nach.
‚Er befindet sich bereits komplett in den klebrigen Fingern des Grafen', ging es ihm durch den Kopf, während er ein totes, fettiges Huhn verspeiste. Er fand das freundliche Verhältnis zwischen ihm und Lorenzo sehr merkwürdig. Waren sie indirekt etwa Gefangene auf der Palfuria? Was würde passieren, wenn er plötzlich anderer Meinung gewesen wäre als die Valeos? Und warum vertraute Julius diesem Adelshaus? Der Graf ließ die entscheidende Frage bis zum Schluss offen: Wer würde die Nachricht um die Entdeckung des Systems an den imperialen Rat übergeben?
Vinzenz stieß Lucia unter dem Tisch mit dem Fuß an. Die blonde Pilotin verzog kurz die Miene.
"Was?", zickte sie Vinzenz an und zwinkerte ihm gleichzeitig zu. Jeder aufmerksame Beobachter erkannte, dass die beiden eine lockere Affäre hatten.
"Siehst du nicht, was hier vor sich geht?" Vinzenz beugte sich vor und flüsterte ihr zu: "Der Leocathor ist völlig eingelullt. Der Graf wickelt uns um den Finger. Er wird es sein, der Escalon für sich beansprucht. Gegen die Androiden haben wir keine Chance, wenn Julius bis zum Tode verhandeln will. Und dazu neigt er gewaltig!"
Lucia rollte mit den Augen, wie es eine Frau nach fünfundzwanzig Jahren Ehe tat, weil der Ehemann wieder die falsche Margarine gekauft hatte. Sie beugte sich vor, wobei ihr Brotmesser seiner Nase bedrohlich nahe kam.
"Vinz! Sieh doch nicht hinter allem und jedem einen Dämon. Du bist unerträglich. Was steckt in dir, das dich zu so einem

ängstlichen Menschen macht?"
Vinzenz atmete tief durch. Sicher, da war was dran. Aber zum einen hatte Lucia gar nicht das Recht, ihn so sehr mit seinen Gedanken zu konfrontieren und außerdem lag sie dieses Mal auch falsch. Er erhob seine Gabel schützend vor die Nase.
"Lucia! Ich bin ängstlich, weil ich schon 'ne Menge Scheiße erlebt habe und mich meine Angst immer vor Schlimmerem bewahrt hat. Vielleicht treibe ich es manchmal etwas zu weit. Ich räume auch ein, dass das nicht immer gesund ist. Aber dieses Mal habe ich begründete Zweifel."
"Ja ja, dieses Lied kenne ich schon. Es ist immer das gleiche mit dir. Du hast jedes Mal eine brandheiße Spur, einen begründeten Verdacht oder eine Ausrede."
Die Pilotin wirkte genervt. Vinzenz überlegte, wie sehr sie noch unter dem Einfluss von Morpheus Traum stand.
"Kinder", mischte sich der Leocathor vom anderen Ende der Tafel ein.
"Bitte hört doch auf, euch bei Tisch zu streiten."
Er erntete Blicke, die Laserschüsse gewesen wären, wenn die geeigneten Waffen zur Hand gewesen wären. Nach einer Pause kalten Schweigens erhob sich der Graf.
"Wir nähern uns Acromia. Ich fürchte, liebe Gäste, unsere Wege werden sich bald trennen. Jedoch möchte ich Euch nicht gehen lassen, ohne ein kleines Geschenk zu überreichen. Wir stehen tief in Eurer Schuld, und darum habe ich etwas als Dank dafür, dass Ihr uns endlich aus dem Schlaf geweckt habt."
Der rüstige Mann kramte in der Tasche seiner etwas abgetragenen Weste und holte eine Kette mit einem kleinen, runden Anhänger hervor.
"Dieser Anhänger ist ein Abbild der heiligen Erde. Er enthält wichtige Daten, mit dessen Hilfe eine KI Hyperraumkoordinaten erstellen kann", sagte er bedeutungsvoll und legte Lucia die Kette um den Hals.
"Er soll Euch natürlich Glück bringen. Wenn Ihr lernt, ihn zu benutzen, dann steht Euch jedes Hyperraumtor himmelweit offen, und Ihr könnt jedes beliebige andere Hyperraumtor erreichen. Gebt also gut auf ihn Acht! Es war mir eine große Freude, Euch als Gäste an Bord der Palfuria gehabt zu haben."

Nachdem der Graf seine kleine Rede beendet hatte, erhob Julius sich von seinem Platz.
“Lieber Graf, ich spreche auch im Namen meines Gefolges: es war uns eine Ehre und ich möchte mich bei Euch bedanken. Ihr seid ein Mann mit großem Edelmut und mit einer bezaubernden Tochter. Ich wünsche mir sehr, dass wir uns eines Tages wiedersehen.”
Die beiden umarmten sich auf eine Art, von der Lucia und Tao annahmen, dass es unter Adeligen so üblich war.
“Ich gehe grad noch mal pinkeln, bevor es losgeht”, merkte Vinzenz an und verschwand. Lucia schüttelte den Kopf. Sie konnte nicht immer auf ihn aufpassen, als sei er ein kleiner Junge. Wenn er unbedingt wollte, dann musste er da jetzt alleine durch. Hoffentlich baute er nicht so einen großen Mist!

Während alle anderen froh waren, ihren Fuß bald wieder auf festen Boden setzten zu können, schaute sich der Marquis mit einem Seufzer noch einmal um, bevor er in der Luke der Darius II verschwand. Tao legte ihm die Hand auf die Schulter.
“Von dem Schmerz der Liebe und des Abschieds bleibt keiner verschont, solange er ein Mensch ist, mein Guter.”
Julius pflichtete ihm mit einem Nicken bei, doch in seinem Magen tobte ein Sturm. Der Gedanke, Laudana nun zurücklassen zu müssen, schnürte ihm die Kehle zu.
“Du hast uns, mein Freund”, meinte Vinzenz.
“Die Route ist berechnet, und wir sollten umgehend starten, jede Verzögerung kostet uns ab nun unnötig viel Treibstoff”, teilte Terra der Mannschaft zu diesem Thema mit. Julius biss sich auf die Lippe.
“In einer so hohen und wichtigen Position ist man wohl ewig allein und immer im Zweifel, ob eine Frau dich liebt oder deinen Rang, Ruhm und dein Geld.”
“Als würde das einen Unterschied machen”, flüsterte Lucia leise vor sich hin. “Männer!”
Wie aus einem Reflex legte sie die altvertrauten Schalter des Schiffes um, zog den Steuerknüppel zu sich heran und steuerte das Schiff etwas zügiger und kantiger als sonst aus dem Hangar der Palfuria.

–

In Vinzenz' Kopf versuchte sein Unterbewusstsein irgendwie ein rationales, schönes Bild von seinem Leben zu projizieren, doch leider ohne Erfolg. Die Gedanken waren mit vielem in Einklang zu bringen, jedoch nicht mit der Wirklichkeit und der Wahrheit. Vinzenz wusste nicht warum. Seine Crew, die Tage im Escalonsystem und die Palfuria, alles schien sich hinter einer trüben, grau getönten Scheibe abzuspielen. Sein eigenes Leben fand auf der anderen Seite dieser Scheibe statt. Niemand würde in seine Seele blicken können, doch genauso würde er niemals an dem Leben seiner Freunde so teilhaben können, als sei es sein eigenes. So viele Tage hatte er grübelnd verbracht, doch egal was er tat, er konnte seine Biographie nicht aufarbeiten. Und ständig kamen ihm diese Morde in den Kopf. Am Geliebten seiner Schwester und am Herzog der Valeo, dessen Tochter er geliebt und verlassen hatte. Doch seit einiger Zeit quälte ihn ein weiterer Traum. Einer, den auszusprechen er nicht im Stande war. Ein weiterer Mord. Diesmal jedoch einer, der noch verübt werden sollte. Vinzenz hielt darin ein rotes Schwert in der Hand. Er stand in einem riesengroßen, prächtigen Saal. Dann stieß er einem Mann, dessen Gesicht er nicht erkennen konnte, der sich jedoch mit Julius unterhielt, dieses rote Schwert in den Rücken. Wann immer er diese Bilder vor sich sah, wachte er mit der Gewissheit auf, dass er selbst ebenfalls in diesem Saal sterben würde.

"Los Vinz. Wir wollen los!"
Lucia's raue Stimme riss ihn wie eine Ohrfeige aus der Lethargie in die Wirklichkeit zurück. Julius hatte das Schiff bereits verlassen. Als Vinzenz hinausblickte, stand er bereits einige Meter von der Darius II entfernt im Hangar. Vor ihm hatten sich einige Soldaten aufgebaut und hielten ihre Waffen auf ihn gerichtet. In der Gegend seiner Nasenwurzel, direkt zwischen den Augen, bildeten sich wieder diese tiefen Falten. Der Marquis war verärgert! Er baute sich zu voller Größe auf und begann laut zu sprechen.
"Seit wann wird ein Vertreter des Imperialen Adelshauses Leo-

cathor auf einem Planeten der El'Zalar wie ein Schwerverbrecher begrüßt? Was machen all diese Bewaffneten hier? Ich verlange die Verantwortlichen hierfür zu sprechen!"
Julius' Miene war finster. Ein gut gekleideter, unbewaffneter Mann löste sich aus dem Pulk der Soldaten. Er war besser gekleidet und schien weniger erregt als die Bewaffneten.
"Ich bin hier verantwortlich. Wenn ich mich vorstellen darf, mein Name ist Baron Karim El'Zalar."
"Schon mal gehört", erwähnte Julius so beiläufig wie möglich und vermied es, die Augenbrauen bei dem Namen zusammenzuziehen. Vinzenz hatte sich als blinder Passagier namens 'Karim El'Zalar' ausgegeben, als sie ihm das erste Mal begegneten. Es stand völlig außer Frage, dass dieses Aufgebot an bewaffneten Männern mit Vinzenz' Lüge in Zusammenhang stand. Einige Foltermethoden kamen Julius in den Kopf, und sie an Vinzenz auszuprobieren, würde ihn für das hier entschädigen.
Während er noch in Gedanken mit einigen Details der Folter beschäftigt war, sprach Karim El'Zalar weiter: "Leider haben wir begründeten Verdacht, dass sich an Bord dieses Schiffes Parasiten befinden. Die gesamte Besatzung wird daher hiermit unter Quarantäne gestellt und das Schiff nach Aliens durchsucht!"
Vinzenz konnte - auch wenn er sich bemühte, es nicht zu tun - an nichts anderes denken als dieses seltsame organische Material, das er nach dem Kampf gegen den Parasitenfelsen von der Außenhülle der Darius II gekratzt und sicher in einem Glasröhrchen untergebracht hatte. Dieses hatte er in seiner Ledertasche verstaut, die er ausgerechnet jetzt, in diesem alleroffensichtlichsten Moment, auf der linken Schulter trug. Er ärgerte sich, dass er Karim El'Zalar nicht das Messer zwischen die Rippen gestoßen hatte, als er die Chance dazu gehabt hatte. Er durfte ihn auf keinen Fall erkennen! Also tat Vinzenz so unauffällig wie möglich und versteckte sich hinter Julius' Schultern. Der Urux zupfte an seinem Mantel.
"Nicht jetzt, Urux! Sie dürfen mich nicht erkennen", flüsterte er.
"Is wichtig! Bruder, Frau und Kind noch in Darius II. Haben

bestimmt Angst, wenn Soldaten kommen durchsuchen."
"Was?"
Vinzenz war erstaunt. Er wusste nicht, wovon der Urux sprach. Der Kleine schien sich sichtlich zu schämen und wurde rot.
"Gibt mehrere von uns!"
"Was?"
Das Erstaunen in Vinzenz' Gesicht nahm kein Ende.
"Urux hat Frau und Kind. Und zwei Brüder!"
"Was?"
"Gibt kein Radioaktiv -Raum. Nur Tarnung, damit keiner findet Urux Frau!"
"Scheiße!"
Vinzenz fielen nach und nach die Schuppen von den Augen. Der kleine Urux hatte ihnen die ganze Zeit über vorgegaukelt, den Maschinenraum wegen der radioaktiven Verseuchung nicht betreten zu können. Und das alles nur, damit seine Familie dort in Ruhe leben konnte. Dahin waren dann wohl auch die Nahrungsmittel verschwunden.
"Sag deiner Familie, sie sollen da raus kommen", sagte er leise und hob die Augenbrauen. Es war ein Grund, böse zu werden. Doch diesem hilfreichen und netten Geschöpf konnte er nicht böse sein. Der Urux lief zurück in das Schiff und kam kurz darauf mit zwei Zwillingsbrüdern und einer etwas kräftigeren Uruxfrau, die ein Uruxbaby trug, zurück.
"Gehören diese Aliens zur Mannschaft?", erkundigte sich einer der Sicherheitsmänner.
Julius, der von den Bewaffneten umstellt war machte große Augen und suchte in den Gesichtern seiner Gefährten nach Antworten.
"Äh, jaja!"
Julius konnte seinen Augen nicht trauen. Vinzenz stand selbstverständlich schulterzuckend dahinter!
"Gut, dann auch durchsuchen und dann in die Quarantäne! Getrennt von den anderen!"
Vinzenz machte in Lucia's Augen einen echt hysterischen Aufstand, als die Männer seine Ledertasche durchsuchen wollten.
"Das sind Moose, ihr Blindfische! Ich schreibe ein Buch über die Vegetation des bekannten Universums!", antwortete er,

wobei sich seine Stimme fast überschlug.
“Schon gut, Mann. Beruhig’ dich wieder”, gab ihm der Sicherheitsmann zurück und schüttelte den Kopf.
“Wir werden das Zeug hier solange unterbringen, bis Ihr wieder aus der Quarantäne heraus seid.”
“Das will ich auch hoffen! Und wehe, es fehlt etwas”, rief Vinzenz ihm hinterher, als er zusammen mit den anderen in einfacher Baumwollkleidung in eine Zelle geführt wurde. Vinzenz musste mit sich kämpfen, um sich zurückzuhalten. Julius sah ihm an, dass er ohne zu zögern eine Wache entwaffnet hätte, um sie hier herauszuholen. Doch es war nicht der richtige Zeitpunkt für einen Fluchtversuch. Wahrscheinlich würde er diese unangemessene Behandlung diplomatisch einsetzten können und den El’Zalar damit noch viel peinlichere Schmerzen zufügen. Wehmütig sah er einer Wache hinterher, die kopfschüttelnd ein Kofferset mit Rollen hinter sich her zog. Auf den Koffern war das Wappen der Leocathors aufwendig eingearbeitet.
–

Cypher Medici stand mit auf dem Rücken verschränkten Armen am Fenster des Hochhauses und blickte auf die nächtliche Stadt. Acromia war ein Rattenloch. Diese Stadt versuchte krampfhaft, es all seinen Bewohnern Recht zu machen. Beugte sich, wurde verbogen, und schließlich waren alle Menschen dort unzufrieden. Große Wohnsiedlungen erstreckten sich an wunderschönen Parks, gleich daneben überragte der Megaport, der gigantische Raumhafen, jedes Gebäude um ein Zehnfaches und sorgte dafür, dass die Bewohner die meiste Zeit des Tages im Schatten lebten. Vergnügungszentren wurden neben Fischölfabriken errichtet, die Gleiter flogen teilweise in zehn verschiedenen Höhen und umschwirrten jedes einzelne Haus. Und ganz in der Ferne lag der größte Golfplatz des Universums, dessen Besitzer es vom Imperialen Rat verboten wurde, sein Grundstück an die Immobilienhaie zu verkaufen. Ordnung schien es hier nicht zu geben. Jedes Mal, wenn Cypher in seiner Suite im obersten Stockwerk der Medici-Botschaft verweilte, blieb ihm nichts anderes übrig, als mit dem Kopf zu schütteln. Auf Acromia regierte das Adelshaus El'Zalar, und das

Chaos schien dessen Markenzeichen zu sein. Nichts desto trotz war der Megaport einflussreich und sowohl dem Imperator als auch Herzog Augustus waren sehr an ihrer Machtausbreitung auf dem Planeten interessiert. Aus diesem Grunde war Cypher sehr oft hier unterwegs, pflegte einige Kontakte und versuchte die Zukunft des Planeten vorherzusagen. Während er in Gedanken versunken darüber nachdachte, dass das Chaos hier vielleicht einzig zum Schutz der Familie El'Zalar vor der Machtübernahme der Leocathors diente, klopfte es an der Tür. Nach seiner Aufforderung betrat ein Mann in den besten Jahren das Zimmer.
“Sei gegrüßt, Karim”, sagte Cypher und nickte ihm zu. “Wie stehen die Dinge auf Acromia?”
Der Angesprochene erwiderte die Begrüßung.
“Ich kann mich nicht beklagen. Die Lage ist entspannt, die Stadt scheint ein wenig zur Ruhe zu kommen”, sagte er gleichgültig.
“Das kann sich ändern”, antwortete Cypher mit ernstem Gesicht. Karim runzelte die Stirn.
“Geht es um das Schiff? Die Darius II, das ist der eigentliche Grund, weshalb du hier auftauchst und mich sprechen willst, richtig?"
Cypher nickte.
"Ja, leider. An Bord befand sich einer meiner Männer. Und ich fürchte, er ist in der Lage, die Ruhe hier zu stören."
Karim schenkte sich etwas Wasser aus einer Karaffe ein.
"Schon viel gehört von dem jungen Mann. Vinzenz de Vray, alias Karl Vincent Meridon. Du wirst es nicht glauben, Cypher, aber ich habe einige interessante Nachforschungen angestellt. Eine Menge Leute haben Angst um ihre teuflischen Seelen seit der Sache mit Waldemar Valeo. *Dein* Karl Vincent soll da unten mächtig aufgeräumt haben. Er ist zu einer Art Legende geworden. Tausendmal für tot geglaubt und immer wieder aufgetaucht. Was hat er diesmal angestellt?” Karim trank einen Schluck Wasser und stellte sich neben Cypher, um ebenfalls aus dem Fenster auf die Stadt zu blicken.
“Er hat seinen Auftrag nicht erfüllt. Es ist das erste Mal, dass er unverrichteter Dinge zurückkehrt - mit über einem Monat Ver-

spätung."
"Und nun möchtest du, dass ich ihn dir ausliefere, damit du ihn verhören kannst?"
Cypher sah Karim an und nickte.
"Bevor er da unten ein Blutbad veranstaltet. Unterschätze ihn nicht."
"Warum habe ich immer das Gefühl, dass du mich unterschätzt, Cypher. Es gibt nichts, worum du dich sorgen müsstest. Ich habe die Situation hier vollständig unter Kontrolle. Vinzenz de Vray sitzt in *meinem* Kerker, und ich werde darüber entscheiden, was ich mit ihm und seiner Mannschaft anstellen werde. Verzeihe mir, aber bis dahin kann ich leider nichts für dich tun."
Die beiden Männer sahen sich einige Sekunden fest an. Sie beide waren mächtig. Und beide lebten ein Doppelleben, um ihre politische Macht zu erweitern. Sie mochten sich, denn sie wussten um die Fähigkeiten den anderen, und sie wussten, dass das Spiel um die Macht größer war und sie beide ihre Entscheidungen nicht immer allein trafen, sondern sich gegenüber vielen äußeren Zwängen rechtfertigen und leider auch oft fügen mussten. Freundschaft war schwierig, und manchmal erforderte sie, dass man über die eigenen Ziele hinwegsah.
"Ich fürchte, du machst einen Fehler, Karim. Pass auf dich und den Megaport auf. Wir sehen uns."
"Ich werde dich auf dem Laufenden halten, Cypher."
–

In der zweiten Nacht in Quarantäne wachte Vinzenz auf. Wieder war er im eigenen Schweiß gebadet. Wieder hatte ihn der gleiche Traum heimgesucht: Er stand in einem Saal, griff nach einem roten Schwert und wurde im selben Moment von hinten niedergestreckt. Als er zu sich kam, stellte er fest, dass er nicht der einzige war, der in dieser Nacht nicht schlafen konnte. Er blickte zu Lucia herüber, die zusammengekauert auf der dreckigen Matratze hockte. Der Raum war zwar klimatisiert, doch die rohen Stahlwände und die dreckigen Schlafplätze in dieser Gefängniszelle ließen ihn kalt und grausam erscheinen. Lucia hatte die Knie an den Körper gezogen und starrte auf den Bo-

den des fremden Ortes.
“Was ist?”, fragte Vinzenz sie, nachdem er sich selbst wieder etwas beruhigt hatte.
“Die Gedanken werden verwirrter”, sagte sie und schien gar nicht richtig bei sich zu sein. Sie antwortete wie mechanisch, ohne Vinzenz anzuschauen. Er nahm seine Decke und hockte sich neben sie.
“Was meinst du?”
“Vinz, weißt du, woran ich glaube? Ich glaube an eine Prophezeiung, die sich erfüllen wird.”
“Was meinst du damit?”, Vinzenz konnte ihr nicht richtig folgen. Bisher hatte er eher das Gefühl gehabt, Lucia sei eine esoterisch angehauchte, etwas draufgängerische Pilotin, die nicht lange nachdenkt, bevor sie sich Hals über Kopf in eine völlig aussichtslose Schlacht stürzt und Befriedigung in der Gefahr sucht. Sie war sein Sinnbild für Unberechenbarkeit, Leichtsinn und ab und zu auch Mut. Hatte er sich geirrt?
“Kannst du dich an die letzten beiden Hyperraumsprünge erinnern?”, fragte sie.
“Ja, sehr gut.” Vinzenz schämte sich, die erotische Erregung zuzugeben, die er während der Sprünge gespürt hatte.
“Sie waren… anders. Ich habe an dich gedacht, Lucia”, antwortete er und erntete ein leichtes Lächeln auf ihren Lippen.
“Hast du die Stimme gehört, die versucht hat, zu dir zu sprechen?”
Vinzenz nickte wieder. “Ja, irgendetwas lud mich mit einer Willkommensgeste ein. Aber ich weiß weder von wem noch wohin ich eingeladen wurde.”
“Das war die Stimme des Propheten Jave. Ich glaube an ihn, denn er ist ein Jünger Gottes, den die Kirche verstoßen hat.”
“Woher weißt du das?”
Vinzenz hatte von Jave gehört, jedoch war er dieser Religion gegenüber skeptisch. Sie hatte den Ruf einer Sekte.
“Was?”, fragte sie.
“Dass die Stimme, die du hörst, die Prophezeiung eines Jüngers Gottes ist. Dass der Glaube an Jave richtiger ist als der Glaube, den die Kirche vertritt. All diese Dinge eben.”
“Das ist der Sinn des Glaubens. Es hat nichts mit wissen zu tun,

sondern es ist ein inneres Gefühl, das einem Kraft gibt."
Lucia zuckte mit den Schultern, schien aber wieder ganz bei der Sache zu sein. Vinzenz runzelte die Stirn. Mit dem Glauben hatte er nicht viel am Hut. Und der Ausdruck 'Inneres Gefühl' löste bei ihm wohl etwas ganz anderes aus als bei ihr. Aber sollte Lucia doch daran glauben, wenn es ihr damit besser ging. Sein inneres Gefühl sagte ihm jedenfalls, dass es nichts Trügerisches gab als das innere Gefühl.
"Was sagt die Prophezeiung?", fragte er, um Lucia versöhnlich zu stimmen.
"Sie ist wie ein großes Puzzle, dessen Teile nicht zusammenpassen aber trotzdem zu demselben Bild gehören. Ich sah bisher in meinen Träumen einige der Teile, ohne jedoch zu wissen, wohin sie in dem großen Bild gehören. Doch in letzter Zeit werden die Teile finsterer. Mehr und mehr Menschen sterben, und mit der Entdeckung Escalons hat es mehr auf sich, als wir im Moment vermuten und verstehen können."
"Karim El'Zalar", sagte Vinzenz plötzlich und sah Lucia erwartungsvoll an. Sie schüttelte den Kopf. Wie konnte er von ihren finsteren Gedanken auf einen nichtssagenden Namen kommen?
"Erinnerst du dich nicht? Als wir uns das erste Mal begegnet sind, habe ich mich als Karim El'Zalar ausgegeben. Er wollte mir ans Leder, ich habe es irgendwie hinbekommen, seinen Ausweis zu stehlen und dachte, es sei klug, Julius meinen wirklichen Namen zu verschweigen. Ich habe mir oft die Frage gestellt, warum ich das getan habe, denn meine Erinnerung ist wirklich sehr lückenhaft. Und gerade eben, als du angefangen hast über die Prophezeiung und die finstere Zukunft zu sprechen, ist mir sein Name wieder eingefallen. Ich glaube, er ist gefährlich! Lass uns versuchen, die finstere Zukunft abzuwenden!"
Die beiden sahen sich fest in die Augen und wollten sich küssen. Bevor sich ihre Lippen jedoch berührten, hielt Lucia plötzlich inne und deutete auf Julius. Er erhob sich am gegenüberliegenden Ende der Zelle von seinem Bett. In seinen Händen schimmerte die zuvor unsichtbare Doppelklinge seines Schwertes. Wie in einem Traum bewegten sich Julius' Augen unter den geschlossenen Lidern, und er begann einen blinden Kampf ge-

gen einen unsichtbaren Gegner. Im Halbdunkel einer fernen Neonröhre bewegte er sich in Zeitlupe. Seine Bewegungen schienen einem festen Muster zu folgen, ähnlich einem Tanz. Lucia und Vinzenz starrten erst ihn an und blickten sich dann gegenseitig fragend in die Augen. Das Bild des kämpfenden Adeligen wirkte bizarr und unwirklich. Julius schien dabei so gar nicht er selbst zu sein. Nach einigen Minuten war das Schauspiel vorüber, und er legte sich genauso schnell und unvermittelt wieder auf die Matratze, wie er aufgestanden war.
"Irgendeine Veränderung hat begonnen, Vinz!", flüsterte Lucia und legte ihren Arm um seine Schultern. Er spürte, dass sie eine Gänsehaut bekommen hatte und drückte sie fest an sich.

–

Karim El'Zalar ging durch die Gänge des Raumhafens. Der Megaport war ein architektonisches Wunderwerk - wie ein Armeisenhügel, jedenfalls wenn es darum ging, den richtigen Weg zu finden. Am besten folgte man hier dem Geruch. Überall standen verschiedenste Schiffe in den Hangars, Menschen aus dem gesamten Universum wandelten umher, Gleiter und Kräne waren zu jeder Zeit mit Be- und Entladearbeiten beschäftigt. Hier unten gab es weder Tag noch Nacht. Die Luft roch abgestanden nach Rauch und Maschinenöl, und irgendwo in der Tiefe dieses Irrgartens aus Gängen und Schächten, in denen man die Zeit vergaß, saß eine kleine Gruppe Abenteurer in Quarantäne, die mehr über die Chylac wussten, als sie zugaben. Karim war neugierig. Er selbst hatte einen Pakt mit den Chylac geschlossen, der ihm viel Macht versprach. Der Grund für diesen Pakt waren Cypher Medici und Augustus Leocathor. Diese beiden Männer waren ebenfalls sehr mächtig und insgeheim wusste er, dass sie nach dem Imperialen Thron strebten. Seiner Einschätzung nach könnte ihnen das sogar gelingen, doch leider hatten sie die Rechnung ohne die Chylac gemacht. Karim wusste, dass es nicht gut war, sich nur einer einzigen Partei treu zu ergeben. Politik und Macht bedeutete auch, sich seine Möglichkeiten offenzuhalten. Und hierzu benötigte er Informationen! Und seiner sensiblen Nase nach zu urteilen befanden sich diese im Kopf eines Mannes, der in der Gefängniszelle saß, die

er in diesem Augenblick erreichte.
"Holt ihn da raus und bringt ihn ins Verhörzimmer", befahl er den Wachen und deutete auf Vinzenz. Dieser blickte abwechselnd die Wachen und Karim an. Schließlich löste er sich von Lucia, und ohne Widerstand folgte er den schwer bewaffneten El'Zalar Soldaten in ein kleines, fensterloses Zimmer. Karim bedeutete den Wachen, die Tür zu verschließen und davor zu warten.
"Wir müssen uns unterhalten, Vinzenz", sagte er, sobald sie unter vier Augen waren. "Ich fürchte, es gibt einige Informationen, die ich von dir benötige und ohne die ich dich hier nicht mehr herauslassen kann. Ob du mir die Informationen freiwillig gibst, oder ob ich dich foltern und sie aus dir herausprügeln muss, überlasse ich dir. Betrachte das als ein Angebot, uns wie vernünftige Männer zu unterhalten."
"Wir kennen uns, richtig? Dein Gesicht kam mir von Anfang an bekannt vor", sagte Vinzenz in etwas naivem Ton. "Es geht um Escalon?"
Karim nickte. Vinzenz wusste, dass er Karim El'Zalar von irgendwo her kannte, leider waren die Zusammenhänge jedoch den vielen Erinnerungslücken zum Opfer gefallen. Es musste jedoch einen Grund dafür geben, dass er im Besitz des Ausweises dieses Mannes war. Mit Sicherheit war er kein besonders guter Freund. Vielleicht würde Vinzenz es herausbekommen.
"Ihr hattet dort Parasitenkontakt?", fragte Karim ihn und riss ihn aus der Suche in seinen Erinnerungen.
"Wenn ich ja sagte, wirst du mich und die Crew umgehend töten und unsere Körper verbrennen! Wir hatten keinen Kontakt im eigentlichen Sinn. Wir haben sie gesehen, und unter äußerster Vorsicht einige Proben genommen. Für Details benötige ich allerdings meinen Rucksack und den darin befindlichen Computer. Keine Angst, nichts davon ist giftig oder ansteckend."
Karim sah ihn abschätzend an. Vinzenz wirkte naiv, aber freundlich; ganz anders, als Cypher ihn beschrieben hatte. Er schickte eine Wache, um Vinzenz' Tasche herbeizuholen. Einige Augenblicke später leerte einer der Soldaten deren Inhalt auf dem Tisch aus, während ein zweiter den Lauf seiner Waffe auf Vinzenz' Kopf gerichtet hielt. Zum Vorschein kam ein Compu-

ter, zahlreiche Fläschchen und Döschen, sowie Vinzenz' Brieftasche.
"Ich nehme gern dein Angebot an, dass wir uns vernünftig von Mann zu Mann unterhalten. Ich bin mir aber nicht sicher, ob du das, was ich dir zeigen werde, mit deinen Wachen teilen möchtest", sagte Vinzenz mit erhobenen Armen und respektvollem Blick auf den Gewehrlauf. Karim hatte Cypher's Worte über seine Gefährlichkeit noch im Ohr. Andererseits war der Mann hilflos, und ein einziges Wort von ihm, und die Wachen würden ihn schneller hinrichten, als er ausatmen konnte.
"Wartet draußen", befahl er seinen Soldaten.
"Danke", merkte Vinzenz mit knapper Geste an und wandte sich dann dem Inhalt der Tasche zu: "Also, hier drin befinden sich die Proben." Er deutete auf die Glasfläschchen, die moosartige Pflanzenreste enthielten. Er wirkte enthusiastisch und froh, sein Wissen mit jemandem Interessierten teilen zu dürfen.
"Ich habe ein paar Tests angestellt." Vinzenz griff zu seinem Computer und machte sich daran, ein Programm zu starten. Während der Computer beschäftigt war, wechselte er wie beiläufig das Thema: "Übrigens habe ich deinen Ausweis wiedergefunden", sagte er und kramte Karim's Ausweis aus seiner Brieftasche hervor. Während er die Karte seinem Gegenüber reichte, machte er eine kurze, schnelle Bewegung und ritzte Karim damit in die Hand. Die Kanten des Ausweises waren scharf angeschliffen, und die kleine Wunde begann sofort zu bluten.
"Oh! Entschuldigung!", sagte Vinzenz erstaunt und unterwürfig zugleich. Karim riss ihm den Ausweis aus der Hand.
"Was soll das?", fragte er in barschem Ton, doch Vinzenz ging nicht darauf ein. Stattdessen deutete er auf den Monitor seines Computers und begann auf der Tastatur zu schreiben: '*Befolge meine Befehle sehr genau, Karim. Du bist vergiftet, und ohne meine Hilfe wirst du schneller sterben, als du das nächste Krankenhaus erreichen kannst!*'
"Interessant, nicht wahr?", kommentierte Vinzenz mit demselben Enthusiasmus, ohne sich auch nur einen Hauch von dem anmerken zu lassen, was er gerade getan hatte. "Vielleicht sollten wir uns auf den Weg machen?"

Karim las den Text. Er wollte gerade Luft holen, um nach den Wachen zu rufen, als sich ihm die Kehle zuschnürte. Von seinem Herzen kroch eine Angst in sein Gehirn. Todesangst. Seine Pupillen weiteten sich, er konnte nicht mehr klar denken. Schnell verwarf er den Gedanken, Vinzenz töten zu lassen. Er brauchte ihn, er musste seinen Befehlen Folge leisten. Alles andere wäre dumm. Die Bedrohung durch die Vergiftung war so unmittelbar, dass Karim an nichts anderes mehr denken konnte!
"Aufschließen. Wir haben eine wichtige Mission", befahl er den Wachen. Verdutzt und dennoch etwas gelangweilt und teilnahmslos öffneten die Soldaten die Tür. Vinzenz klappte den Computer zu, packte hastig seine Siebensachen in seine Tasche und verließ gemeinsam mit Karim die Zelle.

Wenige Minuten später betraten sie eine kleine Erste-Hilfe-Kammer in einem der Parallel-Korridore. Vinzenz schloss die Tür hinter sich. Aus seiner Tasche holte er ein Rasiermesser und eine kleine, rote Pille hervor.
"Du allein hast die Wahl, Karim. Ich benötige einige Informationen von dir. Wenn du alle meine Fragen richtig beantwortest, darfst du leben", sagte er und hielt dem Adeligen das Rasiermesser an die Kehle - gerade soweit, dass sich der scharfe Rand blutrot färbte und Karim vor Angst der Schweiß auf die Stirn trat.
"Welche Personen haben meine Rückkehr nach Acromia als Vinzenz de Vray bemerkt?"
Karim schluckte. Plötzlich konnte er sich erinnern: Vinzenz war ihm vor einigen Wochen begegnet und hatte sich mit den Worten von ihm verabschiedet 'Ich werde zurückkehren, und du wirst mir die Namen derjenigen sagen, die mich beobachten und nach mir suchen! Als Pfand hierfür behalte ich solange deinen Ausweis.' Warum war Karim das nicht schon vorher eingefallen? Warum war er Vinzenz so blauäugig in die Falle gelaufen? Nun blieb ihm keine Wahl, als ihm Rede und Antwort zu stehen.
"Crystal Valeo und Cypher Medici suchen nach dir", gab er bereitwillig Auskunft. Sein Kopf schmerzte, Vinzenz' Frage war

bohrend und verwirrte ihn.
"Vielen Dank. Hier, schluck das Antidot, und wenn du ausgeschlafen hast, wird es dir besser gehen."
Vinzenz nahm das Rasiermesser von seiner Kehle und steckte ihm die rote Pille in den Mund. Noch während er einen Schritt zurückging, sackte Karim in sich zusammen und wurde bewusstlos. Vinzenz triumphierte innerlich über seinen Plan. Dann holte den kleinen Computer aus seiner Tasche und gab das Blut von dem Rasiermesser in die Analysekammer. Wenige Sekunden später erschien ein Bericht auf dem Monitor: *Morpheus Traum*. Karim hatte die Substanz die ganze Zeit über zu sich genommen.
"Hab ich es doch gewusst! Du bist ebenso manipuliert worden, wie ich. Zu deinem Glück weiß ich aber, wer du bist", flüsterte Vinzenz zu sich selbst. Er durchsuchte den Mann und fand, wonach er gesucht hatte: eine Kette mit einem Amulett der heiligen Erde. Es glich haargenau dem Amulett, das der Graf Lorenzo Lucia um den Hals gelegt hatte. Vinzenz eilte zurück zu dem Korridor, aus dem sie gekommen waren und zu dem Schrank, in dem das Quarantäne-Gepäck der Crew verstaut war. Schnell tauschte er das Amulett gegen Lucia's Original aus. Dann holte er einen kleinen Silikonstreifen aus seiner Ledertasche. Dieser war mit zahlreichen Kontakten überzogen. Schnell legte er den Streifen auf Karim's Hinterkopf. Durch einen Magnetmechanismus rutschte er in die richtige Position, und der Computer bestätigte die Kommunikationsbereitschaft mit einem leisen Ton. Vinzenz wandte sich dem Computer zu. Plötzlich erinnerte er sich daran, dass er über dieses Interface die Erinnerungen und Gedanken des Mannes steuern konnte, der gerade bewusstlos vor ihm lag. Alles ging schnell, wie mechanisch und jahrelang einstudiert. Vinzenz musste nicht über seine Handgriffe nachdenken, er ließ ein Programm ablaufen, als hätte er diesen Moment zahlreich zuvor geübt.
"Von nun an bist du nicht mehr Karim El'Zalar. Von diesem Tag an ist dein Name Astradamus. Und ich habe einen Auftrag für dich: Bring mir die Chylac, lass den Krieg beginnen", murmelte Vinzenz und übertrug mehrere hundert Terabyte über das Interface an das bionische Gehirn des Mannes. Als die

Übertragung abgeschlossen war, nahm er den Silikonstreifen wieder ab, verstaute ihn und seinen Computer in der Tasche und wischte dem bewusstlosen Mann das Blut vom Hals. Er steckte ihm Lucia's Amulett in die Westentasche und beseitigte in Sekundenschnelle seine Fingerabdrücke. Dann erst verließ er das Zimmer. Plötzlich machte sich eine seltsame Erschöpfung in seinem Kopf breit. Sich an das Interface und die Gedankenkontrolle zu erinnern, kostete ihn sehr viel Kraft. Noch mehr Erinnerungslücken konnte er heute ganz sicher nicht mehr füllen. Er brauchte einen kleinen Raum, um sich ein paar Minuten zurückzuziehen. Sein Verlangen nach der Droge des Vergessens wurde immer stärker. Vinzenz musste sich nun wieder seinem eigenen Auftrag zuwenden. Es war an der Zeit, diesen Vorfall genauso schnell wieder zu vergessen, wie er in seine Erinnerung getreten war...

–

Alle waren hundemüde. Julius wälzte sich von einer Seite zur anderen und Lucia versuchte vergeblich sich in die raue Decke zu kuscheln, als Tao plötzlich aufhorchte. Schritte mehrerer Männer näherten sich und verstummten dann. Ein Mann Anfang fünfzig stand vor der Zelle. Er räusperte sich.
“Aufschließen!”, befahl er nach kurzem Zögern mit deutlicher Stimme.
“Gerald Ehrlich”, entfuhr es Lucia, als sich die Tür öffnete. Sie war froh, ihren alten Auftraggeber zu sehen. Cypher nickte ihr zu.
“Schön dich zu sehen, Lucia. Wie ich sehe, seid ihr alle wohlbehalten wieder zurück.”
Er freute sich tatsächlich, die Crew lebendig wiederzusehen. Mit Erschrecken stellte er jedoch fest, dass Vinzenz de Vray sich nicht in dem Raum befand. Karim musste ihn gesondert untergebracht haben! Ohne es sich anmerken zu lassen, schluckte er seinen Ärger herunter und wandte sich an die Wachen, um ihnen seinen Ausweis unter die Nase zu halten. Anstatt zu antworten nickten die Bewaffneten gelangweilt. Männer des Imperialen Geheimdienstes waren hier genauso häufig anzutreffen, wie blauer Newham-Stahl. Was anderswo im Uni-

versum selten, teuer oder zumindest respektabel war, tat man auf dem Megaport mit einem gelangweilten Nicken ab. Cypher ärgerte dieses Verhalten. Um die Wahrheit zu sagen: es kotzte ihn an! Und mit jedem Lebensjahr nahm dieses angekotzte Gefühl gegenüber gelangweilten Wachen, faulen Dienstjungen und dreckigen Wirten stetig zu, ohne dass er eine Erklärung dafür fand. Vielleicht war es diese gelangweilte und verflachte Einstellung dem gesamten Leben gegenüber, die er einfach nicht abkonnte.
“Ich übernehme ab hier! Du und du”, er nickte zwei Wachen zu, “ihr holt das Gepäck dieser Leute und begleitet uns.” Mit leisem Stöhnen, mitten in der Nacht noch arbeiten zu müssen, machten sich die Wachen auf den Weg. Ohne viel Zeit zu verlieren, brachte er die drei in einem Hotel im Megaport unter.

Sobald sie alle das Zimmer betreten hatten, schloss er die Tür direkt vor den Nasen der Wachen.
“Hier seit ihr zunächst sicher. Die El'Zalars sind gierig nach Informationen, und sie wissen, dass ihr gerade aus Escalon zurückgekehrt seid. Wir müssen vorsichtig sein, dass sie euch nicht in die Finger bekommen! Wie ist es euch ergangen?”, fragte er und ging zur Bar herüber, um Drinks einzuschenken. Alle nahmen dankbar ein Glas entgegen, und nachdem sie sich gesetzt und durchgeatmet hatten, begann Julius zu berichten. Lucia schluckte etwas, als er ihm einen Bericht mit so vielen Einzelheiten erstattete, als sei Gerald Ehrlich sein Opa, der ihn auf den Schoß genommen hatte und ihm goldene Karamellbonbons anbot.
“Gut”, sagte Cypher, nachdem Julius’ Erzählung in der Gegenwart angekommen war.
“Mir ist sehr daran gelegen, dass Ihr, Herr Marquis, diese Ereignisse dem Imperialen Rat auf Babylios vortragt. Dafür werde ich schließlich bezahlt. Leider gibt es einige weitere Parteien, die sehr an der Entdeckung Escalons interessiert sind und euch drei daher suchen werden. In der Zelle wart ihr nicht mehr sicher. Dieses Zimmer steht unter dem Schutz der Leocathors und wird von Soldaten des Imperialen Hauses bewacht. Der Baron Karim El’Zalar hat persönlich dafür gebürgt, dass euch

nichts geschehen wird. Ihr solltet aber trotzdem vorsichtig sein, wenn ihr das Zimmer verlasst. Ich habe noch einige Vorbereitungen zu treffen; insbesondere, damit ihr inkognito mit dem nächsten Linienflug nach Babylios reisen könnt. Bei Problemen erreicht ihr mich unter der alten Frequenz."
Cypher stand auf. Er fühlte sich diesen armen Trotteln gegenüber unwohl. Getarnt als Gerald Ehrlich hatte er sich nichts vorzuwerfen und handelte im Auftrag des Imperators, doch allein seine Doppelidentität bereitete ihm gegenüber dem unschuldigen Blick der hübschen Pilotin und der gnadenlosen Naivität des Marquis und des Mönches schlechtes Gewissen. Julius stand im gleichen Atemzug mit ihm auf und wirkte unsicher. Diese überhöfliche Geste wirkte unangebracht. Er zollte ihm damit mehr Respekt, als ihm standesgemäß zustand. Lucia nahm diese Tatsache hin, ohne sie anzusprechen. In Tao's Augen konnte sie aber erkennen, dass sie nicht die einzige war, der das auffiel. Mit einer knappen Geste verabschiedete Cypher sich und verließ das Zimmer.

"Das ist ja interessant", sagte Tao, als er sich wenige Minuten später in dem Appartement umsah. Auf dem luxuriösen Bett des großen Schlafzimmers lag, alle Vier von sich gestreckt und laut schnarchend, Vinzenz. er hatte sich nicht mal die Schuhe ausgezogen, und seine Ledertasche lag neben ihm auf dem Kopfkissen.
"Sollen wir ihn wecken, oder noch ein wenig schlafen lassen?", fragte Julius, nachdem sie sich um ihn versammelt hatten.
"Ich bin für schlafen lassen", meinte er dann und ging wieder in Richtung Wohnzimmer. Ein wenig Ruhe vor dem rastlosen Vinzenz tat ihm gerade gut. Er sah eine Sekunde lang den riesigen Bildschirm an, der an der Wand hing. Dann hielt er es nicht mehr aus, schaltete das Gerät ein, legte die Füße auf den Tisch und machte sich kundig darüber, was er während seiner Abwesenheit in der zivilisierten Welt verpasst hatte. Bald würde es um *ihn* gehen! Und um Escalon, *seine* Entdeckung. Leider währte die Ruhe nicht sehr lange. Egal, wie sehr Julius sich auf die Nachrichten konzentrierte, er konnte nicht überhören, dass Lucia Vinzenz weckte. Nach einigen Minuten runzelte er

die Stirn, denn er vernahm ein Geflüster aus dem Schlafzimmer: “Lucia, wir sitzen in diesem Haus gefangen wie eine Maus in einer Falle”, sagte Vinzenz leise. Lucia seufzte.
“Was macht dich so sicher, dass es eine Falle ist?”, fragte sie ernst und legte ihre Hand auf Vinzenz’ Schulter. Sie hatte Mitleid mit dem armen Kerl. Wohin sie auch kamen, er war rastlos auf der Suche nach einem Verrat, einem Hinterhalt oder einem Meuchelmörder. Sie machte sich ernsthaft Sorgen, er könnte jeden Moment durchdrehen.
“Warum schläfst du dich nicht einmal ordentlich aus, kommst zu dir und denkst dann in aller Ruhe nach?”
Vinzenz nickte und setzte sich auf die Bettkante.
“Weißt du, es ist dieses Gefühl. Wohin ich auch komme, es lässt ich nicht in Ruhe. Ich taxiere die Umgebung nach Fluchtwegen und Verstecken, hinter denen Scharfschützen lauern könnten. Es gibt so viele Lücken in meinen Erinnerungen, und das macht mir Angst. Die ganze Zeit habe ich das Gesicht eines Mannes vor Augen. Sein Name ist Cypher, und ich weiß nicht, was es mit ihm auf sich hat. Doch ich fürchte mich vor ihm. Jede Nacht, sobald ich die Augen schließe, jagt er mich. Ich habe das Gefühl, er kann meine Gedanken lesen und mich steuern. Und so sehr ich auch nachdenke, ich weiß nicht, wer er ist. Das ist die eine Sache, doch noch mehr ängstigt mich die Vorstellung, dass ich für euch zur Gefahr werden könnte. Seit wir Acromia erreicht haben, läuft mir das eiskalte Gefühl den Rücken herunter, dass wir gejagt werden.”
Lucia nickte. Plötzlich sah Vinzenz vor ihr sehr zerbrechlich und ausgebrannt aus. Eine gewisse Unbehaglichkeit konnte sie nicht abstreiten, doch wusste sie nicht, ob Vinzenz seine Angst auf sie übertrug, oder ob die Situation doch nicht ganz ungefährlich war. Sie zuckte heftig zusammen, als es an der Tür läutete. Vinzenz sprang auf. Wie aus einem Reflex heraus lief er ins Wohnzimmer und gab im Flüsterton Anweisungen.
“Julius, geh ins Bad. Lucia, du auch, zieh dich aus, mach die Haare nass und leg dir ein Handtuch um. Halt den Laser griffbereit. Tao, du gehst ins Schlafzimmer.”
Überrascht von den klaren Befehlen gingen sie alle leise und ohne Widerworte an die zugewiesenen Orte. Es schellte ein

weiteres Mal an der Tür.
“Ja ja, ich komme schon”, rief Vinzenz. Die rechte Hand griff nach einem Dolch unter seinem Mantel.
“Wer ist denn da?”
“Ich bringe ein Paket für Julius Leocathor”, antwortete die beinahe männliche Stimme eines pubertären Jungen.
Vinzenz öffnete die Tür und sah einen vierzehnjährigen Knaben mit einem Paket in der Hand. Dieses unbeirrbare Bauchgefühl sagte ihm, dass der Inhalt des Paketes mehr als gefährlich war! Er hätte von sich selbst erwartet, unruhig zu werden und einem Anflug von Angst zu unterliegen. Nichts dergleichen geschah jedoch. Vinzenz blieb ruhig.
“Sind Sie Julius Leocathor, Mister?”
“Nun, Junge, das heißt Marquis Julius Leocathor. Schreib dir das mal hinter die Ohren.”
“Sind Sie Marquis Julius Leocathor?”, fragte der Junge mit der gleichen, monotonen Stimme und starrte Vinzenz auf die Brust, anstatt ins Gesicht.
“Komm erst mal herein”, Vinzenz mochte es nicht, an geöffneter Haustür zu stehen und zu plaudern. Als er hinter dem Jungen die Tür geschlossen hatte, redete er weiter.
“Ich bin leider nicht Julius Leocathor. Aber ich bin ein Freund von ihm, du kannst das Paket also ruhig mir geben.”
“Nein, das geht nicht. Ich darf es nur Julius Leocathor geben.”
“Dann musst du dich etwas gedulden, der Marquis kommt gleich wieder.” Vinzenz verschwand hinter die Theke und beobachtete den Jungen, der sich ohne Scham neugierig in der Wohnung umsah und - was die Etikette anging - scheinbar nicht sehr lernfähig war. Vinzenz schenkte etwas Saft aus dem Kühlschrank in zwei Gläser ein.
“Wer ist denn da drin?”, fragte der Junge genauso eintönig und blickte neugierig zu der verschlossenen Tür des Bades.
“Meine Frau”, antwortete Vinzenz, und wie auf Befehl erschien Lucia in ein Handtuch gekleidet in der Tür.
Richtig sexy, dachte Vinzenz, doch der Junge schien in der Pubertät noch nicht so weit fortgeschritten, um das erkennen zu können. Anstatt wie Vinzenz ihren Körper anzustarren, ging sein Blick praktisch durch sie hindurch.

"Sind da noch mehr Leute?", wollte er mit autistischer Neugier wissen. Vinzenz lachte. "Das will ich nicht hoffen!"
Der Junge schaute ihn geistesabwesend an.
"Na hier, trink erst mal 'nen Saft", er drückte ihm ein Glas in die Hand. Der Junge nahm einen Schluck, wollte gerade zur nächsten Frage ansetzten und sackte im selben Augenblick in sich zusammen. Vinzenz hielt seine freie Hand unter das Paket und ließ den Jungen darunter zu Boden fallen.
Sekunden später kniete der vor dem Erste-Hilfe-Koffer und klopfte demonstrativ die Luft aus einer Spritze. Julius war ebenfalls aus dem Bad gekommen.
"Was ist denn in dem Paket?", wollte er wissen.
"Ich wette, wenn du nachsiehst, wird dein Gehirn nicht mehr genug Zeit haben, den Anblick zu verarbeiten und das Gesehene in dein Bewusstsein zu verfrachten."
"Es war aber an mich adressiert. Schaut mal, vom Imperialen Rat."
Julius ging auf das Paket zu, und Vinzenz hielt mit der Spritze inne, um ihn mit ernsthafter Schärfe anzublicken.
"N e u g i e r t ö t e t , J u l i u s", jede Silbe war wie ein Stein gemeißelt, der den Adeligen am Hinterkopf treffen sollte.
"Jedes Paket, das ich bisher von der Imperialen Regierung gesehen habe, hatte signiertes Paketband und wurde von gewissenhaften Beamten ausgetragen, nicht von Schulkindern."
"Ja ja, schon gut. Ich werde nicht nachsehen", gab Julius klein bei und hob symbolisch die Hände.
Vinzenz spritzte dem Jungen eine Substanz in die Armvene. Kurz darauf erwachte er in einer Art Dämmerzustand. Wie eine Marionette, die an Fäden geführt wird, setzte er sich mit geschlossenen Augen auf.
"Kannst du mich hören?", fragte er ihn.
"Ja."
Die Antwort war so monoton und ausdruckslos, dass Lucia schauderte. Julius schüttelte den Kopf.
"Geisterbeschwörung. Und nicht einmal vor Kindern machst du halt, Vinz. Das wird mir langsam zu bunt. Lass uns nachsehen, was er mir bringen wollte, und dann können wir immer noch entscheiden." Julius ging zu dem Paket und knibbelte das Pa-

ketband auf. Vinzenz, der auf dem Boden kniete, drehte sich mit ernstem Blick zu ihm um.
“Ich will, dass wir überleben. Ich habe nie behauptet ein netter Mensch zu sein. Aber sieh mal: Da draußen lauert uns jemand auf, der nicht so ein weiches Herz hat wie du. Ich werde es wiedergutmachen, aber diese Situation erfordert leider etwas radikalere Maßnahmen. Es fällt mir auch nicht leicht, Julius. Das kannst du mir glauben!” Julius sah seinem Gefährten lange in die Augen. Vinzenz wechselte die Launen von einem Augenblick zum nächsten. Er war depressiv, verfiel der Manie, ordnete sich naiv unter oder gab selbstbewusst Befehle wie der Imperator persönlich. Julius wusste ihn niemals einzuschätzen. Und dann sprach er Worte, die nicht zu denen eines Wissenschaftlers passten, sondern zu jemandem, der für sein Ziel über Kinderleichen ging. Julius ließ das Paket in Ruhe. Lucia stand zwischen den beiden Männern und schüttelte den Kopf, ohne dass es jemand sah. Sie hasste es, wenn Vinzenz, ohne seine Pläne abzusprechen, zum Einzelkämpfer wurde und damit die Stimmung zwischen ihnen zum Kippen brachte. Sobald sich eine Gelegenheit ergab, würde sie wieder ihre eigenen Wege gehen und sich von Vinzenz de Vray fernhalten. Selbst wenn er gute Arbeit machte, und sie sich in seiner Gegenwart sicher vor den Feinden fühlte, die Gefahr, die von ihm selbst ausging, war viel größer! Mit scharfem Blick beobachtete sie, wie Vinzenz sich wieder dem Knaben zuwandte.
“Wie viele Personen lauern uns auf, von denen du etwas weißt?”
“Eine Frau.”
“Wie sieht sie aus? Wie heißt sie?”
“Sie ist sehr hübsch, hat schwarze Haare und blaue Augen. Ihren Namen kenne ich nicht.”
“Wo befindet sich diese Frau?”
“Irgendwo hier im Palace.”

Das 'Schlafzimmer des Megaports’ wurde dieser ursprünglich als ‘New Abu Dhabi Palace’ getaufte Teil des Raumhafens genannt. Das Gebäude bot knapp siebentausend Menschen auf achthundert Metern Höhe einen Platz zum Schlafen. Mehrere

Etagen besaßen Anlegedocks für die Schweber, mit denen Hotelgäste und Bewohner ihre Zimmer erreichten. Trotz der großen Anzahl an Wolkenkratzern stach der New Abu Dhabi Palace in der Skyline Acromias hervor. Es war zugleich das Machtzentrum des Adelshauses El'Zalar, das die Stadt regierte. Der Megaport, mit allem, was dazugehörte, war das Wahrzeichen dieser Familie. Raubüberfälle, Morde und Vergewaltigungen, die Nacht für Nacht in diesen Gebäuden geschahen, tauchten für gewöhnlich nicht in den Medien auf, um die horrenden Grundstücks- und Immobilienpreise nicht zu zerstören, und um das Prestige Acromias zu erhalten. Crystal, die Frau mit den schwarzen Haaren und den blauen Augen, kannte sich hier aus. Sie hatte ebenfalls auf die Ankunft der kleinen Gruppe gewartet. Bis hierher hatte sie Karl Vincent Meridon verfolgt, und plötzlich war er vor einigen Wochen nach Escalon verschwunden. Vor einigen Stunden war er wieder aufgetaucht. Seit den schönen Zeiten, die sie mit diesem Mann auf Icon verbrachte hatte, war viel geschehen. Die fatale Hochzeit auf Babylios und der Tod ihres Vaters durch Karl Vincent's Drogen und seinen Verrat hatten sie verändert. Sie war kein unschuldiger Engel mehr. Sie war eine Frau, die wusste, was sie wollte: Sie wollte Karl Vincent leiden und sterben sehen. Der zunehmende Hass auf diesen Mann war mit der Zeit ins Unermessliche gewachsen. Jene Leichtigkeit und Naivität, mit der die normalen Menschen ihr Leben bestritten, war ihr schon lange verloren gegangen. Doch dies war ein angemessener Preis für das, was sie im Austausch dafür erhalten hatte: In einer schicksalhaften Nacht einige Jahre zuvor hatte sie einen Handel abgeschlossen. Ihr Schiff war unterwegs gewesen, um von Aden einige Adelige und Diplomaten nach Babylios zu befördern. Es war ein Mann an Bord gewesen, dessen alleinige Anwesenheit ihr mehr Gänsehaut bereitete als jedes Liebesspiel. Der Fremde war von keinem Rang, hatte keine Geschichte zu erzählen und niemand kannte seine Herkunft. Heute wusste Crystal auch, dass er kein normaler Mensch gewesen war, denn sein Blick schien in ihr Herz zu sehen: er fühlte, was sie verlangte und sagte voraus, was sie begehrte. Sie hätte ihn nicht beschreiben können. Eher unauffällig, dunkle Haare und ein Gesicht ohne offensichtliche Besonderheiten. Sein Aussehen war nicht wichtig gewesen, ebenso wenig seine Kleidung. Es war das Gefühl, das seine Gegenwart ausstrahlte. Er nahm Crystal mit auf sein Zimmer und sie hatte die Nacht bis heute nicht bereut. Sein Name war Eron ben Daleck, und er hatte sie zu einer Chylac gemacht, den Menschen überlegen und dem Zahn der Zeit auf ewig trotzend! Bei dem Gedanken an Eron lächelte sie. Er würde ihr helfen, über ihre Vergangenheit hinweg zu kommen, den Mord an ihrem Vater zu verarbeiten und sich an dem verantwortlichen Menschen zu rächen. Eron war in der Lage, die Gedanken zu kontrollieren. Es war offensichtlich, dass er nach Macht strebte. Crystal war niemals zuvor einem Menschen begegnet, der so machthungrig war wie dieser Chylac. Jedoch war Eron anders als alle anderen Herrscher: Seine Macht würde nicht nur Frieden bringen; in Gestalt der Chylac könnten die Menschen Glück und Zufriedenheit erlangen. Es war das tiefe Gefühl des Vertrauens und der Gemeinsamkeit, das den Chylac jede Angst vor dem Tod und der Unendlichkeit nahm. Eron war der Prophet, der den Menschen den Weg zu Gott weisen konnte. Doch bevor Crystal sich das nächste Mal mit Eron traf, hatte sie einen Auftrag zu erledigen: Karl Vincent!

Sie hatte ihn und die kleine Gruppe, mit der er von Escalon zurückgekehrt war, verfolgt und sehr genau beobachtet. Und heute Nacht war die Nacht der Abrechnung. Sie wollte sie sich für die Abscheulichkeiten rächen, die er ihr angetan hatte! Doch zu ihrem unendlichen Ärger schien ihr Plan nicht aufzugehen. Der Junge brauchte zu lange. Etwas stimmte nicht. Seit drei Minuten, die sich wie Stunden anfühlten, war er in dem Zimmer verschwunden gewesen. Dann endlich trat er aus der Tür. Doch was sollte das? Der Junge hatte das Paket noch bei sich! Er bog um die Ecke und ging auf sie zu. Die Erkenntnis brach wie eine Eislawine über sie herein. Der Junge hatte es vermasselt! Sie drehte sich zügig um und rannte Richtung Treppenhaus. Hinter sich warf sie die schwere Metalltür zu und verriegelte sie. Zunächst herrschte Stille. Crystal ging einige Schritte von der Tür zurück hinter einen Pfeiler. Sie öffnete den Mund, als wolle sie gähnen. Unter dem Türschlitz leuchtete etwas Helles auf. Und fast gleichzeitig riss eine mächtige, ohrenbetäubende Explosion die Tür aus den Angeln. Die Hitzewelle, die von dem explodierenden Paket ausging, zerfetzte den Teppich und die Wände des Ganges. Alles stand innerhalb von Millisekunden in Flammen. Crystal musste sich kurz sammeln. ‚Schnell weg!' dachte sie. In wenigen Sekunden würden Löschtrupps und Polizeischweber das gesamte Gebäude hermetisch abriegeln. Ohne zu zögern lief sie die Treppen hinunter, um zu ihrem Schweber zu gelangen, der im Hangardeck stand.

Eine Minute zuvor. Vinzenz stand vor der Fensterfront des Appartements. Es befand sich in ungefähr einhundert Metern Höhe. Die Scheiben bestanden aus zentimeterdickem Panzerglas. Vinzenz griff zwei Tuben aus seiner Ledertasche. Die erste öffnete er und verstrich die darin enthaltene weiße Paste in einem horizontalen Streifen auf die Scheibe. Dann nahm er die zweite Tube und träufelte eine durchsichtige Flüssigkeit auf die Paste.
“Was ist das?”, erkundigte sich Lucia.
“Das ist eine chemische Reaktion”, Vinzenz lächelte und beobachtete, wie sich die Paste in das Glas ätzte. Langsam verflüssigte sich die Fensterfront und das Glas tropfte hinunter. Überall, wo es wieder auf Glas traf entstanden Löcher. Innerhalb weniger Sekunden war ein Durchgang entstanden, durch den der kühle Abendwind in den Raum wehte. Die Front der ätzenden Flüssigkeit setzte sich nach unten fort und zerstörte die Scheiben der darunterliegenden Appartements.
“Lasst den Jungen jetzt gehen und kommt.”
Vinzenz machte sich daran, in eine Zwischenetage zu klettern, die zu Wartungszwecken benutzt wurde und zwischen den bewohnten Etagen lag. Lucia folgte ihm. Tao zögerte. Der Blick in die Tiefe ließ ihn innehalten. Sein Herz pochte ihm bis zum Hals, als er halb in der Luft hing und nach unten sah: Bodenlos, schlimmer als die Unendlichkeit des Alls, denn den Boden konnte man unter einer Nebelschicht erahnen.
"Wir alle müssen unsere Ängste überwinden", sagte Julius und reichte ihm die Hand. Tao nickte und nahm die Hilfe und den Beistand dankbar an. Langsam folgten sie Lucia und Vinzenz.

Als Crystal das Hangardeck erreichte, sah sie ihren Schweber vor sich. Durch die getönten Scheiben konnte sie die Silhouetten einiger Personen nur erahnen. Gerade wollte sie die Tür öffnen, als er sich in Bewegung setzte. Ihr verhasster Widersacher verließ in ihrem Schweber das Gebäude - den herannahenden Lösch- und Polizeischwebern entgegen. Vor Wut biss sie sich auf die Fingerknöchel. Das Gefühl, ihr Opfer verfehlt zu haben, breitete sich wie eine Ohnmacht in ihrem Kopf aus. Sie begann leise zu fluchen und kniff die Augen zusammen. Karl Vincent wusste, wie man Hass schürte. Der Versuch, sie mit ihrer eigenen Bombe zu töten und dann mit ihrem Schweber das Weite zu suchen, war mehr als eine Kriegserklärung! Er hatte ihr Leben zerstört und nun verspottete er sie obendrein!

–

Cypher stand abermals kopfschüttelnd am Fenster. Er hatte Karim gewarnt! Und der Preis für seinen Hochmut waren zwei Stockwerke des New Abu Dhabi Palace, die nun in Flammen standen. Wie symbolisch stieg eine Rauchwolke aus der Mitte des hohen Turmes auf, der sich in der Ferne über alle anderen Gebäude der Stadt erhob. Und das alles umsonst. Vinzenz de Vray und seine Crew waren entkommen und er hatte ihre Spur verloren. Dasselbe galt für Karim. Entweder hatte Vinzenz ihn getötet, oder er war aus anderen Gründen untergetaucht. Die Medien würden sich die Mäuler über den Vorfall zerreißen, und niemand hatte eine Ahnung, was geschehen war.
"Was weißt du über Crystal?"
Die Frage war an Sam gerichtet, der hinter ihm in einem bequemen Sessel saß und ebenfalls auf die Stadt schaute. Er war Cypher's letzter vertrauter Freund in diesem verworrenen Katz und Maus Spiel.
“Ich bin ihr leider niemals begegnet, doch ich kenne die Geschichten. Sie soll eine wirklich hübsche Frau sein. Hast du darüber nachgedacht, dass Crystal’s Vater ein Chylac war? Wenn ich mir vorstelle, wie sehr sie von Vinzenz, der Liebe und dem Leben enttäuscht wurde, dann ist es ein naher Gedanke, dass auch sie zu einem geworden ist.”

Cypher drehte sich zu ihm. Er verzog keine Miene.
"Worauf willst du hinaus?"
"Vinzenz hat in Escalon versagt. Eron ben Daleck lebt noch. Und wir haben beobachtet, wie Crystal Vinzenz töten wollte und ebenfalls versagt hat. Vielleicht war Vinzenz' Versagen in Escalon kein Zufall. Vielleicht war auch Crystal's Versagen heute kein Zufall, sondern Teil eines Plans, den Vinzenz ohne uns gemacht hat. Vielleicht ist er inzwischen auch einer von ihnen. Und anstatt den Frieden zu wahren und die bewohnten Planeten gegen den Feind zu vereinen, ist unser bester Mann auf dem Weg zum Imperator, um ihn zu ermorden und den Chylac Tür und Tor zu öffnen, die Menschen zu übermannen."
Sam nahm einen Schluck von seinem Wasser. Er wusste, dass seine Theorie Cypher nicht gefallen würde, doch sie ihm zu verheimlichen, hielt er für gefährlich.
"Du hast Recht, wir dürfen diesen Aspekt nicht außer Acht lassen. Ich möchte, dass du Kontakt zu Gaia aufnimmst und Informationen über die Geschehnisse im Escalonsystem einholst. Wir müssen herausfinden, in wie fern er Kontakt zu den Chylac hatte. Ich werde mich persönlich um ihn kümmern."
–

Acromia war eine Metropole der Gegensätze. Eben noch befand sich Julius in einer Suite, die seinem Stand durchaus angemessen erschien. Jetzt ging die kleine Gruppe durch ein Stadtviertel, in dem die Menschen im Dreck lebten. Die Häuser bestanden zu großen Teilen aus Holz und waren überall mit kleinen Balkonen und Brücken miteinander verbunden - wahrscheinlich, um sich gegenseitig Halt zu geben. Der Besucher, der durch diese Straßen ging, wurde erschlagen von verschiedensten, bunten Girlanden, großen Werbeschildern und bunten Tüchern, die von den Balkonen herunterhingen. Hin und wieder fiel der Blick zwischen die Häuser hindurch auf den Fluss, der durch dieses Stadtviertel floss. In kleinen Boten wurden dort Waren transportiert und gehandelt. Die Häuser waren zum Teil über den Fluss gebaut und boten zahlreiche Stege und Anleger. Zwischen diesem architektonischen Chaos begegnete man immer wieder zwielichtigen Gestalten, die

handgemachte oder geklaute Ware feilboten. Überall gab es kleine Imbissstände mit gebratenem Obst und Fleisch, überdeckt von dem Gestank der Gosse, in der der Müll der Bewohner verrottete. In der Menschenmenge fühlten die vier sich sicherer. Zwar konnte man hier jederzeit ein Messer zwischen die Rippen bekommen oder in einer der vielen Seitengassen völlig ahnungslos überfallen werden, doch die Chance, auf diese Weise zu sterben, war relativ gering, wenn man von einem Bombenattentäter verfolgt wurde. Die Situation stimmte Vinzenz im Vergleich zum Rest der Crew fröhlich, und er machte keine Anstalten, dies zu verbergen.
"Bei euch tut es richtig gut, Recht zu haben. Ich hatte wirklich schon Angst, ich würde verrückt."
"Du bist verrückt!"
Lucia verdrehte die Augen. Diese Selbstbeweihräucherung war so typisch und absolut unattraktiv.
"Warum will jemand ausgerechnet uns töten?", fragte er in die Runde, während sie eiligen Schrittes in eine der dunklen Seitengassen einbogen, in der einige Menschen wahrscheinlich für ein paar Schuhe getötet hätten, wäre Lucia nicht so offensichtlich gut bewaffnet gewesen.
"Es könnte etwas mit Escalon zu tun haben. Ehrlich hat doch schon gesagt, dass es noch einige Parteien gibt, die an der Entdeckung des neuen Systems interessiert sind. Vielleicht will jemand verhindern, dass ich als der Entdecker verehrt werde", meinte Julius und stand in Gedanken in dem Palast, den er sich bauen würde, sobald er seiner Familie gezeigt hätte, wozu er im Stande war.
"Hochmut gehört nicht zufällig zu den Tugenden, die den Leocathors bereits in der Wiege gelehrt werden, oder?" gab Vinzenz schnippig zurück.
"Weißt du was?! Vielleicht bist auch du selbst die Quelle allen Unglücks, Vinz. Vielleicht bist auch du derjenige, der mit Eron ben Daleck unter einer Decke steckt und dies alles Verhindern will. Und wir fallen die ganze Zeit auf ein abgekartetes Spiel herein, dass du und wer immer hinter den Anschlägen steckt, sich ausgedacht haben. Erklären würde das jedenfalls viel. Zum Beispiel unsere Festnahme im Megaport, die ständi-

ge Überwachung unser Position, die Drogen, die du Lucia gegeben hast… ich könnte lange so weitermachen."
"Drogen?", fragte Lucia mit aufgerissenen Augen.
"Lasst uns etwas trinken gehen und überlegen, wo wir die Nacht verbringen", schlug Tao vor. Er riss Vinzenz von den anderen beiden los und betrat, ohne auf Zustimmung zu warten, einen Durchgang, hinter dem eine kleine Treppe nach unten führte. Sein Gefühl sagte ihm, dass keiner der Streithähne Recht hatte und dass man manchmal einfach Entscheidungen treffen musste, wenn man sich nicht die Beine in den Bauch stehen wollte. Die Treppe führte zu einem Nachtclub. Mitten in Acromia, wahrscheinlich in einem alten U-Bahnschacht, schienen sich hier zwielichtige Gestalten mit Drogen und fleischlichen Lüsten bei lauter Musik zu amüsieren. Genau der richtige Ort, um für eine Nacht abzutauchen - und ein wenig Glaube an den einzig und wahren Gott zu verkünden. Der Türsteher musterte den Mönch im kritischem Blick. Lucia drängte sich zwischen die beiden und flüsterte ihm etwas ins Ohr. Dann setzte sie ihr blondes Lächeln auf und schließlich nickte er und winkte sie durch.
‚Sie hat es einfach drauf…', dachte Vinzenz erneut und trottete ihr hinterher.

–

‚Klarheit', stand auf dem Schild über dem Eingang. 'Ein interessanter Name für einen Nachtclub', dachte ich, als wir ihn betraten. Im Nachhinein war das gar keine gute Idee, und ich weiß nicht, ob diese Nacht mitschuldig an Julius' Tod war. Was in diesem Nachtclub geschehen ist, kann ich mir bis heute nicht verzeihen. An diesem Abend waren wir nach der Rückkehr von Escalon zum ersten Mal wieder in Freiheit und hatten festen Boden unter den Füßen. Wir hatten der Welt bewiesen, dass wir die Entdecker des verlassenen Systems Escalon waren. Doch das war nicht der einzige Grund für unseren Höhenflug. Wir waren einem Bombenattentäter und der Inhaftierung auf dem Megaport entkommen, und hatten eine Spur der Verwüstung hinter uns gelassen. Wir hatten kaum Geld, kein Schiff und waren einfach nur wir selbst. Wir fühlten uns wie die großartigsten Menschen auf ganz Acromia. Ich weiß nicht, ob die Ereignisse dieser Nacht unvermeidbar gewesen waren oder das Resultat von zu viel Alkohol. Wir haben ja auch nicht nur Alkohol getrunken. Julius war die Drogen nicht gewohnt. Aber das entschuldigt nichts. Julius und Vinzenz sind die unterschiedlichsten Charaktere, die man sich vorstellen kann, und ihre einzige Gemeinsamkeit ist ihr Stolz und ihre Dickköpfigkeit. Nichts desto trotz können sie beide nicht aus ihrer Haut, und ihre Vergangenheit haftet an ihnen, wie ein dunkler Schatten. Julius, Sohn von Arthus Augustus Leocathor, des wahrscheinlich mächtigsten Mannes im Universum nach dem Imperator, hat nicht viel Elternliebe in seiner Kindheit erfahren. Außer Tao und mir wissen wohl nicht sehr viele Menschen von seiner kleinen Schwester, Lydia. Sie war ein zu zartes Wesen für die Welt in der sie lebte und ist daran zerbrochen und gestorben. Sie war Julius' nächster Mensch und seine ganze Liebe. Ihr Tod hatte ihn sehr verändert: anstatt zu einem skrupellosen Herrscher zu werden, hat er sich Tao zugewandt, um mit seiner Gegenwart im Glaube Hoffnung zu finden. Ich weiß bis heute nicht, was in Julius' Kopf vor sich ging, und leider kann ihn niemand mehr fragen. Ich wusste vom Beginn unserer Reise, dass er mehr in mir sah, als nur eine Freundin. Ich weiß nicht, ob er mich geliebt hatte, oder in mir eine zweite Lydia sah. Ich habe ihn niemals durchschaut, doch in dieser Nacht habe ich mehr über ihn gelernt, als in den ganzen Jahren, die ich ihn kannte. Wir betraten den Nachtclub 'Klarheit' über einen Seiteneingang. Die Türsteher am Haupteingang hätten uns niemals herein gelassen. Gleich darauf hat Vinzenz Tao an die Bar geschleppt, und die beiden haben Drinks für uns besorgt. Ich denke, Vinzenz hat uns allen - ihn selbst eingeschlossen - an dem Abend etwas hineingemixt. Aber was danach geschah, war nicht seine alleinige Schuld. Ich hätte es verhindern können, doch ich wollte es auch, das muss ich leider zugeben. Rein körperlich ist Julius durchaus sehr attraktiv und verdammt gut durchtrainiert; attraktiver jedenfalls als Vinzenz. Ich kann mich erinnern, dass ich seine leicht grau melierten Schläfen sehr mochte. Die beiden hatten sich mal wieder gestritten und nach dem Drink ist Vinzenz recht zügig in Richtung Tanzfläche auf-

gebrochen. Ich weiß nicht, wohin Tao verschwunden war, doch ich wollte Julius nicht allein lassen. Er schien seit der Verabschiedung von Laudana geknickt, und ich dachte, es sei eine gute Gelegenheit, ihn etwas aufzumuntern und abzulenken.
“Komm schon, mein Marquis, tanzen wir ein wenig”, ohne zu zögern nahm ich seine Hand und zog ihn auf eine der anderen Tanzflächen, um ein wenig entfernt von Vinzenz zu sein. Julius' Hand fühlte sich warm und kräftig an. Ich spürte die Schwielen, der er durch das lange Schwerttraining auf der Palfuria bekommen hatte. Es war das erste Mal, dass ich aus freien Stücken ganz unter uns in der lauten Anonymität der rhythmischen Clubmusik seine Hand festhielt. Er folgte mir ohne Widerstand, und wir begannen zu tanzen. Julius ließ los, seine adelige Rigidität fiel von ihm ab, ohne dass er seinen Adel verlor. Er war noch immer ein Marquis, als er die obersten zwei Knöpfe seines weißen Hemdes aufknöpfte und mit halb geschlossenen Augen seinen Körper zum Rhythmus der Musik wog. Nach ein paar Minuten waren wir nicht mehr allein. Ein Mädchen hatte sich zu uns gesellt. Sie war etwas jünger als wir, und ich wusste, dass sie eine Javeistin war. Sie erkannte mich ebenfalls. Ihr langes Kleid war in der Taille noch enger geschnürt als meine beste Uniform und unterstrich ihr gut gefülltes Dekolleté. Ich sah die Schweißperlen zwischen ihren sonnengebräunten Brüsten und musterte ihren gut trainierten Körper von dem wallenden, lockig schwarzen Haar und den frischen, unschuldigen Formen ihres Gesichtes bis hinunter zu den zarten Füßen, die sich gewandt zur Musik bewegten. Sie war eine echte Schönheit, die mich in den Schatten stellte - ungewaschen, mit dem ärmellosen Piloten-Top in einer zerrissenen Jeans und darunter seit mindestens vier Tagen nicht mehr rasiert. Doch es war mir egal. Ich wollte, dass Julius eine gute Zeit hatte, und ich fühlte mich heroisch gut in meiner Rolle. Wir begannen enger zu tanzen. Javeisten wissen den Geist und die Gesinnung anderer Javeisten zu lesen, und die fremde Schönheit kam meinem und Julius' Wunsch nach körperlichem Kontakt nach. Ihre gepflegten Hände mit dem Ornament-Tattoo und den schlanken Fingern glitten beim Tanzen zwischen den Knöpfen von Julius' Hemd hindurch und legten sich auf seine

arbeitenden Bauchmuskeln. Ich erkannte das Verlangen in ihrem Blick und legte meine flache Hand auf ihre Lenden. Unsere roten Lippen berührten sich sanft, und Julius' Blick brannte auf unseren Körpern, während wir uns innig küssten. Es fühlte sich gut an, und selbst wenn ich ihren Namen nicht kannte, ich wusste, wer sie war. Es war ein bitterer Streich, den mein Gehirn mir mit diesem sicheren Gefühl gespielt hatte. Falsche Gefühle sind für mehr Leid verantwortlich, als man sich vorstellen kann. Damals hätte ich selbst nicht gedacht, dass ich einmal aus falschen Gefühlen einen geliebten Menschen ermorden würde. Ich weiß nicht, wieviel Zeit vergangen war, während wir tanzten und in Wollust und geistiger Freiheit die Musik genossen. Irgendwann machten wir uns auf den Weg durch ein paar Gänge bis die junge Javeistin eine Zimmertür öffnete. Sie gab Julius einen kleinen Schubser und er fiel rückwärts aufs Bett. Wir wollten es alle und zogen uns gegenseitig unsere Klamotten aus. Julius fiel über das Mädchen her, zerriss mit seinen Zähnen ihre Nylonstrümpfe und begehrte ihren Körper von den Füßen über ihre weich rasierte Scham und die Knospen ihrer Brüste bis zu ihren Lippen. Wir trieben es ungehemmt und wollüstig wie die Tiere. Julius sah mich an, meinen nackten Körper, und ich wollte es. Ich zitterte vor Erregung, ich wollte, dass er mich sieht, anfasst, küsst und begehrt, während er die kleine Schönheit vögelte. Wenn man gemeinsam in einem Schrotthaufen wie der Darius II ein solches Abenteuer besteht, ist man mehr füreinander als eine flüchtige Bekanntschaft. Man vertraut sich bis aufs Blut und wir alle haben während dieser Zeit unser Leben für die anderen der Crew aufs Spiel gesetzt. Und selbst wenn wir uns manchmal gehasst haben, haben wir uns verziehen und zueinander gestanden. Nach meiner ersten Nacht mit Vinz wusste jeder an Bord Bescheid, doch niemand hatte ein Wort darüber verloren, als ich die Pille danach genommen hatte und dann vor Übelkeit ständig aufs Klo musste. Wir waren eine Familie, wir kannten uns, wie niemand anders. Und jetzt hatte Julius es verdient, diesen einzigen Moment in seinem Leben auszukosten, in dem er sich mit Hilfe von Vinzenz' Amphetaminen und dem P.I.C. aus den Zwängen seiner Vergangenheit befreien konnte. Ich nahm seinen Kopf

und drückte sein Gesicht an meinen Körper. Er stöhnte und küsste mich innig. In meiner Ekstase brauchte ich einige Sekunden, bis ich die Veränderung feststellte. Ich erwartete seinen Orgasmus, doch sein Stöhnen änderte sich von Erregung zu Schmerz. Erst als er mich zur Seite stieß und ich die Augen richtig öffnete, erkannte ich meinen falschen Gedanken: Sie war keine Javeistin. Sie war uns so vertraut, weil sie unsere Gedanken manipuliert hatte. Sie war eine Chylac! Julius Brust war blutverschmiert, ihre Fingernägel hatten tiefe Schnitte hineingeritzt. Im selben Moment traf mich ihre Hand an der Schulter. Wie eine Katze hatte sie scharfe, dornenartige Fingernägel ausgefahren, die in meiner Schulter abgebrochen waren und unter meiner Haut steckten. Es fühlte sich an wie fünf Hornissensticke gleichzeitig. Halb ohnmächtig vor Schmerz viel ich zurück. Julius war noch schlimmer dran. Die langen Schnitte in seiner Brust und seinem Bauch bluteten heftig, und ich sah, wie das Mädchen ihm in den Hals biss - unfähig mich zu bewegen oder irgendwie etwas dagegen zu tun.
Es ist unglaublich, wie schnell die Wirkung des Meth nachlässt, wenn die Situation es erfordert. Der Höhenflug war vorbei, geplatzt wie ein rohes Ei beim Baseball und die sexuelle Lust wie eine große Welle gegen eine Felswand geschmettert. Ich vergaß jedoch das P.I.C. in unseren Adern und begann mich zu fürchten. So sehr, wie ich mich selten in meinem Leben gefürchtet hatte. Dieses süße Mädchen, das ich in dieser Nacht geliebt hatte, hatte meine Seele missbraucht und sie danach ausgespuckt. Es war nicht das, was geschehen war, sondern es waren meine Gefühle, die sich in dieser Nacht verändert hatten. Das Urvertrauen, mich rückwärts von einer Klippe stürzen zu können, wenn meine Crew oder die Javeisten mich auffangen, war verschwunden. Julius musste es ähnlich ergangen sein. Der Kopf der Kleinen zersprang, und ein Schwall ihres Blutes ergoss sich über ihn, als sein Schwert sich in ihrem Körper manifestierte. Er hielt es fest in beiden Händen, doch soweit ich es beurteilen konnte, war er nicht derjenige gewesen, der es geführt hatte. Vielleicht hatte diese grazile Doppelklinge ein Eigenleben und entschied, dass Julius Hilfe brauchte und der Chylac sterben musste. Niemand von uns wusste, wo-

her dieses Schwert kam. Seit er und Vinzenz auf Escalon für einige Tage verschwunden und dann in Lira's Militärlager wieder aufgetaucht waren, war er in seinem Besitz - oder Julius im Besitz des Schwertes, wie ich es manchmal vermutete. Keiner von uns konnte sich bewegen, wir lagen dort, weinten und fürchteten uns wie Kinder. Die falschen Gefühle lähmten uns. Wir konnten unser Denken nicht kontrollieren, und plötzlich wurde mir bewusst, wie gigantisch die Gefahr war, die von den Chylac ausging. Sie würden die Menschen versklaven und bitteres Unglück, Depressionen und Freudlosigkeit bringen. Der Tod wäre in diesem Moment eine erleichternde Befreiung gewesen. Ich schluchzte und weinte, und je stärker ich in diese Panik geriet, desto tiefer riss ich Julius mit mir in dieses schwarze Loch. Minuten, die sich wie Stunden der Unendlichkeit ausdehnten, mussten vergangen sein. Irgendwann brach Vinzenz die Zimmertür auf. Er und Tao hatten uns gefunden, kraftlos weinend und blutverschmiert in diesem Horrortrip gefangen. Sie legten uns Decken um und brachten uns raus aus diesem schrecklichen Hotelzimmer.

–

Draußen in der zerklüfteten Steinwüste, einige Kilometer abseits der Stadt, wehte ein kräftiger Wind. Große Felsen waren durch zwei bis drei Meter tiefe Löcher voneinander getrennt. Vinzenz hatte den blauen Gleiter in einem dieser Löcher abgestellt. Der Lagerplatz lag somit etwas windgeschützt. Es war bereits tief in der Nacht, als Julius und Lucia sich langsam wieder beruhigten und einen klaren Kopf bekamen.
Tao breitete einige Decken aus, um ein Nachtlager zu improvisieren. Viel hatten sie nicht. Die Decken waren auf der Ladefläche des Gleiters und ein bisschen zu Essen aus der Stadt. Hier draußen würde die Nacht trotz des Feuers kalt und ungemütlich werden. Trotzdem verlor niemand auch nur ein Wort darüber, denn alle wurden sich langsam bewusst, dass jemand sie töten wollte und dass ihre Feinde mächtig waren.
“Wir haben noch etwas zusammen vor”, meinte Vinzenz zu Lucia und Julius. Sie sahen ihn fragend mit ihren roten Augen an. Sie sahen so fertig aus, dass es ihm schwerfiel, sie mit noch

mehr Durchhalten zu quälen, doch er wusste, dass es lebenswichtig war.
“Ein Parasit hat sich in eure Haut gebohrt”, sagte er ernst und knapp.
Er streckte den Finger aus und schob Lucia’s Pilotenjacke zur Seite, um Ihre Schulter zu entblößen. Sie verzog schmerzhaft das Gesicht und versuchte selbst ihre Wunde zu betrachten.
“Ich habe nur Legenden und Halbwahrheiten darüber gelesen, aber es hieß an mehreren Stellen, dass die Parasiten auf diese Weise ihre Opfer infizieren. Ihre Sporen dürfen nicht in die Haut eindringen oder eingeatmet werden. Andernfalls breiten sie sich in ihrem Wirtsorganismus aus und das Opfer wird selbst zu einem Parasiten. Ich bin kein Freund von Ammenmärchen, aber ich bin von Natur aus neugierig und misstrauisch. An eurer Stelle könnte ich kein Auge schließen, ohne nachgesehen zu haben, ob dort ein Dorn oder Splitter ist”, mahnte er.
Lucia wog abschätzend den Kopf zur Seite und nickte schließlich. Vinzenz stand auf und holte eine Flasche Whisky aus dem Gleiter. Er öffnete den Verschluss und drückte sie ihr in die Hand.
“Hier draußen sind unsere Möglichkeiten etwas eingeschränkt, tut mir leid.”
Lucia sah ihn ungläubig und fragend an.
“Trink! Oder willst du die Schmerzen im nüchternen Zustand ertragen?”
Ihre Augen wurden größer, und sie dachte einen Moment lang über die Worte ihres Gefährten nach. Dann stellte sie fest, dass darüber nachzudenken keine gute Idee war, hob die Flasche an und trank soviel sie konnte.
“Nicht gleich alles. Etwas brauchen wir noch für die Schulter.”
Lucia zog Jacke und Bluse aus und legte sich auf die Decken. Vinzenz schüttete den Rest des Whiskys über ihre Schulter und öffnete dann den Erste-Hilfe-Koffer. Allerlei Instrumente kamen aus einer Innentasche zum Vorschein. Er zog Handschuhe an und reinigte das Besteck und die Wunde mit etwas reinerem Alkohol. Tao holte eine Taschenlampe herbei und leuchtete auf die Schulter. Ohne lange zu zögern begann Vinzenz.

“Beiß jetzt mal auf diesen Lappen hier”, sagte er. Und bevor die etwas beduselte Lucia noch über seine Worte nachdenken konnte, schrie sie vor Schmerzen auf. Es folgten mehrere solcher Schreie. Schweiß tropfte ihr von der Stirn und Blut quoll aus ihrer Schulter. Julius verzog das Gesicht. Er wusste, dass er der nächste war und wandte den Blick ab.
Mit Pinzette und Skalpell förderte Vinzenz nach einiger Zeit fünf zwei Zentimeter lange Dornen sehr behutsam an die Oberfläche und legte sie in ein Glasfläschchen. Dann machte er sich daran, die Wunde zu vernähen, was Lucia vor Erschöpfung und Alkohol kaum noch mitbekam.
“Bist ein tapferes Mädchen”, meinte er zu ihr, und strich ihr mit der Hand über die Wange, nachdem er fertig war. Lucia schlief bereits.
“Und wahrscheinlich hat dir diese Operation das Leben gerettet, meine Prinzessin”, fügte er für sich selbst hinzu.
“Nun bist du dran, Julius”, meinte Tao zu seinem Freund und deutete auf die Decke. Anstatt aufzustehen blickte Julius abwesend ins Leere
“Ich weiß nicht, ob ich das durchhalte”, meinte er mit dünner Stimme. Langsam entblößte er Brust und Bauch. Tao's Augen wurden weit, als er die Wunden betrachtete. Alles war voller Blut. In den tiefen Wunden war es dunkelrot geronnen. Vinzenz wusste, dass er diese Wunden nicht ohne Schmerzmittel oder Narkose reinigen konnte. Ratlos zog er die Stirn in Falten. Den Marquis so verzweifelt und niedergeschlagen zu sehen, tat ihm weh. Er hätte sich gewünscht, Julius hätte ihn angeschrien, ihn wegen der Drogen verurteilt oder seine Sorglosigkeit gemahnt. Doch stattdessen saß der zuvor noch so hochmütige Adelige kraftlos und zusammengekauert vor ihm. Er war zu schwach, um wütend oder zornig zu sein. Die Nacht hatte ihn verändert. Vinzenz wünschte sich, er könnte mit ihm tauschen und ihm einen Teil seines Schmerzes abnehmen.
Tao setzte sich zu ihm. “Leg dich hin”, sagte er und legte die Hand auf Julius’ Schulter.
“Wir alle müssen unsere Ängste überwinden. Du musst mir vertrauen, dann kann ich dir helfen.”
Julius sah ihn für eine Sekunde fragend an. Doch anstatt eine

Erklärung abzuwarten, nickte er und tat, was Tao von ihm verlangte.
“Schließ die Augen und denk an unsere gemeinsame Zeit im Kloster. Damals, als wir draußen durch die Gärten gegangen sind und einfach nur Gemüse geerntet haben. Denk daran, wie warm die Sonnen auf das Feld geschienen haben. Wie wir abends nach getaner Arbeit einen Apfelwein getrunken haben und alle Sorgen vergessen konnten.”
Julius lächelte schwach. Es dauerte einige Minuten, doch scheinbar war Tao’s Meditationsreise in der Lage, ihn in einen Trance-Zustand zu versetzen. Auf Tao's Zeichen hin begann Vinzenz, die geronnen Wunden langsam wieder zu öffnen. Sehr sorgfältig spülte er Millimeter für Millimeter mit antiviralen und antibakteriellen Detergenzien aus. Dabei lösten sich die abgebrochenen, langen Fingernägel des Chylac von dem Fleisch ab. Er fing sie auf und legte sie zu dem anderen Chylacmaterial in ein Glasgefäß. Anschließend nähte er die Wundränder wieder zusammen. Julius schlief tief und fest. Ohne es laut auszusprechen, wurde Vinzenz klar, wie wertvoll Tao's Gaben waren, und wie sehr er die Anwesenheit des Mönches schätzte. Gerade war er fertig und hatte die Wunden verbunden, als sie durch Julius’ Funk aus der Konzentration gerissen wurden. Tao sprang auf, nahm das Gerät aus dem Mantel und ging heran.
“Gerald Ehrlich hier”, vernahm er Cypher's unbekümmerte Stimme.
“Wo seid ihr? Der Palace ist umstellt von Schaulustigen und El’Zalar Militärs, und ich habe keine Ahnung, was das soll! Ich habe euch Papiere und Bordkarten für den Flug nach Babylios besorgt. Wir müssen uns treffen.”
Der Funkspruch kam überraschend, und Tao musste handeln.
“Morgen früh um sechs Uhr. Dort, wo wir uns das erste Mal begegnet sind. Kommen Sie allein, Ehrlich!”
Der Mönch klang anders als sonst - bestimmter. Das musste Ehrlich auch aufgefallen sein, denn er machte eine kurze Pause und schien darüber nachzudenken.
“Okay”, antwortete er schließlich.
“Ist alles in Ordnung bei euch?”

“Nein”, antwortete Tao mit der gleichen Bestimmtheit.
“Nichts ist in Ordnung, aber ich werde morgen da sein. Halten Sie sich bereit!”
–

'Neverdy kann ein ganz schön harter Brocken sein', dachte Gaia. Die blonde Söldnerin hatte ein hübsches Gesicht, das durch eine Narbe an der Schläfe gezeichnet war. Sie ließ Neverdy älter und strenger aussehen, als sie eigentlich war. Ihr Körper war muskulös und durchtrainiert. Jeden Tag nahm die Anführerin ihre Söldner beim Kampftraining hart ran. Das Kälteste an Neverdy waren jedoch ihre stahlblauen Augen. Jeder, der der Kämpferin in die Augen sah, konnte dahinter eine geheimnisvolle Vergangenheit erkennen. Sie verrieten auch, dass sie eine Frau war, die ihr Schicksal selbst in die Hand nahm. Manchmal wunderte sich Gaia, dass die Mannschaft noch nicht gemeutert hatte. Neverdy's Befehle waren geradeaus und unmissverständlich. Die Anführerin gab einen feuchten Dreck auf die persönlichen Probleme eines Einzelnen. Sie beweinte die Toten im Stillen und für sich. Wenn sie in der Lage war, Trauer zu empfinden, dann merkte man es ihr nicht an. Vor der Mannschaft kannte sie keine Ausnahmen. Einige der Männer, gerade die jüngeren, hatten mit dieser Art der Gleichberechtigung häufig Probleme. Gaia konnte das nachvollziehen. Sie erinnerte sich dann an die Worte von Sam, ihrem Lehrer und Meister. Worte, die ihr hier draußen häufig Trost spendeten und beim Umgang mit der Einsamkeit und den gefährlichen Situationen halfen. Wenn es an Bord ein Problem gab, wurde es von Neverdy direkt und sofort angesprochen und gelöst. Das richtige Gespür dafür, wie man auf intelligente Weise mit einem Haufen ungebildeter Kämpfer umging und dabei viel Geld verdiente, musste man ihr wirklich zu Gute halten. Viele Söldner auf der Feuersturm bewunderten sie darum. Einige waren in sie verliebt oder wünschten sich eine Frau wie Neverdy abends in der engen Koje. Es gingen Gerüchte um, sie hätte ihre Liebe in einer Schlacht verloren. Andere behaupteten, sie hätte für Männer nichts übrig. Fest stand nur, dass sie mit Laser und Schwert umzugehen wusste und Aufträge an Land zog, bei de-

nen für alle mehr als genug raussprang. Niemand an Bord wusste jedoch, was Neverdy wirklich antrieb.
Gaia saß im Mannschaftsquartier und beobachtete ihren Käpt'n dabei, wie sie Zesch, einen jungen Piloten mit Sonnenbrille und Dreitagebart, in seinen neuen Auftrag einwies: "Nach der Darius II hat ein zweites Schiff die Palfuria verlassen. Es war ein Transportshuttle. Das bedeutet unbewaffnete Freibeute. Schnapp dir den Falken und hol das Shuttle hierher. Falls sie sich nicht ergeben, schieß ihnen die Triebwerke ab. Verstanden?"
"Jip!"
Zesch schwang sich von dem Hochbett in dem dreckigen Quartier und zog sich die Cowboystiefel an. Er war eher einer von der coolen Sorte. Wenn er frei hatte und das Schiff verließ, rauchte er Drogen und versuchte junge Mädchen mit seinen übertriebenen Geschichten zu beeindrucken, ansonsten verließ er sich eher darauf, dass er der beste Pilot an Bord war. Wenn es darum ging, den Falken, einen kleinen Jäger mit zwei leichten Lasern, so zu fliegen, dass man damit Eindruck schinden konnte, war er der richtige Mann. Eine echte Schlacht hatte er noch nicht erlebt, war aber der Meinung, dass es nicht viel anders sei, als in der Kunstflugschule. Und ein unbewaffnetes Shuttle würde ihm nicht wirklich Probleme bereiten. Neverdy tolerierte, dass er sich nur selten an das militärische Benehmen hielt. Sie wusste, dass sie dem Kleinen so schnell so viel Angst einjagen konnte, dass er sich weinend im Klo einschließen würde. Trotzdem es Gaia jedes Mal etwas die Kehle zuschnürte, wenn Neverdy im Mannschaftsquartier Einsatzbefehle verteilte, lächelte sie diesmal.
"Gaia, vielleicht brauche ich dich nachher. Kommt darauf an, wer an Bord des Shuttles ist. Ich werde mir die Sprungkoordinaten nach Escalon auf keinen Fall aus der Hand nehmen lassen. Da hängt richtig viel Geld dran!"
Gaia nickte. Ihr Einsatz auf der Feuersturm galt dem Schutz von Vinzenz. Und sie hatte die Situation in Escalon mitbekommen. Plötzlich war Vinzenz de Vray vor ihnen aufgetaucht, um mit Neverdy zu verhandeln. Obwohl er die Macht dazu gehabt hätte, die Feuersturm mit einem einzigen Codewort zu

sprengen, hatte er davon abgesehen. Sogar nachdem Neverdy auf ihn geschossen hatte! Gaia war sich nicht sicher, ob sie in Vinzenz' Situation auch so viel Mut gehabt hätte, zumal Neverdy in keinster Weise zu einer Verhandlung bereit gewesen war. Trotz all dieser Vorkommnisse und allen Grübelns kam sie einfach nicht dahinter, was das Geheimnis zwischen Neverdy und ihrem Bruder war. Warum tat Sam alles, um zu verhindern, dass die beiden miteinander redeten? Es musste mehr dahinterstecken als familiäre Probleme oder Neverdy's Hass auf ihn. Irgendetwas von gewaltigen politischen Ausmaßen. Gaia erinnerte sich an den Tag, an dem Vinzenz zu seinem Auftrag aufgebrochen war. Während der Attentäter unter dem Einfluss der Droge namens Morpheus Traum stand, hatte Sam ihm auf sein eigenes Geheiß hin eine Geschichte erzählt. Es war eine grausame Geschichte, in der Vinzenz auf Neverdy's angeblicher Hochzeit ihren Verlobten Ramirez Valeo ermordet hatte. Kein Wunder, dass Vinzenz Angst vor der Rache seiner Schwester hatte. Und es war auch kein Wunder, dass ihm so viel daran lag, sich bei ihr zu entschuldigen. Wahrscheinlich verstand er selbst seine eigenen Handlungen nicht und war von tiefen Schuldgefühlen geplagt. Doch warum in Gottes Namen hatte er selbst sich mit Sam's Hilfe diese Schuldgefühle eingeflößt und seine Beziehung zu seiner Schwester absichtlich zerstört? Welche Ziele verfolgte dieser Mann wirklich? Egal, wie lange Gaia darüber nachdachte, sie konnte keine Antwort finden.

Neverdy stand noch immer in dem Quartier und ging ein Bett weiter.

“Mäx, du wirst auch dabei sein, wenn wir das Shuttle aufmachen. Falls sich der Mann, der sich Vinzenz de Vray nennt, an Bord ist, will ich ihn bis auf die Unterhose entkleidet, gefesselt und lebend sehen. Der Mann ist gefährlich! Keiner, und ich meine absolut niemand, redet mit ihm oder geht auf Fragen oder ähnliches ein. Das ist wichtig, okay?”

“Jawohl!”

Mäx war der Befehl habende Offizier bei Einsätzen dieser Art. Gaia hatte ihn zu schätzen gelernt. Ein kluger und direkter Mensch. Er teilte viele von Neverdy's Ansichten und war eine ehrliche Haut. Menschen, die die Angewohnheit hatten, Dinge zu verschweigen oder zu lügen, um in besserem Licht dazustehen, waren der Anführerin zuwider. Mit ihnen wurde an Bord sehr kurzer Prozess gemacht. Gaia lief es beim Gedanken an ihre wahre Identität das ein oder andere Mal kalt den Rücken hinunter. Wenn ihre Sprengladungen entdeckt würden, wäre sie genauso tot, wie im Falle einer Explosion. Das merkwürdige war, dass sie sich trotz ihrer Lügen der Kapitänin sehr verbunden fühlte und sie mochte.

Kapitel 5 - Hotel Calypso

"Deine Tränen auf meinen Fingerspitzen vergelten das Verlangen, die Welt zu besitzen! Auge um Auge, Träne um Träne und Leben um Leben..."
Crystal Valeo

"Vincent, schließe die Augen und lass uns einen Spaziergang machen. Wir gehen über das Gras in einem Park in fünfhundert Metern Höhe. Rechts von dir steht eine alte Eiche und dahinter ragen die Türme des Diplomatenkomplexes in die Höhe. Kannst du dich erinnern? Dort oben hat deine Schwester vor einigen Jahren geheiratet. Du bist tatsächlich dort heruntergesprungen, um in einem Schweber zu entkommen, nachdem du Ramirez Valeo getötet hast. Aber das tut im Moment nichts zur Sache. Ich möchte dir etwas anderes zeigen. Links von dir befindet sich das Casino. Schau die beiden Frauen, die auf dem Weg dorthin sind. Sie sehen so abenteuerlich aus, dass sie niemals an den Türstehern vorbeikommen. Wenn du geradeaus weitergehst, gelangst du nach einigen Metern in einen Durchgang. Dahinter befindet sich ein Fischmarkt. Warst du schon einmal auf einem Fischmarkt? Es geht dort laut her, man könnte meinen, das Feilschen um den Fisch ist eine Art Hobbysport der gelangweilten Rentner gegen die ambitionierten Hausfrauen. Du biegst rechts ab in die fensterlose Markthalle, lässt diese zügig hinter dir, nimmst mit ungefähr dreiundzwanzig anderen Leuten den großen Fahrstuhl und steigst sechszehn Stockwerke tiefer aus, wo sich die Haltestelle der Schweber Richtung New Amsterdam befindet. Plötzlich stehen drei Leocathor Polizisten neben dir. Du spürst dein Herz schlagen. Hier war es, wo du vor beinahe zehn Jahren allen Verfolgern entkommen bist. Du erkennst den engen Spalt zwischen zwei Häusern. Heute bist du ein paar Zentimeter zu dick, um dich hindurch zu quetschen, doch mit sechzehn war das noch kein Problem. Erinnerst du dich? Was ist der Unterschied zwischen Erinnerungen und Orten? Die kleine Strecke, die wir zusammen gegangen sind, war voller Erinnerungen, du weißt exakt, wo du warst, du kennst den Fischmarkt, den Fahrstuhl, die Gesichter der Menschen darin. Du hast in deinem Kopf eine Karte von Aden, die durch deine Erinnerungen so lebensnah ist, wie die Wirklichkeit. Deine Orientierung, deine Wahrnehmung in Ort und Zeit, das sind deine Erinnerungen. Das muss dir immer bewusst sein. Einen Ort zu erkunden, bedeutet ihn zu memorisieren, in deinen Erinnerungen zu verankern. Wir haben einen Weg gefunden, diese Verankerungen zu lockern und neue Erinnerungen hinein zu flechten. Wer Morpheus Traum träumt, der kann seine Erinnerungen verändern, sie löschen und ersetzen. Doch nichts geschieht ohne einen Preis: Unstimmigkeiten in Raum oder Zeit sind verwirrend und enden in Déjà Vû Erlebnissen und Horrortrips, die sehr schnell den Verstand kosten können. Um diese Droge zu beherrschen, musst du sorgfältig sein, alle Eventualitäten ausloten und logische Fehler absolut vermeiden. Wenn dir das gelingt, kannst du die Menschen nach deinem Ermessen manipulieren und die Welt regieren oder was immer für ein Ziel du auch anstreben magst. Öffne nun die Augen und konzentriere dich auf das, was vor dir liegt!"

–

Das Hotelschiff Calypso war ein gigantischer Koloss. Eine fliegende Stadt mit über dreißig Decks. Im Bauch der Calypso erwartete die Reisenden eine Empfangshalle von planetaren Ausmaßen. Gläserne Schwebekapseln transportieren die Gäste auf die verschiedenen Ebenen und halfen, die weiten Entfernungen an Bord zu überwinden. Überall befanden sich Bars, Restaurants, Geschäfte und kleine Parkanlagen mit Palmen und Wasserläufen. Laut des Prospekts, das Crystal jedem Neuankömmling in die Hand drückte, gab es an Bord alles, was sie sich vorstellen konnten und darüber hinaus einige Dinge, die die meisten Reisenden noch nie gehört hatten. Mit einem gewinnenden Lächeln begrüßte sie die Gäste an Bord. Sie trug eine Uniform, die sie als Serviceangestellte des Hotelschiffes kenntlich machte - ebenso wie ungefähr vierhundert weitere junge Damen und Herren. Jeder Gast bekam neben der Broschüre ein warmes Willkommenslächeln, das erstklassigen Service an Bord versprach. Im Falle von Crystal war es dasselbe Lächeln, das sie aufsetzte, wenn ein Mensch in ihren Armen

sein Leben aushauchte. Warm und freundlich, denn es gehörte zum guten Anstand. Bei Karl Vincent Meridon würde sie hiervon eine Ausnahme machen. Allein der Gedanke an seinen Namen machte sie wütend, und beinahe vergaß sie ihre Tarnung. Wie konnte er soviel Macht über ihre Gefühle haben? Selbst als Chylac, ihrer neuen Identität und ihrem neuen Leben, kam sie nicht darüber hinweg, dass er ihr entkommen war und noch lebte! Als sie von der kurzen geistigen Abwesenheit wieder aufsah, schaute sie in die stahlblauen Augen eines Gastes. Sie schätzte ihn auf Ende Vierzig. Er trug einen dunkelgrauen Anzug, und seine Glatze und der gut trainierte Körper ließen ihn jünger erscheinen, als er war. Er hatte Crystal's kurze Tagträumerei bemerkt. Nach kurzem Warten nahm er ihr das Prospekt aus der Hand, bevor sie es ihm reichen konnte und lächelte sie strahlend an. Crystal erschrak. Sein Lächeln spiegelte ihr Lächeln. *Er* dachte an Eron ben Daleck, *er* dachte an Karl Vincent Meridon und *sein* Lächeln war von gefährlicher Natur! Wer war dieser Mann? Was tat er auf der Calypso?
"Wir sollten uns unterhalten, Crystal. Triff mich heute Abend auf meinem Zimmer", sagte er und deutete auf den Zimmerschlüssel in seiner Hand mit seiner Zimmernummer darauf.

–

Ich wusste nicht, was mich in Zimmer 221 erwartete, wer der Fremde war, und was er wollte. Mit Sicherheit war er ein Mensch und kein Chylac. Ich kann nicht sagen, dass ich der Menschheit gegenüber böse gesonnen war. Ich hatte den Betrug satt, die Eitelkeiten und falschen Absichten. Als mein Vater mich nach Port Newham sandte, war ich zweiundzwanzig Jahre alt. Dort sah ich zum ersten Mal einen Menschen sterben, dazu an einem epileptischen Anfall, ein grausam anzublickender Tod. Karl Vincent Meridon war gutaussehend und ein paar Jahre älter als ich. Er war interessant und selbstsicher genug, um mit der Situation umgehen zu können. Und viel wichtiger: er war an mir interessiert! Natürlich habe ich mich in ihn verliebt. Natürlich habe ich mich gegenüber meinem Vater schützend vor Karl Vincent gestellt. Es war die Zeit meiner Rebellion gegen meine mächtigen und ach-so-weisen Eltern. Jedes

Mädchen in meiner Situation hätte das getan und den Höhenflug mit diesem jungen, selbstbewussten und intelligenten Mann genossen. Die Wahrheit traf mich wie ein brutaler Messerstich in meine Seele. Karl Vincent hatte mich niemals geliebt, er hatte mich benutzt, um meinen Vater zu töten. Nicht im Laufe unserer gemeinsamen Zeit, sondern vom ersten Drink auf Port Newham an, wo er mich mit seinen Drogen vergiftet hatte. Und er war nicht der einzige. Er war ein Prototyp Mensch - eitel, egoistisch und starrköpfig. Mein Vater hatte dies längst erkannt. Er hatte sich Eron ben Daleck angeschlossen, um den Menschen zu einem besseren Leben zu verhelfen. Die Chylac wollen nicht vernichten, sie wollen vereinen. Jeder Einzelne von uns liebt seine Nächsten und seine gesamte Rasse. Und das Wohl dieser Rasse ist viel größer als das Leben eines einzelnen Individuums. Wir sind nicht egoistisch. Wir haben keine Geheimnisse, wir lesen die Gefühle unserer Freunde und fühlen uns ihnen verbunden. Und wenn es sein muss und dem höheren Wohl dient, sterben wir auch für einander. Die Menschen hingegen lügen, verletzen und ermorden einander, um dumme Ziele zu erreichen. Sie lieben sich nicht. Sie wollen einander kontrollieren anstatt sich zu vertrauen. Die Gesellschaft, in der die Menschen leben, ist ein schmaler Pfad, den jeder zu gehen hat und der durch meterhohe Zäune und Mauern exakt dirigiert wird. Und wenn sie um Kriegstote trauern, dann aus Angst, selbst zu sterben oder allein zu sein. Das Mitleid der Menschen ist ein sarkastischer Euphemismus für ihren Egoismus. Wer der Gesellschaft nicht gerecht wir, wird weggesperrt oder getötet. Diese 'Menschlichkeit' ist die Grundlage meines Krieges. Nicht um zu vernichten, sondern um zu verbessern. Und diese Welt wäre besser ohne Karl Vincent Meridon!
Ich klopfte an die Tür.
"Herein, es ist offen", hörte ich die Stimme des fremden Mannes von drinnen. Er klang gut gelaunt und selbstbewusst. Ich erwartete, dass er gerade ein Glas Cognac an der kleinen Hausbar des Zimmers einschenkte. Ich wurde enttäuscht: Er saß in einem Stuhl und hatte eine Pistole auf mich gerichtet, noch während ich in der Tür stand.
"Schließ die Tür und stell mir eine Frage", sagte er und änderte

den Tonfall von fröhlich zu befehlend. Nach kurzem Zögern tat ich, wie mir befohlen, ließ die Tür ins Schloss fallen und überlegte dabei, was ich ihn fragen sollte. Stellte er mich auf die Probe? Was wollte er von mir wissen? Offensichtlich kannte er Karl Vincent und Eron. Kannte er auch mich? Ich öffnete den Mund, um meine Frage zu stellen, als sich der Schuss aus seiner Pistole löste. Er traf mich irgendwo zwischen der linken Brust und der Schulter. Der Schmerz war gering, kaum wahrzunehmen, mehr ein dumpfes Drücken. Zu meinem Erstaunen blieb ich bei Bewusstsein. Die Glieder wurden etwas schwer, und ich musste mich auf den Boden setzen.
"Ich hasse es, wenn die Chylac ihre Gedanken vor mir verbergen wollen. Das Geschoss wird dir helfen, sie mit mir zu teilen. Es war sehr nobel, dir deine Gedanken an Karl Vincent und Eron ben Daleck ins Gedächtnis zu rufen. Genau darüber würde ich mich nämlich gern mit dir unterhalten."
Plötzlich wusste ich, mit wem ich es zu tun hatte. Er war die Graue Eminenz, vor der Eron mich einst gewarnt hatte. Bekannt als Cypher Medici oder Gerald Ehrlich. Ein Kopfschmerz raste mir von der Stirn in den Nacken. Hatte ich meine Gedanken grad laut ausgesprochen?
"Natürlich, das ist der Sinn und Zweck dieser Substanz. Bemühe dich nicht, es zu unterdrücken. Lass es einfach geschehen, und wenn du dich als würdig erweist, lasse ich dich am Leben."
Alles kam plötzlich hoch. Die ganze Geschichte, die ich mit den Eron und Karl Vincent erlebt hatte. Intensiv und lebhaft, so als sei mein ganzes Leben gestern gewesen. Meine Trauer, meine Wut, sogar die wenigen Momente der Freude. Ich hatte keine Kontrolle mehr darüber. Wie sehr wünschte ich mir die unbeschwerte Zeit auf Icon zurück?! Das war ich! Das war alles, was das Leben von Crystal Valeo lebenswert gemacht hatte. Ich sah mich selbst in einem Meer aus Melancholie ertrinken. Die Gedanken waren düster und schwarz. Hatten Karl Vincent und Eron mich am Ende beide nur missbraucht, vergewaltigt und nun liegengelassen? Ich wünschte mir meinen eigenen Tod und war in meinem Körper gefangen. Tränen liefen auf meinem Gesicht hinunter, ich war jedoch nicht in der Lage, mich zu bewegen, um sie wegzuwischen. Cypher holte

ein Taschentuch hervor und tupfte sie von meinen Wangen.
"Es ist die Droge, Crystal. Ihr Chylac reagiert darauf etwas emotionaler als ein normaler Mensch. Doch die Wirkung wird auch wieder vergehen. *Wie* schnell, das bestimme jedoch ich! Sag mir, warum du Karl Vincent und seine Begleiter aufhalten willst."
In diesem Moment konnte ich die Gefühle nicht mehr zurückhalten. Ich war nicht mehr ich selbst. Der Drang, meine Erinnerungen loszuwerden, war zu groß, um ihm zu widerstehen. Ich erzählte Cypher alles; Dinge, die ich niemals einem Menschen erzählen würde. Sie reichten von unseren erotischen Begegnungen in Icon's Lagunen bis zu der ganzen Scheiße, die ich mit Karl Vincent durchhatte.
"Wenn du es zulässt, kann ich dich von deinen Schmerzen befreien, Crystal." Cypher's Stimme klang sanft und wohlwollend. Ich war beinahe gewillt, sein Angebot anzunehmen, doch ich wusste um den Preis dafür: Cypher wollte mir meine Erinnerungen rauben. Es kostete mich Überwindung und Kraft, dem zu widerstehen. Doch waren diese Erinnerungen auch mein Leben. Eron ben Daleck hatte mich zum Chylac gemacht - ohne meinen Schmerz zu heilen. Vielleicht klammerte ich mich daran, vielleicht war es inzwischen mein Lebenssinn!
"Ich will Karl Vincent bluten sehen", presste ich durch die Lippen. Plötzlich war mir Cypher's Anblick zuwider. Der Mann, der mich zu seiner Marionette machen wolle. Er wollte Karl Vincent, meinen Todfeind, schützen, und dabei spielte es keine Rolle, wie freundlich oder sanftmütig er war. Ich hatte ebenfalls eine Waffe - ein Dorn im Ring an meinem Finger, den ich nicht bewegen konnte. Ich zwang mein Gehirn, meine rechte Hand zu öffnen. Der Befehl fühlte sich an, als würde mein Kopf explodieren, als würde ich jeden Moment einen epileptischen Anfall bekommen, unangenehmer als jeder physische Schmerz. Doch wenn ich sprechen konnte, dann musste es auch möglich sein, die Hand zu bewegen! Mit einem Aufschrei stieß ich den Dorn in Cypher's Rücken. Gleichzeitig verlor ich das Bewusstsein... wissend, dass auch er ein Chylac wäre, wenn ich wieder zu mir käme. Innerlich lächelte ich. Es war an der Zeit, meinen Racheplan zu verfeinern. Ausgefeilter und kälter, als

ich es mir jemals zuvor vorgestellt hätte.

–

Die Sirius-Lounge der Calypso war einer der Orte, zu denen nicht jeder Gast Zutritt hatte. Nur wenigen war sie überhaupt bekannt. Um hierher zu gelangen, musste man einen weiten Weg auf sich nehmen. Der hintere Teil des Hotelschiffes stand leer. Seit hier vor einigen Monaten ein Feuer gewütet hatte, war man zwar damit beschäftigt, die Decks zu renovieren, doch diese Arbeiten gingen nur schleppend voran. Während dieses Fluges wurde hier weder geheizt, noch gab es überall Strom. Für einen normalen Passagier war es beinahe unmöglich, den Weg durch die dunklen, verlassenen und gespenstisch anmutenden Gänge zur Sirius-Lounge zu finden. Wer jedoch dem geheimen Orden der Javeisten angehörte, der wurde von der Besatzung der Calypso auf ganz besondere Art in Empfang genommen. Keine Verkleidung konnte darüber hinwegtäuschen, woran der Mensch hinter seiner Maske wirklich glaubte. Lucia kannte intuitiv den Weg und wusste, wo sie ihre Glaubensbrüder finden würde. Nachdem sie die dunklen, verlassenen Gänge durchquert hatte, schmunzelte sie, denn die ganz in violett gehaltene Lounge, die mit Samt bezogenen Sitzgruppen und die kleinen Lichter auf den Tischen boten einen dekadent anmutenden Anblick. Die Luft war schwer und undurchsichtig vom Rauch der Wasserpfeifen, und ein milder Opiumgeruch streichelte zärtlich Lucia's Nase. Einige wenige Leute saßen hier beisammen. Die meisten schienen in innige Gespräche und körperliche Berührungen vertieft zu sein.
“Lucia”, flüsterte die weibliche Stimme einer Frau, die an dem Tisch saß, an dem sie gerade vorbeiging. "Bitte setz dich zu mir, ich muss mit dir reden."
Als Lucia sich umdrehte, sah sie eine schwarzhaarige Frau, einige Jahre älter als sie selbst. Trotzdem sie sympathisch wirkte, war ihr sofort klar, dass diese Frau offensichtlich keine Javeistin war.
"Es geht um Vincent, und ich muss dir einiges über ihn erzählen. Du kannst mir einfach nur zuhören, du musst nichts antworten", sagte sie, weil sie erkannte, wie überrascht Lucia von

ihrer Anwesenheit an einem Ort der Javeisten war. Nach kurzem Zögern setzte sich Lucia zu ihr. Sie war zu neugierig und konnte die Fremde nicht einfach so wieder wegschicken. Fragend und erwartungsvoll sah sie der Fremden in die blauen Augen, ohne selbst ein einziges Wort zu sprechen. Die Frau begann zu berichten: "Er lügt. Und er zieht eine Spur von Leid, Tod und Verwüstung hinter sich her. Er ist ein Attentäter, der einst für die Medici und Leocathors gemordet hat, um ihre Macht zu erweitern. Er ist drogenabhängig und gefährlich, denn er weiß nicht, was er tut. Viele Adelshäuser, darunter auch die El'Zalars und die Valeos, wollen ihn tot sehen und würden nicht zögern, euch alle umzubringen. Ich weiß, dass du und deine Crew keine Attentäter seid. Passt auf euch auf!" Das war alles, was Crystal sagen wollte, eine kleine Saat, die zu Misstrauen und Leid wachsen sollte. Sie leerte ihr Glas und war im Begriff aufzustehen, als Lucia ihr die Hand auf den Arm legte.
"Wer bist du und woher weißt du das alles?", fragte sie in ihrem etwas naiven Tonfall.
"Ich kann dir meinen Namen nicht verraten, ich fürchte mich selbst zu sehr vor ihm. Aber ich habe ihn einst geliebt und habe viel Scheiße mit ihm durch. Das wünsche ich keiner anderen Frau. Eines noch: der kleine Computer, den er bei sich hat, enthält viele Informationen. Nur falls du nach Beweisen für seine Lügen suchst."
Die beiden sahen sich einen Augenblick lang an. Crystal spürte, dass Lucia den Köder geschluckt hatte.
"Danke", sagte sie schließlich und blickte die Fremde mit dankbarem Lächeln an. Crystal erwiderte ihre Geste und verschwand dann durch den kleinen, geheimen Ausgang der Sirius-Lounge.

–

Der kahle, von Metallwänden und Gitterstäben ausgekleidete Raum an Bord der Feuersturm hatte schon viel unmenschliche Gewalt gesehen. Er wurde abwechselnd als Gefängnis, Ausnüchterungszelle oder zum Verhör von Gefangenen benutzt. Gaia stand an einer Seite des Raumes, Mäx stand ihr gegen-

über. Zwischen den beiden saß die Baronin Laudana auf einem Hocker. Ihre Hände waren auf dem Rücken gefesselt. Mäx hatte sie mehrmals geschlagen und mit Fußtritten aus ihrem Shuttle hierher befördert. Ihre Oberlippe war aufgeplatzt und das Blut um den Mund und in den Haaren verteilt. Trotzdem saß Laudana aufrecht und stolz. Von dem Moment an, als Gaia sie vor ihrem Shuttle durchsucht hatte, beschlich sie ein unbestimmtes Gefühl: Etwas Besonderes, Geheimnisvolles umgab Laudana. Einfach so würde die Baronin ihre Geheimnisse nicht preisgeben. Doch Gaia kannte auch Neverdy und wusste, dass sie sie ohne Gnade foltern würde. Einige Minuten hatten sie und Mäx stumm in dem kühlen Raum gestanden, bevor Neverdy mit grimmigem Blick durch das Eisengitter die Zelle betrat. Ein kaltes Schaudern kroch Gaia ins Herz, als sie an das nun Bevorstehende dachte. Neverdy blieb dicht vor Laudana stehen und sah ihr fest in die Augen. Die Söldnerin hielt ein Stilett mit einer spitzen, schlanken Klinge in der Hand. Einige Sekunden herrschte beklemmende Ruhe. Plötzlich holte Neverdy mit dem Stilett aus und rammte es in Laudana's Oberarm. Die Baronin schrie laut auf, als die Spitze der Klinge sich in den Knochen bohrte. Neverdy ließ das Stilett in ihrem Arm stecken und wartete einige Minuten, bis Laudana sich schwer atmend wieder etwas beruhigt hatte.
“Wir haben mehrere Möglichkeiten, wie das hier ablaufen kann”, begann sie. “Ich will die ganze Geschichte hören. Was es mit der Palfuria auf sich hat, wie dieser Vinzenz oder Vincent an Bord kam und wo die Sprungschlüssel nach Escalon sind. Du kannst mir die Geschichte einfach erzählen oder dich von meiner gesamten Mannschaft solange weichkochen lassen, bis du barbarisch vergewaltigt, verstümmelt und geschändet um den erbärmlichen Rest deines Lebens winseln wirst und keine Nacht mehr ohne Alptraum schlafen kannst.”
Wieder herrschte beklemmendes Schweigen und Gaia musste bei der Vorstellung schlucken, was Neverdy dieser Frau antun könnte. Ihre Anführerin machte einen so steinernen und kühlen Eindruck, dass Gaia selbst etwas Angst bekam. Wie musste es erst der Baronin ergehen?! Sie atmete schwer, und das schweißnasse Haar mit dem verkrusteten Blut hing ihr im

Gesicht. Sie nahm alle Kraft zusammen, um der Söldnerin ins Gesicht zu sehen und zu sprechen: "Neverdy, ich habe von Eurem Bruder erfahren, dass Ihr eine kluge und ernstzunehmende Frau seid. Jedoch ist mein Wissen zu wertvoll, als dass es in die falschen Hände geraten dürfte. Ich fürchte weder Folter noch den Tod. Versucht Euer Bestes, alles aus mir herauszuquetschen. Ich werde für eine bessere Welt für die Menschheit kämpfen und ich suche Verbündete in diesem Kampf. Krieg und dunkle Zeiten kündigen sich an und stehen uns allen bevor. Es geht schon längst nicht mehr um die Entdeckung eines Systems. Würdet Ihr in den Geschichtschroniken nachschlagen, wüsstet Ihr, dass Escalon zwar lange Zeit verschollen war, jedoch keineswegs so neu ist, wie Ihr vielleicht annehmt. Außerdem bezweifle ich, dass wir beide auf unterschiedlichen Seiten stehen. Ihr arbeitet für das Geld ben Dalecks. Doch wie hoch will er Euch bezahlen, wenn das Universum von der fremden Macht erobert wurde und wir alle in Sklaverei leben?"
Laudana machte eine kurze Pause. Sie war sich vollkommen bewusst darüber, dass sie vielleicht nur jetzt und hier die Chance hatte, Neverdy zu überzeugen. Wenn dieser Versuch scheiterte, wäre niemals wieder eine Übereinkunft möglich und sie würde ihr Leben verlieren. Neverdy schien nachzudenken, eine Falte des Zögerns zog sich zwischen ihren Augen zusammen. Schnell redete Laudana weiter: "Ich glaube, wir beide wären bessere Verbündete als Feinde. Und ich glaube, wir kämpfen gegen einen gemeinsamen Feind. Wenn dem so ist und wir Vertrauen zueinander gewinnen können, werde ich Euch Informationen geben, die Eure Vorstellungen bei weitem übertreffen werden. Ich will mich nicht zu weit aus dem Fenster lehnen, aber Ihr solltet darüber nachdenken, ob Ihr Euer Wohlergehen von dem Geld abhängig machen wollt, das Eron ben Daleck Euch versprochen hat. Ich glaube, in diesem Krieg hat er sich mit den falschen Mächten verbündet. Das Amulett mit dem Sprungschlüssel nach Escalon, das sich auf der Darius II befand, ist wertvoller als Ihr denkt. Wer es bei sich trägt, kann alle Sprungtore nach freiem Belieben benutzen. Das bedeutet, dass auch unsere Feinde, die Parasiten oder Chylac, mit diesem Kristall von Escalon aus mit ganzen Armeen in das bewohnte

Universum vorstoßen können. Wollt Ihr dieses Amulett wirklich besitzen? Ich glaube, Eron ben Daleck würde zu Eurem Feind und Henker anstatt zu einem Handelspartner."
Neverdy schaute Laudana stumm und mit harter Mine an. Die Baronin wusste viel! Sie kannte die Gerüchte um die Chylac und Escalon. Neverdy hatte bisher nur Vermutungen gehabt und hätte diese niemals laut ausgesprochen. Wer war diese Frau? Niemand der Anwesenden konnte sehen, was im Kopf der Anführerin vor sich ging. Gaia gingen - wie so oft - die Worte ihres Meisters durch den Kopf. Er hatte sie immer zur Geduld ermahnt.
‚Wenn es dir möglich ist, nimm dir Zeit, in Ruhe über die Dinge nachzudenken. Treffe keine voreiligen Entscheidungen!' Scheinbar wusste das auch Neverdy.
"Versorgt ihren Arm und hört auf, sie zu foltern", sagte sie und machte auf dem Absatz kehrt, um den Raum zu verlassen. Gaia sah die Erleichterung auf Laudana's Gesicht.
–

Déjà Vû
Vinzenz stand in einem abgedunkelten Raum. Vor ihm lag ein siebzehnjähriges Mädchen und schlief. Nicht einmal im Schlaf sah sie friedlich aus. Ihre Augen waren dunkel unterlaufen, ihre Arme trugen Narben von Schnitten, die sie sich selbst mit Rasierklingen zugefügt hatte. Und unter ihrer blassen Haut schimmerten die Venen mit dem blauen Blut hindurch. Ihr Name war Lydia Leocathor, die Tochter von Augustus Arthus Leocathor, dem Herrscher über Aden. Vinzenz stand an ihrem Bett und ihm rollte eine Träne über die Wange.
"Mein Schüler, ich habe dir gezeigt, wie man die Gedanken und Gefühle anderer Menschen beeinflusst", hörte er eine Stimme. Er wusste, dass die Worte von Cypher Medici kamen, doch er konnte den Mann nirgends sehen.
"So schwierig und grausam es klingen mag: das allein reicht nicht aus! Unsere Feinde können sehen, was wir denken und spüren, was wir fühlen. Um sie zu töten, musst du diejenigen in Gefahr bringen, die dir nahe stehen und die du liebst - ohne dir dessen bewusst zu sein. Und wenn dein Plan misslingt, wirst du

sie verlieren! Denn diesen Krieg werden wir nur mit Herzblut gewinnen. Vergiss deine Gefühle, wenn sie nichts weiter sind als Schwächen, die dich verraten. Und erinnere dich an deine Gefühle, wenn es an der Zeit ist, sie zu deiner Waffe werden zu lassen. Die Chylac sind die Wesen, die wir töten. Wir selbst sind die Geister, die wir rufen! Lass das Mädchen gehen. Sie wird in Frieden ruhen."

Er öffnete die Augen und lag im Bett.
"Ich bin doch kein Mörder", murmelte er leise zu sich selbst und wischte sich die Tränen aus dem Gesicht. Auf der Calypso gaben nur die Uhren und die wechselnde Beleuchtung den Tages- und Nachtrhythmus vor. Laut der Anzeige war es sechs Uhr abends. Vinzenz setzte sich auf die Bettkante. In seinem Kopf hämmerte es. Auf dem Nachttisch lag ein Pillendöschen. Er hatte schon die letzten Tage gespürt, dass die Begierde zunahm. Er wusste, der Tag würde kommen, an dem er sich ihr nicht mehr entziehen konnte. Heute war es soweit. Der niemals ruhende, unersättliche Hunger war zu groß und die Situation war sicherlich schuld daran. Er hatte das Gefühl, sein ganzes Leben hinter einer Maske aus Lügen, fremden Gesichtern und Vergangenheiten geheimer Identitäten verbracht zu haben. Nun suchte er verzweifelt in seinem eigenen Kopf nach der Wahrheit. Vielleicht lag die Antwort hinter ein paar Namen. Nichtssagende Namen wie Vinzenz oder Neverdy? Hatte er sich selbst verloren, seine wahren Gefühle gegen viele andere eingetauscht? Allein und hilflos kam er sich vor. Hier draußen, weit weg von seiner Familie, suchte er sich immer wieder neue Freunde. Er glaubte in Lucia verliebt zu sein. Wenn er ihre Liebe nicht finden würde, würde er den Flug nicht überleben, würde er mit dem ganzen Müll in seinen Erinnerungen aufräumen, würde die Gesichter der toten Freunde vergessen und würde sich selbst so sehr für seine Taten hassen. Doch war das Liebe? Oder nur ein weiterer Fluchtversuch? Das kleine Döschen in seiner Hand enthielt noch drei der roten Pillen, Morpheus Traum. Ein Traum, der das Leben veränderte. Irgendwo waren zwei weitere Pillen des Stoffs verschwunden, aber Vinzenz hatte wirklich über anderes nachzudenken, als über ihren

Verbleib. Er drehte eine der Pillen in seiner Hand. Schließlich stand er auf, zog sich an und ging zu Lucia's Kabine.

Die Javeistin machte sich im Bad zurecht, hatte jedoch die Tür weit aufstehen lassen, um sich mit Vinzenz unterhalten zu können. Er saß auf dem Bett. Neben ihm lag ein sehr kostbares, blaues Kleid. Ein kleines Symbol, das in das zarte Muster des Stoffes eingearbeitet war, wies die Trägerin als eine Javeistin aus.
"Du triffst dich mit den Javeisten?", fragte Vinzenz, obwohl er die Antwort schon kannte.
"Verkneif dir zu erwähnen, dass du sie für eine Sekte hältst. Wenigstens belügen wir uns nicht gegenseitig", antwortete sie aus dem Bad.
"Ich will dich nicht belügen. Wenn ich bloß die Wahrheit wüsste, wärst du die Erste, der ich sie erzählen würde. Ich habe einen Plan, um herauszufinden, wer ich wirklich bin. Allerdings brauche ich dazu deine Hilfe."
Lucia tauchte in der offenen Tür auf und sah ihn an. Sie trug lediglich eine hauchdünne, fast durchsichtige Spitzenunterwäsche. Vinzenz war eifersüchtig auf die Javeisten. Er war verliebt, und er wollte Lucia unter keinen Umständen verlieren. Seit sie die Calypso betreten hatten, wirkte sie irgendwie verändert, ernster und härter ihm gegenüber.
"Schieß los", sagte sie und verschwand wieder im Bad, um sich die Haare zu machen. Vinzenz kramte einen kleinen Zettel aus seiner Tasche hervor und begann vorzulesen.
"P.I.C. ist eine golden glänzende Flüssigkeit. Man nimmt fünf bis sechs Tropfen zu sich. Daraufhin wird das Erleben emotional übernatürlich präsent! Man hat das Gefühl, dass die zwölf Stunden Wirkungsdauer so wertvoll sind, wie ein ganzes Leben. Der Mensch, mit dem man diese Zeit verbracht hat, wird der wichtigste Mensch im Leben des Anwenders. Die Substanz verschafft ein so starkes Vertrauen, wie die meisten Menschen es ohne P.I.C. niemals einem anderen Menschen gegenüber aufbringen könnten. Aber P.I.C. verursacht noch mehr: Die Substanz nimmt einem jede Hemmung und versetzt den Anwender in ein unglaubliches Mitteilungsbedürfnis. Die Ver-

nunft wird fast völlig ausgeschaltet. Nicht vergessen sollte man dabei, dass man sich trotz des vermeintlich klaren Geistes in einem Rausch befindet. Nach den zwölf Stunden wandelt sich dieser Rausch: Das Mitteilungsbedürfnis klingt ab, jedoch ist die Vernunft noch nicht wieder zurückgekehrt. Geist und Körper verlangen danach, alle Gelüste zu befriedigen - ein Rausch der Wollust. Einen Tag nach der Einnahme leidet man unter leichten Kopfschmerzen und Übelkeit. Die Erinnerung an den Rausch ist eine Eigenheit des Medikaments und gleichzeitig die große Besonderheit. Man empfindet Reue im ängstlichen Glauben, etwas schrecklich Verbotenes getan zu haben. Dieses Gefühl des Verbotenen löst einen großen Suchteffekt aus. Partners In Crime wird zum Inbegriff des verlockend Verbotenen, sofern man im Sinne seines natürlichen Geistes gehandelt hat. Andernfalls kehren die Erinnerungen an Wollust, Vertrauen und Hingabe als bittere Flashbacks wieder und berauben den Anwender seines ruhigen Schlafes."
"Interessant", kommentierte Lucia knapp.
“Erinnerst du dich an den Wein auf der Palfuria? Dort habe ich zwei Tropfen hinein gegeben. Allerdings nur zwei Tropfen.”
Lucia nickte, und gleichzeitig erschien diese Sorgenfalte, die sich dann und wann zwischen ihren Augen zeigte. Vinzenz fuhr fort: “Nachdem ich P.I.C. eingenommen habe, werde ich Morpheus Traum zu mir nehmen. Während der Wirkphase befinde ich mich in einer Art Trance, in der ich Befehle annehmen kann. Wenn mein Vertrauen zu dir groß genug ist und du zur wichtigsten Person meines Lebens geworden bist, und du mir befiehlst, mich an meine wahre Vergangenheit zu erinnern, dann könnte die Gedächtnisblockade gelöst werden und ich weiß wieder, wer ich bin."
Lucia nickte nochmals. Sie nahm eine weitere Haarnadel aus dem Mund und steckte sie in ihre Haare. Dabei tat sie so, als habe sie verstanden, wovon er sprach. Die Falte auf ihrer Stirn zeigte ihm, dass es nicht so war. Lucia war verwirrt. Vinzenz klang die ganze Zeit so, als habe er das Wichtigste noch verschwiegen - obwohl der Plan, alle seine Drogen gleichzeitig einzunehmen, auch so schon lebensgefährlich klang.
“Was noch?”, fragte sie mit vollendeter Frisur.

“Um dir von vornherein richtig gut vertrauen zu können und mit einem extrem guten Gefühl an die Sache heran zu gehen, musst du ebenfalls P.I.C. nehmen. Und dann gehen wir heute zusammen zu den Javeisten.”
Lucia nickte ganz normal, völlig ruhig und ohne auszurasten. Sie ging zum Bett und nahm das blaue Kleid in die Hand, um etwas mit dem Saum herumzuspielen. Sie tat dies etwa so, als habe sie eben erfahren, dass sie ungewollt schwanger sei und nun darüber nachdachte. Dann drehte sie sich wortlos um und verschwand auf dem Klo. Diesmal schloss sie die Tür hinter sich.
Vinzenz rutschte nervös auf dem Bett hin und her. Hoffentlich begriff Lucia, wie wichtig all dies für ihn war. Die ewigen Alpträume und Erinnerungen, mit denen er nichts anfangen konnte, plagten ihn. Er wusste nicht, ob er in Gefahr war oder eine Gefahr für seine Freunde darstellte. Er wusste nur, dass er irgendwie die Wahrheit aus den ganzen Unwirklichkeiten und Lügen herausfiltern musste, um einigermaßen vernünftig leben zu können. Er betete zu Gott, dass Lucia seinem Plan zustimmte.
Als sie von der Toilette wiederkam, traute er seinen Augen kaum: Sie war außerordentlich hübsch, hübscher als sonst und duftete nach Verführung und wilder Leidenschaft. Außerdem passte ihr Outfit ausnahmsweise zu der gestylten Frisur. Vinzenz schluckte. War das dieselbe Frau, die nachts mit verschlafenem Blick und im Herrenpyjama durch die Gänge der Darius II gewandelt war?
“Wow, du siehst gut aus!" sagte er voller Verwunderung. "Heißt das: Ja, du bist dabei?”, setzte er schüchtern hinzu.
“Das heißt, wir werden eine Nacht erleben, wie wir sie noch niemals zuvor erlebt haben. Und jetzt zieh dich um!”
Vinzenz sprang auf.

Eine halbe Stunde später hatte er etwas weiche Knie. Er spürte bereits ein leichtes Kribbeln in der Magengegend, als er mit Lucia auf dem Weg in eine Diskothek namens 'Gate' war. Die Lokalität befand sich ebenfalls im hinteren, verlassenen Teil des Schiffs. Lucia lächelte. Sie verschwieg ihm, dass sie sich hier bestens auskannte und der geheime Treffpunkt der Javeis-

ten sich nur ein Stockwerk höher befand. Außerdem war es sicherlich kein Zufall, dass sie beide hier waren und der Name des Clubs sehr an ein Hyperraumtor erinnerte. Die Pilotin hatte eine Ahnung davon, welche Gäste sich im Gate aufhielten.
P.I.C. und Alkohol potenzierten sich in ihrer Wirkung. Diese Tatsache stellten die beiden nach dem ersten Glas Gin Tonic fest und begaben sich zur Tanzfläche.
“Ich muss noch einiges herausfinden!”, murmelte Lucia ihm ins Ohr, als sie seine Hand spürte, die langsam das Kleid hinunter auf ihre Pobacke zu flutschen drohte. Entgegen ihrer initialen Absichten trafen sich jedoch zeitgleich ihre Lippen, noch während sie den Satz vollendete. Sie verwarf den Gedanken, sich um Geschäftliches zu kümmern und stöhnte leise auf. Die Javeisten, die sie erkannt hatte, würden warten müssen.
Nach einiger Zeit inniger Umarmung rangen beide nach Atem. Sie waren wie benommen von der Intensität des Kusses, als sei es der erste ihres Lebens gewesen. Erregt vom Tanzen und der Musik und von den geifernden Blicken der Umstehenden, vergaßen sie, dass es um sie herum eine Welt gab. Der Augenblick brannte sich ihnen in die Seele. Ungeheuer triebhaft und leidenschaftlich übermannte er den Verstand. Hinter seiner Verkleidung konnte Vinzenz die Heimlichkeit abwerfen, war im Herzen frei und liebte das Mädchen in seinen Armen mehr als sein eigenes Leben. Und jeder sollte es sehen. Sie sollten ihn beneiden, sie sollten erkennen, dass er der mächtigste Mann im Universum war und gleichzeitig der glücklichste!
Dann spürte er die Anwesenheit des Hyperraumtores. Es wurde aktiviert, denn der Sprung nach Babylios stand unmittelbar bevor. Vinzenz erinnerte sich an den Sprung von Escalon nach Acromia. Zuvor waren er, Lucia, Tao und Julius vier Abenteurer gewesen, die sich zufällig begegnet waren. Nach dem Sprung waren sie eine Mannschaft! Und Vinzenz wusste, dass dieses Gefühl mit Lucia's Anwesenheit zu tun hatte. Sie war eine besondere Javeistin, sie hatte eine Gabe, die er noch bei keinem Menschen zuvor so erlebt hatte. Wahrscheinlich hielten sich auch deshalb so viele ihrer Glaubensbrüder während des Sprungs in ihrer Nähe auf. Die Aktivierung des Hyperraumtores durch den Navigationscomputer der Calypso fühlte sich

an, als sei ein Lebewesen aus dem Schlaf geweckt worden, dessen gewaltigen Armen man sich anvertraute - in der Hoffnung, dass es guter Gesinnung war. Als Vinzenz spürte, wie die Schwerkraft nachließ und sein Bewusstsein ihm zu entschwinden begann, umarmte er Lucia in Liebe und hoffte, sie würde seine Liebe erwidern. Es war, als stürze er rückwärts von einer Klippe, doch er wusste - er glaubte nicht nur, sondern wusste! - , dass er von einer Macht aufgefangen wurde, die größer war, als die Menschen es beschreiben konnten. Mit geschlossenen Augen atmete er tief ein bevor das Bewusstsein ihn verließ und sie nach Babylios sprangen: Klarheit durchflutete seinen Verstand. Er sah Lucia tanzen. Er sah ihren schlanken, weiblichen Körper, der sich in perfekter Harmonie dem Rhythmus der Musik hingab. Sie hatte die Augen geschlossen. Das Bild brannte sich wie die Momentaufnahme der Ewigkeit in seinen Kopf. Nach seinem Tod wäre dies Bild ebenso schwarz wie die Weiten des Alls. Er begriff, dass sie nach Unsterblichkeit strebten. Und solange der Weg dorthin verschlossen war, klammerten sie sich an den Glauben. Jave war Lucia's Sinnbild für die Ewigkeit ihres Lebens und ihres Verstands. Doch so sehr Vinzenz es versuchte, er konnte nicht glauben. Er musste wissen! Er strebte auf seine Weise nach der Unsterblichkeit. Hatte er einen Teil von sich selbst in den Klonen auf der Palfuria gesehen? Hatte er in der Vergangenheit eine Lösung gefunden? Und musste er diese vor seinem eigenen Verstand verstecken, da sie mit seinem Leben nicht vereinbar war? Warum betäubte er seinen Geist von der Wirklichkeit? Warum manipulierte er die Gefühle und Erinnerungen der Menschen um sich herum? Lucia tanzte; das geliebte, gläubige Geschöpf Gottes. Verfluchter Engel! Könnte er doch die Zeit anhalten, könnte er doch diesem Moment zur Ewigkeit werden lassen. Dann wäre Lucia seine Lösung! Doch was wäre, wenn Vinzenz und Lucia zwei entgegengesetzte Lösungen der unausgesprochenen Frage nach Unsterblichkeit wären? Wer von ihnen würde überleben? Der Gläubige oder der Wissende? Das Bewusstsein kehrte in Vinzenz' Geist zurück, als sie das Babyliossystem erreichten. Gleichzeitig wurde er von der Wirkung der Droge übermannt. Gedanken und Gefühle vermischten sich wie Wirklichkeit und

Traum. Dann änderte sich sein Zustand. Er erkannte Eifersucht in den Blicken der Menschen um ihn herum. Er spürte die Angst der Männer und Frauen, denn er war gefährlich und schnell und Lucia war sein Diamant, der Edelstein in seinen Armen. Kein Traum! Er musste sich wieder in der Wirklichkeit befinden.
Lucia fühlte sich wie der Mittelpunkt des Universums und Vinzenz war ihre Atmosphäre. Er war die Luft, die sie atmete und der Schutzmantel, in dem sie sich sicher fühlte. Unnahbar hoch schwebten sie im Gate und verloren den Boden unter den Füßen, während sie heimlich aus dunklen Ecken von gefährlichen Blicken beobachtet wurden. Lucia's Herz pochte. Sie fiel ihm um den Hals und ein warmes Kribbeln, das sich wie ein Gefühl des absoluten Enthusiasmus in ihr ausbreitete, brachte sie zum Stöhnen.
In der nächsten Sekunde verließen sie das Gate und machten sich zügig auf den Weg zu Lucia's Kabine.
"Frag mich aus! Entweder sterbe ich, oder ich werde endlich diese Vergangenheit los! Krieg alles über mich heraus. Du musst mir befehlen, mich an alles zu erinnern", sagte Vinzenz, während er die Kabinentür öffnete. Lucia nickte heftig. Sie umarmte ihn, küsste ihn und verriegelte die Tür hinter sich. Vinzenz holte eine der roten Pillen hervor. Ohne zu zögern warf er sie sich in den Mund.
"Ich liebe dich", flüsterte er und legte sich aufs Bett. Lucia holte Terra herbei und befahl ihr, alles aufzuzeichnen, was nun geschehen würde. Vinzenz hatte die Augen bereits geschlossen. Er sah friedlich aus, seine Gesichtszüge entspannten sich und nach wenigen Minuten befand er sich in einer Art Trancezustand.
"Hörst du mich?", fragte sie ihn, während sie seine Hand drückte.
"Ja", antwortete Vinzenz und öffnete die Augen. Lucia erschrak. Er sah anders aus als sonst. Wie eine Antilope, die mit gesträubtem Fell erstarrt, weil sie die Zähne eines Löwen im Nacken spürt. Plötzlich erkannte sie ebenfalls die Ähnlichkeit des Mannes mit den Klonen auf der Palfuria. Sie zögerte einige Sekunden und war verwirrt. War das wirklich Vinzenz, der vor

ihr auf dem Bett lag? Doch diese Frage musste warten, im Moment gab es wichtigeres herauszufinden. Sie sammelte sich wieder und begann mit ihren Fragen: "Wer sind deine Auftraggeber? Was ist dein Auftrag?"
Vinzenz drehte den Kopf starr und langsam und grinste sie an. Dann erhob er sich und holte seinen Computer aus der Tasche. Er tippte darauf herum, bis ein Molekül auf dem Bildschirm erschien. Es bestand aus vier Elementen: das Metall Vanadium, die seltenen Erden Erbium und Dysprosium sowie das Edelgas Neon.
"Die verbotenen Elemente sind der Schlüssel zu meinen Auftrag", flüsterte er und brachte die Atome in einer bestimmte Reihenfolge: "Ne-V-Er-Dy!"
Der Monitor färbte sich schwarz und ein weißer Text erschien: 'Vincent, wach auf und höre mir genau zu, ich habe dir wichtiges zu sagen. Vergiss alles, was in den letzten sieben Jahren passiert ist. Vergiss insbesondere alles, was du über deinen letzten Aufenthalt auf dem Planeten Aden und Icon weißt. Deine Identität ist von nun an Dr. Vinzenz de Vray. Du bist Wissenschaftler und reist seit zwei Jahren durch das Universum, um ein Buch über die Flora und Fauna der Welten zu verfassen. Insgeheim arbeitest du jedoch für das Haus Medici und hast deinem Meister Baron Cypher Medici die Treue geschworen. Er und das Haus Medici werden dich beschützen und dir in der Not weiterhelfen. Du hast Ramirez Valeo getötet, den Verlobten deiner Schwester Neverdy und du solltest dich von ihr fern halten. Sie tobt vor Rachsucht und will dich tot sehen. Während deiner Reise gab es auf Acromia einen Zwischenfall mit einem Adeligen Namens Karim El'Zalar. Du musstest Hals über Kopf fliehen und hast dich in einer Kiste im Megaport versteckt. Diese wurde verschlossen und auf die Darius II gebracht.
Erster Teil deines Auftrags: Halte dich versteckt, bis das Schiff auf einem Planeten landet und schleiche dich von Bord. Suche einen Mann namens Eron ben Daleck. Halte den Impfstoff gegen Typhus zum Injizieren bereit. Der zweite Teil deines Auftrags wird dir erst einfallen, wenn du vor Eron ben Daleck und seinem Gefolge stehst. Arbeite die Details deiner Erinnerungen

aus.'
Lucia starrte ihn mit großen Augen an. Sie konnte kaum fassen, was sie dort gelesen hatte.
"Das würde ja bedeuten, dass alles, was du über dich und deine Vergangenheit weißt, nur deiner Fantasie entsprungen ist. Selbst dein Name ist erfunden, der Mord an dem Verlobten deiner Schwester! Soll das heißen, das stimmt alles gar nicht? Unsere gemeinsamen Aufträge! Vinzenz, sag mir, dass das nicht so ist. Sag mir, dass du der Mann bist, denn ich kenne!"
Vinzenz wollte gerade zum Sprechen ansetzen, als die Badezimmertür aufflog. Völlig unerwartet stand Gerald Ehrlich im Raum, und hinter ihm erschien die schwarzhaarige Frau aus der Sirius-Lounge. Lucia wich erschrocken zurück.
"Was macht ihr denn hier?", fragte sie und starrte auf die Pistolen, die sie auf sie und Vinzenz gerichtet hatten.
"Er begleitet mich", sagte Crystal mit eiskalter Stimme. "Und er versorgt mich mit wertvollen Informationen über das Leben und die Drogen des Vinzenz de Vray. Und wie mir scheint, kommen wir gerade im richtigen Augenblick, um dich zu töten, Kleines."
Crystal ging mit ausgestreckter Waffe auf Lucia zu.
"Cypher, du Verräter", sagte Vinzenz. Er schaute den Mann, den er als seinen Lehrmeister kannte, grimmig an. Die unendliche Angst um Lucia's Leben konnte er jedoch nicht verbergen. Lucia musste sie ihm ebenfalls anmerken. Ihr Unterkiefer begann zu beben.
"Bewege dich keinen Millimeter, Vinzenz", sagte Cypher und richtete seine Pistole auf ihn. Vinzenz hielt inne. Seine Glieder waren schwer, die Drogen schwächten ihn. Plötzlich erkannte er, was hier vor sich ging. Es war Crystal's Rache für den Mord an ihrem Vater. Die Erinnerungen kehrten bei dem Anblick der Frau zurück. Die Angst wurde stärker, Vinzenz spürte, dass sich seine Augen mit Tränen füllten. Und er konnte nichts dagegen tun. Crystal wollte Lucia töten, um sich zu rächen!
"Lasst sie gehen, sie hat nichts damit zu tun. Ich kenne sie kaum", meinte er, und sein Tonfall hatte sich von wütend zu flehend geändert.
"Sie wird hier sterben. Die Kugel wird ihren Kopf zerfetzen,

und du, Karl Vincent Meridon oder wie immer du dich nennst, wirst nichts dagegen tun können!"
"Bitte, tue das nicht, Crystal! Es tut mir alles so wahnsinnig leid! Dein Vater war ein Chylac, und er war der Herrscher über einen ganzen Planeten. Ich hatte keine Wahl, er hat die Menschheit bedroht. Bitte, was immer du von mir als Wiedergutmachung verlangst, ich werde es erfüllen! Es tat mir so weh, dich auszunutzen und zu enttäuschen! Glaube mir, seit diesem Moment an betäube ich mich mit Drogen und versuche zu vergessen! Bitte Crystal, hab ein Herz und töte sie nicht!"
Vinzenz kniete auf dem Boden vor Cypher's Waffe und wimmerte. Er sah, dass Lucia ebenfalls Tränen in den Augen hatte und den Ernst der Lage begriff.
"Was glaubst du, was ich von dir möchte? Was glaubst du, wer ich bin? Ich habe dich einst geliebt; so sehr eine Frau einen Mann nur lieben kann, weil du mich mit denselben Drogen vergiftet hast, wie die Menschen, die du für deine Freunde hältst! Was denkst du, welchem *Menschen* ich noch vertrauen kann?"
Vinzenz' Augen wurden noch größer. Er starrte sie an und die Wahrheit traf ihn wie ein Schlag: "Du... bist ein... Chylac?", fragte er unsicher. Jede Hoffnung wich aus seinem Gesicht. Er drehte den Kopf langsam zu Cypher. "Und.... du... ebenfalls?"
"Und du wirst nun erfahren, was es bedeutet, einen geliebten Menschen zu verlieren", Crystal beugte sich zu Vinzenz und fuhr mit leiser, eiskalter Stimme fort: "Cypher war so gut, mich mit einigen Informationen über dich, dein Leben und deine Drogen zu versorgen."
"Wenn du Lucia tötest, beweist du lediglich, dass die Chylac keinen Deut intelligenter oder besser sind als die Menschen. Dann seid ihr auch nichts weiter als rach- und kriegssüchtige Monster!"
Vinzenz Pupillen waren weit, auf seiner Stirn stand Schweiß. Er fühlte sich so gelähmt, so elend und verzweifelt wie nie zuvor in seinem Leben. Crystal kniff die Augen zu schmalen Schlitzen zusammen. "Vielleicht ist es der letzte Rest Menschlichkeit in mir, der hier vor dir steht. Doch *du* wirst leiden, Karl Vincent Meridon, und du wirst diesen Tag dein Leben lang

nicht mehr vergessen!"
Dann drückte sie ab.

Vinzenz sah Lucia in die feuchten Augen. Sie hatte Todesangst und betete zu Gott. Vinzenz würde diesen Blick niemals vergessen! Dann kam die Kugel und zerfetzte ihren Kopf. Blut spritzte ihm ins Gesicht. Die Ohnmacht dröhnte in seinen Ohren, betäubte ihn noch mehr. Alles um ihn herum drehte sich, und er hatte das Gefühl, die Welt würde unter ihm zerbrechen. Noch ehe sein Bewusstsein begreifen wollte, was geschehen war, sprühte Cypher ihm Tränengas ins Gesicht. Dann verschwand er hinter Crystal aus dem Raum. Er nahm den aufgeklappten Computer auf dem Bett mit. Vinzenz blieb fassungslos zurück. Er kniete über Lucia's Leiche, streichelte ihren leblosen Körper und weinte bitterlich. Seine brennenden Augen waren nichtig im Vergleich zu seinem seelischen Schmerz.
"Das werdet ihr bezahlen", flüsterte er leise vor sich hin und schwor sich, Crystal und Cypher erbarmungslos zu vernichten. Mehr noch, er würde die Chylac ausmerzen, gleichgültig, gnadenlos und kaltherzig. In seinem Kopf drehte sich alles. Die ganze Situation war so finster und grausam. Vinzenz vergaß, dass die Drogen wahrscheinlich gerade ihre volle Wirksamkeit erreicht hatten. Das Gelähmtsein ließ langsam nach, seine Glieder fühlten sich zunehmend stärker an, doch die Trauer und der Schmerz blieben. Er griff nach seiner Ledertasche und holte eine kleine Schachtel mit zwei Kontaktlinsen heraus. Nachdem er sie sich unter Schmerzen eingesetzt hatte, klarte sein Blick etwas auf. Er sah an sich herunter, alles war mit Lucia's Blut beschmiert, er selbst saß in einer dunkelroten Lache.
"Sie befinden sich auf dem Weg zur Brücke", sagte Terra leise. Die KI hatte sich zurückgehalten, weil ihr Erfahrungsspeicher dieses Szenario weder kannte, noch mit einem zuvor erlebten abgleichen konnte. Ergo, Terra wusste nicht, wie sie sich verhalten sollte.
"Wie bitte?", fragte Vinzenz und nahm die Kugel in die Hand. Terra wiederholte, was sie gesagt hatte, etwas unsicherer diesmal.
"Ich habe mich in die Sicherheitssysteme der Calypso einge-

schaltet und Crystal und Cypher auf den Überwachungskameras verfolgt. Sie gehen Richtung Brücke. Es gibt noch etwas, das ich dir mitteilen muss, ungeachtet der emotionalen Spannungen dieser Situation."
Vinzenz hielt kurz inne und schaute Terra an.
"Ja?"
"Die Imperiale Abwehrflotte ist vor einigen Minuten von Babylios aus gestartet. Es handelt sich um einhundertzweiundsechzig schwere Kriegsschiffe, die einzig zur Verteidigung des Planeten dienen, die größte zusammenhängende Kriegsflotte der Menschheit."
Er nickte nachdenklich.
"Kannst du dich in die gesamten Systeme der Calypso einschalten und das Schiff steuern?", fragte er und blickte auf das Bild der Überwachungskameras, das Terra als Hologramm in den Raum projizierte.
"Sicher. Jedoch nur, bis sie die Brücke erreichen und die Computer möglicherweise aus dem Netzwerk nehmen."
Vinzenz' Gedanken begannen zu rasen, er begann einen Plan zu schmieden. Er blickte noch einmal zu Lucia und wusste, dass er hier nichts mehr für sie tun konnte. Der Verlust war so schmerzhaft, doch wenn er, Julius und Tao diese Reise überleben wollten, dann musste er jetzt handeln. Er durfte sich nicht von dem Schmerz so sehr lähmen lassen, dass er nichts gegen die Übernahme der Chylac unternehmen konnte. Bevor er den Raum verließ, griff er nach dem Anhänger der heiligen Erde, den Lucia noch immer um den Hals trug. Es war ein Geschenk des Grafen Lorenzo Valco an sie gewesen, eine Art Schlüssel zu den Hyperraumtoren. Vinzenz nahm ihn an sich, steckte Terra in seine Tasche und verließ das Zimmer.
"Terra, arbeite einen Plan aus, der dazu führt, dass die Reaktoren überhitzen", befahl er der KI leise, während er über den Gang eilte.
"Negativ. Die Calypso wird mit Fusionsreaktorzellen angetrieben. Wenn wir sie zum Überhitzen bringen, wird das gesamte Schiff wie eine Atombombe explodieren."
"Richtig. Das ist unser Plan. Mach dich an die Arbeit!"

“Mit jedem Tag, den Ihr, verehrter Julius, verstreichen lasst, wird es Eurer liebreizenden Laudana immer schlechter gehen. Ich will dieses Amulett mit dem Sprungschlüssel haben! Und wenn Ihr mich zwingt, es mir persönlich zu holen, dann ist Eure Prinzessin die erste, die unglücklicherweise versterben wird. Habe ich mich klar ausgedrückt?”
Dem Marquis standen Schweißperlen auf der Stirn. In der Schule der Leocathors auf Aden hatte er gelernt, niemals mit Terroristen und Entführern zu verhandeln. Selbst wenn jemand dabei ums Leben kam! Die Folgen einer Verhandlung und eines Gewinns der Terroristen wären bei Weitem schlimmer.
“Neverdy, du bist eine Piratin, und du hast nicht die geringste Ahnung, wozu ich im Stande bin und was ich mit Piraten wie dir anstelle”, antwortete er erstaunlich selbstsicher. “Sollte Laudana etwas zustoßen, wirst du keine Nacht deines Lebens mehr schlafen können. Solange wir uns nicht von Angesicht zu Angesicht gegenüberstehen, werde ich nicht mit dir verhandeln!”
Julius war gerade im Begriff, das Gespräch zu beenden, als die Zimmertür aufflog und Vinzenz vollkommen blutbeschmiert und außer Atem hereinstürzte. Irgendwie musste er das Gespräch mitgehört oder wenigstens die letzten Fetzen mitbekommen haben, denn er riss Julius den Funker aus der Hand.
"Neverdy, hier spricht Vinzenz. Du bekommst das Amulett. Ich werde es dir persönlich in die Hand drücken, aber ich fordere eine Gegenleistung: Schick deine besten Männer auf die Calypso und hol uns hier raus. Wir haben ein ernsthaftes Parasitenproblem. Ich werde dir später sagen, in welchem Hangar ein Shuttle landen kann. Beeil dich, sonst werden wir tot sein und die Parasiten in den Besitz des Amuletts gelangen. Ich nehme an, du weißt bereits, was das bedeutet?! Bitte, hilf uns, Nev!"
Am anderen Ende der Leitung herrschte Stille. Vinzenz wusste, dass Neverdy ein gutes Herz hatte. Seinen letzten Satz hatte er flehend und hilfesuchend klingen lassen. Und sie war keine skrupellose Söldnerin, die Menschen für Geld töten würde. Sie war seine Schwester, und sie musste erkennen, dass er noch immer ihr Bruder war! Er betete in diesem Moment, so wie Tao

es ihm aufgetragen hatte.
"Okay. Diese eine Chance. Wenn du es vergeigst, ist Laudana tot!"
–

Gaia hatte seit dem Sprung nach Babylios Wache. Sie saß in der Brigg vor der Zellentür und beobachtete die Baroness aus dem Hause Valeo. Sie war tatsächlich eine hübsche Frau mit einem gewissen Etwas, und Gaia konnte nachvollziehen, dass ein Mann Einiges darum geben würde, um sie für sich zu gewinnen - von den geschäftlichen Verbindungen zwischen den Adelshäusern ganz abgesehen.
"Ist Julius Leocathor ein mächtiger Mann?", fragte sie die Gefangene aus ehrlichem Interesse. Sie hatte viel von ihm gehört und die Tatsache, dass Vinzenz ihm folgte, machte ihn zu etwas Besonderem in ihren Augen. Laudana betrachtete die Söldnerin. Einige Tage hatten die beiden bereits auf verschiedenen Seiten des Gitters verbracht und hin und wieder einige Worte gewechselt. Gaia schien im Vergleich zu dem Rest der Wachen ein intelligentes Mädchen zu sein und es war ihr ein Rätsel, was sie hier an Bord verloren hatte. Die Kleine hätte besser in eine gute Offiziersschule gepasst als zu diesem Dreckshaufen. Nach einigem Nachdenken gab sie ihr eine Antwort:
"Julius ist der mächtigste Mann, der mir je begegnet ist. Viele Leute unterschätzen ihn und ich habe ihn im ersten Moment ebenfalls für einen Trottel gehalten, dem sein Gefolge auf der Nase herumtanzt. Doch der Schein trügt gewaltig. Ich hoffe, Neverdy ist nicht dumm, denn wenn sie sich Julius Leocathor zum Feind macht, seid ihr verloren."
Laudana hatte etwas übertrieben. Sie wusste natürlich, dass Julius ein herzensguter Mensch war, und ob er wirklich einer Fliege etwas zu Leide tun konnte, wagte sie ernsthaft zu bezweifeln. Es entsprach wohl leider eher ihrem Wunschtraum, einen Helden zu lieben.
Gaia blickte sie an und nickte. Ihr lag eine weitere Frage wie Feuer auf der Zunge, und sie musste diese jetzt stellen: "Und Vinzenz, der Bruder von Käpt'n Neverdy? Was ist das für ein

Mensch?"
Laudana schmunzelte. Sie hatte eine wesentlich genauere Vorstellung von Vinzenz' Identität als Gaia, doch dieses Wissen würde sie nicht mit dem Mädchen teilen. Stattdessen erinnerte sie sich an die gemeinsamen Mahlzeiten auf der Palfuria.
"Er ist ein Chaot, der immer das Gegenteil von dem tut, was man von ihm erwartet. Er ist nicht dumm und vielleicht ein guter Arzt. Er hat meinem Vater sehr geholfen. Ich hoffe, er wird diesen Weg gehen und nicht versuchen, sich in die Angelegenheiten mächtiger Menschen und insbesondere des Adels einzumischen. Davon versteht er überhaupt nichts."
Die Baroness schüttelte erheitert den Kopf. Gaia hätte zu gern noch mehr über die seltsame Mannschaft der Darius II herausbekommen, doch in diesem Moment betrat Neverdy die Zelle.
"Ich muss diese erheiternde Diskussion leider unterbrechen", sagte sie in sarkastischem Tonfall und mit ernstem Blick. "Es gibt Probleme auf der Calypso. Der Mann, der vorgibt, mein Bruder zu sein, faselt etwas von Chylac und Parasiten an Bord. Er ist bereit, den Schlüssel gegen Laudana einzutauschen, er fordert jedoch unsere Hilfe. Geh und mach dich so schnell wie möglich bereit für einen Einsatz, Gaia. Ich will dich dabei haben."
Gaia nickte und verließ die Brigg, um ihre Ausrüstung zu holen.
"Was treibt Euch an, Neverdy?", fragte Laudana und achtete behutsam darauf, dass ihre Frage ehrlich und wohlwollend klang. Sie erkannte den Zorn und gleichzeitig die Angst und Unsicherheit in dem Blick der Söldnerin.
Neverdy sah sie einige Sekunden an. Sie wünschte sich, ihre Gedanken mit jemandem teilen zu können, doch Laudana war ihre Gefangene. Dennoch schien sie ein wohlwollendes Interesse an der gesamten Situation zu haben. Und das scheinbar ohne Furcht vor Folter oder deren Konsequenzen. Neverdy wog ihre Gefühle gegen die Rationalität ab und entschloss sich, mit Laudana zu sprechen. Vielleicht konnte sie ihr ja auch helfen.
"Dieser Vinzenz ist nicht mein Bruder. Ich habe meinen Bruder in meinen eigenen Armen sterben sehen. Trotzdem kennt er Dinge über unsere gemeinsame Vergangenheit, die sonst kein

anderer Mensch wissen kann. Ich weiß nicht, wer er ist, wohin diese Reise führt, und auf welcher Seite ich stehen soll. Ich habe eine Mannschaft gut ausgebildeter und loyaler Kämpfer hinter mir. Für sie fühle ich mich verantwortlich. Sie sind wie eine Familie."

Neverdy wusste nicht, wann sie das letzte Mal eine emotionale Schwäche vor jemandem zugegeben hatte. Die einzige Ausnahme waren ihre Eltern. Und selbst die hatte sie schon über ein Jahr nicht mehr gesehen. Laudana war eine besondere Person. Es war schwierig, das an etwas festzumachen. Ihr gesamtes Auftreten war selbstsicher und edelmütig. Neverdy entschloss sich, Frieden mit ihr zu schließen, ohne einen rationalen Grund dafür zu finden.

"Ihr seid eine starke Frau, Laudana. Ich muss mich für die Wunde bei Euch entschuldigen. Ich werde mit einigen Männern auf die Calypso gehen und mich persönlich davon überzeugen, was dort vor sich geht. Falls wir Probleme bekommen sollten, habe ich meinen Männern den Befehl erteilt, Euch freizulassen."

Eine Weile schwiegen beide und fühlten sich innerlich erleichtert. Laudana brach die Stille: "Gebt Acht auf das Amulett. Es darf den Chylac nicht in die Hände geraten. Solange Ihr sie bekämpft, wird Vinzenz Euch bis in den Tod verteidigen. Mehr kann ich Euch leider im Moment dazu nicht sagen, Neverdy. Ich bin von ganzem Herzen froh, dass Ihr diese Entscheidung getroffen habt!"

–

Babylios - zur gleichen Zeit.

Das Klima war nicht überall auf Babylios eisig kalt. Das Terraforming gestaltete eine milde, warme Zone im Umkreis von drei Kilometern in alle Richtungen um den Palast des Imperators. Hier wuchsen Palmen, weideten Elefanten und Zebras und erstreckten sich Badeseen in idyllischer Natur.

Tyl, der Imperator des Universums, war nur selten in seinen Gärten unterwegs. Sein Zeitplan erlaubte es ihm nicht. Er erschien wie ein groß gewachsener Mann Mitte fünfzig, wenngleich sein wahres Alter die Vorstellungskraft eines gewöhnli-

chen Menschen bei weitem überstieg. Er begnügte sich meistens damit, aus seinem Fenster das muntere Treiben der adeligen Gesellschaft in seinen sonnigen Gärten zu beobachten.
'Wie sie sich rund um mich scharen', dachte er angewidert. Er stand mit auf dem Rücken verschränkten Armen und weit geöffneten Adusaugen hinter einer Panzerglasscheibe, die das gesamte, runde Zimmer umspannte und dessen einzige Wand war. Es war gleichzeitig das oberste Stockwerk des dreihundert Meter hohen Gebäudes. Auf verschiedenen Etagen konnten Schweber, kleine Raumkreuzer und Shuttles anlegen. Dies alles konnte der Imperator von oben überblicken. Im Moment jedoch fehlte Tyl die Zeit zum Beobachten. Er war der oberste militärische und politische Befehlshaber der Menschheit. Zwei Räte standen ihm zur Seite: Der Rat der Zwölf, in dem hauptsächlich die Adelshäuser und die Kirche vertreten waren, und der Rat der Alten, eine Mischung aus unabhängigen, freien Beratern und den Berichterstattern seiner Geheimdienste. Immer wieder verlangten verschiedene Parteien, in die Entscheidungen des Rats der Zwölf einbezogen zu werden, doch bisher ohne Erfolg. Adel und Kirche waren gemeinsam mächtig genug, um eine Regierung zu stellen und ihre Entscheidungen unabhängig zu treffen. Doch Tyl interessierte sich heute wenig für das Tagesgeschäft der Ratsentscheidungen. Er hatte am Vormittag Neuigkeiten von seinem Labor erfahren. Nun war es an der Zeit, sich selbst einen Eindruck von dem zu verschaffen, was sein Wissenschaftler herausgefunden hatte. Er betrat einen Fahrstuhl, der ihn hinab brachte. Es gab nur ein Ziel, das er erreichen konnte, und es lag noch viel tiefer, als das Erdgeschoss des Palastes. Zweihundertfünfzig Meter unter dem Erdboden kam die Kabine zum Stehen. Als sich die Türen öffneten, gaben sie den Blick auf einen steril anmutenden, großen Raum frei. Die Beleuchtung war leicht bläulich, und das Licht strahlte diffus aus dem gläsernen Fußboden. Über einhundert Meter ging es unter dem Raum in die Tiefe, und dort unten leuchtete eine helle Kugel. Tyl hatte dieses Labor vor über einhundert Jahren errichten lassen. Im Inneren des Planeten Babylios befand sich die Equilibrium. Es handelte sich dabei nicht um ein Hyperraumtor, obwohl es ähnlich aufgebaut war. Seit seiner

Entdeckung forschte Tyl mit seinem Volk, den Chylac, an dem wahren Sinn der blauen Kugel, die im Inneren leuchtete. Bisher hatte er herausgefunden, dass es sich um eine Art Kommunikationsmedium handelte, das weit über die Grenzen eines Sonnensystems hinausreichte. Wahrscheinlich hatten die Künstlichen Intelligenzen es erbaut, um die Menschen vor den Chylac zu schützen. Die Nachricht, die ihn am heutigen Morgen erreicht hatte, war vollkommen neu und würde, falls sie wahr sein sollte, vieles verändern. In der Mitte des Labors befand sich ein bequemer Sessel, darin ein Mann halb liegend, halb sitzend mit geschlossenen Augen. Die vielen Verkabelungen und Elektroden, die an seinem Kopf angebracht waren, ließen sein Gesicht kaum erkennen. Er war in tiefe Meditation versunken und um seinen Hals trug er ein Amulett, das die heilige Erde darstellte. Neben ihm befand sich ein zwei Meter hohes Regal, vollgepackt mit unterschiedlichen Computern und Monitoren. Ein weiterer Mann von kleinwüchsiger Statur und mit grimmigem Gesichtsausdruck zog gerade eine Spritze auf, hielt aber sofort inne, als er den Imperator in der Fahrstuhlkabine erblickte.

„Mein Imperator“, begrüßte er ihn mit tiefer Verbeugung. Tyl machte einige Schritte auf ihn zu und nickte.

„Wir haben Kontakt aufgenommen“, berichtete der Wissenschaftler freudig. „Astradamus hat Kontakt zu Eron ben Daleck im Escalonsystem hergestellt“, sagte er und deutete dabei auf den Mann, dessen Kopf über viele Verkabelungen mit den Computern verbunden war.

„Der Kommunikationscode ist entschlüsselt, und Eron ben Daleck hat das erste organische Chylacschiff durch das Tor geschickt. Es ist heil und sicher angekommen. Die Tore haben es weder vernichtet, noch verändert. Alle Analysen zeigen eine hundertprozentige Übereinstimmung vor und nach dem Sprung. Astradamus ist der Überzeugung, dass wir unsere gesamte Flotte sicher von Escalon nach Babylios springen lassen können. Er erweist sich als ausgezeichnete Wahl, mein Imperator."

Der kleine Mann lächelte dünn und bösartig. Bisher konnten die Chylac nur unter großen Anstrengungen von einem System

in ein anderes Springen. Jede Virus-Kopie, egal ob sie eingefroren in flüssigem Stickstoff, eingebaut ins menschliche Erbgut oder per Hand auf ein Stück Papier gekritzelt war, wurde von den Hyperraumtoren erkannt und während des Sprungs vernichtet. Die neue Kommunikationsmöglichkeit erlaubte es, Chylac-Viren, die Eron ben Daleck auf Escalon entworfen hatte, auf Babylios zu züchten. Doch wenn Astradamus' Arbeit sich wirklich als erfolgreich herausstellen sollte, dann würden die Chylac die Menschen innerhalb weniger Tage so überraschend angreifen, dass sie die Menschheit ausrotten könnten. So verbissen wie der hässliche, kleinwüchsige Mann bei der Arbeit war, schien der Tod der Menschen sein Lebenssinn zu sein. Er blickte auf die blaue Lichtkugel im Inneren des über hundert Meter durchmessenden Kreises.
"Gut, Asirael. Ich bin zufrieden mit dir“, sagte der Imperator und wandte sich dann Astradamus zu, der regungslos in dem Sessel saß und langsam die Augen öffnete.
"Du hast gute Arbeit geleistet. Ich werde dich mehr als königlich dafür belohnen. Wenn wir diesen Krieg gewonnen haben, wirst du mehr Reichtum und Macht erhalten, als du dir vorstellen kannst. Nur eines merke dir: solltest du uns in eine Falle führen, steht dir weit Schlimmeres als der Tod bevor. Wir Chylac sind mächtig und sollte ich mich dazu entschließen müssen, dich zu foltern, wird dein menschlicher Geist Qualen durchleben, denen nicht einmal der Wahnsinn Linderung verschaffen kann."
Tyl sah Astradamus einige Sekunden fest in die Augen. Er hatte Probleme, den Geist des Mannes zu durchdringen, und das besorgte ihn. Auf der anderen Seite hatte Astradamus die Fähigkeit, mit Hilfe des Amuletts um seinen Hals die Hyperraumtore zu täuschen. Wahrscheinlich brauchte es dazu mehr, als nur eine schwer zu durchschauende Seele. Dann blickte er ebenfalls hinunter in die mystische Leere des großen Tores. Auf seinen Lippen zeichnete sich ein Lächeln ab. In seinem Herzen spürte er die Besonderheit dieses historischen Augenblicks. Ab heute würde das Universum der Menschheit mit einem Feind konfrontiert, dem es nicht gewachsen war: Die Rache der Chylac und der Krieg der unterschiedlichen Spezies

würde so grausam für die Menschen werden, dass die Zeit ihre heilenden Hände nicht mehr über ihr Unglück zu legen vermögen würde.
„Noch etwas“, fuhr Tyl fort und wandte sich zu Asirael. "Bereite die Ankunft von Crystal und Cypher vor. Ich will sie persönlich unter vier Augen sprechen, sobald sie Babylios erreicht haben."
-

Hey, na klar war ich in den Käpt'n verknallt. Das war doch mindestens die Hälfte der Jungs an Bord der Feuersturm. Wenn ihr mich fragt, war das der Grund, weshalb wir so eine coole Crew waren. Meuterei? Wir hätten die Meuterer so windelweich geprügelt! Jeder von uns wäre für Neverdy nackt durchs Höllenfeuer gegangen, nur um ihr zu beweisen, dass wir Männer waren und keine Weicheier. Sie hatte doppelt so viel Mumm in den Knochen als jeder von uns! Und ich wette, jeder dachte an ihren Arsch, wenn er den Landurlaub im Puff verbrachte. Neverdy war einfach der Hammer! Sie saß hinter mir mit voller Kampfausrüstung und schaute mir über die Schulter.
"Zesch, dort!", sagte sie und zeigte auf eine offene Landebucht. Ich flog das Shuttle an der im Schatten gelegenen Längsseite der Calypso vorbei. Obwohl ich immer wieder versuchte, mit den Suchscheinwerfern durch die kleinen Fenster ins Innere des Hotelschiffes zu leuchten, sah ich keine Menschenseele. Alles war stockdunkel!
"Sie haben nicht einmal die Notbeleuchtung an. Da drin muss es so finster sein, dass sich die Gäste allein schon deswegen in die Hose machen", meinte ich und ja, zugegeben, auch ein bisschen, um von meiner eigenen Nervosität abzulenken.
"Sagt der Richtige", meine Neverdy, legte ihre Hand auf meine Schulter und schenke mir eines dieser amüsierten Lächeln. Ich war der verdammt beste Pilot an Bord der Feuersturm, und anstatt mich zu vergöttern, wie es die Miezen auf Acromia taten, schmunzelte sie, weil ich in ihren Augen ein Pilot von der Kunstflugschule war. Egal. Es war Neverdy! Und Tom, Mäx und Bombard, die auf der Pritsche im Heck saßen, sahen, dass sie mir die Hand auf die Schulter gelegt hatte. Gaia war in Ge-

danken woanders. Sie saß den Männern gegenüber und schien an ihren letzten Urlaub auf Icon oder so zu denken. Sie war das Küken an Bord, ihr Bodycount betrug null und ganz ehrlich, ich dachte von Anfang an, dass sie nicht für das Söldnerleben gemacht war. Zu zart besaitet und zu hübsch. Möchte gar nicht wissen, wie oft sie den einen oder anderen von den Jungs mit Ohrfeigen aus ihrem Quartier prügeln musste. Tom und Mäx war das wahrscheinlich schnuppe. Die beiden waren mit Mitte vierzig die Senioren auf der Feuersturm. Das Gute war, dass man sich auf sie verlassen konnte. Sie hatten schon als Veteranen in den Imperatorkriegen gedient und waren gestandene Männer. Sie hatten viele Bekannte auf unterschiedlichen Planeten, und ich schätze, Tom's Sold ging zum größten Teil an die eine oder andere Familie. Mäx war der zweite Mann an Bord nach Neverdy. Er konnte ziemlich gut Befehle geben und wenn er dich zur Sau machte, dann meist nicht ohne Grund. Wenn er dich anbrüllt, dann hast du was falsch gemacht. Ansonsten war er nämlich die Ruhe in Person. Etwas wortkarg manchmal, konnte aber dafür gut pokern. Bombard war auch eher ein stiller Typ. Er trug einen Vollbart, und kaute trotz oder gerade wegen seiner Zahnlücke meistens Kaugummi. Auch heute, nur dass er ausnahmsweise mal nicht laut dabei schmatzte. Er war, wie sein Name es ankündigt, für das Grobe zuständig. Ein Sprengstoffexperte. Wir wussten alle nicht, was uns auf der Calypso erwartete. Ich rechnete mit kriegerischen Mutanten, vielleicht ein paar Zombies. Jeder von uns hatte wohl eine unterschiedliche Vorstellung von den Chylac, und wir alle gingen unterschiedlich mit unserer Angst um. Es sei denn, man hatte keine, so wie Neverdy. Sanft steuerte ich das Shuttle in den Hangar. Unsere Scheinwerfer strahlten den Staub und Dampf an, den die hydraulischen Tore ausgestoßen hatten. Sie mussten beschädigt sein, wahrscheinlich hatte jemand diesen Hangar zuvor mal gewaltsam geöffnet.
"Macht euch bereit, Jungs", sagte Nev, zog sich die Handschuhe an und griff nach ihrem Blaster. Das Gewehr war leicht und schlank, wie sie selbst. Ein Geschenk von einem reichen Valeo, und Nev hütete es wie ihre Augäpfel.
Tom würde vorgehen. Er konnte das gut, hatte den richtigen

Riecher für Ärger und wie man ihm aus dem Weg gehen konnte. Er war immer vorne mit dabei, wenn es darum ging, etwas Neues zu erkunden, was nicht nur Ballerei, sondern auch etwas Grips verlangte. Meine Aufgabe war es, nach hinten abzusichern. Nicht, weil ich so ein miserabler Schütze war. Das war ich ganz und gar nicht! Aber ich musste immer zuerst das Shuttle runterbringen und war dadurch immer der letzte, der seine Waffe im Anschlag hatte.
"Alle bereit?", fragte Nev, während das Shuttle den Boden berührte. Alle nickten zustimmend. Wir waren so bereit, wie eine Crew nur bereit sein konnte. Wir würden da rein gehen, Vinzenz und seine Crew rausholen und dann so schnell wie möglich wieder abhauen. Keine unnötige Zeit verplempern, keine Plünderungen, keine Geiselnahmen. Wir klappten die Visiere runter, nur für den Fall, dass die Atmosphäre zu dünn zum Atmen war.
"Die Tür öffnet sich genau... jetzt", sagte ich, und das sonst so alltägliche Zischen der Hydraulik führte in dieser Situation dazu, dass sich uns die Nackenhaare aufstellten. Wir betraten ein Schiff, das offiziell als Chylacschiff galt. Der Hangar war leer. Noch immer strömte Dampf aus einem Leck der Hydraulik. Mich kümmerte das nicht. Tom ging raus, Gaia sicherte ihn. Die Kleine war schnell mit der Pistole, hoffentlich nicht nur im Training.
"Alles frei", meinte Tom knapp über den offenen Funk, mit dem wir alle uns ab jetzt verständigten. Ich klappte das Visier runter, krallte mir den Blaster und verließ hinter den anderen das Shuttle. Hinter der Hangarschleuse war der Hauptgang zu erkennen - völlig unbelebt. Tom ging recht schnell hindurch. Alles war nur durch die Taschenlampen beleuchtet, die wir dabei hatten. Irgendwie hatte dieser Vinzenz es geschafft, sich in den Schiffscomputer einzuhacken und die gesamte Stromversorgung lahmzulegen. Wir hatten recht detaillierte Karten von ihm geschickt bekommen. Unser Treffpunkt war eine Lounge neben einem Casino. Tom, Nev und Gaia hatten lange darüber gebrütet und den besten und schnellsten Weg markiert. Diesem würden wir folgen. Es musste alles schnell gehen, denn wir wussten nicht, wann die Chylac wieder Gewalt über den Bord-

computer bekommen würden. Und da hier jeder Quadratzentimeter kameraüberwacht war, bedeutete die Kontrolle über diesen Computer die absolute Macht. Die Chylac würden uns jagen wie eine Katze die verwundete Maus.
Wir hatten den Wirtschaftsbereich durchquert, als sich vor uns ein großer Durchgang erstreckte. Tom und Bombard leuchteten alles aus, und ich konnte im Lichtpegel die Roulettetische des Casinos erkennen. Zu unserem Erschrecken kam von irgendwo her dichter Rauch und machte ein leichtes Durchqueren unmöglich. Der Schatten einer Person zog eine Schneise in den Rauch, und so schnell, wie die Person erschienen war, verschwand sie auf leisen Sohlen wieder in der weißen Nebelwand. Ich gebe zu, ich hatte Schiss!
“Ich werde mich bestimmt nicht von einem Parasiten beschießen lassen. Ich habe gehört, durch ihre Dornen wird man selbst zu einem”, sagte ich. Keine Ahnung, warum ich das tat. Das Schweigen war so erdrückend. Nev stand nur ein paar Meter von mir entfernt, und sie würde sicherlich alles tun, um uns hier heil wieder rauszubringen, doch irgendwie machte mir das alles trotzdem ganz schön Angst.
“Halt’s Maul”, antwortete Tom. Es war deutlich zu hören, dass ihn mein Gerede nervte. Er hielt mich für einen passablen Piloten und für einen Feigling.
"Neverdy, wir kommen euch entgegen", hörten wir alle Vinzenz' Stimme im Funk. "Kommt nicht in den Rauch, das waren wir und es ist nur eine Ablenkung."
Wir sahen uns gegenseitig an und nickten. Wir hatten ja keine Ahnung, wer sie waren. Im schlechtesten Fall war es eine Falle. Nev war sich dessen bewusst und es herrschte höchste Alarmbereitschaft. Kurz darauf traten drei Männer aus dem Nebel. Das mussten Vinzenz, Julius und Tao sein, ich kannte sie nur von Bildern, die Nev uns gezeigt hatte, doch die Beschreibung traf zu. Sie hatten gerötete Augen, und sahen echt fertig aus. Als hätten sie einige Nächte nicht geschlafen. Noch etwas viel mir auf: Vinzenz' Blick war hasserfüllt. Einer von den Typen, mit denen man besser keine Schlägerei anfängt, weil man erwartet, dass er jeden Moment eine Waffe zieht und Amok läuft.
Von diesem Moment an ging alles sehr schnell. Neverdy sah

Vinzenz an, zog mit der Linken ihre Pistole und zielte auf ihn. Ich konnte die Überraschung in beiden Gesichtern erkennen. Er war überrascht, dass seine Schwester plötzlich vor ihm stand und eine Waffe zog, sie über seinen miserablen Zustand. Doch anstatt ihn in den Arm zu nehmen, ging die Chefin mit diesem Familientreffen etwas anders um. Bezüglich solcher Dinge war sie emotionsreich wie eine Bordsteinkante. Diese Bruder-Schwester-Front würde sich unweigerlich verhärten. Tom ging zu Vinzenz und begann, ihn nach Waffen zu durchsuchen. Gaia und Bombard kümmerten sich um die anderen beiden.

"Wage es nicht, hier irgendeine Dummheit zu machen", sagte Nev, und sie meinte es ernst! Ich kannte diesen Tonfall, und wenn der Typ tatsächlich ihr Bruder war, dann musste er aus Kindheitserinnerungen wissen, wie tief unten er auf ihrer Liste nahestehender Menschen im Moment stand. Ich schmunzelte etwas. Und ich wünschte, ich wäre ein besserer Beobachter und schnellerer Denker gewesen, denn was nun geschah, war einfach nur scheiße: Die drei hatten die Hände erhoben und wir durchsuchten sie, als sich der Rauch hinter ihnen langsam lichtete. Dort erschienen zunächst nur die Silhouetten einiger Männer, bestimmt ein Dutzend. Ich war nicht in der Lage, sie so schnell zu zählen. Wenige Sekunden später, als der Nebel sich fast aufgelöst hatte, lief es mir eiskalt den Rücken hinunter. Die Männer sahen aus wie wandelnde Tote. Schlimmer als die Zombies, die ich aus den Filmen kannte. Und vor allem viel realer! Ihre Venen waren blau gefärbt, ebenso ihre Pupillen. Ihre Haut war blass und leicht feucht vom Schweiß. Der starre, kalte Blick und ihre heftige Bewaffnung schüchterten uns alle ein. Sie hatten Impulsgewehre! Ein Schuss würde uns alle zerfetzen. Tom griff zu seinem Blaster. Der Gewehrlauf zitterte und ich erkannte, dass er nicht in der Lage war, vernünftig zu zielen, geschweige denn, irgendwas halbwegs Bedachtes zu tun. Ich glaube auch, dass unsere Angst was mit dem Nebel zu tun hatte. Irgendwie war ich gar nicht so richtig Herr meiner eigenen Gedanken. Plötzlich schoss mir die Angst und die Gefahr ins Bewusstsein, wie heftig wir alle in der Scheiße steckten und dass die Parasiten uns durch diese Befreiungsaktion in die Falle gelockt hatten. Vinzenz' Gesichtsausdruck hatte sich

nicht verändert. Er und seine beiden Gefährten standen mit dem Rücken zu den verdammten Parasiten. Sie waren *ihre* Geisel und hatten uns hierher gelockt, um hier gemeinsam mit uns zu sterben. Vinzenz sah Tom in die Augen, der direkt vor ihm stand und unsicher mit dem Gewehr herumfuchtelte. Ich beobachtete das von weiter hinten. Mit Tom stimmte etwas nicht! Ich habe immer noch keine Ahnung, wie Vinzenz es gemacht hatte. Wahrscheinlich beobachtete er die Bewegungen der Parasiten in Tom's Pupillen, die sich erweitert haben mussten. Ohne Ankündigung nutzte er unsere Überraschung und unser Zögern. Er sprang zur Seite und umgriff von hinten Tom's Blaster. In derselben Sekunde fuhr etwas Scharfes mit einem Zischen durch die Luft - gerade dort, wo sich eben noch Vinzenz' Kopf befand. Er umklammerte Tom's Blaster noch fester. Da Tom unfähig war, etwas zu tun, feuerte er die Waffe ab.
"TOM!", schrie ich ihn an. Vergebens. Ich konnte nicht mehr erkennen, was neben mir geschah. Mir gingen die Nerven durch. Irgendwer, ich glaube, es war Gaia, feuerte drauf los und das tat ich ebenfalls. Einfach drauf los, scheißegal, was passiert. Ich dachte, wenn wir hier sterben, dann nehmen wir so viele verfickte Parasiten mit, wie möglich. Anstatt ihre Impulsgewehre zu feuern, kamen sie wie wahnsinnig auf Vinzenz und Tom zu gerannt. Einer ließ sein Gewehr fallen und zog zwei große Küchenmesser. Da Tom wie angewurzelt dastand, blieb Vinzenz nichts anderes übrig, als auszuweichen. Der Parasit stieß Tom mit seinen Messern nieder. Fast in der gleichen Bewegung schleuderte er ihn mit dem Kopf zuerst gegen eine Wand. Tom landete leblos direkt neben mir. Sein Kopf war total deformiert und blutüberströmt. Dazwischen quoll noch Gehirn heraus. Ich werde das niemals vergessen. Diese scheiß Angst wuchs noch weiter und trieb mich fast in den Wahnsinn.
"Du blöder Arsch! Du verdammte Sau!", fluchte ich und spürte die Tränen, die mir in den Augen standen. Ich ballerte immer weiter auf die Kreatur, die blass und aufgedunsen im verrauchten Halblicht wie ein Zombie aussah. Mein zweiter Blasterschuss traf und riss ihm eine große Wunde in den Bauch. Trotzdem kam er weiter auf mich zu und ich pisste mir in die Hose. Vinzenz machte einen Satz und griff erneut zu Tom's

Blastergewehr. Kurz bevor der Zombie mich erreichte, drückte er ab. Leblos fiel der ekelhafte Körper vorwärts auf mich. Wir gingen beide zu Boden. Ich glaube, ich habe geschrien wie am Spieß und ballerte ihm noch ein dickes Lock in den Bauch. Das Fleisch war so ekelhaft, und das Blut mehr blau als rot. Ich geriet regelrecht in Panik, als ich mich von den zerfetzten, blutigen Armen und Beinen befreite.
“Schon gut, er ist tot”, beruhigte Vinzenz mich und nahm mir meinen Blaster ab. Um uns herum lagen mehrere Leichen, hauptsächlich Parasiten. Doch unter ihnen begraben auch Tom. Bombard hatte eine blutende und offen klaffende Wunde an seinem linken Arm. Er kaute sein Kaugummi schneller als gewöhnlich und schien keine Schmerzen zu empfinden. Ich bekam nicht alles von dem Kampf mit, aber es musste ganz schön übel zugegangen sein. Keine Ahnung, warum wir noch am Leben waren und warum die Parasiten ihre Impulsgewehre nicht abgefeuert hatten. Als ich mich wieder orientierte, stand Julius zwischen mir und Nev.
"Danke", sagte er und nickte Neverdy zu. Und als ich zu ihm sah, bemerkte ich, dass er - wie auch immer - einen oder mehrere Parasiten in der Mitte zerteilt haben musste. Die Leichen lagen wie geschlachtete Schweine um ihn herum, fein säuberlich aufgeschlitzt. Mir wurde plötzlich übel und schneller als ich es verhindern konnte, musste ich kotzten. Ich wollte nur noch lebendig da raus. Ich war ein Kunstflugschüler, kein Soldat! Ich geb's zu.

'Wenn du spüren könntest, was wir denken, dann wüsstest du, dass du tötest, was du liebst!’ Die Gedanken kamen Vinzenz in den Kopf, ohne dass er sie denken wollte. Wer war das? Wer sprach mit ihm? ‚Denk hieran’, sagten die Gedanken: Vor Vinzenz’ innerem Auge erschien ein blasshäutiges Mädchen Anfang zwanzig. Sie lag vor ihm in einem großen Bett. Die weißen Laken färbten sich ausgehend von ihrem linken Handgelenk immer weiter rot. Er hatte einen Kloß in der Kehle, denn das Mädchen hatte ihm vertraut und plötzlich kam ihm eine erschreckende Erkenntnis: das Mädchen war Lydia Leocathor, Julius Schwester. Sie war ein Chylac, und er hatte sie vor einigen Jahren auf Aden getötet. War er Julius damals schon einmal begegnet? Die Erinnerungen waren zu verschwommen. Für einen Moment spürte er die Rache der Chylac, die allein ihm galt. Plötzlich öffnete die Tote in seinem Tagtraum die Augen und sprach: „Giftiger Flaum ist die Liebe zu meinem Bruder. Ich war ein Engel, der sich mit sanftem Pelz an seine Seele kuschelte. Niemals werden die Stimmen unseres Verlangens schweigen auf der Suche nach der Verbesserung, nach Schönheit, Ästhetik und einem Opfer dafür. Ihr Menschen entreißt uns die Bürde der Erkenntnis, ihr zerrt uns die Leidenschaft ab und Gott straft euch dafür und erklärt euch den Krieg. Die Chylac sind seine Antwort auf euren Hochmut und eure Hybris, seine höchsten Geschöpfe zu sein. Ihr habt euch der Weisheit nicht würdig erwiesen. Du wirst unser Schicksal teilen, Vicente!“

“Wir müssen hier weg. Das werden immer mehr”, sagte Neverdy. Sie hielt zwei Blastergewehre in den Händen und feuerte auf alles, was sich in dem Nebel bewegte.
"Moment noch. Ich bin hier noch nicht fertig", widersprach Vinzenz ihr.
"Was ist jetzt noch?"
"Die Chylac sind gefährlich. An Bord sind zwei ihrer gefährlichsten Vertreter. Ich werde persönlich dafür sorgen, dass kein Chylac lebendig dieses Schiff verlässt", sagte er und machte klar, dass es bei seinem Leben nur diesen einen Weg für ihn gab. Neverdy sah zuerst ihn und dann ihre Crew an: Zesch war ein Nervenwrack, er war blass und zitterte am ganzen Leib. Bombard war schwer verletzt und würde es vielleicht noch lebendig zurück zum Shuttle schaffen. Gaia war in erstaunlich guter Kondition. Sie hatte präzise einige Chylac erschossen und gut auf sich und die Mannschaft aufgepasst.
Tao mischte sich dann in den Geschwisterstreit ein: "Vinz, wenn du die Calypso in die Luft jagst, dann bringst du hunderte unschuldiger Zivilisten um. Sie dich um! Wir können sie von den Chylac unterscheiden. Durch unsere Finte sind wir mit Impulsgewehren ausgerüstet und ihnen überlegen. Das Schiff ist mit Rettungskapseln ausgerüstet. Gib ihnen eine Chance."

"Finte?" fragte Neverdy und konnte nicht glauben, was sie hörte. "Habt ihr uns etwa benutzt, um diese Chylac zu überwältigen und an deren Waffen zu kommen?"
Bevor Tao oder Vinzenz antworten konnten, trat Julius zwischen sie.
"Wir wollen möglichst viele Menschen retten, Neverdy. Vielleicht den ganzen Planeten und das Imperium. Falls du es noch nicht mitbekommen hast, ihr seid die einzigen Kämpfer, die uns zur Seite stehen können. Es geht nicht nur um uns, unsere Meinungsverschiedenheiten bezüglich Laudana oder irgendwelcher Sprungschlüssel. Ob du es willst oder nicht, wenn wir hier nicht zusammenhalten und gegen die Chylac kämpfen, werden wir alle sterben. Jetzt vergesst ihr alle mal euren Egotrip, das gilt auch für dich, Vinzenz." Er fuhr scharf herum, bevor er weiterredete: "Reißt euch zusammen und versucht gemeinsam eine Lösung zu finden! Einige von uns sollten dringend zum Shuttle zurückkehren und das Amulett in Sicherheit bringen. Ich schlage vor, Neverdy, Bombard, Zesch und ich machen uns auf den Weg zurück zur Feuersturm. Gaia, Tao und Vinzenz, ihr erledigt hier, was es noch zu erledigen gibt. Nehmt Terra mit und seht zu, dass ihr lebendig hier wegkommt. Rettet so viele Zivilisten, wie möglich. Markiert ihre Shuttle, die Feuersturm kann ihnen dann Rückendeckung geben. Hat jemand einen besseren Vorschlag?" Alle schwiegen für eine Sekunde. Sie wussten, dass es an der Zeit war, einander zu vertrauen. Neverdy nickte schließlich.
"Los geht's", sagte Julius, und ihre Wege teilten sich. Neverdy ging mit ihm, Zesch und Bombard wieder zurück. Vinzenz nahm eines der schweren Impulsgewehre und ging in Richtung Casino. Tao und Gaia verschwanden mit ihm im Nebel. Sie wollten zu dem Generatorraum, um mit manueller Gewalt sicherzustellen, dass die Chylac keine Kontrolle mehr über die Calypso bekommen konnten. Sie kamen bis ungefähr zum anderen Ende des Casinos.
“Seht nur!” brachte Tao leise mit unsicherer Stimme hervor und deutete mit dem Finger in die Schwärze des Alls, die sich hinter der großen Panoramascheibe erstreckte. Alle folgten seinem Blick und starrten nach draußen. In der Ferne war ein

kleines Funkeln zu erkennen - anders als das der Sterne. Sie brauchten einige Sekunden, damit sich ihre Augen an die Dunkelheit gewöhnen konnten. Dann erkannten sie, weshalb Tao so fassungslos war: Von der Schwärze zeichnete sich ganz langsam eine Flotte von Schiffen ab. Sie befanden sich auf der Seite, die dem Planeten Babylios abgewandt war und kamen aus der Richtung, in der das Sprungtor lag. Je länger sich die Augen an die Dunkelheit gewöhnten, desto mehr Schiffe erschienen dort. Vinzenz zählte fünfzehn. Es waren riesige Schlachtschiffe, die wiederum hunderte von Jägern an Bord haben mussten. Allen stockte der Atem. Diese gigantische Flotte steuerte direkt auf die Calypso und damit auch auf den Planeten Babylios zu.
“Ach du Scheiße”, flüsterte Tao, und sie alle hatten denselben Gedanken: Die Schiffe sahen so seltsam aus, ihre Formen waren uneben, aber dennoch stromlinienförmig. Durch die Entfernung waren kaum Einzelheiten zu erkennen, eher schemenhafte Silhouetten. Doch ihnen war klar, dass diese Schiffe wahrscheinlich nicht von Menschenhand gefertigt wurden. Einige Sekunden später verschwanden die Schiffe im Schatten des Planeten und waren in der Schwärze nicht mehr sichtbar.
“Chylacschiffe?”, fragte Gaia leise. Das Schweigen aller Anwesenden sprach für sich.
“Wir müssen alle hier weg und den Imperator warnen. Scheiß' drauf!”, stellte Vinzenz als erster fest und löste sich von dem Anblick des Schreckens in der Finsternis. Er wusste um die Bedeutung seiner Worte: Scheiß auf ein paar hundert Zivilisten, die Crystal und Cypher zu Chylac machen würden. Tao blickte ihn an. Er hatte feuchte Augen, doch er stimmte Vinzenz zu. Diese Nachricht war zu dringend und zu wichtig. Sie durften hier nicht ihr Leben aufs Spiel setzten. Ihnen oblag die Verantwortung, den Imperator zu warnen und Babylios zu retten.
"Los, los, los! Lasst uns keine Zeit verlieren!" Vinzenz ließ das schwere Impulsgewehr zurück, um schneller laufen zu können und zog die anderen Richtung Hangar. Kurz darauf hatten sie Neverdy und ihre Leute eingeholt. Zesch und der blass und kraftlos aussehende Bombard bildeten den Schluss. Gaia half

den beiden und griff Bombard unter die Schulter. Endlich erreichten sie die Schleuse. Neverdy wollte sie auf die gewohnte Art öffnen, doch sie blieb verschlossen. Nervöser als sie ohnehin schon war, wiederholte sie den Versuch. Wieder tat sich nichts.
“Verdammt, sie ist notverriegelt worden!”
"Terra, kannst du diese Tür öffnen?", fragte Vinzenz die KI.
"Negativ. Die Chylac haben manuelle Kontrolle über den Bordcomputer. Alle Netzwerkverbindungen wurden zerstört. Ich kann hier nichts tun."
Allen war klar, was das bedeutete: eine fünfzehn Zentimeter dicke Schleusentür, die den Weg zwischen ihnen und dem Hangar versperrte, war weder mit Impuls- noch mit Blastergewehren zu öffnen, und sie zu sprengen wäre Selbstmord. Auf dem Gang war das Näherkommen einiger Chylac zu hören.
“Tut was. Verdammt, wir haben nicht mehr viel Energie in den Blastern”, schrie Zesch von hinten und schoss blindlinks in den Gang. Julius sah Tao und Vinzenz mit traurigem und verzweifeltem Blick an. Dies war eine Sackgasse! Nichts würde sie auf die andere Seite der Tür bringen, und niemand wusste, ob dort überhaupt noch ein Luftdruck herrschte. In Julius' Herz sammelte sich eine Melancholie und Trauer in Anbetracht der aussichtslosen Situation. Alles war so schnell gegangen. Eben hatten sie noch einen perfekten Plan gehabt und die Chylac in eine Falle gelockt. Inzwischen wurden jedoch immer mehr Menschen infiziert und rasteten aus. Und sie saßen hier fest und kamen nicht weiter.
“Meine Freunde”, stammelte er und wusste nicht, was er sagen sollte. “Sie sind Geschöpfe Gottes wie wir”, flüsterte er. “Ich weiß nicht, ob wir diesen Krieg gewinnen können.”
Tao sah die Tränen in Julius Augen und runzelte die Stirn.
“Julius, bitte”, meinte er in strengem Ton, als sei der bevorstehende Tod so selbstverständlich wie das Leben. Er betete nicht einmal. Stattdessen trat er an die Tür heran und legte seine Hand darauf. Unerwartet und zum Erschrecken aller brüllte er ein unverständliches Wort einer fremden Sprache. Allen Anwesenden standen die Nackenhaare zu Berge, denn etwas Unerklärliches fuhr ihnen durch den Geist. Es schien, als erwiderte

jemand eine Antwort auf das Wort der fremden Sprache - ohne selbst jedoch Worte dafür zu benutzen. Von den Fingern des Mönches breiteten sich Risse in dem Stahl aus. Zunächst nur langsam, Millimeter für Millimeter, doch dann immer schneller. Wenige Sekunden später zerfiel die Stahltür zu Staub und gab einen Weg in den Hangar frei.
"Glaube, mein Freund, ist in der Lage Berge zu versetzen. Warum sollte er nicht eine lächerliche Stahltür zerstören können?!" Auf Tao's Lippen war ein Lächeln auszumachen, während er in die verdutzten Gesichter um sich herum sah.
–

"Los, zieh dich aus!", Neverdy stand mit verschränkten Armen vor ihrem vermeintlichen Bruder. Gaia stand zu ihrer Linken. Innerlich schmunzelte die Attentäterin über die groteske Situation, und sie wusste, dass es Neverdy nicht anders ging. Doch nach außen ließ sie sich nichts anmerken. Sollte Vinzenz ruhig etwas leiden.
"Schwesterherz, das ist doch lächerlich!"
Vinzenz war etwas betroffen. Er war müde und fertig und der Horrortrip auf der Calypso lag ihm schwer auf der Seele. Neverdy hatte sofort nach Erreichen der Feuersturm Befehl gegeben, sie in die Zellen zu sperren. Das war unwürdig! Ebenso unwürdig wie ihr Befehl, sich vor den Söldnern zu entkleiden. Er fühlte sich elend und schämte sich. Nicht für seine bevorstehende Nacktheit, sondern für diese Situation.
"So etwas kannst du mit mir nicht machen. Ich bin dein Bruder, und wir sind alle total fertig. Was wir auf der Calypso gesehen und erlebt haben, war heftig. Für uns alle. Behandele mich bitte mit etwas Respekt. Darüber hinaus sollten wir so schnell wie möglich nach Babylios aufbrechen, um keine Zeit zu verlieren! Wir müssen sie anfunken und vor den Chylac warnen."
"Zieh dich aus, verdammt! Du lügst, du verkaufst mich und meine Leute für dumm. Was denkst du eigentlich? Wir sind genauso Menschen, die für ihr Überleben kämpfen, wie du. Du kannst nicht hier herkommen, mit dem sentimentalen Bruder-Schwester-Gerede anfangen, uns ausbeuten und dann wieder verschwinden. Ich weiß bei jedem Wort, das aus deinem verlo-

genen Mund kommt, dass du an deinen Vorteil denkst und meine Mannschaft denunzierst! Das läuft hier nicht! Und jetzt her mit dem Sprungschlüssel oder Hosen runter!"
Vinzenz sah ihr in die Augen und zögerte einige Sekunden. Schließlich griff er sich in den Schritt und brachte das Amulett zum Vorschein. Der Ärger darüber, dass er ihn abgeben musste, war nicht zu übersehen. Auf dem Rückweg von der Calypso zur Feuersturm war er so mit der Vision auf der Calypso beschäftigt gewesen, dass er gar nicht darüber nachgedacht hatte, die Koordinaten anständig zu verstecken. Es ging ihm nicht um das Geld oder den Ruhm. Er war der festen Überzeugung, dass dieses Amulett bei Neverdy nicht richtig aufgehoben war. Er wollte sie für sich und seine Art des Krieges gegen die Chylac gewinnen, doch ihr dieses wertvolle Amulett anzuvertrauen, brachte sie unnötig in Gefahr. Das ärgerte ihn. Genauso sehr wie die unsensible Art, mit der seine Schwester mit ihm umging.
"Danke", meinte Neverdy etwas milder und gab das Amulett mit der Anweisung, es auf Echtheit zu überprüfen, weiter an Gaia.
"Ihr seid jetzt frei. Ich will mein Wort auch halten."
Neverdy sah Vinzenz einen Moment lang fest an. Sie dachte kurzzeitig tatsächlich, er sei ihr Bruder. Doch sie hatte Vicente Castelli in ihren eigenen Armen sterben sehen! Oder? Dieses Wiedersehen war so verwirrend und ließ sie mit dem Gefühl zurück, ihren eigenen Gedanken plötzlich nicht mehr trauen zu können. Als die anderen den Raum verlassen hatten, hielt Vinzenz sie am Arm: "Ich muss kurz mit dir sprechen Nev", sagte er, so dass nur sie es hören konnte. Neverdy kniff die Augen zusammen. War das wieder ein Verschwörungsplan? Doch Vinzenz schien es ernst zu meinen.
"Auf der Calypso haben wir etwas gesehen, das ich dir sagen muss. Da draußen befindet sich eine Parasitenflotte mit mindestens fünfzehn Schlachtschiffen. Ich schätze, sie könnten ganz Babylios damit zerstören. Ich habe wirklich Angst um uns. Denn wenn wir unseren Augen trauen können, dann fürchte ich, dass uns ein grausamer Krieg bevorsteht. Und auch wenn du es nicht wahrhaben willst, in meiner Welt bist du mei-

ne Schwester, und ich brauche dich, Nev!"
Gerade wollte Neverdy ihm entgegenkommen und nicken, als ein Beben durch die Feuersturm ging und sie ihrem Bruder in die Arme fiel.
"Was war das?", fragte sie und rannte zur Tür. Überall ertönten Alarmsignale. Neverdy's Funk ging und Zesch war dran: "Wir werden von den Imperialen angegriffen!"
Vinzenz hörte, dass er genauso verstört klang wie auf der Calypso. Das bedeutete, dass er es ernst meinte.
"Sie schießen auf alles hier draußen! Käpt'n, komm schnell!"
Vinzenz folgte ihr im Laufschritt zur Brücke. Durch die Fenster war ein gigantisches Aufgebot an Imperialer Streitflotte zu erkennen. Überall waren Raketen unterwegs, schossen auf die Calypso und auf einige Shuttle, die von dem Hotelschiff gestartet waren. Und zu ihrem Entsetzten feuerten sie auch auf die Feuersturm. Vinzenz sah seine Schwester an und beide wussten, dass es keine Diskussion mehr gab. Die Schlachtschiffe des Imperialen Hauses würden sie einfach abschießen, denn die Gefahr, Parasiten auf Babylios zu haben, war gefährlicher als die Menschenleben der Calypso und der Feuersturm. Der kurze Blick zwischen ihnen brachte mehr zum Ausdruck als alles zuvor Gesagte. Sie wussten intuitiv, dass nun ihre Stärke gefordert war und sie Seite an Seite kämpfen mussten. Wie damals auf Aden, als Bruder und Schwester!
"Ich kümmere mich um Laudana und Julius, du um Gaia und Tao. Das ist ein Befehl. Seht zu, dass ihr hier wegkommt!"
Vinzenz nickte ohne Widerspruch und rannte los. Immer wieder trafen Schüsse die Feuersturm und rissen die Laufenden von den Beinen. Auf dem Kriegsschiff bestanden die meisten Gänge aus Metallgittern, die die Decks miteinander verbanden. Es war eng und die Decken waren tief. Gaia und Tao betraten mit einigen anderen Söldnern vor Vinzenz ein Shuttle. Es war dasselbe, das sie auch von der Calypso gebracht hatte. Diesmal war es mit sieben Personen samt Ausrüstung jedoch mehr als voll. Gaia betrat das Cockpit und startete das Shuttle. Sie hatte das zuvor nur theoretisch gemacht, war aber im Moment zu aufgeregt, um sich darüber Gedanken zu machen. Tao gesellte sich zu ihr. Der alte Mönch strahlte Ruhe aus, selbst in dieser

Situation. Und da Gaia wusste, dass er mindestens genauso viel Soldat war, wie alle anderen hier zusammen, respektierte sie ihn und war froh um seine Hilfe. Vorsichtig manövrierte sie das Shuttle aus dem engen Hangar. Vinzenz schnappte sich das Funkgerät und kämpfte sich vor, um die Feuersturm auf einem der Monitore zu beobachten. Einige weitere Shuttles waren gestartet, und Vinzenz betete, dass Neverdy, Laudana und Julius in einem davon saßen. Die Kriegsschiffe des Imperialen Hauses Leocathor kamen immer näher, während der Autopilot die Feuersturm mit voller Geschwindigkeit auf Kollisionskurs mit der Calypso hielt. 'Das war Neverdy's Idee gewesen', dachte er und wartete ab, bis das Söldnerschiff genau zwischen ihnen und einem imperialen Kriegsschiff war, das es auf sie abgesehen hatte. Er zählte leise, um die Entfernungen der Schiffe besser abschätzen zu können.
"Terra, hilf mir. Wie weit ist die Feuersturm von der Calypso entfernt?", fragte er die KI.
"Ungefähr achthundert Kilometer", kam die sofortige Antwort.
"832", sagte Terra wenige Millisekunden später. Sie hatte die Gefahr der Situation erkannt und versuchte einen neuen Algorithmus anzuwenden, der Informationsgehalt und Zeitökonomie berücksichtigte. Vinzenz bekam das nicht mit. Er versuchte, sich trotz der vielen Explosionen so gut es ging zu konzentrieren. Dann schüttelte er den Kopf.
"So ein Mist, das reicht nicht. Wir können nicht mehr länger warten", murmelte er. Mit leiser, deutlicher Stimme sagte er ein einziges Wort in den Funker: "Wasserfall!"
Einige Sekunden vergingen, dann begann sich eine leuchtende Kugel aus dem Zentrum der Feuersturm über das ganze Schiff auszubreiten. Sie alle sahen in dem Monitor eine gewaltige Explosion, die in Anwesenheit einer Atmosphäre alles um sich herum zerstört hätte. Hier draußen im All war die Kraft geringer, reichte jedoch aus, um die Raketen der Kriegsschiffe zum Explodieren zu bringen. Kurz darauf trafen die Einzelteile der Feuersturm das Imperiale Kriegsschiff wie tausend Geschosse.
'Er hat es tatsächlich die ganze Zeit gewusst. Und er hat diesen Vorteil einzig dazu genutzt, uns alle zu retten', dachte Gaia und lächelte. Vinzenz wusste, dass in einem der Shuttles seine

Schwester saß, die der Explosion mit Tränen in den Augen zugesehen hatte. Schon bei ihrer ersten Begegnung im Escalonsystem hatte er die seltsame Eingebung gehabt, dass sich Sprengstoff an Bord der Feuersturm befand, den er mit diesem Codewort zur Detonation bringen konnte. Er hatte nicht die geringste Ahnung, woher diese Eingebung kam, doch die Tatsache, dass es keine eingebildete Fantasie war, bereitete ihm ein Gefühl des Unwohlseins. Wieder dachte er an Cypher und dass der Mann irgendwo da draußen war - auf der Calypso oder in einem der vielen Shuttles, die ebenfalls von dem Hotelschiff aus starteten. Mit unschuldigem Blick lächelte er die junge Söldnerin namens Gaia an, die am Steuer saß. Sie hatten sich erst vor wenigen Stunden kennengelernt, doch ihm war das Mädchen sympathisch. Und sie hatten bereits so viel gemeinsam erlebt, dass er das Gefühl hatte, sie schon lange zu kennen.
“Moment, du hast das Amulett mit dem Sprungschlüssel an dich genommen, richtig?”
Gaia nickte etwas nebensächlich und zuckte mit den Schultern.
“Hast du sie noch bei dir?”
“Möglicherweise. Ich bin übrigens Gaia. Wir haben uns noch gar nicht offiziell vorgestellt."
Sie hielt ihm die ausgestreckte Hand entgegen und sah ihm in die Augen.
“Vinz.” Er nahm ihre Hand und lächelte. Als er sie wieder loslassen wollte, ging ein Ruck durch das Schiff, der das Mädchen an ihn drückte.
“Du bekommst es nur über meine Leiche”, flüsterte sie ihm zu, da sie bei dieser Gelegenheit seinem Ohr sehr nahe kam. Schnell rappelte sie sich wieder auf. Von der Explosion ausgehend, flogen Schiffsteile der Feuersturm in alle Richtungen und prallten an die Schilde des Shuttles. Gaia begann ihnen mit Terra's Hilfe auszuweichen.
"Es gibt keine Route, die uns außerhalb der Reichweite der Imperialen Flotte nach Babylios bringt", sagte die KI. "Allerdings habe ich einen Mond geortet, der eine Landemöglichkeit bietet. Er scheint von der Kriegsflotte ignoriert zu werden und befindet sich in ausreichendem Abstand. Wenn wir dort für einige Stunden untertauchen könnten, hätten wir eine Möglichkeit, sie

unbemerkt zu umgehen."
“Der Mond nennt sich Perion, nicht wahr?”, fragte Vinzenz die KI.
"Das ist richtig."
“Dort befindet sich eine riesige Forschungsstation. Ich will gar nicht wissen, wie viel Milliarden jedes Jahr dort hineingesteckt werden. Und niemand hat jemals ein Ergebnis der Arbeit dort zu Gesicht bekommen. Ich habe keine Ahnung, woran sie forschen. Es ist streng geheim und wahrscheinlich weiß es nicht einmal der Imperator persönlich.”
“Haben sie deine Bewerbung abgelehnt? Du klingst leicht missgünstig", mischte Tao mit trockenem Humor ein, um die Anspannung der Crew etwas zu lockern. "Wir sollten Perion anfliegen", meinte er dann und klopfte Vinzenz auf die Schulter.
–

Wenige Stunden später amüsierten Tao und Gaia sich darüber, wie aufgeregt Vinzenz war, als sie die Forschungsstation betraten. Die ganze Zeit fummelte er an seiner Kleidung herum, die noch immer dreckig und verstaubt von dem Einsatz auf der Calypso war. Als sich die Schleusentür öffnete, über die das Shuttle direkt mit der Station verbunden war, hob er das Kinn und ging voran. Sie wurden von einer Dame erwartet, die Vinzenz nur aufgrund der kleinen Fältchen um die Augen herum auf irgendwo in den Vierzigern schätzte. Ansonsten machte sie einen wesentlich jüngeren Eindruck. Sie hatte volles, blondes Haar, das über ihren weißen Kittel wallte. Und Tao, der höflich hinter Gaia ging und für gewöhnlich in Gedanken ganz woanders war, schenkte ihr mehr Blicke, als es der gute Anstand gebot, den er jahrelang mühsam im Zölibat erlernt hatte. In Augenblicken wie diesem war er hin- und hergerissen zwischen zwei Gedanken: Waren seine Gefährten gute Freunde, die sein Leben bereicherten und ihm manchmal sehr viel Wärme und Nähe gaben? Oder gehörten sie zu dem schlechten Umgang, vor dem seine Lehrer ihn vor über dreißig Jahren schon gewarnt hatten? Tao errötete, als er das Parfüm der Frau im weißen Kittel roch. Es war intensiv, gut und irgendwie anders als jedes ande-

re Parfüm, das er bisher gerochen hatte - hätte er ein Wort für diesen Geruch finden sollen, er hätte ihn 'erotisch' genannt.
"Mein Name ist Alexa, ich leite diese Station", stellte sich die Frau selbstsicher vor.
"Ich bin Bruder Tao, dies ist Dr. Vinzenz de Vray, und...", er deutete auf die Söldner hinter ihm und kannte zu seiner peinlichen Erkenntnis ausschließlich Gaia's Namen. "...unsere Begleiter", meinte er mit unsicherer Geste.
"Es ist ungewöhnlich, dass jemand Asyl auf meiner Station ersucht. Aber ich nehme an, es sind auch ungewöhnliche Zeiten, in denen wir uns befinden."
Sie schaute die Ankömmlinge einen winzigen Augenblick länger an, als für ein gewöhnliches Vorstellen üblich gewesen wäre. Es war nicht messbar gewesen, doch Vinzenz fühlte sich dabei unwohl. Er kannte diese Frau! Hatte er von ihr geträumt? War sie ihm schon einmal begegnet? Das Bild ihres Gesichts existierte bereits irgendwo in seinem Gehirn. Er musste es nur in den richtigen Zusammenhang bringen, dann wüsste er auch, woher er Alexa kannte!
"Kommt erst mal herein. Ich habe bereits einige Gästezimmer für euch und eure Begleiter herrichten lassen." Alexa machte deutlich, dass sie an Tao und Vinzenz stärker interessiert war, als an den Söldnern, die hinter ihnen standen und nicht so recht wussten, wie sie sich verhalten sollten. Ein Dienstjunge, vielleicht war er auch ein Student, kam herbei und führte die Söldner zu ihren Kabinen.
"Ich möchte euch ich ein wenig herumführen, bevor ich euch in eure Kabinen entlasse", sagte sie zu Tao und Vinzenz. Auch wenn es ihnen schwerfiel, versuchten sie sich zu entspannen. Wahrscheinlich war die Nachricht vom Start der Kriegsflotte oder die Explosion der Feuersturm noch gar nicht bis zu ihr hindurchgedrungen. Nicht jeder starrt ständig in den Himmel!
Sie gingen einen langen Gang entlang, dessen weiße Wände alle paar Meter durch Türen unterbrochen waren. Die Forschungsstation schien noch nicht alt zu sein. Jemand hatte hier viel Geld investiert - sehr viel Geld.
“Ich habe gehört, ihr hattet Parasitenkontakt!?”, fragte Alexa ohne Vorankündigung mit einer gespielten Gelassenheit, die

ihre brennende Neugier nicht vertuschen konnte. Woher wusste diese Frau das? WAS wusste sie noch? Wer war sie bloß? Vinzenz war außer sich vor Unsicherheit.
“Was genau wird hier erforscht?”, fragte er, ebenso gelassen und als habe er Alexa's Frage vollkommen überhört - bewusst darüber, dass er unhöflich war. Die Forscherin kniff unmerklich kurz die Augen zusammen. Sie wusste jedoch, mit wem sie es zu tun hatte, sie liebte diese Herausforderung und ging auf die Frage ein.
“Wir erforschen das Terraforming. Es geht darum, wie wir das Klima auf Babylios etwas stabiler halten können. Außerdem haben wir eine sehr große zoologische Abteilung, um neue Arten auf den terrageformten Gebieten zu bestimmen. Kennst du dich damit aus, Dr. de Vray?”
Vinzenz schüttelte den Kopf.
“Nicht im Geringsten. Aber die Parasiten sind älter als das Terraforming, nicht wahr?”
Alexa überlegte kurz. Sie antwortete erst nach einigen Sekunden.
“Sie sind älter als das Terraforming der Menschen. Aber wir wissen noch nicht genau, wie viele Planeten geformt wurden, bevor wir Hand anlegten. Leider wissen wir ebenso wenig über den genauen Ursprung der Parasiten.”
“Glaubst du, sie sind aus den Menschen entstanden?”, fragte Vinzenz beharrlich. Das schnelle 'Du', das Alexa ihnen unaufgefordert aufgedrängt hatte, verwirrte ihn zusätzlich. Das Gespräch hatte ganz und gar nicht die entspannte Atmosphäre, die zwischen zwei Wissenschaftlern herrschte, die über molekulare Strukturen und Reaktionen schwatzten. Tao war aus anderen Gründen beunruhigt: Er mochte nicht, dass Vinzenz und Alexa sich gerade gegenseitig auf den Zahn fühlten. Es machte den Eindruck, als ginge es um Politik oder ähnliches. Vielleicht war es auch nur eine Marotte unter Wissenschaftlern, doch er empfand es als unbehaglich. Alexa schwieg bis Vinzenz wieder das Wort ergriff: “Was hältst du von einem Deal? Wir spielen mit offenen Karten und versuchen gemeinsam die Probleme zu lösen, die wir haben?”
Er hielt der Frau die Hand hin. Tao beobachtete und war per-

plex. Wie konnte Vinzenz mit leeren Taschen so zu tun, als habe er das Parasitengeheimnis gelüftet? Er würde Alexa über den Tisch ziehen! Sie schlug ein und gab ihm die Hand. Sofort begann er in seinem Koffer zu kramen und brachte ein Glas zum Vorschein.
“Das sind Zellen der Parasiten, denen wir begegnet sind. Ich überlasse sie dir, wenn wir sicher auf dem Planeten gelandet sind.”
Alexa begutachtete die Probe und sah Vinzenz fest in die Augen.
“Ich würde mich gern davon überzeugen”, meinte sie dann etwas skeptisch. "Das sieht eher wie abgestorbenes Moos aus."
“Bitte. Gehen wir an ein Mikroskop. Ich gewähre dir einen Blick, weitere Untersuchungen aber erst, wenn wir gelandet sind.”
“Vinz, meinst du nicht, Alexa wird uns auch so helfen?”, mischte Tao sich ein. Doch zu seinem Erstaunen ignorierte die Forscherin ihn und ging in eines der Labore. Man brauchte kein Wissenschaftler zu sein, um zu erkennen, dass es sich um ein bestens ausgerüstetes gentechnisches Labor handelte. Alexa schritt wie selbstverständlich und ohne weitere Erklärungen an den Apparaturen vorbei. Mit geschickten Fingern brauchte sie nur wenige Minuten, um aus der Probe einige Zellen zu isolieren und diese dann unter das Mikroskop zu legen. Vinzenz war auf der Hut und beobachtete jede ihrer Bewegungen und Arbeitsschritte. Bevor sie das Mikroskop einschaltete, zog er die Verbindung einer Videokamera ab und gab ihr zu verstehen, dass er durchaus auch mit diesen Geräten umgehen konnte. Alexa schaute kurz auf und widmete sich ohne einen weiteren Kommentar den Okularen: Die Zellen, die sie erkannte, folgten keiner festen Morphologie. Die Forscherin hätte einen Tumor diagnostiziert, doch trotz der langen Reise und der schlechten Aufbewahrung in dem Gefäß, teilten sich diese Zellen. Sie zeigten keinerlei Anzeichen für einen Zelltod, der bei jedem anderen tierischen Gewebe bereits längst eingetroffen wäre. Alexa wollte gerade eine stärkere Vergrößerung einstellen, als Vinzenz das Präparat wieder an sich nahm.
“Wenn wir unten sind”, meinte er kühl. “Und du weißt, dass

die Imperialen alles Material der Parasiten vernichten werden."
Alexa nickte.
"Ich werde euch als Parasitenforscher auf den Planeten schicken. Ich habe einige Verbindungen, und vor einigen Tagen hat jemand ein Team angefordert, das Menschen nach parasitärem Material untersuchen soll. Ich schätze, ihr würdet euch bestens dazu eignen. Vielleicht solltet ihr einen Blick in den Kleiderschrank eures Zimmers werfen. Das würde euer Auftreten etwas glaubwürdiger machen. Dasselbe gilt auch für eure Begleiter. Der Flug startet in acht Stunden, wie von euch gewünscht. Ihr solltet euch ausruhen. Wer weiß, was euch auf Babylios erwartet."
Dr. Alexa zwinkerte und lächelte sie mit strahlendem Blick an. Sie alle verhielten sich, als würden sie einander schon lange kennen. Vinzenz hatte das Gefühl, mit ihr zusammen im Studium im selben Labor gearbeitet zu haben. Konnte das sein? Kannte er Alexa vom Studium? Sie war ungefähr zehn Jahre älter als er, aber das musste ja nichts heißen. Er drohte für eine Sekunde schwach zu werden und seine Skepsis zu überwinden.
"Vinzenz, du bist entlassen. Bruder Tao, mit dir muss ich noch sprechen", sagte sie und im selben Moment wusste Vinzenz Bescheid: Sie war seine Professorin gewesen! Er hatte in der Adener Universität in ihren Genetikvorlesungen gesessen. Das war es! Das musste es sein! Er wünschte, dass seine Erinnerungen nicht so vernebelt wären. Um nichts in der Welt hätte er sie darauf angesprochen. Wortlos, wie ein zurechtgewiesener Student, verließ er den Raum und folgte einem weiteren Assistenten, vielleicht einem Doktoranten, zu seinem Zimmer.

–

Während alle anderen sich ausruhten, saß Tao auf einem unbequemen Stuhl. Und er konnte sich nicht erinnern, wie er dorthin gekommen war. Der Raum um ihn herum bereitete ihm jedoch weitaus mehr Unbehagen als die Erinnerungslücke. Soweit er blicken konnte, sah er Cryokammern, und in jeder einzelnen befand sich er nackte Körper eines Menschen im Cryoschlaf. Es mussten tausende sein! Alexa stand vor ihm und schaute ihm besorgt in die Augen.

“Jerry, was geht hier vor sich?”, fragte sie ihn, als seien sie ein altes Ehepaar. Tao überlegte, ob ihm etwas Wichtiges entfallen war, konnte sich jedoch wieder nicht erinnern. Warum nannte sie ihn 'Jerry'? Was sollte er antworten?
“Das wüsste ich auch gern”, sagte er und versuchte zu verbergen, dass ihm das Herz bis zur Kehle schlug.
“Du hast mir versprochen, dass ich eine Chance haben werde, das Astradamus-Problem eigenständig zu lösen. Und plötzlich tauchst du mit der Palfuria und Laudana im Schlepptau hier auf! Und ist das tatsächlich Vinzenz de Vray? Oder einer der anderen V –Klone?"
Tao’s Gehirn pochte doppelt so schnell wie sein Herz. Jerry? Astradamus? V –Klone? Er war im falschen Film! Alexa hielt ihn für jemand anders. Wenn er mitspielte, riskierte er sein Leben. Wenn nicht… nun… dann würde Alexa ihn vielleicht in eine Cryokammer sperren.
“Bist du der Lösung denn näher gekommen?”, fragte er und versuchte wie ihr Chef zu klingen, denn scheinbar wollte sie sich vor ihm rechtfertigen.
“Ich bin kurz davor. Die Mutanten auf der Calypso waren einer genetischen Kontrolle unterworfen, die nicht von mir stammte. Sie alle tragen bestimmte Gene, die auf ein Signal hin aktiviert wurden. Das Signal kann alles sein: Klänge, Gerüche, Bilder. Du erinnerst dich, wir haben viel darüber gesprochen. Das Prinzip ist denkbar einfach und war uns schon auf der Erde bekannt. Damals war es eine bestimmte Nahrung oder Lichtimpulse, die das Verhalten transgener Organismen ändern. Asirael, Eron ben Daleck’s Wissenschaftler, hat meine Technologie verwendet und eine Reihe neuer Chylacviren hergestellt, die ich nicht kenne. Er und Eron haben die absolute Kontrolle über deren Träger. Als ich Eron begegnet bin, hat er mich infiziert. Es war ein geniales neurotropes Virus. Wann immer ich Wut auf Eron hatte oder nicht mit ihm einer Meinung war, fühlte ich mich schlecht. Sobald ich seinen Befehlen gehorchte und überzeugt von seinen Ideen war, wurde ich mit Euphorie und Zufriedenheit belohnt! Ohne es zu merken, habe ich gelernt, mich wie ein Chylac zu verhalten. Als ich realisiert habe, was mit mir geschah, habe ich mich beinahe suizidiert. Doch nur beina-

he. Ich bin keine Chylac mehr. Ich habe Eron's Genialität gegen ihn verwendet. Du hast es vielleicht nicht mitbekommen, weil du so beschäftigt mit deinen Aufzeichnungen warst, aber die Javeisten haben sich meiner angenommen. Ich habe mich auf die Suche nach dem Virus in meinem eigenen Körper gemacht, und sie haben mich davon abgehalten mich umzubringen. Ich habe Expressionsprofile meiner Nervenzellen während der depressiven Episoden mit denen in Euphorie verglichen und damit das Virus aufgespürt! Die Arbeiten auf Perion haben mir geholfen, die fremde DNA zu entfernen. Allerdings funktionierte das nur für mich persönlich. Es ist kein Allheilmittel."
Alexa machte eine kurze Pause und schaute auf die Klone in den Cryokammern.
"Jerry, wir verstehen längst nicht alles über die Chylac. Sie sind noch viel komplizierter als ich anfangs gedacht habe. Es muss hunderte verschiedener Unterformen geben. Sie lassen Menschen zu willenlosen Kampfmaschinen werden oder zu intelligenten, treuen Ergebenen. Was wir 'Chylac' nennen ist ein Sammelbegriff für die genetische Kontrolle über den Menschen! Das Projekt hat damals auf der Erde erst begonnen. Und dort dachten wir bereits die Kontrolle verloren zu haben. Hier ist es zum größten Wahnsinn der Menschheit entartet! Doch ich bin mir beinahe sicher, dass wir sie aufhalten können. Eron kennt die Codes, mit denen er seine Armee kontrolliert. Und ich bin kurz davor, sie zu entschlüsseln. Und plötzlich kreuzt du hier auf! Warum bringst du Vinzenz hierher? Die Chylac und das Escalonsystem waren beinahe aus den Köpfen der Menschen verschwunden. Was hat dich dazu bewogen, die Palfuria aus dem Cryoschlaf zu wecken? Bist du dir darüber bewusst, dass du die gesamte Armada der Earth I aktivierst? Und wenn ich eins und eins zusammenzählen kann, wird Eron dich verfolgen wie die Bienen den gestohlenen Honig. Und Astradamus fliegt unkontrolliert da draußen rum und wird Eron eher helfen als uns. Das gesamte Escalonsystem ist Chylacterritorium, und ich will nicht wissen, was passiert, wenn Eron die Bevölkerung eines gesamten Planeten in ein Heer verwandelt, um unsere Welt zu überrollen. Was hast du dir bloß dabei gedacht, Jerry?"

Tao's Augen waren weit offen. Er starrte Alexa an und begriff noch immer nicht, wovon sie sprach. Doch ihm wurde klar, was es mit den Kriegsschiffen auf sich hatte, die er und seine Gefährten von der Calypso aus gesehen hatten. Er hatte eine undeutliche Ahnung, wieso Alexa wusste, dass sie Parasitenkontakt hatten. Es war, als ziehe er an der Spitze eines Eisbergs und ein ganzer Ozean ergoss sich in seinen Verstand. Kopfschmerz übermannte ihn. Wahnsinniger Kopfschmerz, so schwer und gigantisch wie Wahrheit und Unwirklichkeit. Ungläubig schüttelte er den Kopf.

"Scheiße", sagte Alexa plötzlich und Tao schluckte. Sie hatte ihn durchschaut! Er war im Gegensatz zu Vinzenz so ein miserabler Schauspieler und Lügner.

"Du glaubst tatsächlich, du bist Tao! Ihr habt alle von dem Morpheus Traum genommen! Und ich verpatze euch grad den Plan – was immer der sein mag!"

Alexa ging aufgeregt auf ab und fuhr sich durch das Haar. "Das darf doch nicht wahr sein!", sagte sie mit verzweifelter Stimme. Schließlich ging sie zu einem Schrank und zog ein Medikament in einer Spritze auf.

"Tao", sprach sie ihn mit seinem richtigen Namen an.

"Das ist nicht dein richtiger Name, doch du musst das glauben. Denn was immer du vorhast, funktioniert nur so. Vinzenz hat das mit den V –Klonen früher schon einmal getan. Aber diesmal seid ihr einer größeren Sache auf der Spur."

Tao nickte, hatte aber wieder keine Ahnung, wovon sie sprach.

"Nach dieser Spritze wirst du dich nicht mehr an unser Gespräch erinnern können. Vergessen ist manchmal wichtiger als wissen! Ich wünschte, ich könnte etwas tun, dass du dich daran erinnerst, dass wir Freunde sind und für das Überleben der Menschheit kämpfen. Doch ich fürchte, das wird euch alle in große Gefahr bringen und euren Auftrag gefährden. Offiziell bin ich schließlich eine Vertraute von Eron ben Daleck, eine Chylac!"

Tao nickte noch einmal. Er wagte nicht zu sprechen und hoffte, dieses Treffen einfach nur zu überleben. Alexa küsste ihn unerwartet auf die Stirn.

"Auch wenn du zehn Jahre älter bist als ich, du hast dich gut gehalten für deine zweitausendfünfhundert Jahre", sagte sie, schmunzelte und stach die Nadel der Spritze in seinen Unterarm.

Vinzenz lag lang ausgestreckt auf dem Bett und starrte an die weiße Decke dieses steril eingerichteten Gästezimmers. Die letzten Stunden waren so anstrengend gewesen, dass er nicht mehr wusste, wann er das letzte Mal geschlafen hatte. Er stellte sich vor, wie Lucia leise durch die Tür geschlichen kam. In seiner Fantasie trug sie ein weißes, fast durchsichtiges Nachthemd. Wie eine zahme Raubkatze kroch sie zu ihm aufs Bett. Er berührte sie, und konnte die weiche Haut auf seinen Fingerspitzen fast spüren. Langsam fuhr seine Hand von ihren Hüften den weiblichen Körper hinauf. Dann verflüchtigte sich sein Traum und Tränen schossen ihm in die Augen. Er begann zu schluchzen und zu weinen.
"Lucia, du fehlst mir", murmelte er weinend vor sich hin und vergrub den Kopf unter der Bettdecke. "Ich kann das alles nicht ohne dich durchstehen!"
"Neverdy hat die Flucht überlebt. Ihr Shuttle ist unserer Fährte gefolgt, jedoch haben sie nicht angelegt, sondern lediglich den Schatten des Mondes als Tarnung genutzt", sagte Terra und berechnete, dass eine positive Nachricht am besten geeignet war, um seine Aufmerksamkeit zu erlangen. Dann fuhr sie mit der schlechten Nachricht fort: "Ein weiteres Schiff, das seiner Kennung nach zur Forschungsstation gehört, nähert sich uns."
"Egal, lass mich einfach in Ruhe, Terra." Vinzenz warf ein Kopfkissen vom Bett auf seine Tasche.
"Ich könnte es fast als Beleidigung auffassen, dass ich nicht merken soll, dass dieses Raumschiff unmöglich zur Forschungsstation gehören kann", sagte Terra mit lauterer Stimme. Sie musste Vinzenz mitteilen, was geschah! Er konnte jetzt nicht aufgeben oder und in Trauer um Lucia versinken. Die Mission war zu wichtig und die Gefahr zu groß.
"Das Raumschiff, das sich uns nähert, hat außer einem handtellergroßen Sender keinerlei Metall an Bord. Es ist weiterhin nicht in meiner Datenbank verzeichnet und daher habe ich großen Grund zu der Annahme, dass es sich um ein Flugobjekt aus

rein organischem Material handelt."
Das Gesagte schien seine Aufmerksamkeit zu erregen.
"Denk nach, Vinzenz, ein unbekanntes Flugobjekt, das nahezu ausschließlich aus Kohlenstoffverbindungen besteht. Wenn mir eine Vermutung gestattet ist: Vielleicht hat es etwas mit den Chylac zu tun, gegen die wir kämpfen. Es wird bei konstanter Abbremsung in circa einer Stunde und sieben Minuten am Hangar 2b eintreffen. Ich gehe nicht davon aus, dass es eine Verteidigung gibt, die es davon abhalten wird. Meinen Daten nach entstammt nämlich der Sender, den es an Bord hat, eben dieser Forschungsstation, auf der wir uns befinden. Man ist hier also bereits seit längerer Zeit darüber Informiert, dass es sich nähert."
Vinzenz kam unter der Bettdecke hervor und rieb sich die Tränen aus den Augen. Ein Chylacschiff mit einem Sender von Perion?
"Aber was wäre, wenn die Parasiten ein Forschungsschiff überfallen und den Sender geklaut hätten?", warf er ein.
"Dann hätte der Sender automatisch bei dem Überfall ein Notsignal abgegeben und würde als verdächtig eingestuft."
Langsam dämmerte es ihm, dass sie sich in Gefahr befanden.
"Es wäre für die Chylac ein leichtes Spiel, ein Expertenteam auf den Planeten zu schicken, dass selbst aus Parasiten besteht, richtig?", fragte Terra rein rhetorisch. Vinzenz nickte. Terra hatte den Satz noch nicht ganz ausgesprochen, als es an der Tür klopfte. Vinzenz sackte das Herz in die Hose.
"Einen Augenblick", rief er und griff zu seinem Laser, den er von einem der Söldner bekommen hatte.
"Ich muss dich sprechen", vernahm er Tao's leise Stimme von draußen und atmete auf. Er öffnete die Tür und sah Tao ins Gesicht. Er war kein Mann der vielen Worte, vielmehr sprach sein Blick das aus, was er dachte. Tao flüsterte nur: "Sie sind überall und beobachten uns."
Er sah ihn mit der drängenden Bitte an, jetzt gleich etwas zu unternehmen. Vinzenz erwiderte den Blick und nickte unmerklich.
"Wir gehen."
Er schnappte seine Tasche mit Terra darin und folgte Tao auf

den Flur. Dann holte er seinen Funker hervor und funkte die Söldner der Feuersturm an: “Gaia?”, flüsterte er in den Funker.
“Ja, das bin ich. Was gibt es?”, antwortete die junge Söldnerin am anderen Ende.
“Vorzeitiger Aufbruch. Jetzt.”, er flüsterte wieder, und wenn Gaia eine gute Söldnerin war, wusste sie was los war. Wenn nicht, dann würde er es nicht ändern können, denn es blieb nicht viel Zeit. Mit Sicherheit ahnten die Parasiten in diesem Moment, dass sie enttarnt wurden. Und das bedeutete, sie würden beginnen, sie zu jagen!
Vinzenz und Tao schritten über den Gang. Von weiter hinten hörten sie Schritte, die sich schnell näherten. Doch sie konnten jetzt nicht laufen, überall wurden sie von den Kameras beobachtet. Vinzenz hielt Tao am Arm etwas zurück. Der alte Mönch schien verwirrt und sehr aufgeregt.
"Bereite dich darauf vor, die Schleusentür zum Hangar schnellstmöglich zu öffnen", wies er ihn an. Etwas wie auf der Calypso durfte ihnen nicht noch einmal passieren! Vinzenz versuchte sich eine Taktik zurechtzulegen, um in kürzester Zeit möglichst viele der Parasiten töten zu können. Von hinten wurden die Schritte lauter. Eine Männerstimme sprach sie plötzlich an und alle zuckten zusammen.
“Hey, ihr da. Wohin des schnellen Weges?”
Vinzenz ging weiter und verbot damit Tao den Mund. Er hatte keine Zeit zu verlieren. Seiner Erfahrung nach würden sie den Hangar am schnellsten erreichen, wenn sie sich auf keine Diskussion einließen und das Zögern der Chylac ausnutzen würden.
“Hey, bleibt stehen!”
Hinter ihnen begannen die Männer zu laufen. In derselben Sekunde, in dem sie den Laufschritt der Wachen vernahmen, sprang vor ihnen eine Tür auf. Gaia stand wie aus dem Nichts auf dem Flur. Sie hielt eine Pistole in Augenhöhe und schoss so schnell und beinahe lautlos, dass Vinzenz und Tao keine Zeit zum Ausweichen blieb. Erschrocken rissen sie die Augen auf. Vinzenz sah in den Lauf der Waffe, Rauch quoll aus dem Schalldämpfer und zeitgleich spürte er den Lufthauch von mehreren Kugeln, die rechts und links seine Ohren um Haaresbreite

verfehlten. Es ging so schnell, dass ihm keine Zeit zum Denken blieb. Er war erstaunt, als das Mädchen die Waffe unter ihrem Mantel verschwinden ließ, sich umdrehte und im gleichen Eilschritt direkt vor Vinzenz in Richtung Hangar ging. Tao schaute sich kurz um und sah vier Wachen, die mit einem roten Loch auf der Stirn am Boden lagen. Die drei anderen Söldner der Feuersturm sicherten die Gruppe nach hinten, wie es Neverdy ihnen beigebracht haben musste.
Vinzenz' Kopf begann zu pochen. So schnell und zielsicher wie Gaia gefeuert hatte, hatte er noch niemals jemanden schießen sehen. Die Wachen hatten keine Chance gehabt zu reagieren. Doch noch etwas verwunderte ihn: der Klang dieses gedämpften Schalls! Er wusste, dass es sich um eine Pistole und einen Schalldämpfer handelte, die das Haus Medici entwickelt hatten. Mit unwohlem Gefühl schüttelte er die Gedanken ab und konzentrierte sich auf die bevorstehende Flucht.
'Tao, biege bei dem nächsten Gang links ab. Er wird euch zu einem Shuttle führen, das euch sicher auf den Planeten bringt. Nehmt nicht euer Shuttle! Überzeuge deine Gefährten nur mit einem wissenden Blick, das wird ausreichen.' Er hörte die gleiche Stimme in seinem Kopf, die ihm auch gesagt hatte, dass die Parasiten unterwegs Richtung Perion waren. Immer wieder sprach sie zu ihm, helfend und beunruhigend zugleich. Der Bruder der Heiligen Kirche zweifelte an seinem Verstand. Auf der anderen Seite schien es ratsam, den Befehlen der Stimme zu folgen. War es sein eigener Geist, der dort zu ihm sprach? Er wünschte sich nur etwas Zeit, um mal in Ruhe zu schlafen und danach bei einer Tasse Tee nachdenken zu können. Momentan war dies nicht angebracht. Zunächst musste er handeln!
"Wir gehen hier links ab. Dort gibt es ein weiteres Shuttle", sagte er bestimmt. Gaia und Vinzenz blickten ihn fragend an. Tao widerstand ihren Blicken. Beinahe hätte er etwas wie ‚Vertraut mir!' gesagt, doch ihm kamen die Momente in den Kopf, in denen Vinzenz diese Worte benutze und schwieg. Er schlug seine vorgegebene Richtung ein und die anderen folgten ihm ohne weiteres Zögern.
'Gut so, Tao', kommentierte die Stimme. Schließlich gelangten sie zu einem Shuttle. Gaia und Tao gingen gleich ins Cockpit,

Vinzenz sorgte dafür, dass die Luken schnell geschlossen wurden. Langsam aber sicher entwickelte sich Teamarbeit zwischen ihnen. Das schaffte Geschwindigkeit und Sicherheit. Wenige Sekunden später verließ das Shuttle sanft den Hangar. Als sie an der Längsseite der T-förmigen Forschungsstation vorbeiflogen, erschrak Vinzenz. Wenige Meter entfernt löste sich das Alpha-Shuttle der Feuersturm aus seiner Anlegeposition. Durch die Scheibe sah er Alexa in die Augen, die an Bord war. Er erkannte neben Fremdheit auch eine tiefe Melancholie in ihrem Blick. Er wusste nicht warum, doch er bedauerte den Verlust. Während der kurzen Zeit auf Perion und dem 'wissenschaftlichen' Streit hatten er und Tao so schnell ein Vertrauen zu ihr aufgebaut. Nach den paar Minuten kam es ihnen vor, als gehöre Alexa zum Team. Ob das ebenfalls an ihrer Chylac-Natur lag? Hatte diese Frau sie geblendet und ihre Gefühle manipuliert? Er fragte sich, ob er sie töten würde, wenn er die Gelegenheit dazu hätte. Glücklicherweise hatte keines der Shuttle Waffen an Bord. Mit Terra's Hilfe gelang es Gaia, das Shuttle vor die Verfolger zu setzten und sie mit ihren Triebwerken zu bremsen. Die wenigen Sekunden, die sie Vorsprung hatten, würden sich auf dem Weg nach Babylios in mehr als eine Stunde ausdehnen. Hoffentlich genug Zeit für das Militär auf Babylios, um auf ihre Warnung vor den Chylac einzugehen, und ihre Ankunft vorzubereiten.

Kapitel 6 – Babylios

“Eines Tages werden wir aufhören, über den Tod zu sprechen.
Es wird der Tag sein, an dem wir das Leben vergessen haben
und an dem wir die Freiheit begraben.”
Julius Leocathor.

Aus dem Tagebuch von Jerry Marzulan. Seit Beginn ihrer Existenz war die Babylios ein besonderes Schiff. Es war das erste seiner Art und die Uploads der Babylios waren eine bunt zusammengewürfelte Mischung von Menschen verschiedener Kulturen. Viele hatten den Weg von der Erde bis Port Newham im Schlaf verbracht und wurden erst erweckt, als man ihre Fähigkeiten benötigte. Die Körperlosigkeit zwang sie, über Probleme zu diskutieren, anstatt zu kämpfen. So erfuhren wir, dass die Macht an Bord der Babylios bei denjenigen zu suchen war, die über die Roboter verfügten und das Schiff steuerten. Geplagt von Egoismus, Starrköpfigkeit und unterschiedlichem Denken verschiedenster Kulturen kristallisierte sich sehr schnell eine monarchische Regierungsform an Bord heraus. Aktivierungscodes für Roboter und Steuereinheiten wurden zu einem Handelsäquivalent.
Der Moment der Veränderung kam plötzlich: Ein Upload, der Navigator Tyl, wurde in Quarantäne verbannt und seine Funktion vernichtet. Dies war nie zuvor auf einem anderen Schiff möglich gewesen. An Bord der Babylios war erstmals ein Krieg zwischen Mächtigen und Meuterern ausgebrochen, die in der Lage waren, Uploads zu vernichten. Über zweihundert Uploads sind auf dem Weg der Babylios getötet worden, bis sie endlich einen bewohnbaren Planeten fand. Wir entschieden uns dazu, der Babylios zu helfen. Hierzu konstruierten wir die Equilibrium. Es ist das sechste Schiff, das auf Port Newham gefertigt wurde. Es ist kleiner als die anderen fünf Schiffe und dient einem anderen Zweck. Fünfzig Uploads steuerten die Equilibrium und folgten der Babylios, unserem ‘Sorgenkind’. Sie nahmen Kontakt zum Navigator der Babylios auf und gewährten ihm Asyl. Mit seiner Hilfe gelang es der Equilibrium, sich auf dem Planeten Babylios niederzulassen. Dieser Ort soll-

te das Zentrum des Universums werden. Tyl war vierhundert Jahre später das erste Upload, mit dem der Reload in einen menschlichen Körper gelang. Wir entließen ihn auf seinen Wunsch hin auf den Planeten. In seiner menschlichen Gestalt errichtete er direkt über der Equilibrium den Palast des Imperators.
Tyl selbst wurde zehn Jahre später zum ersten Imperator auf Babylios ernannt. Er war in der Lage, mit uns zu kommunizieren und hatte die wertvolle Aufgabe, den nächsten Imperator in die Geheimnisse der Kommunikation mit uns einzuweihen. Leider gestalteten sich die Dinge anders, als wir es uns wünschten… Tyl wurde vom Chylacvirus befallen und mutierte zu einer uns feindlich gesonnen Person. Er brach jeden Kontakt mit uns ab. Hierdurch verloren wir die Möglichkeit, Einfluss auf sein Denken zu nehmen. Seither haben wir mehr und mehr an Einfluss auf die Menschen von Babylios verloren. Der Rückschlag kostete uns Kraft und Leidenschaft, und beinahe hätten wir den Mut verloren. Ich sah meine Zeit gekommen, die Uploads aufs Neue zu motivieren. Der Glaube an Gott und das Überleben der Menschheit halfen mir im kommunalen Gespräch mit meinen Freunden und Begleitern. Schließlich setzten wir die Forschungen fort - besser, schneller und eifriger denn je. Mit der Entwicklung der Hyperraumtechnologie waren wir in der Lage, Materie in Strahlung umzuwandeln und diesen Prozess auch rückgängig zu machen. Der Schlüssel hierzu war die Entdeckung des Javums auf Port Newham. Javum ist eine Art Materiepuffer. Ein Mol dieses Stoffes ist in der Lage, viele tausend Mol Kohlenstoff oder äquivalente Massen anderer Substanzen aufzunehmen und zu speichern. Umgekehrt konnten wir aus einem Mol Javum alle Elemente erzeugen, die wir kannten […].
Der Glaube, dass wir uns mit Gott vergleichen konnten, schlich sich in unser Bewusstsein, als wir die zweite Technologie perfektionierten, zu der uns das Javum verhalf. Es war die Datenverarbeitung. Die Informationsdichte innerhalb dieser Substanz war so hoch, dass wir die Künstlichen Intelligenzen erschaffen konnten. Sie waren die ersten vom Menschen erschaffenen Computer, die ein Bewusstsein hatten. Das Rauschen der ge-

waltigen Datenmengen, die in jeder Millisekunde durch ihre Prozessoren flossen, brachte Gefühle hervor - es war der Beginn eines neuen Zeitalters! Wenn ich heute in die Vergangenheit zurückblicke, erscheint mir diese Entwicklung unglaublich, nahezu göttlich.
Rasch statteten wir die Hyperraumtore mit KIs aus, um den Uploads Erleichterung zu verschaffen. Was dies bedeutete, wurde uns erst bewusst, als es zu spät war: Die Hyperraumtore konnten plötzlich alles erschaffen, was die KIs mit ungeheurer Rechenleistung berechnen konnten. Und mehr noch: Plötzlich hatten die Tore einen so gewaltigen Datenspeicher, dass sie beliebig häufige Kopien von allem erschaffen konnten, was durch sie hindurchflog. Und als ob dies nicht genug Gefahr barg, gaben die Tore uns zu verstehen, dass sie die Gedanken der Reisenden lesen, speichern und verändern konnten. Escalon, Acromia, Babylios, Icon, Aden und Equilibrium waren die mächtigsten Bauwerke, die wir kannten. Und gleichzeitig waren sie Geschöpfe. Für die Earth I waren sie wie göttliche Geschwister!
Ich stelle mir heute die Frage, warum die KIs es gut mit uns meinen. Sie hätten mühelos Herrschaft über die Hyperraumtore und die Earth I gewinnen können, doch stattdessen leben sie - im Gegensatz zu den Chylac - in friedlicher Harmonie mit uns Menschen. Man bedenke, dass die Menschen zum zweiten Mal in ihrer Geschichte eine Macht erschaffen hatten, die eine potenzielle Gefahr der eigenen Ausrottung in sich barg! Vielleicht ist es die göttliche Kraft, die uns beisteht.
–

Semikon wusch sich mit etwas frischem Wasser das Gesicht. Es war ein kalter Morgen hier draußen zwischen den Mauern der Ruinen in einem Außenbezirk von Babylios. Der Javeist streckte seine Glieder und spürte, dass er älter geworden war. Seine Schläfen waren ergraut, und sein einst drahtiger, braun gebrannter Körper fühlte sich in weiten Leinenhosen immer wohler und stülpte ein kleines Bäuchlein hervor. Seine blauen, alles durchdringenden Augen waren aber immer noch scharf. Bis vor zwei Tagen war Semikon ein Mitglied des Rats der Alten gewesen. Dieser Rat wurde vom Imperator vor über zweihundert Jahren ins Leben gerufen. Er erhielt Informationen des Imperialen Geheimdienstes, und der Imperator legte Wert auf die Ratschläge und Sichtweisen dieses Rates. Aus diesem Grund waren dort nur Freidenker, die weder einem Adelshaus noch der Kirche angehörten, sondern freie Menschen waren. Um Mitglied des Rats zu sein, musste man mindestens fünfzig Jahre zählen und niemals während seines Lebens nach Macht und Geld gestrebt haben. Semikon war mit seinen fünfundvierzig Jahren eine Ausnahme und gleichzeitig das jüngste Mitglied. Seine Position definierte sich am besten durch seinen ständigen Kampf gegen den Imperialen Hof, bestehend aus Vertretern der Adelshäuser und der Heiligen Kirche. Er mochte diesen Hof nicht besonders, denn Adel und Kirche waren unglaublich konservativ. Für einen Freidenker bedeutete dies viele Barrieren bei dem Versuch, die Menschen mit Vernunft und Einsicht von einem besseren Glauben, den Glaube an den Propheten Jave, und ein wenig mehr Mitmenschlichkeit zu überzeugen. Während seiner Reisen und unzähligen Hyperraumsprüngen hatte Semikon oft zu seinem Propheten gesprochen: Jave wollte die Freiheit der Menschen, Gleichberechtigung und Harmonie. Er hatte sie einst zusammengeführt, indem er ihnen die Benutzung der Hyperraumtore ermöglichte. Doch die konservative Kirche hatte etwas dagegen. Sie hatte den Propheten gefoltert wie einst Jesus in den alten Schriften. Jave's Tod in der Verantwortung der heiligen Kirche war die Vernichtung des Schaffenswerkes seines Lebens um die Geheimnisse der Hyperraumtore. Bei dem Namen 'Jave' rissen die fetten Brüder der heiligen Orden die Augen genauso weit auf wie die Leocathors, die Medici, El'Zalar, Valeos und der ganze Rest der Adelshäuser. Denn 'Jave' stand für Gleichberechtigung und Frieden. Für Adel und Kirche bedeutete Gleichberechtigung, dass sie etwas von ihrem gehorteten Schatz abgeben mussten. Dass sie nicht länger in ihren Palästen hausen konnten und womöglich ihr Geld auf ehrliche Art und Weise verdienen mussten. Wie viel einfacher war es für diese faulen Hunde, die Inquisition ins Leben zurückzurufen und ihn und seine Anhänger jagen zu lassen. Doch die Habsucht der Menschen würde

ihnen eines Tages zum Verhängnis. Und dieser Tag war nicht mehr weit entfernt! Semikon war sich sicher, dass keine Regierungsform perfekt war, solange man sie zu extrem verfolgte. Ein gesunder Mittelweg zwischen Machteifer, Nächstenliebe und Konservatismus, bei dem die Menschen in echter Gleichberechtigung lebten, war seine ideologische Vorstellung einer modernen Regierung. Und dafür stand er mit seinem Glaube ein! Dies schien jedoch sein größter Fehler gewesen zu sein: Nachdem der Imperator aus einer Laune heraus den Rat der Alten aufgelöst hatte, wurden viele Mitglieder, Semikon eingeschlossen, des Hochverrats bezichtigt und zum Tode verurteilt. Er war vogelfrei, wurde verfolgt und auf seinen Kopf war eine Belohnung ausgesetzt. Letztendlich war ihm nichts anderes übrig geblieben, als sich hier in den Ruinen der Stadt zu verstecken. Dadurch wurde ihm jedoch auch seine wahre Macht bewusst: Viele der Männer und Frauen in Babylios gehörten dem geheimen Bund der Javeisten an. Und in seinen Gebeten war es ihm möglich, zu ihnen Kontakt aufzunehmen. Er war nicht allein in dieser Welt. Weder mit seinem Schicksal noch mit seinen moralischen Idealen. Viele Menschen wollten seine Schüler werden, und der Glaube gab ihm große Kraft. Ausreichend, um auch Niederlagen einzustecken. Er wurde darüber hinaus ständig mit den neuesten Informationen versorgt: Die Gerüchte, dass die Chylac in das Reich der Menschen zurückgekehrt seien, wurden von seinen Freunden bestätigt. Der Palast des Imperators war seit der Auflösung des Rats verschlossen. Es hieß, man hätte den Kriegsrat einberufen und stelle eine Flotte zusammen, um die erbarmungslos bösen Kinder der Menschheit zu bekämpfen. Auch hieß es, dass ein Mann Namens Julius Leocathor gemeinsam mit seinem Gefolge den Chylac den Weg in die Welten der Menschen geöffnet habe. Dieser befände sich auf dem Weg nach Babylios, um die Kunde eines neu entdeckten Systems dem Imperator vorzutragen. Diesen Julius Leocathor würde er sich ansehen! Es wurde Zeit, die Ankunft dieses Mannes vorzubereiten und ihn davor zu schützen, direkt dem Imperator zwischen die scharfen Klauen zu fallen.
Im Gebet sandte er einen Ruf aus, Julius Leocathor zu schützen. Besonders betete er allerdings zu seiner Ehefrau. Sie war

der Mensch, in dem er Stärke suchte und fand, dessen Glaube und Geist stark genug war, die Javeisten eines Tages zu vereinen. Sie war die Frau, die er über alles in der Welt liebte! Er dachte an die schönen Zeiten, die gemeinsamen Gebete, ihre Hochzeit, bei der alle Javeisten anwesend waren, die er kannte. Vier Jahre war es schon her, seit sie ihn verlassen hatte, um neue Hyperraumtore zu entdecken. Sie war losgezogen, um ihrer Berufung zur besten Pilotin des Universums nachzugehen. Unweigerlich lächelte Semikon. Am Abend ihres Aufbruchs hatten die Javeisten eine gemeinsame Meditation gehabt. Seine Freunde hatten ihm auf die Schulter geklopft mit den Worten: ‚Sie ist jung und ungestüm, doch sie wird zurückkehren! Die Zukunft ist ungewiss, doch Jave meint es gut mit uns.'
Doch die Zeiten hatten sich geändert! Heute sagte sein Bauchgefühl ihm, dass es einen Krieg geben würde!

...Lucia saß auf dem Bett in der kleinen Kabine auf der Calypso. Sie starrte Vinzenz mit großen Augen an. Sie konnte kaum fassen, was sie auf seinem Computerbildschirm gelesen hatte!
"Das würde ja bedeuten, dass alles, was du über dich und deine Vergangenheit weißt, nur deiner Fantasie entsprungen ist. Selbst dein Name ist erfunden, ebenso der Mord an dem Verlobten deiner Schwester! Das alles stimmt alles gar nicht? Unsere gemeinsamen Aufträge! Vinz, sag mir, dass das nicht so ist. Sag mir, dass du der Mann bist, den ich kenne!"
Doch Vinzenz lag regungslos auf dem Bett und starrte nur an die Decke. Er stand unter Drogen, wahrscheinlich die höchste Dosis, die er jemals zu sich genommen hatte. Lucia spürte ebenfalls noch die Auswirkungen des P.I.C. Sie war wütend, traurig und enttäuscht zugleich. Sie konnte nicht fassen, worauf sie sich eingelassen hatte. Sie mochte Vinzenz, auch wenn er ein Lügner und Chaot war, doch in diesem Moment musste sie hier weg! Diese drei Männer, die sie als 'ihre Crew' bezeichnete, waren schlechter Umgang für sie. Die Angst, ihr Leben nicht unter Kontrolle zu bekommen schlich sich in ihr Herz. Sie musste zurück zu den Javeisten, zurück zu Semikon, ihrem Ehemann. Er würde ihr die Geborgenheit geben können, die sie suchte. Bei Vinzenz würde sie hingegen nur immer mehr Lü-

gen finden!
"Ich werde nun gehen, Vinz. Ich wünsche dir, Julius und Tao alles Gute." Sie nahm das Amulett ab, das sie um den Hals trug und drückte es dem bewusstlosen Vinzenz in die Hand. "Möge Jave eure Wege leiten."
Leise und heimlich verschwand sie aus dem Raum und aus Vinzenz' Leben...

Jetzt eilte sie durch das zerfallene und von den Imperator-Kriegen zerbombte Stadtviertel. Sie kannte jede Ecke. Es waren die Straßen, in denen sie ihre Kindheit verbracht hatte, und ihre Erinnerungen füllten die leblosen Mauern mit Leben. Mit acht Jahren war sie von hier weggegangen, und gerade hier wollte Semikon sie wiedersehen. Mit seltsamer Sentimentalität trat sie hinter eine hohe Mauer und erkannte ihren Ehemann. Er war älter geworden, fünf Jahre waren eine lange Zeit gewesen. Doch in seinen Augen brannte noch immer das gleiche, leidenschaftliche Feuer, das sie immer begeistert hatte. Schnell erhob Semikon sich und ging strahlend und mit ausgebreiteten Armen auf sie zu. Das euphorische, durchströmende Gefühl war genau das, was sie jetzt brauchte! Ihr Mann nahm sie in die Arme und hielt sie nach so langer Zeit fest.
“Meine Liebe, du bist zurück! Wie lange habe ich mich nach dir gesehnt und in Ungewissheit auf dich gewartet! Endlich bist du zurück!” Er hauchte ihr die Worte sanft ins Ohr. Sie lege den Kopf an seinen. Sie vergaßen die Ruinen um sie herum und alle Verfolger. Und es dauerte einige Zeit bis Semikon sich als erster aus Lucia’s Umarmung löste. Er ging zu einem kleinen Ofen herüber, auf dem er einen Tee gekocht hatte. Der Mann war fünfzehn Jahre älter als sie, doch er bewegte sich wie ein Zwanzigjähriger. Lucia erinnerte sich, dass sie das letzte Mal auf einer großer Villa mit ihm Tee getrunken hatte. Doch Reichtum gehörte noch nie zu den Dingen, die Semikon anstrebte. Es schien ihm völlig egal zu sein, ob er hier in den Ruinen oder auf Acromia in einem Palast saß. Wichtig war ihm nur, dass Lucia gesund in seiner Nähe war. Das war einer der Gründe, warum sie ihn damals geheiratet hatte.
“Zuerst müssen wir über einige Dinge reden, Lucia.” Er gab

ihr liebevoll die Tasse in die Hand. “Die Zeiten sind schwierig für uns. Die Menschen auf Babylios scheinen vergessen zu haben, wie schlimm uns die Imperator-Kriege getroffen haben. Sie kämpfen um Macht und Ruhm und für ein besseres Leben. Und kaum haben sie erreicht, wofür sie gekämpft haben, vergessen sie, wie sehr der Krieg sie bluten ließ. Und sie wollen mehr und mehr, bis sie eines Tages an der Unzufriedenheit sterben.” Semikon sah in seine Tasse und schüttelte den Kopf, bevor er fortfuhr: “Der Imperator selbst trifft Entscheidungen, die ihn schwächen. Er hat den Rat abgeschafft und uns alle mehr oder weniger vor die Tür gesetzt. Ich bin froh, mit dem Leben davongekommen zu sein. Einige von uns wurden des Hochverrats beschuldigt und auf der Stelle erschossen. Der Imperator stachelt die Kirche gegen die Javeisten auf. Hier auf Babylios werden unsere Brüder und Schwerstern verfolgt, gefoltert und verbrannt. Er hat die Adelshäuser verärgert, weil er sie nicht in die Entscheidungen einbezogen hat; sie sind von Neid ergriffen und durch den Angriff der Chylac sehen sie alle die Schwäche des Imperators und ihre große Chance, an die Macht zu kommen. Doch welche Macht, frage ich mich.”
“Was willst du dagegen tun?”, fragte Lucia, während Semikon einen Schluck von dem Tee nahm. Der Mann legte die Stirn in Falten und blickte zu Boden.
“Ich weiß es nicht. Der Imperator ist ein schlechter Herrscher, doch ohne ihn wird Babylios und der Bund der Adelshäuser zerfallen. Gerüchte sagen, es gäbe einige Mächte, die sich bereits zusammengefunden haben. Bis vor ein paar Tagen gehörte ich zum Kreise seiner vertrautesten Berater, doch heute werde ich geächtet und des Hochverrats bezichtigt. Ich habe viel gebetet in der letzten Zeit. Jave hat mir eine Gefahr für den Imperator prophezeit, die bereits sehr nahe ist. Lucia, ich weiß nicht, wem meine Treue gilt. Ich möchte das Reich vor dem Unheil beschützen, doch ich weiß nicht wie.”
Lucia wusste, dass Semikon sie nicht ohne Grund zu sich gerufen hatte. Die Sprache der Javeisten hielt sich nicht an Entfernungen und Funkkontakte. Wer zu Jave betete, der sprach eine Sprache, die über die Grenzen der Sonnensysteme hinaus gehört werden konnte. Selbst in Escalon und ganz intensiv wäh-

rend der Hyperraumsprünge hatte sie sich Semikon über das Gebet immer nahe gefühlt.
“Du glaubst, meine Ankunft hier hat etwas mit den Chylac und dem Imperator zu tun?”, fragte sie ruhig.
“Ja, das glaube ich. Im Palast sagt man, Julius Leocathor habe ihnen den Weg hierher geebnet. Man behauptet, er sei ein gefährlicher Mann und der Imperator ist scharf darauf, ihn zu sehen. Wenn er den Palast betritt, glaube ich nicht, dass er ihn als freier Mann, wenn überhaupt, lebendig wieder verlassen wird.”
Lucia schluckte. Aus dieser Perspektive hatte sie ihre Reise von Escalon nach Babylios noch nicht betrachtet.
"Was man Julius unterstellt, stimmt nicht! Er ist der ehrlichste und vertrauenswürdigste Mensch, dem ich je begegnet bin", sagte sie.
“Ja, ich weiß”, erwiderte Semikon. “Aber der Imperator weiß es nicht. Oder er will es nicht wahrhaben. Für die Politik ist Julius ein gefundenes Fressen: der Sündenbock, der Schuldige an dem ganzen Unglück. Du wirst ihm helfen müssen, Lucia.” Semikon stand von seinem Kissen auf und legte seine Hand auf ihre Schulter. “Aber nicht heute. Heute ist die Zeit zu beten.”
Sie sah ihn an. Sie spürte seine Gegenwart, seinen Geist, der sich ihrem näherte. Sie wusste, dass der Tee einige Substanzen enthielt, die ihr eigenes Bewusstsein öffnen würden. Intuitiv ergriff sie die Hand auf ihrer Schulter, führte sie an ihrer Wange entlang und ließ sich langsam in die Arme ihres Ehemannes fallen. Diesmal zärtlicher und bereit dazu, mit ihm in das Reich des Unterbewusstseins einzutauchen und im Gebet Jave’s Stimme zu vernehmen. Lucia spürte die weichen, großen Hände auf ihrem Körper, das Kleid fiel von ihr ab und mit geschlossenen Augen ertastete sie Semikon's nackten Körper. Er ließ sich auf eine Decke sinken und atmete die frische Morgenluft tief ein. Das Berühren seiner Haut begann sich wie elektrisierend in Lucia’s Fingerspitzen auszubreiten. Ihr Geist entfernte sich aus dem Körper, sandte die Hände kilometerweit aus, so unwirklich kam ihr die Realität vor. Sie spürte die sehnigen Muskeln und die weiche Haut ihrer liebenden Körper, die zu einem verschmolzen. Stimmen, Farben und Erinnerungen erschienen ihr im Kopf, und alles Denken war von einem

fremdartig warmen Gefühl getönt. Wie bei einem Sprung durch ein Hyperraumtor wühlte die Ektase ihren Geist auf, ließ ihn erbeben und bereitete sie darauf vor, mit Jave zu sprechen. Für einen kleinen Augenblick jedoch erschien Vinzenz in ihrem Geist, wie ein Blutstropfen, der alles Wasser rot färbte. Er begegnete ihr auf der kleinen Straße, in der sie als Kind gewohnt hatte. Im Moment, in dem sie mit Semikon die größte Lust verspürte, rann ihr eine Träne über die Wange.

–

Neverdy befand sich in einer bitterkalten Zone auf Babylios. Sie hatte ihren Reisemantel eng um sich geschlungen und hauchte warmen Atem in ihre Hände. Sie lehnte an der Mauer einer alten Hausruine. Die Außenbezirke der Hauptstadt des gesamten bekannten Universums waren zerfallene Slums, in denen sich Tagediebe und Bettler herumtrieben. Es war früh am Morgen, und der feuchte Nebel gab nur bedingt den Blick auf die vielen Trümmer der alten Vorstädte frei. Kilometerweit erstreckten sich diese leblosen Ruinengebiete und zeugten von langen Kriegen um den Imperialen Thron. Dieses verlassene Niemandsland gehörte einst zu einem guten Wohnviertel, doch durch zahlreiche Plünderungen waren jetzt nur noch die Ruinen der einst großen Villen übrig. Erst sechzehn Jahre war es her, seit das Haus Leocathor den Imperator stellte. Seither herrschte ein wenig mehr Frieden auf Babylios und in den anderen Kolonien.
Im Gras vor der Söldnerin waren die Spuren ihres Nachtlagers zu erkennen. Davor kämpfte Julius Leocathor trotz seiner Handschellen einen Schattenkampf und bildete sich ein, er habe ein Schwert in den Händen. Er hatte die Augen geschlossen und schien sich zu konzentrieren. Die Söldnerin sah ihm zu, runzelte die Stirn und ließ dann den Blick über die Landschaft streifen. Hier unten auf dem Planeten bekam man überhaupt nichts davon mit, was oben im All los war. Neverdy zog sich bei dem Gedanken an die Schlacht dort oben den Reisemantel weiter über die Schultern. Was nun mit den Chylac auf sie zukommen würde, ließ sie noch mehr schaudern.
In der Ferne stieg eine Rauchwolke von der Absturzstelle ihres

Shuttles auf. Auf ihrer Flucht waren sie nur mit Mühe den Abfangjägern entkommen, und der Absturz hatte zwei weitere Kameraden das Leben gekostet. Glücklicherweise war Zesch mit einigen Prellungen davongekommen und lag nun etwas entfernt mit einem Fernglas auf einer Anhöhe und beobachtete die Absturzstelle. Bombard hatte seine Wunden verbunden und bewachte mit zwei anderen Söldnern die gefangene Laudana. Sie lag in eine Decke gehüllt am Lagerfeuer und schlief. Neverdy war sich sicher, dass sehr bald ein bewaffnetes Team auftauchen würde, um das Shuttle zu untersuchen. Die Bewohner des Planeten gingen noch immer davon aus, dass die Crew aus Parasiten bestand.

"Bombard, wir müssen einen Weg in die Stadt finden, der an den Soldaten vorbeiführt. Babylios und sein Imperator werden mehr als gut bewacht. Hast du einen Plan, wie wir das anstellen können?" Neverdy fragte ihn mit leiser Stimme. Sie fühlte sich nicht sehr wohl. Der Absturz hatte ihren linken Arm ziemlich zugerichtet, und auch das Notfallverbandset vermochte die Schmerzen nicht gut zu lindern. Sie hoffte, dass er nicht gebrochen war.

"Solange sie uns für Parasiten halten, sollten wir uns verstecken. Es gibt einen unterirdischen Kanal, der in die Stadt führt. Im Frühling fließt dort das Wasser aus dem Bergen Richtung Fluss, aber im Moment sollte er trocken oder zumindest begehbar sein", antwortete Bombard und setzte sich mit einer Tasse Tee, den er auf dem kleinen Lagerfeuer gekocht hatte, zu Neverdy.

"Ich bin mir sicher, sie haben es geschafft", meinte er zu der Söldnerin, die seit der Flucht unglücklich wirkte und immer wieder in den Himmel schaute.

"Auf der Calypso waren sie doch ein ziemlich eingespieltes Team. Der Priester hat wirklich was drauf, kann mannsgroße Löcher in Schleusentüren brennen. Die werden ihren Kopf schon aus der Schlinge gezogen haben. Die haben Talent dafür." Der Söldner mit der Zahnlücke versuchte zu lächeln, doch seine Chefin schien er damit nicht sonderlich aufheitern zu können.

"Mein Bruder ist es nicht, um den ich mir Sorgen mache. Sieh mal, Bombard, wir haben eine Menge Männer verloren. Und alles nur durch diesen Verrat. Die Imperiale Flotte hätte die Parasiten abschießen sollen, nicht uns. Ich hätte nicht gedacht, dass sie zu diesen Maßnahmen greifen würden. Und nun müssen wir zusätzlich zu dem Mist auch noch zusehen, dass wir wieder zu Geld kommen, um uns ein neues Schiff zu kaufen. Mein Bruder hat gut reden mit dem Wir-müssen-zusammenhalten-Zeug. Ohne ein ordentliches Schlachtschiff werden wir eingezogen und als Kanonenfutter an die Parasiten verfüttert. Die Generäle des Imperators scheren sich einen Dreck darum, wer wir sind. Das wird nicht einfach werden."

"Hat Gaia dir nicht erzählt, was sie gesehen hat?" Bombard schaute sie ernst an. Beide dachten an die riesigen, übermächtigen Parasitenschiffe, die für einige Sekunden in einem Sonnenstrahl im All aufgetaucht waren. Als sie Bombard's ernsten Blick bemerkte, knotete sich ihre Kehle zu. Sie nickte.

"Ich weiß ja nicht, Neverdy, aber ich glaube, das wird unser Leben so insgesamt verändern. Vielleicht sollten wir uns nicht nur um ein neues Schiff Gedanken machen, sondern wie das Leben überhaupt weitergeht", meinte er. Mit seinen einfachen Worten drückte er die Unsicherheit aus, die ihnen allen zusetzte. Neverdy wurde unbehaglich, und ein Gefühl des Heimwehs ergriff ihr Herz. Bombard reichte ihr seine Tasse. Nachdem sie beide abwechselnd einige Schlucke getrunken hatten, machte Zesch aus der Ferne ein Zeichen und bedeutete Neverdy, zu ihm zu kommen.

"Hier, sieh selbst." Er hielt ihr das Fernglas vor die Nase. Neverdy beobachtete einen Gleiter, der an der Absturzstelle stand und traute ihren Augen nicht: Vinzenz war damit beschäftigt, das Shuttle zu begutachten. Er trug eine dicke Jacke mit einem Leocathor-Aufnäher. Tao und Gaia taten so, als würden sie ihm zuhören. Neverdy lächelte. Auch wenn sie wusste, dass die Ankunft nichts als Ärger bedeutete, war sie froh, dass sie nicht abgeschossen wurden.

Drei weitere Personen waren bei ihnen. Und zu Neverdy's Erschrecken trugen zwei von ihnen ebenfalls Leocathor-Uniformen und der dritte, offensichtlich der Ranghöchste, war ganz in Schwarz gekleidet. Die Söldnerin stellte eine höhere

Vergrößerung ein. Sie kannte diesen Mann in Schwarz. Er hatte die langen Haare zusammengebunden und trug eine Laserwaffe an der linken Seite. Ihr erleichtertes Lächeln wandelte sich in ein hämisches Grinsen. Ihr kam eine Idee, die für sie und die Mannschaft Geld bedeutete - nur für den Fall, dass es doch anders käme…

–

Vinzenz hasste Raumhäfen. In letzter Zeit hegte er sogar ein Unbehagen dagegen, sein Schiff überhaupt zu verlassen. Er hatte keine Lust mehr, sich von einem unbekannten Empfangskommando blöde Fragen stellen zu lassen, während sie sein Hab und Gut durchsuchten und ihn würdelos behandelten. Wenn sie hier auf Babylios ebenso frech und unfreundlich waren, wie auf Acromia, dann würde er sie einfach hochnehmen. Die Gefahr durch die Parasiten, die sie in einigen Stunden ereilen würde, könnte er ihnen auch einfach verschweigen - wenn es nicht so verdammt unmoralisch wäre! Vinzenz holte tief Luft und seufzte. Dann betrat er Babylios, das Zentrum des Universums. Draußen erwartete sie eine Art Sonderkommando. Fünfzig Soldaten, bis unter die Zähne bewaffnet, hatten in Reih und Glied Aufstellung genommen. Jeder Soldat trug den Leocathor-Löwen auf seiner Uniform. Einer der Männer - offensichtlich ihr Anführer - trat auf ihn zu. Er hatte lange, schwarze Haare und einen Dreitagebart. Offensichtlich hatte er im Dienst für das Adelshaus seine rechte Hand verloren, die durch eine Cyberhand ersetzt worden war. Seine Uniform wies ihn als Major aus, ein ungewöhnlich hoher Rang für einen Mann Anfang dreißig.
"Dr. Vinzenz de Vray? Mein Name ist 'Eisenhand', ich bin für eure Sicherheit hier auf Babylios zuständig."
Vinzenz nickte. "Wir haben wichtige Kunde zu überbringen. Könntet ihr uns bitte an einen Ort führen, wo wir offen sprechen können", Vinzenz war noch lange nicht im Begriff, seine Einstellung gegenüber dem Babylios-Raumhafen zu ändern. Er war sich durchaus darüber bewusst, dass die Soldaten nicht *zu* ihrem Schutz hier angetanzt waren, sondern zum Schutz des Planeten *vor* ihnen.

"Wir müssen uns um ein abgestürztes Shuttle kümmern. Vermutlich handelt es sich um Parasiten, und wir würden uns sehr über die Gesellschaft eines Spezialistenteams freuen. Unterwegs können wir uns ungestört unterhalten."
Eisenhand machte klar, dass er derjenige war, dem die Crew zu berichten und zu gehorchen hatte. Vinzenz sah ihn an und ließ dann den Blick zu Tao und Gaia streifen. "Lasst uns keine unnötige Zeit verlieren", meinte Tao.

Wenig später erreichten sie die Absturzstelle. Sobald ihr Schweber gelandet war, sprang Vinzenz von Bord und ging schnellen Schrittes auf das Shuttle zu. Er konnte nicht auf die anderen warten, oder irgendwie vorsichtig sein. Die Neugier, ob Neverdy oder Julius an Bord gewesen waren und ob sie überlebt hatten, war zu groß. Zu seiner Erleichterung war das Shuttle in erstaunlich gutem Zustand. Die Scheiben waren geborsten, im Heck schien es ein Feuer gegeben zu haben. Doch davon abgesehen war es sehr gut möglich, dass es Überlebende gab. Im Inneren des Shuttles lag ein toter Söldner. Der Aufprall musste seinen Kopf gegen eine Eisenstange gestoßen haben. Aus einer großen Wunde war das Blut durch die ganze Kabine gespritzt. Vinzenz nahm eine Gewebsprobe und untersuchte sie mit einigen Reagenzien, die er aus seiner Ledertasche zauberte. Gaia war erstaunt, wie professionell er wirkte. Wenn sie es nicht besser gewusst hätte, konnte man durchaus einen gestandenen Forscher in ihm sehen.
"Eisenhand, wir werden Ärger bekommen", meinte er dann mit kritischem Blick. Er hielt ihm einen kleinen Monitor vor die Nase. "Diese Molekülstruktur kommt in menschlichem Gewebe nicht vor. Das bedeutet, dass wir es hier mit Parasiten zu tun haben oder mit wirklich ausgefallenen, fleischfressenden Pflanzen."
Er stand auf, ging ein wenig umher und sah sich um. Eisenhand war ein harter Bursche, der im Dienst für das Haus Leocathor seine rechte Hand gelassen hatte. Trotzdem schien er nicht ganz dumm. Für einen Draufgänger zeigte er sich ausgesprochen interessiert an Dr. de Vray's Nachforschungen. Vinzenz betrachtete dieses Interesse jedoch eher als lästig. Sein selbst-

ernannter Parasitenscanner würde ihm und seinen Gefährten dabei den Kopf aus der Schlinge ziehen... jedenfalls so lange, bis jemand dahinter kam, dass er sich diese Moleküle nur ausgedacht hatte. Darin allerdings hatte er sehr viel Erfahrung. Im Moment fragte er sich, in welche Richtung Neverdy mit Julius und Laudana wohl geflohen war. Sicherlich hatten sie sich ein Versteck hier in diesen Outlands gesucht. Unterschlupfmöglichkeiten gab es mehr als genug und wenn sie noch Waffen dabei hatten, würde es ihnen nicht schwer fallen, einige Heimatlose aus ihren Unterkünften zu vertreiben. Zu Fuß allerdings waren es einige Tagesreisen bis zum Zentrum der Metropole Babylios, die sich irgendwo hinter dem Nebel am Horizont erhob.

'Neverdy, wo steckst du?' fragte er sich in Gedanken. In der gleichen Sekunde ging sein Funker und die Stimme seiner Schwester meldete sich: “Vinz! Schön, deine neuen Bekanntschaften zu sehen. Hör gut zu: Wir treffen uns morgen zum Sonnenuntergang in der Kathedrale vor dem Palast. Eine Million Dollar für Julius, dasselbe nochmal für Laudana. Das ist ein einmaliges Angebot, sonst sterben sie. Nur du allein, ich will keinen der Söldner dort sehen, schon gar nicht Eisenhand. Viel Spaß beim Erfinden einer schönen Lügengeschichte, Brüderchen. Pass auf, dass er dich nicht durchschaut! Er ist klug und einflussreich.”

Neverdy beendete das Gespräch und Vinzenz schaute sich um. Seine Schwester beobachtete sie! Das Gespräch schien jedoch niemand bemerkt zu haben. Schnell ließ er den Funker wieder in der Tasche verschwinden und ging zu Tao herüber.

“Zwei Millionen Dollar”, sagte er leise und blickte zu Boden.

“Bitte?”

“Neverdy will eine Million Dollar für Julius und dasselbe für Laudana haben, sonst bringt sie sie um. Bis morgen! Mal sehen, was unser neuer Freund davon hält."

Tao hatte keine Zeit, noch eine Frage zu stellen, denn Vinzenz war schon unterwegs zu Eisenhand, der ebenfalls das Shuttle untersuchte.

"Feuersturm", sagte Eisenhand, als er sich ihm näherte. "Meinen Informationen nach hatte das Shuttle, mit dem ihr Perion

erreicht habt, dieselbe Signatur. Was hat das zu bedeuten? Was hat es mit 'Feuersturm' auf sich?"
“Mit der Wahrheit ist das so eine Sache", sagte Vinzenz provokant. "Jeder will sie wissen, doch niemand ist bereit, sich ihr zu stellen. Was erwartest du von einer Gruppe wie uns, wenn du uns belügst? Dass wir dir bedingungslos jedes Geheimnis anvertrauen? Du bist doch nicht irgendein Söldner, Eisenhand. Ich kann nicht mit dir zusammenarbeiten, wenn ich nicht einmal weiß, wer du bist. Unsere Mission ist viel zu wichtig, als dass ich mich auf einen dahergelaufenen Söldnerführer verlassen würde und mich ihm auch noch anvertrauen soll. Wenn du etwas mehr von der Wahrheit hören willst, musst auch du mit offenen Karten spielen.”
Vinzenz mochte spielen. Er wusste, dass der Mann kein 'dahergelaufener Söldner' war. Im Augenwinkel nahm er Gaia wahr, die sich den beiden genähert hatte. Es war ein gutes Gefühl, die junge Söldnerin zu sehen. Sie hatte bereits unter Beweis gestellt, dass sie gefährlich und schnell war. Tao hielt sich an dem Wrack bei den anderen beiden Wachen auf. Mit jeder Sekunde, die sich die beiden anschwiegen, schien sich die Situation weiter zuzuspitzen. Ohne zu wissen, mit wem sie es zu tun hatten, waren beide Parteien in höchster Alarmbereitschaft, hin- und hergerissen zwischen Vertrauen und Feindseligkeit. Zwischen ihnen lag nur die Stille des Morgens und der weiße Hauch ihres Atems. Eisenhand brach die Stille: “Das ‘Auge des Imperators’ ist dessen höchster Geheimdienst. Wir berichten nur dem Imperator persönlich, ohne den Rat der Alten in unsere Erkenntnisse einzuweihen. Man hat euch am Leben gelassen aufgrund einer Nachricht der Grauen Eminenz, die euch unter dem Namen Gerald Ehrlich bekannt sein dürfte. Seine letzten Nachrichten trugen falsche Verschlüsselungscodes, sodass wir annehmen müssen, dass er sie unter Erpressung geschickt hat, oder nicht mehr im Vollbesitz seines Bewusstseins war. Aus diesen Nachrichten ging hervor, dass wir euch alle umgehend töten sollen, da ihr eine große Gefahr für den Imperator darstellt. Dich und Tao, voran jedoch Julius Leocathor.”
Nun war es Eisenhand, der die Augen nicht von Vinzenz abwandte und auf eine Antwort wartete.

“Die größte Gefahr für den Imperator sind mit Sicherheit die Parasiten und nicht wir. Wir kommen nur wegen der frohen Kunde über die Entdeckung des Escalonsystems hierher.”
Vinzenz war etwas unwohl zumute. Das ‘Auge des Imperators’ kannte er von Berichten. In diesen hieß es, sie seien die wahren Herrscher. Egal, welche Position Eisenhand inne hatte, er war mächtig! Dieses Bild passte viel besser zu ihm. Sein Vertrauen zu gewinnen war mit Sicherheit nicht einfach, doch auf der anderen Seite auch sehr lohnenswert. Vielleicht war es an der Zeit, sich Verbündete zu schaffen.
“Uns wurde berichtet, Julius Leocathor sei im Besitz eines Schwertes, eines kostbaren Gegenstands von Escalon”, fragte Eisenhand weiter.
“Ja, das ist richtig, zumindest war er das, als wir ihn das letzte Mal gesehen haben. Auf unserem Weg wurden wir von der Feuersturm, einem Söldnerschiff, gefangen genommen. Julius befindet sich noch immer in der Gefangenschaft der Kommandantin der Feuersturm.”
“Der Imperator möchte ihn und das Schwert sehen”, meinte Eisenhand kühl und erstaunte Vinzenz damit.
“Und Julius Leocathor ist hier, um eine Audienz beim Imperator zu erbeten. Das einzige Problem ist, dass er immer noch in der Gewalt der Söldnerin ist. Sie fordert zwei Millionen Dollar Lösegeld.” Eisenhand nickte.
“Darum werden wir uns kümmern”, sagte er nüchtern und machte klar, dass er Wege kannte, Julius ohne Zahlung des Lösegeldes zu befreien.
“So einfach wird das nicht sein. Ich allein soll ihr das Geld übergeben. Sie möchte keinen außer mir dort sehen”, meinte Vinzenz und zog die Augenbrauen hoch.
“Wie gesagt, darum werden wir uns kümmern”, entgegnete Eisenhand erneut.
“Wie gesagt, so einfach wird das nicht sein, Eisenhand", entgegnete Vinzenz erneut und fuhr mit bestimmendem Ton fort: "Ich allein *werde* ihr zwei Millionen Dollar übergeben und den Leocathor freikaufen und sie wird niemanden anders als mich dort sehen.”
Eisenhand sah ihn an und kniff die Augen zusammen. Vinzenz

hielt dem stand.
“Die Söldnerin hasst mich auf den Tod. Sie will mich leiden und bluten sehen. Sie hat ihr Schiff verloren, ihre Mannschaft ist zum größten Teil tot und sie glaubt, ich allein sei Schuld daran. Aber was auch davon richtig oder falsch sein mag, sie bleibt meine Schwester! Und ich werde nicht zulassen, dass ihr etwas geschieht. Außerdem bin ich der Meinung, dass zwei Millionen imperische Dollar ein angemessener Preis für einen so wertvollen Menschen wie Julius Leocathor und ein kostbares Schwert sind. 'Schuld' an der Lage sind außerdem die Chylac.”
Es war gut, seine eigenen Interessen nicht aus dem Auge zu verlieren. Darüber hinaus sprach dieser Interessenskonflikt doch auch für seine Aufrichtigkeit Eisenhand gegenüber. Wenn sich die Dinge tatsächlich so entwickelten, bestand die Möglichkeit, Neverdy zu helfen. Und das wäre sicherlich ein Schritt in die richtige Richtung, wenn er ihr Vertrauen wiedergewinnen wollte. Aus eigener Tasche würde Eisenhand die Summe bestimmt nicht zahlen.
“Abgemacht”, sagte dieser schließlich und hielt Vinzenz die Hand entgegen. Er schlug ein, wenngleich er das Gefühl nicht abschütteln konnte, dass Eisenhand das nicht ohne Hintergedanken tat. Noch während sie sich die Hände gaben, beschlich ihn dieses vertraute Gefühl von herannahender Gefahr, das ihn schon um so viele schlaflose Nächte gebracht hatte.
–

Tyl vom Volk der Chylac blickte auch einen Tag später lächelnd aus seinem Fenster. Er schaute über die Palmengärten seines Palastes und schließlich zum Himmel empor. Das Leben auf Babylios hatte sich in den letzten Jahren sehr verändert. Überall lebten die Menschen in Angst und Alarmbereitschaft. Und dennoch hatten sie nicht den Hauch einer Ahnung, was wirklich mit ihnen geschah. Der bevorstehende Krieg würde so plötzlich und erbarmungslos über sie hereinbrechen! Und im Moment waren die Dinge, die da draußen im All vor sich gingen, nichts als Legenden und Märchen in ihren Köpfen. Hinter dem Imperator stand Crystal von einem Stuhl auf und ging zu

ihm herüber.
“Die Imperiale Abwehrflotte des Planeten wurde von den Chylac vernichtet”, sagte er mit kühler Stimme zu ihr. Die Nachricht bedeutete den Tod von hunderten Menschen.
“Dank der Manipulation ihrer Sender haben wir sie übernommen und keine Radarstation auf dem Planeten hat von dieser Vernichtung etwas mitbekommen. Deine Mission auf der Calypso war absolut erfolgreich."
"Nicht ganz", erwiderte Crystal. Sie mochte Tyl, doch sie mochte es nicht, wenn er aus Sympathie über ihre Fehler hinweg sah. Er war ein Herrscher, und Crystal fühlte sich ihm sehr verbunden. Ihr geistiges Band ließ einen emotionalen Austausch zu, wie es unter Menschen nur selten der Fall war.
"Lucia ist uns entkommen. Wir haben sie dort oben um wenige Sekunden verpasst, und ich kann mir nicht erklären, wer sie gewarnt haben könnte."
"Wir werden auch einen Weg finden, diese Javeistin aufzuspüren. Astradamus wird sich persönlich und mit viel Engagement darum kümmern. Und während er mit seinen eigenen, kleinen Angelegenheiten und seiner persönlichen Rache an diesem Mädchen beschäftigt ist, wird Eron ben Daleck unsere Flotte in Position bringen. Er ist ein großartiger Stratege und wird Babylios so einkreisen, dass kein Schiff mehr von hier entfliehen kann. Auf ein Wort von mir wird er mit dem Angriff auf den Planeten beginnen.”
Langsam würde die Menschheit seinem Willen unterjocht und er würde diesem Schauspiel von seinem Palast aus zusehen. Die Position des Imperators hatte ihm die Macht gegeben, die Adelshäuser auseinander zu treiben und ihren Bund zu zerreißen. Hass und Wut herrschte zwischen ihnen und der Kirche. Er hatte den Rat der Alten zerschmettert, und die Männer waren ohne ihn nicht mehr in der Lage, gemeinsame Entscheidungen zu treffen. Die großen Fehler, die die Vertreter der verschiedenen Parteien ihm, dem Imperator, immer wieder vorgehalten hatten, verführte sie dazu, seine Position stürzen zu wollen.
'Nur zu', dachte er und rieb sich die Hände. Denn wenn die Imperator-Kriege wieder so begannen, wie sie vor sechzehn Jah-

ren aufgehört hatten, dann würden die Menschen so gelähmt sein, dass sie zu keinem Widerstand in der Lage wären. Nicht mehr lange, und der Imperator der Menschheit würde zum Herrscher der Chylac, der sein mächtiges Volk in einem gigantischen Triumphzug in das Herz der Welt führen würde. Niemand könnte ihn aufhalten. Er konnte die Gedanken seiner Gegenüber wie ein Buch lesen. Es gab nur noch eine letzte Amtshandlung bevor er seine Tarnung aufgeben würde. Julius Leocathor war der Träger eines Schwertes, das angeblich auf der legendären Earth I gefertigt wurde. Und die Zeit war gekommen, es diesem Narr abzunehmen. Dieses Artefakt, gefertigt aus Javum, dem kostbarsten aller Materialien, würde ihn mächtiger als jedes andere Wesen im Universum machen. Es vermochte ihm endgültig die Unsterblichkeit zu verleihen. Tyl zog Crystal zu sich heran und gab ihr einen langen, intensiven Kuss.
"Und du wirst meine Königin, Crystal! Wir werden das Universum beherrschen und den Chylac eine wundervolle und friedliche Welt errichten!"
–

In der gleichen Nacht, in der im All eine der gewaltigsten Schlachten aller Zeiten geschlagen wurde, lag Vinzenz in einem Doppelbett und dachte nach. Es war kein nobles Bett und stand in einem alten, nach Staub riechenden Gästezimmer, das mit alten Holzmöbeln eingerichtet war und zur Not mehrere Personen beherbergen konnte. Es schien, als habe die Parasitenforschungseinheit in Babylios lange keine Gäste mehr aufgenommen. Neben ihm lag Tao im Bett, und einen Meter weiter lag Gaia in einem separaten Bett. Es war still geworden, und alle drei waren in Gedanken versunken. Vinzenz dachte an Lucia, ihre gemeinsamen Zeiten auf der Darius II und auf Acromia. Der Schmerz ließ einfach nicht nach. Er war so bitter und quälend. Und darüber schwebte seine Rache an Crystal und Cypher. Auch wenn er Lucia nicht wieder ins Leben zurückrufen konnte, seine Rache und der Tod dieser Chylac würden seinen Schmerz vielleicht lindern können! Während er nachdachte, sah er mit starrem Blick zu Gaia herüber. Das Licht des ein-

zigen Mondes, der auf Babylios die Nacht erhellte, sendete seine silbernen Strahlen durch das kahle Fenster herein und tauchte ihre Silhouette in einen undeutlichen Schatten. Trotzdem erkannte Vinzenz den glasigen, leeren Ausdruck in ihren Augen. Es machte ihn traurig, dass er dem Mädchen das Schlafmittel geben musste, unter dem sie nun wie in Trance vor ihm lag. Seitdem er das Vertrauen seiner Schwester verloren hatte und seit den Ereignissen auf ihrer Hochzeit, war Vinzenz ein Sklave der Drogen geworden. Er setzte sie nach Belieben ein, um Menschen zu steuern. Das alles hatte Cypher Medici ihn gelehrt. Aber wozu? Was war der Preis, den er dafür zahlte? Jeder, der ihn durchschaute, wandte sich von ihm ab und nannte ihn einen Lügner. Kein Wunder, dass er seit dem Vertrauensbruch mit seiner Schwester ein Einzelgänger war. Jemand, der keine Freunde besaß und die Menschen für seine Zwecke nutzte, war kein guter Begleiter in der Not. Doch trotzdem fragte Vinzenz sich, woher diese Angst vor Gaia plötzlich kam.
“Bring mich nicht um, Gaia”, flüsterte er der jungen Frau zu, die wie ein Stein schlief. “Ich habe ein gutes Herz.”
Und seine Worte klangen eher so, als hätte er eine Entschuldigung in Form eines Gebetes gesprochen. Er schwor sich, dass diese Nacht die letzte war, in der er mit seinen Drogen den freien Willen der Menschen um sich herum beeinflusste. Er sehnte sich danach, Freunde zu haben. Solche, denen er vertrauen konnte und die ihn verstehen würden.
Gaia war währenddessen in ihren Träumen weit weg. Tao schlief ebenfalls fest, jedoch ohne dass Vinzenz nachgeholfen hatte. Leise schlug er die Bettdecke beiseite und verließ sein Bett. Er schlich zu Gaia und setzte sich neben sie auf die Bettkante. Im Schein des Mondes hob er ihre Augenlieder an und schaute sorgfältig in ihre Pupillen. Gaia’s rechtes Auge war anders als das linke. Die Iris hatte zwar die gleiche Farbe, doch als Vinzenz mit einer kleinen Untersuchungsleuchte von der Seite her hineinleuchtete, sah er das sternförmige Nahtmuster, das auf eine Augenoperation hindeutete. Gaia schlief so fest, wie unter Narkose. Ungläubig schluckte er und dachte an das Geräusch ihrer Waffe, das er auf Perion gehört hatte. Behutsam drehte er ihren Kopf zur Seite, um sich ihren Nacken anzuse-

hen. Er suchte die Kopfhaut zwischen den Haaren ab und wurde nach einigen Sekunden fündig: eine kleine, unter den Haaren unsichtbare Narbe! Das bedeutete, dass Gaia vor Jahren nicht nur am Auge, sondern auch am Hinterkopf operiert wurde. Bei diesem Gedanken bekam er unweigerlich diese heftigen Kopfschmerzen, die ihm sagten, dass seine Erinnerungen nicht der Wahrheit entsprachen. Bilder eines Neurochirurgen erschienen in seinem Gedächtnis. Dieser hatte ihr einen Chip eingepflanzt und Vinzenz war bei dieser Operation anwesend gewesen! Der Chip war durch Naniten-Technologie mit Gaia's Sehrinde verbunden. Die Naniten hatten die künstlichen Einheiten des Chips mit den Nervenzellen ihrer Sehrinde verbunden. Dadurch hatte die junge Frau die Möglichkeit, Informationen, die ihre Netzhaut aufnahm, vollständig und ohne weitere Verarbeitung in ihr Bewusstsein zu rufen. Willentlich konnte sie ihre Iris öffnen, damit mehr Licht in ihr Auge fiel. Durch den Chip hatte sie die Fähigkeit im Dunkeln mit ihrer Waffe präziser zu schießen, als es einer Maschine bisher jemals möglich war. Mit dieser Cybertronic und den entsprechenden Waffen konnte sie auf mehrere Kilometer Entfernung präzise zielen und treffen. Darüber hinaus verarbeitete sie mit dem rechten Auge über tausend Bilder pro Sekunde und erkannte damit Bewegungen, die für die meisten Sterblichen unsichtbar blieben. Ihr Auge war schneller als jede Hand! Das erklärte, warum Gaia auf der Forschungsstation so unglaublich schnell reagieren konnte!

Als hätten diese Erinnerungen in einem verschlossenen Buch darauf gewartet, wiederentdeckt zu werden, kamen sie Vinzenz jetzt ins Bewusstsein. Zehn Jahre musste es her sein, denn er selbst befand sich zu dieser Zeit noch in seiner Ausbildung. Doch was bedeutete das alles? Warum begegnete Vinzenz dem Mädchen hier draußen auf dem Schiff seiner Schwester? Ob Cypher sie geschickt hatte, um ihn zu töten? Er betrachtete die junge Frau, die durch das Schlafmittel noch immer friedlich und felsenfest schlief. Langsam zog er einen Dolch aus seinem Stiefel und fuhr damit über die Haut ihres makellosen Halses. Dieses junge Mädchen zu töten widerstrebte ihm. Er mochte Gaia, und er würde sich ihren Tod niemals verzeihen.

Beinahe eine Stunde saß er regungslos in dieser Vollmondnacht an Gaia's Bett und zögerte. Ihm wurde währenddessen immer bewusster, dass sein Morden ein Ende haben musste. Sie war zu unschuldig und zu ehrlich gewesen, als dass er sie aufgrund eines möglicherweise falschen Verdachts töten könnte. Außerdem hatte sie ihm das Leben gerettet, und im Falle ihres Todes würde Cypher wahrscheinlich einfach den nächsten Attentäter schicken.
Genauso langsam, wie er den Dolch gezogen hatte, ließ er ihn wieder in seinem Stiefel verschwinden. Dann sah er zu Tao herüber, der mit seinem Kopfkissen im Arm still dalag. Er rührte sich nicht, doch seine Augen waren offen, und er sah ihn an.
“Sie hätte genug Chancen gehabt, dich zu töten. Sie hat dich am Leben gelassen, weil sie wusste, dass du ein gutes Herz hast”, flüsterte er. Dann drehte sich um und blickte an die gegenüber liegende Wand.
Vinzenz würde das Blatt wenden. Er würde sich seine wahren Waffen zu Nutze machen. Und die mächtigste, die er besaß, war die Menschlichkeit. Langsam erhob er sich und ging zu seinem Koffer. Die kleine Spritze, die er aufzog, würde ihm dabei helfen, Gaia zu vertrauen. Er nahm den Arm der Schlafenden und stach die Nadel in ihre Vene.
“Morgen früh wird alles gut sein, Gaia. Vertraue mir”, flüsterte er ihr ins Ohr und ließ sie dann schlafen. Er selbst lag noch einige Zeit wach. Er schlief nur noch beinahe jede zweite Nacht, so sehr quälte ihn der Gedanke, verfolgt zu werden und am nächsten Morgen nicht mehr aufzuwachen.

–

Die Kathedrale von Babylios erstreckte sich über zweihundert Meter in die Höhe. Selbst Neverdy, die sonst nur wenig umhauen konnte, wurde leicht schwindelig, als sie am Fuß der massiven Fundamente stand und nach oben blickte. Die Türme schwankten leicht im Wind. Die Konstruktion war den alten Kathedralen auf der legendären Heiligen Erde nachempfunden. Tausende Freiwillige hatten die Steine mit ihren Händen bearbeitet und Figuren großartiger Menschen und religiöse Symbole hineingemeißelt. Niemand kannte alle Geschichten, die die Kathedrale von ihrer Oberfläche bis in der Tiefe ihrer Katakomben erzählte. Überall standen kleine Besuchergruppen, starrten wie Neverdy nach oben und bewunderten diese Gemäuer. Hier, im Zentrum der Stadt, schien der Krieg gegen die Chylac weit weg. Niemand wusste, was im All geschehen war und dass in diesem Moment die feindlichen Schiffe unmittelbar um den Planeten Stellung bezogen, um die Menschen, die hier lebten, schneller auszulöschen, als sie es begreifen würden. Neverdy schritt schnell und gezielt durch die ahnungslosen Touristen und betrat nach einer Sicherheitsdurchsuchung an der Eingangstür das heilige Gebäude. Andächtig schritt sie zwischen den Bänken entlang. Weit über ihr spannten sich die riesigen Kuppeln des Hauptschiffes von einer Säule zur anderen. Die Söldnerin war kein Freund von Kirchenbesuchen, doch trotzdem lief ihr beim Anblick und der Atmosphäre ein Schauer der Ehrfurcht über den Rücken. Die massiven, dunklen Gemäuer hatten eine ganz eigene Art, ihre Besucher zu beeindrucken: Sie hatten nichts mit den Stahlkonstruktionen der Raumhäfen oder großen Schiffe gemeinsam. Hier schien die Zeit stehengeblieben zu sein. Statt Technologie wurde hier das Wort Gottes in seiner konservativsten Auslegung gepredigt. Das übertrug sich auch auf sie. Ihre Gedanken drehten sich in diesem Moment nicht mehr um Landungen, Aufträge und Geld. Zwangsläufig wurde ihr zwischen diesen heiligen Säulen die Vergänglichkeit des Lebens bewusst. Langsam lenkte sie den Blick auf die bunten Fensterscheiben und die Wandgemälde, die Jahrhunderte und vielleicht sogar Jahrtausende alt waren. Selbst Vinzenz würde in einem solchen Gebäude nicht zu einer bösartigen Auseinandersetzung fähig sein. Sie würde ihn so weichkochen, dass er ihr bedingungslos das Geld überließ!

Sie betrat eine der Sitzreihen und kniete sich mit Blick auf die Eingangstür nieder, um zu beten. Zesch hatte sich derweil irgendwo auf einem Mittelgang positioniert. Es war schwierig gewesen, sein Gewehr in dieses Gebäude zu bringen, doch mit etwas List hatte Neverdy die Wachen einige Stunden zuvor so abgelenkt, dass er einen Rucksack ungesehen durch eine kleine Hintertür schmuggeln konnte. Bombard saß in einer anderen

Ecke der Kathedrale und suchte mit scharfem Blick nach auffälligen Gestalten, die denen ähnlich sahen, die er zuvor mit dem Fernglas beobachtet hatte.

Julius Leocathor, dessen Hände auf seinem Rücken mit Handschellen fixiert waren, saß auf einem Holzstuhl in einem kleinen Appartement eines Motels. Es muss das billigste Zimmer gewesen sein, das Neverdy hatte auftreiben können! Die Wände waren mit halbherzig geflickten Überresten alter Tapeten beklebt und der Fußboden bestand aus einem abgenutzten, dreckigen Teppich. Es hätte den Adeligen nicht gewundert, wenn eine Ratte aus einem Loch gekrochen käme, um zu sehen, wer dort in ihr Revier eingedrungen war. Doch das war nicht alles, woran er dachte. Er beobachtete die beiden Söldner, die ihn bewachten. Sie saßen am Tisch und pflegten ihre Blastergewehre. Es war wie in einem Film, von denen er als Jugendlicher viele gesehen hatte. Die Gauner nahmen sich eine Geisel und verschleppten sie durch das halbe Universum. Unterwegs übernachteten sie in Motels, auf verdreckten Raumhäfen, oder in zwielichtigen Spelunken. Doch ihn, Marquis Julius Leocathor, würden sie durch diese menschenverachtenden Umstände nicht kleinkriegen. Er wusste, dass seine Gefährten ihn hier herausholen würden und dass seine Entführer ihn lebendig und unversehrt brauchten. Zum Glück erinnerte er sich auch daran, dass die Geiseln in den Filmen sich entweder mit den Entführern verbündet hatten oder sich in sie verliebten. Letzteres war bei genauerer Betrachtung der beiden Söldner ausgeschlossen. Jedenfalls kamen die Geiseln in den Filmen immer auf die eine oder andere Weise frei und wurden nie umgebracht! Trotzdem konnte er einen leichten Anflug von Nervosität nicht leugnen. Still betete er zu Gott.
Und als hätte jemand seine Gebete erhört, fiel in einer Sekunde, in der die beiden Söldner auf ihre Waffen schauten, eine pflaumengroße, metallisch glänzende Kugel direkt über ihm von der Decke und landete sanft auf seinem kleinen Bauchansatz, um von dort aus in seinen Schoß zu rollen. Julius schaute unauffällig nach oben und entdeckte ein Loch, das dem Kugeldurchmesser entsprach.

War Lucia wieder aufgetaucht, um ihn zu retten? Gleich würde etwas passieren! Doch was sollte er mit der Kugel machen? Viele Möglichkeiten hatte er nicht, also balancierte er sie zwischen seinen Oberschenkeln hin und her, während die Söldner ins Gespräch über die Zielgenauigkeit ihrer Waffen vertieft waren. Plötzlich erschien ein Plasmaschild in Form einer bläulichen Blase um Julius herum. Es war der Moment, in dem die Wachen aufmerksam wurden. Doch war es bereits zu spät! Mit einem lauten Bersten sprengte das sich immer stärker manifestierende Schild ein Loch in den Fußboden, fast so, als stoße es sich vom Untergrund ab, um die Holzdielen des Bodens aus dem Inneren der Kugel zu verbannen. Nach wenigen Sekunden umhüllte das Plasmaschild den Marquis mitsamt dem Stuhl, auf dem er saß. Vor Schreck richteten die beiden Wachen die Waffen auf ihn und rissen ungläubig die Augen auf. Sie waren verblüfft und vergaßen dabei, nach ihren Funkgeräten zu greifen. Nichts weiter geschah. Julius schwebte auf seinem Stuhl sitzend im Zentrum der zwei Meter durchmessenen Kugel. Sein Blick drückte Schreck, Begeisterung und allgemeines Unverständnis aus. Er fasste sich allerdings etwas schneller wieder als die beiden Wachen. Bevor er von Zuhause weggegangen war, um im Universum sein Glück zu versuchen, gab sein Vater ihm ein Energieschild mit auf den Weg, das er am Gürtel trug. Es sollte ihn schützen, wenn etwas auf ihn einschlug. Einmal erst, als er von einem Hangar gestürzt war, hatte das Schild sich aktiviert und ihn mit einem ähnlich bläulichen Schimmer vor Verletzungen bewahrt. Allerdings bestand das Schild nur für wenige Millisekunden und lag seinem Körper nahe an. Dieses Schild, sofern es ein solches war, bestand nun schon seit mehreren Sekunden. Die Söldnerwachen begutachteten die bläulich schimmernde Plasmawand. Sie gingen vorsichtig herum, ohne wirklich zu verstehen, worum es sich handelte. Julius fühlte sich derweil sehr sicher in seinem Käfig und lächelte. Aus dem Augenwinkel beobachtete er zwei Geschosse, die gleichzeitig durch den Raum flogen und die Söldner am Rücken trafen. Mit einem kurzen, abgehackten Schrei sackten die beiden kraftlos und sehr unspektakulär in sich zusammen. Ihre Blastergewehre fielen ohne einen Schuss abzugeben auf

den Boden. Julius staunte, als er die kleinen Lichtbögen sah, die sich von den Geschossen auf den Boden spannten. Sie sprachen für eine gewaltige elektrische Energie. Fest stand, dass die zwei Wachen für einige Zeit außer Kraft gesetzt waren, sofern sie überhaupt noch lebten. Einen Augenblick später öffnete sich die Tür des Motelzimmers. Drei Männer betraten zügig aber völlig ruhig den Raum. Sie trugen weiße Kutten der Kirche, die sie als Inquisitoren auszeichneten. Julius kniff die Augen zusammen. Etwas stimmte nicht mit ihnen! Das waren weder Freunde von Tao noch von Lucia. Seine anfängliche Euphorie wandelte sich langsam in Besorgnis. War er vom Regen in die Traufe geraten, oder vielleicht noch Schlimmeres?
Ohne zu zögern, zogen zwei der drei Männer einen Dolch und stachen den am Boden liegenden Söldnern die Kehlen durch. Julius spürte sein Herz ganz plötzlich laut pochen. Das war ganz und gar nicht das, wofür er es gehalten hatte. Das waren keine Männer, die etwas mit seinen Gefährten zu tun hatten. Und diese Befreiungsaktion lief ganz eindeutig nicht so, wie er es aus den alten Filmen kannte! Ganz bestimmt war dieses Morden nicht das, was er gewollt hatte. Zudem schienen sich die zwei Ordensbrüder sehr gut mit dem Töten auszukennen. Die Wunden hinterließen nicht einmal so viel Blut, dass man dem Fußboden etwas von dem ansehen konnte, was hier gerade vor sich ging.
"Marquis Julius Leocathor, nehme ich an", sprach der dritte der Männer mit einem kalten Unterton in seiner Stimme und lenkte Julius' Blick von den anderen beiden Männern ab.
"Ich entschuldige mich für die Umstände, unter denen wir uns kennenlernen. Mein Name ist Astradamus, Großinquisitor der Heiligen Kirche. Leider ist es mir derzeit nicht möglich, Euch die Hand zu schütteln, seid Euch einfach meiner Ehrerbietung gewiss. Wir müssen Euren Gefährten, die momentan damit beschäftigt sind, Euch zu befreien, leider zuvorkommen. Der Grund hierfür ist ein ketzerisches Verbrechen Eurer Pilotin Lucia. Ich will Euch nicht über lästige Einzelheiten informieren, als gläubiger Mensch aus dem Adelsstand des Hauses Leocathor seid Ihr Euch sicherlich im Klaren darüber, dass der Javeistenkult den wahren Glauben leicht vom rechten Weg ab-

bringen kann. Wir sind gekommen, um zu prüfen, in wie weit Eure Pilotin sich von diesem rechten Weg entfernt hat."
Julius war sprachlos. Die Männer drangen hier ein und töteten seine Geiselnehmer, streng genommen nahmen sie ihn sogar gefangen. Das war ungeheuerlich! So ungeheuerlich, dass Julius die Zornesröte ins Gesicht stieg. Erst nach einigen Sekunden sammelte er sich wieder und hob an zu sprechen: "Geehrter Astradamus. Mit dem, was Ihr sagt, habt Ihr natürlich Recht. Die Sünde muss bestraft werden. Und nun bitte ich Euch, mich hier loszumachen, damit ich Euch bei der Suche behilflich sein kann."
"Sicher", Astradamus drückte auf ein Ding in seiner Hand. Das Energieschild um ihn herum löste sich so schnell auf, wie es entstanden war. Julius stürzte einige Zentimeter mit seinem Stuhl zu Boden. Astradamus half ihm auf die Beine, ohne ihm die Handschellen zu öffnen. Julius war verwirrt, als der Inquisitor vor ihm stand und ihm in die Augen sah. Er konnte sich kaum gegen seinen Blick wehren. Das machte ihm ein flaues Gefühl im Bauch. Leichte Übelkeit stieg ihm vom Magen her in die Speiseröhre auf. Das Gefühl veränderte sich dann zu einem Kribbeln, das ihm bis ins Gehirn stieg und sämtliche Nerven darin gleichzeitig zur Entladung zu bringen schien. Es fühlte sich intensiv und warm an - unbeschreiblich, nicht wie ein Sprung durch ein Hyperraumtor, nicht wie ein schöner Gedanke, sondern etwas dazwischen. Er spürte noch, wie seine Augen langsam zufielen und ein Zucken durch seine Glieder fuhr. Zwei Hände schienen ihn aufzufangen, als ihm der Boden unter den Füßen weggezogen wurde und er ohnmächtig in sich zusammenfiel.
"Trottel", flüsterte Astradamus mit einem schmalen Lächeln und wandte sich ab, während seine Begleiter Julius aus dem Raum trugen.

–

Lucia kniete an diesem Tag zwischen den Mauern der Ruinen im Gras. Sie hatte die Augen geschlossen. Semikon kniete in ähnlicher Weise neben ihr. Beide hielten sie einander an den Händen. Das warme Gefühl der Geborgenheit durchströmte

ihre Körper und Lucia spürte, wie sie Semikon näher kam. Doch etwas war anders als damals, bevor sie losgezogen war, um die Weiten des Alls zu erkunden. Das weiche Gefühl, einem geliebten Menschen nahe zu sein, wurde gestört: In Lucia's Geist zogen dunkle Wolken auf, die ihr prophezeiten, dass das momentane Glück sich sehr schnell in hartes, kaltes Leid erschöpfen würde. Sie schreckte aus der Meditation auf und war sich gewiss, dass Julius in Gefahr war. Der Gedanke kam plötzlich und machte ihr Angst. Sein mildes, freundliches Gesicht zerfiel vor ihrem inneren Auge. Die Haut löste sich ab und hinterließ eine Fratze des Todes. Die Zeit ihrer gemeinsamen Abenteuer, die Streitereien und Diskussionen und die Nacht auf Acromia hatten ein geistiges Band zwischen ihnen geflochten. Während der gemeinsamen Meditationen mit Semikon konnte sie die Seele ihres Freundes erkennen und spüren, wenn es ihm schlecht ging. Und dieser Hilfeschrei war wie ein Schuss durch ihren Kopf gegangen, voller Schmerz! Sie erlebte Julius' Qualen in ihrem Geist.
Stöhnend öffnete sie die Augen. Semikon blickte sie an. Er hatte denselben Schrei vernommen. Auf seiner Stirn zeichnete sich eine Sorgenfalte ab.
“Lucia, meine Frau. Beginne deine Taten mit Besonnenheit”, meinte er zu ihr, während er aufstand und zu dem Feuer ging. Es war nicht immer ein Geschenk, die Gedanken anderer Menschen ergründen zu können. Manchmal trug Semikon eine Verantwortung, die schwer auf seinen Schultern lastete. Er schenkte Tee aus einer kleinen Keramikkanne ein und stellte sie zurück auf das Feuer. Lucia's Nervosität war offensichtlich. Sie konnte sich nicht wieder hinsetzten, geschweige denn jetzt noch Tee trinken! Der Hilferuf war anders gewesen als die Stimmen, die sie zuvor von ihren Gefährten vernommen hatte. Meistens waren es Gefühle der sexuellen Lust, die Vinzenz ausstrahlte, manchmal etwas Wut, Neugier, auch Angst. Es waren Träume, in denen ihre Gefährten bizarre Szenen durchlebt hatten. Sie konnte nicht die Gedanken anderer Menschen lesen, doch sie konnte erkennen, in welcher Stimmung sie waren - etwa ob ihr Gegenüber ihr gut oder feindlich gesonnen war. Sie erkannte, was Semikon für sie empfand. Sein Geist war der

Anker in ihrem Leben, er war die Beständigkeit und die Geduld. Beides Dinge, die ihr selbst oft fehlten. Aber das hier war etwas vollkommen anderes. Lucia war sich sicher, dass sie diesen Schrei im gesamten Universum vernommen hätte und sie musste einfach etwas unternehmen.
“Ich muss Julius helfen. Ganz egal, was passieren könnte, ganz egal, wie gefährlich es wird”, sagte sie mit fester Stimme und schaute Semikon in die Augen. Er stellte den Tee beiseite. "Du hast Recht. Kein Zweifel, dass wir deinem Freund helfen müssen. Doch unterschätze die Macht der Kirche nicht, meine Liebste. Man trachtet uns nach dem Leben in Babylios. Ich werde dich begleiten. Julius scheint in große Not geraten zu sein.”
Semikon zog sich seinen Reisemantel über. Viel besaß er nicht mehr, seit er auf der Flucht vor den Attentätern des Inquisitors und seines Geheimdienstes war. Die ganze Zeit lebte er in ständiger Bereitschaft, sein Lager wieder abbrechen zu müssen. Wenige Sekunden später waren die beiden zum Aufbruch bereit.

–

Tao, Gaia und Vinzenz schritten gradlinig Seite an Seite durch die Menge. Die drei gaben ein selbstsicheres, allerdings wenig unauffälliges Bild ab. Viele Menschen auf dem Platz vor der Kathedrale schauten ihnen nach. Die meisten Passanten wichen zur Seite, als sie die drei herannahen sahen. Gaia ging in der Mitte und war mit einer eng anliegenden, schwarzen Lederhose und einem ebenso engen, schwarzen Shirt bekleidet. Kein Zweifel, dass ihre Erscheinung die Blicke vieler Männer auf sich zog. Vinzenz trug seinen weit ausladenden, alten Mantel, mit dem er sich schon damals auf die Darius II geschlichen hatte, und der ihm dank der vielen versteckten Taschen immer gute Dienste geleistet hatte. Tao war wie immer in seine Kutte gehüllt. Er hatte zwei dicke Bündel, bestehend aus Geldscheinen, in einer Reisetasche, die er in der linken Hand trug. Es war das Geld, das ihnen von Eisenhand zur Verfügung gestellt wurde, um Julius freizukaufen. Normalerweise wurden große Geldsummen nur in Form von Chipkarten von den Banken

ausgegeben. Doch diese Form des Bargeldes konnte überall nachverfolgt werden, weshalb sich der Gebrauch auf streng legale Käufe beschränkte und somit das alte Papiergeld nach wie vor der Zahlungsstandard auf Babylios war.
“Wir haben das Geld, und wir werden einen ganz anständigen Übergabedeal mit Neverdy machen. Vergesst das nicht”, meinte Tao mit strengem Ton zu seinen Gefährten, die seiner Meinung nach schon allein durch ihr Auftreten wieder viel zu dick auftrugen. Sorgfältig beobachtete der Mönch das Umfeld.
“Ich mache mir keine Sorgen um den Deal. Ich kenne meine Schwester. Ich mache mir Gedanken um Eisenhand. Wenn es jemanden gibt, der uns in die Falle locken könnte, dann der Imperiale Geheimdienst. Diese Jungs sind nicht darauf bedacht, zwei Millionen Dollar los zu werden, nur um dem Leocathor eine Einladung zum Imperator zu überbringen. Ich habe etwas Angst um uns alle, Tao”, flüsterte Vinzenz ernst. Er ließ dabei den Blick nicht von den Dächern der umliegenden Häuser.
Gaia stimmte ihm mit ernstem Nicken zu. Sie hatte viel von dem Geheimdienst gehört. Einiges war so unglaublich, dass die Macht dieser Institution ihr Ehrfurcht einflößte. Andererseits hatte sie auch die Geschichten über Vinzenz gehört. Seit sie als Kind von Sam in der Kunst des Schießens unterrichtet wurde, hatte sie immer wieder seinen Namen gehört. Vinzenz de Vray, der die Großen des Universums erzittern lässt. Ein Mann, der beim bloßen Klang seines Namens mächtige Händler, Mörder und Adelige erschaudern ließ und den selbst Cypher Medici nicht zu bändigen wusste. Doch es gab auch die andere Seite des mächtigen Attentäters: Gaia war Augenzeuge gewesen, als Vinzenz todesmutig mit einem kleinen Jäger vor die Geschütze der Feuersturm geflogen war, um Neverdy seine guten Absichten zu beweisen. Und nun half er ihr erneut auf subtile Weise, ohne dass sie es mitbekam. Er nutzte den Geheimdienst des Imperators, um ihr zu Geld für ein neues Schiff zu verhelfen. Vinzenz hatte wahrlich das Herz am rechten Fleck. In ihren Augen war er ein sehr großartiger Mensch, und seitdem sie heute früh die Augen aufgeschlagen hatte, spürte sie den sanften Hauch eines Gefühls, das ihrem Herzen noch etwas anderes sagte. War es Geborgenheit? Sicherheit? Abenteuerlust? Oder

Liebe? Gaia war erfüllt von Stolz und diesem mächtigen warmen und grenzenlos schönen Gefühl in ihrer Brust, als sie an seiner Seite durch die Menschenmenge schritt. Wenn es jemanden gab, der den Geheimdienst des Imperators hinters Licht führen konnte, dann musste es Vinzenz de Vray sein!
"Ich hoffe, es wird alles nach Plan verlaufen", sagte der großartige Vinzenz und beobachtete aus den Augenwinkeln, dass die Drogen, die er Gaia in der vergangenen Nacht gegeben hatte, ihre Wirkung voll entfalteten. Tao bemerkte dies ebenfalls und schüttelte den Kopf.
"Nun zermartere dir mal nicht dein Hirn, mein Freund. Ich habe viele Jahre meines Lebens in den Gemäuern dieser Kathedrale verbracht. Wenn es jemanden gibt, der Neverdy, das Geld und den Leocathor wieder aus der Kathedrale herausbekommen kann, dann sind das wir drei."
Der Bruder gab Vinzenz und Gaia jeweils einen Klaps auf die Schulter und lächelte selbstbewusst. Es war ein sonniger Morgen, und hier, innerhalb der Stadt, am Rande des Palastes war das Klima mild und angenehm. Ein großer Vorteil des Terraforming.
"Ich werde mich dann mal verabschieden", meinte er nach einigen weiteren Metern und bog in eine Seitengasse ab. Der Plan sah vor, dass er durch einen kleinen, geheimen Gang die offiziellen Sicherheitsbarrieren für die Touristen umging, um das Geld und einige weitere Utensilien ungesehen in die Kathedrale zu schaffen.
"Halt den Funker bereit", flüsterte Vinzenz ihm noch zu und ging dann mit Gaia zügig weiter über den großen Platz, um mögliche Verfolger zu entdecken. Er und Tao hatten den Übergabeplan in der Nacht geschmiedet, ohne Eisenhand in die genauen Pläne einzuweihen. Lediglich Gaia wusste einige Details, um entsprechend reagieren zu können.
Einige Minuten später trennte sie sich ebenfalls von ihm, um durch einen anderen Eingang in das mächtige Gebäude zu gelangen. Das Mädchen war seine Lebensversicherung für den Fall, dass er Neverdy falsch einschätzte. Er konnte sich sicher sein, dass sie sich zwischen ihn und seine Schwester stellen würde, falls es hart auf hart kam. Und Neverdy würde niemals

das Zeug haben, jemanden aus ihren eigenen Reihen zu erschießen. Schließlich, nach einigen Minuten Schlange stehen in der Masse der Touristen, betrat er durch den Haupteingang das heilige Gebäude. Als er unterhalb der riesigen, mit hunderten Bildern bemalten und goldverzierten Kuppel der Kathedrale stand, betete er, dass es nicht durch einen blöden Zufall zu einem Blutvergießen kommen würde. Dieses Quäntchen Unsicherheit saß ihm kalt wie eine Tüte voll Eiswürfel im Nacken. Nach einigen Metern erkannte er Neverdy und spürte sein Herz pochen. Seine kleine Schwester kniete in einer Bankreihe relativ weit vorn beim Altar und betete. Unbemerkt näherte er sich und kniete ebenfalls neben ihr nieder. Es war leise in den heiligen Hallen, doch ihr Flüstern wurde von den Mauern verschluckt und ging in der Größe des Mittelschiffes der Kirche unter.

“Und, hast du das Geld?”, fragte Neverdy, als sie ihren Bruder bemerkte. Sie schien überhaupt nicht nervös zu sein, stellte er zu seinem Ärger fest.

“Ja. Es befindet sich bereits in der Kathedrale. Hast du Julius dabei?”

“Sicher. Einen Anruf, und er wird draußen auf dich warten.”

“Neverdy, ich möchte dir nichts Böses. Ich will dir zu einem neuen Schiff und einer neuen Existenz verhelfen. Ich will wieder dein Bruder sein.” Vinzenz musste das einfach los werden, denn diese ganze Geiselnahme kam ihm wie eine Farce vor. Wie die albernen Spiele ihrer Kindheit, in denen er in die Rolle eines imperialen Soldaten und sie in die einer Freibeuterin geschlüpft waren. Irgendwo hinter dem Haus ihrer Eltern begann das unbekannte Universum und darin flogen sie umher und schossen sich mit Tannenzapfen vom Himmel. Neverdy schwieg. Es waren endlose, bittere Sekunden des Schweigens und Vinzenz gingen wieder die Bilder der Dinge durch den Kopf, die zwischen ihnen passiert waren. Die Hochzeit, der tote Ramirez Valeo, seine Flucht… unverzeihbare Bilder. Und nun kniete er neben ihr in einer Kirche und bat um Vergebung dafür, ihr Leben zerstört zu haben.

“Du wirst es nicht wieder gut machen können, selbst wenn du tatsächlich Vicente Castelli bist. Ich habe dich in meinen Armen sterben sehen. Ich werde dir niemals wieder vertrauen können. Du bist nicht mehr mein Bruder. Das ist der Preis, den du für deinen Selbstbetrug und dein ganzes verlogenes Dasein zahlst. Ich weiß, was es dir bedeutet und dass du dafür über die Leichen der Menschen gehst, die dich lieben. Das hast du mehrfach bewiesen. Ich bin nicht dumm. Die Geschichten, die man sich über dich erzählt, erreichen auch mich. Ganz egal, was wir gemeinsam erlebt haben, du bist jetzt ein anderer Mensch. Du hast mich und meine Gefühle für deine Ziele missbraucht. Ich kann dir nicht verzeihen. Niemals."

Vinzenz spürte eine Mauer, die sich zwischen ihnen erhob. Das Gefühl schnürte ihm die Kehle zu, ließ ihm kaum noch Luft zum Atmen. In seinem Kopf pochte es, unweigerlich dachte er an die Toten. Er wollte die Gedanken beiseite wischen, doch das funktionierte nicht. Was hatte er bloß getan? Und warum konnte er sich nicht richtig daran erinnern? Was warf Neverdy ihm vor? Wieso war er in ihren Armen gestorben? Das hatte sie nun schon zum zweiten Mal behauptet. War das überhaupt er gewesen? Was war mit der Hochzeit? Sie war das einzige, woran er sich klar erinnern konnte. Die Fragen überschlugen sich. Er wusste, dass Neverdy's Worte nicht mit seiner Wirklichkeit übereinstimmten, doch er brachte es nicht über die Lippen, sie darauf anzusprechen. Der verfluchte Kopfschmerz wurde immer heftiger, je mehr er darüber nachdachte. Er konnte sich einfach nicht darauf konzentrieren, wollte etwas sagen, doch wie sehr er sich auch bemühte, die Worte über die Vergangenheit wollten seinen Mund nicht verlassen. Stumm kniete er einen Moment lang neben ihr. Es war das erste Mal in seinem Leben, dass er das Gebet ernst meinte. Und sein Leben musste sich ändern! Er holte noch einmal leise Luft, um die Mauer seiner Sprachlosigkeit zu durchbrechen, doch im gleichen Augenblick machte sich Neverdy's Funker bemerkbar. Sie stand auf und ging einige Schritte weit weg, um zu sprechen. Vinzenz beobachtete sie: Seine Schwester war noch nie eine gute Schauspielerin gewesen. Er erkannte, dass ihre Atmung sich beschleunigte und sich ihre Wangen dezent röteten. Sie strich sich mit der linken Hand mehrere Male durch das lange, blonde Haar. Vinzenz kannte die Geste. Sie bedeutete, dass sie sich nicht wohl fühlte. Ob es etwas mit Julius zu tun hatte?

Zur gleichen Zeit wanderte Tao durch einen langen, dunklen Gang in den weitläufigen Gewölben unter der Kathedrale. In der Vergangenheit hatte er hier sehr viel Zeit verbracht. Diese Kathedrale war ein Teil seiner Heimat. Der Boden hier unten war jedoch weniger verstaubt, als er es vermutet hatte. Normalerweise ging hier nur alle paar Jahre mal jemand durch. Scheinbar hatte sich das in der letzten Zeit etwas geändert. Seine Taschenlampe beleuchtete immer wieder Fußspuren. Seitlich des Ganges leuchtete er in alte, verlassene Räume, die teilweise mit Gitterstäben abgetrennt worden waren. Der Lichtkegel zauberte geheimnisvolle Schattenbilder an die Wände. Als Kind galt es als Mutprobe, diesen Abschnitt der Gewölbe zu betreten. Selbst jetzt noch vermochten die Schatten an den unregelmäßigen Wänden ihm Unbehagen einzuflößen. Vielleicht waren es aber auch die Kindheitserinnerungen, die ihn ängstigten.
‚Ihr alle seid in großer Gefahr! Doch ich werde dir den Weg erleuchten, mein Freund.'
Tao blieb stehen. Es war niemand dort, oder? Es war wieder die Stimme in seinem Kopf! War er verrückt? Schnell machte er die Lampe aus. Es dauerte eine Weile, bis sich seine Augen an die absolute Finsternis gewöhnt hatten. Dann erkannte er, was die Stimme ihm sagen wollte: An den Wänden des schmalen Ganges leuchtete ganz schwach ein grünes Licht. Tao hatte von Pilzen gehört, die in den Höhlen wuchsen und ein leicht fluoreszierendes Licht von sich gaben. Doch diese Pilze mussten schon sehr merkwürdig gewachsen sein, denn das Leuchten ergab ein deutliches Band, das in die Wand eingelassen war. Tao erkannte, was die Stimme ihm sagen wollte und folgte diesem Licht. Es war ihm unheimlich, doch gleichzeitig war er einfach zu neugierig. Immer wieder machte der Gang einige Wendungen, Wege führten nach rechts und links ab und schließlich hatte Tao vergessen, wie lange er schon unterwegs war. Wenn er nicht im Kreis gelaufen war, musste er die Kathedrale schon lange hinter sich gelassen haben. Der gläubige Bruder kämpfte innerlich mit dem Plan der Geldübergabe und

der immer stärker werdenden Neugier, was sich am Ende des Lichtbandes befand. Als er sich in Gedanken diese Frage stellte, hörte er erneut die Stimme: ‚Ich werde dir am Ende des Lichtes begegnen.'
Er blieb auf der Stelle stehen, um die Lampe wieder einzuschalten.
"Ich will dir nicht begegnen. Wer oder was auch immer du sein magst", sprach er laut, ohne dass ihn jemand hören konnte. Mit ernster Miene blickte er in den Raum. Es war eine Art Höhle, von der einige Gänge abgingen. Er versuchte, sich zu orientieren. Als er nach oben blickte, sah er einige Sprossen an der Wand, die zu einer Luke in etwa sechs Metern Höhe führten.
"Ich werde einen anderen Weg wählen", sprach er etwas leiser, und machte sich daran, die Sprossen herauf zu klettern, bis er die Luke erreichte. Sie war durch einige stabile Bretter abgedeckt und offenbar nicht verschlossen. Gerade wollte er eines der Bretter anheben, um zu sehen, wohin der Aufgang führte, als er eine sehr real klingende Stimme von oben vernahm: "Die Heiligen Inquisitoren werden heute Abend zugegen sein. Willst du denen eine solche Plörre auftischen? Hä?"
Eine zornige Männerstimme schrie herum. Tao hatte unweigerlich das Bild eines cholerischen, übergewichtigen und pausbackigen Kochs vor Augen, der wild seinen Kochlöffel schwang. Passend dazu wimmerte eine Mädchenstimme ein ängstliches "Nein, Herr."
"Der Imperator wird stinkwütend, wenn er sieht, dass wir seinen Gästen so einen Schweinefraß vorsetzen! Und das würde uns beiden nicht nur den Job kosten sondern auch den Kopf!"
Obwohl das Mädchen schon eingeschüchtert war, redete der Koch sich weiter in Rage. Tao hätte liebend gern die Tür geöffnet, damit die Kleine bei ihm im Erdboden versinken könnte. Tao mochte Menschen nicht, die ihre Macht an Schwächeren ausließen. Doch das wäre unklug gewesen. Während er der Zornesrede zuhörte, musste er mit seiner eigenen Wut kämpfen und seinen Gerechtigkeitssinn unterdrücken. Dieser Koch wäre sicherlich der erste, der ihn für einen Laib Brot als gemeinen Einbrecher an den Imperator verkaufen würde! Die Situation gebot es, dass er den langen unterirdischen Gang wieder zurück

zur Kathedrale ging. Vinzenz würde sich jede Sekunde per Funk melden, und dann sollte er zur Stelle sein.

Astradamus fluchte, ohne dass es jemand hören konnte. Es war in seiner Position als Inquisitor nicht ratsam zu fluchen, dennoch ballte er unter seinem Umhang die Faust und flüsterte einige Worte vor sich hin. Die Dinge liefen nicht so, wie er es sich vorgestellt hatte. In Bruder Tao hatte er sich scheinbar geirrt. Er war weitaus weniger neugierig, als er gedacht hatte. Jedenfalls war er plötzlich umgedreht, kurz bevor er in seine Falle gelaufen wäre! Darüber hinaus verlief das Gespräch mit Neverdy ganz und gar nicht nach seinem Plan. Er mochte es nicht, mit anderen Menschen zu verhandeln. Schon gar nicht, wenn jemand anderes ihm Anweisungen geben wollte, was er zu tun hatte. Als Inquisitor war *er* derjenige, der die Bedingungen stellte! Man hatte ihm nicht zu widersprechen, andernfalls setzte man sein Leben aufs Spiel! Meistens gaben seine Verhandlungspartner daher sehr schnell klein bei. Diese Söldnerin war jedoch anders: Es war ihr egal, ob er den Marquis umbrachte oder nicht!

Sein Plan war es gewesen, Julius als Geisel gegen die Javeistin Lucia auszutauschen. Doch das Verhandlungsgespräch war anders verlaufen:

“Wer ist dein Auftraggeber, Mädchen?”, hatte er mit kalter Stimme gefragt, um Neverdy einzuschüchtern.

“Mein Auftraggeber ist das Geld. Und wenn du keins hast, dann mach von mir aus mit dem Marquis, was du willst. Ich werde jedenfalls nicht für ihn zahlen, und ich werde auch nicht weiter mit dir verhandeln, geschweige denn für einen Betrüger wie dich einen Auftrag ausführen. Komm in fünfzehn Minuten zur Kathedrale und bring Julius mit. Dann kann ich dir unter Umständen behilflich sein.”

Und mit diesen Worten hatte die Söldnerin einfach aufgelegt, ohne sich darum zu scheren, was mit Julius Leocathor geschehen war. Zornig packte Astradamus seinen weißen Mantel und gab seinen Männern per Funk einige Anweisungen. Diese ganze Gruppe würde nun zu spüren bekommen, was es bedeutete, den mächtigsten Inquisitor zwischen Acromia und Babylios wütend gemacht zu haben!

Neverdy hingegen lächelte nach dem Telefonat. Sie war nervös gewesen, als sie mit Astradamus gesprochen hatte. Ihm schien wirklich viel an Lucia gelegen zu sein. Doch darauf musste sie zählen, denn deshalb würde er auch mit Julius hier auftauchen. Wer glaubte dieser Astradamus eigentlich zu sein, dass er ihr zuerst die Geisel raubte und dann auch noch verlangte, dass sie ihm half, Lucia zu finden? Langsam ging sie wieder zurück zu der Bank, auf der Vinzenz noch immer kniete und betete. Wenn er da war, dann war die Pilotin sicher nicht weit. Nun würde sie ihrem Bruder mal ein wenig von seinen Gemeinheiten heimzahlen und das Leben seiner Freunde aufs Spiel setzen, um an ihr Geld zu kommen. Irgendwie musste sie ihren Bruder schließlich erziehen. Heute würde er eine Lektion lernen!
"Julius wird in fünfzehn Minuten die Kathedrale betreten. Vorausgesetzt, ich habe das Geld in meinen Händen. Ich muss nur noch einen einzigen Anruf erledigen", flüsterte sie ihm lächelnd zu, und kniete sich wieder neben ihn.
"Dafür warst du aber eben ganz schön nervös. Ich hoffe, du sagst die Wahrheit."
Dann erhob er sich und ging ebenfalls einige Schritte zur Seite, um ungestört mit Tao funken zu können, der das Geld bei sich hatte. Etwa zwölf Minuten später übergab er Vinzenz in einer dunklen Ecke der Kirche die Tasche. Er war etwas außer Atem, weil er das letzte Stück durch die dunklen Gänge gerannt war. Aber Vinzenz schien das nicht zu bemerken. Er war zu sehr mit sich selbst beschäftigt.
"Gib Gaia ihr Gewehr. Etwas stinkt hier im wahrsten Sinne des Wortes zum Himmel. Neverdy ist zu aufgeregt. Ich schätze, mit Julius stimmt etwas nicht. Pass auf Zesch und Bombard auf. Die beiden haben sich auf den Obergängen versteckt und beobachten uns. Wo die anderen beiden Söldner sind, habe ich noch nicht herausgefunden. Ich vermute, dass sie Laudana und Julius bewachen."
Tao nickte und Vinzenz ging mit der Tasche zurück zu Neverdy.
"Hier ist das Geld", er stellte sie auf den Boden vor der schma-

len Bank und machte den Reißverschluss einen kleinen Spalt weit auf, sodass Neverdy hineinschauen konnte.
“Es sind genau zwei Millionen. Ein Geschenk von Eisenhand. Ich weiß nicht, woher du ihn kennst, aber ich habe ihm vorsichtshalber keine Grüße von dir ausrichten lassen. Ich dachte mir, das würde deine Überlebenszeit ein wenig verlängern, Schwesterchen. Vergiss nicht, dass du den Planeten damit auch lebendig wieder verlassen willst. Das wird dir nur gelingen, wenn Julius gleich hier hereinkommt. Sonst hast du nämlich ein Problem, das über meine Macht hinausgeht und eher von imperialer Natur ist. Der Imperator möchte Julius nämlich sehen, und er hält nicht viel von Geiselnahmen.”
“Kein Problem”, Neverdy griff zu ihrem Funker.
“Astradamus, bringt den Leocathor in die Kathedrale. Hier drinnen ist ein Mann, der Euch weiterhelfen kann”, sagte sie in ihren Funker. Bevor Astradamus antworten konnte, beendete Neverdy das Gespräch wieder. “Er wird gleich auftauchen.”
Neverdy nahm die Tasche an sich, hielt aber noch inne. Erst als Julius Leocathor in Begleitung dreier weiß gekleideter Ordensdiener in einer der zahlreichen Holztüren am Rande des Mittelschiffs erschien, verabschiedete sie sich leise und zügig. Sie wollte sich so schnell wie möglich aus dem Staub machen und die Inquisitoren und Vinzenz sich einander überlassen.
“Wie versprochen. Die Brüder werden ihn dir übergeben.”
Bevor Neverdy jedoch gehen konnte, griff Vinzenz sie am Oberarm und hielt sie fest.
“Nev, ich weiß, dass wir uns nichts schuldig sind, aber ich habe trotzdem eine Bitte: Besorg dir ein Schiff und bleib in der Nähe, ich habe ein ungutes Gefühl. Wenn du es nicht tust, werde ich wahrscheinlich sterben. In der nächsten Zeit wird hier etwas passieren. Außerdem kannst du während der Parasiten-Blockade sowieso nicht weg von hier”, er sah ihr einige Sekunden fest in die Augen.
“Ich werde es mir überlegen”, antwortete sie und zog ihren Arm aus Vinzenz’ Griff. Schnell ging sie fort.
Die weiß gekleideten Brüder der Heiligen Inquisition kamen zügig auf ihn zu. Zwei von ihnen hatten Julius rechts und links unter der Schulter gepackt. Der Marquis hatte die Augen halb

geschlossen und wirkte müde und schläfrig. Er konnte kaum mit den anderen Schritt halten. Vinzenz' Wade begann in diesem Moment zu Schmerzen. Es war die Narbe von dem Schuss, mit dem Neverdy ihn auf ihrer Hochzeit angeschossen hatte. Er war von dem Dach des Hauses in einen Gleiter gesprungen, als sie ihn beinahe getötet hätte. Warum tat ihm ausgerechnet jetzt diese Narbe so sehr weh, dass er sich kaum konzentrieren konnte? Der Schmerz war so heftig, als steche jemand ein brennendes Eisen hinein. Es zog vom Bein bis in den Nacken und benebelte seine Gedanken. Vinzenz taumelte einige Schritte rückwärts und wurde immer unruhiger und nervöser. Verzweifelt schaute er sich nach Gaia um. Er nahm seine Umgebung nur verschwommen wahr und fühlte sich zunehmend nackt und schutzlos. Wer waren diese Inquisitoren? Welche tödliche Aura umgab sie? Unwillkürlich kamen ihm Gedanken aus der Vergangenheit in den Kopf, und er hörte eine Stimme, die ihm etwas zuflüsterte.

'Vinzenz, dein gesamtes Leben bestimmt diesen Augenblick. Stoppe die Zeit, denke schnell. Vergiss deine Angst, sonst wirst du sterben! Verzweiflung ist die Garantie zum Fehler! Nur der Tod, den *du* bringst, ist absolut und deine Schlacht endet erst mit dem letzten Streich. Kämpfe!'

Als hätte er in seinem Gehirn einen Schalter umgelegt, begann die Szenerie um ihn herum sich in Zeitlupe abzuspielen. Die Bewegungen des Inquisitors verlangsamten sich und der Stress verflog so schnell wie er gekommen war. Das gewohnt euphorische, warme Gefühl der Gefahr kroch ihm unter die Haut bis in die Fingerspitzen. Jetzt erkannte er Gaia. Oder besser: Den todbringenden Lauf ihres Gewehres. Sie lag wahrscheinlich auf dem Boden einer Kanzel und hatte den Lauf zwischen zwei Pfeiler hindurch geschoben. Es war ein Luftgewehr, absolut geräuschlos, allerdings nur für kurze Entfernungen geeignet. Gaia benutzte eine besondere Munition. Sie richtete so wenig Schaden an, dass die Energieschilder ihrer Gegner nicht aktiviert wurden. Die kleine Kugel durchdrang gerade einmal die Haut. In der Haut allerdings gab es eine von außen kaum wahrnehmbare Explosion, die eine Ultraschallwelle freisetzte. In diesem Moment brachte die Ultraschallwelle die inneren Orga-

ne des Opfers zum Platzten. Vinzenz erkannte, dass einer der Inquisitoren, der neben Julius ging, für kurze Zeit inne hielt. Im gleichen Augenblick färbten sich seine Augen durch das darin aufsteigende Blut rot. Seine Beine gaben unter dem Körper nach, und er sackte leblos in sich zusammen. Keiner der Anwesenden hatte den Schuss bemerkt, wahrscheinlich nicht einmal er selbst. Keiner, außer Astradamus. Er schien intuitiv zu erkennen, was geschehen war. Ohne zu zögern, ohne zu staunen und völlig selbstsicher kam sie mit kaltem Lächeln auf Vinzenz zu.
“Wo ist Lucia?”, fragte er. Vinzenz fühlte sich wie gelähmt. Er konnte nichts mehr tun, außer den Kopf zu schütteln. Astradamus streckte seine Hand aus und berührte Vinzenz’ Kopf. Sein Lächeln verformte sich wie zu einer dämonischen Fratze, und die Berührung löste panische Angst aus.
“Du wirst mir antworten, Ungläubiger. Du hast keine Ahnung, worauf du dich einlässt. Du bist ein verblendeter Ketzer.”
Der Inquisitor griff ihn an den Haaren und zog ihn zu sich heran. Vinzenz war unfähig, sich zu bewegen. Seine Augen waren nur wenige Zentimeter von Astradamus' Augen entfernt. Anstatt ihn anzusehen, versuchte er aus dem Augenwinkel Gaia um Hilfe flehend anzublicken. Doch das Mädchen lag zusammengesackt mit dem Kopf über ihrem Gewehr. Vinzenz betete, dass sie nicht tot war. Was war passiert? Julius Leocathor taumelte geistesabwesend auf der Stelle und bekam nichts von dem mit, was sich um ihn herum abspielte. Ihm wurde übel und er wusste nicht mehr, was er tun sollte. Er versuchte in Gedanken mit dem Leben abzuschließen, so grausam heftig war die Übelkeit. Sein Mund schien sich mit Blut zu füllen und schmeckte metallisch. Dann verließ ihn das Bewusstsein und die Welt wurde schwarz.

“Ich bin hier, Astradamus”, sagte Lucia, die soeben die Kathedrale betreten hatte. Der Inquisitor drehte sich mit demselben kalten Lächeln zu Lucia um. Sie stand zwanzig Meter entfernt unter einem der großen, bunten Glasfenster, durch das die Sonne einige Strahlen ins Innere der Kathedrale warf. Hinter ihr stand Semikon. Astradamus ignorierte Lucia und sah ihm in die

Augen. Sie beide hatten eine gemeinsame Vergangenheit. Astradamus, mit wahrem Namen Baron Karim El'Zalar, einst Semikon's Lehrer und der Begründer des Javeistenkults, war nun sein größter Feind. Fast ihr halbes Leben lang hatten sie den Hass gegeneinander immer weiter geschürt. Der Inquisitor trachtete Semikon schon seit vielen Jahren nach dem Tod. Doch der Javeist ließ keine Gelegenheit aus, Astradamus immer wieder zu entkommen. Er wusste von den Geisteskräften seines Gegners und setzte ihm einen Geist entgegen, den er nicht mit Schreckensbildern und Krampfanfällen bezwingen konnte. Semikon hatte sein ganzes Leben darauf verwendet, die Kraft seines Geistes zu stärken, ebenso wie Astradamus den Geist seiner Feinde zu schwächen vermochte. Wenn die Inquisition den Javeistenführer stellen wollte, dann nur mit Beweisen und nachvollziehbaren Gründen. Denn eines hatte Semikon sich geschworen: So lange er lebte, würde er die Inquisition bekämpfen! In seinen Augen handelte es sich um scheinheilige Verräter, die im Sinne des Imperators Querulanten ermordeten. Einer der Inquisitoren lag tot neben Julius auf dem Boden der Kathedrale. Semikon war sich sicher, dass er mit Lucia's Hilfe die beiden anderen Inquisitoren in die Flucht schlagen würde. Astradamus ging auf seine Ehefrau zu und schaute ihr in die Augen. "Ihr habt einen Inquisitor auf dem Gewissen. Seht, er ist tot."

Astradamus deutete auf den Mann, dessen Kutte bereits von Blut durchtränkt war.

"Für ihn müsst Ihr Euch verantworten, mehr fordere ich nicht."

Astradamus schwieg und blieb vor den beiden stehen.

"Wie viele Männer und Frauen hat die Inquisition getötet, Astradamus? Selbst wenn nur jeder Zehnte ein Unschuldiger war, macht dich das zu einem so grausamen Massenmörder, dass jeder, der in deinem Sinne handelt, den Tod verdient hat", antwortete Semikon an Lucia's Stelle. Astradamus lachte spöttisch.

"Kennst du die Zukunft, mein guter, alter Freund? Möchtest du sehen, wie Lucia sterben wird?", fragte er dann und schien sich kurz zu konzentrieren. Plötzlich ging Semikon unerwartet einen Schritt zurück. Lucia stand vor ihm und spürte seine Angst. Sie

wurde unruhig. Was geschah hier? Was tat Astradamus, dass Semikon zurückwich?
“Astradamus, du grausames, lebensunwürdiges Ungeheuer”, sagte Semikon stotternd. Und der vor zwei Sekunden noch selbstbewusste und zuversichtliche Javeistenführer drehte sich ängstlich um und lief stolpernd davon. Lucia blickte ihm nach und hörte, dass er sich in einer Ecke der Kathedrale übergab und danach das Weite suchte. Er hatte sie zurückgelassen! War er nicht mehr Herr seiner Sinne? Semikon würde für sie in den Tod gehen, warum ließ er sie hier vor Astradamus zurück?
“Ich könnte dir sagen, warum er das tut, Lucia”, antwortete Astradamus, um ihr zu zeigen, dass er jeden ihrer Gedanken wie aus einem offenen Buch lesen konnte. Ihr wurde schwindelig. Die Mann war mächtig! Er war imstande, den Geist zu manipulieren. Was in aller Welt wollte er bloß von ihr? Sie wusste nichts über ihn, außer dass er sie auf Acromia in Empfang genommen hatte und später Vinzenz gefoltert hatte. Doch sie war sich sicher, dass er sie nicht verhaften und bekehren wollte, weil sie eine Javeistin war. Dazu gab es zu viele Menschen, die sich von der Kirche abgewandt hatten, um zu Jave zu beten.
“Ja, das ist richtig,” antwortete Astradamus wieder und versetzte sie mit seinem kalten Lächeln noch weiter in Angst. Gerade wollte er den Arm ausstrecken, als sich eine weitere, männliche Stimme einmischte.
“Es ist genug, Astradamus”, sagte jemand hinter ihr in ruhigem Ton. Sie drehte sich um und erkannte einen ganz in schwarz gekleideten Mann, mit ebenso schwarzen, langen Haaren, der offensichtliche eine Cyberarm-Prothese trug.
"Eisenhand. Was tust du hier?", fragte Astradamus ihn verwundert. Offensichtlich kannten sich die beiden Männer.
“Ich schaue nach dir und meinen Schützlingen, die ich im Namen des Imperators vor dir in Sicherheit bringen werde. Und ich denke, für heute ist es genug”, antwortete er nüchtern. Der Inquisitor war verärgert. Er hasste es, sich von jemandem wie Eisenhand etwas sagen zu lassen. Doch eine Auseinandersetzung würde zu weitreichende Konsequenzen haben. Das war es nicht wert. Lucia würde er bekommen! Wenn nicht jetzt, dann später.

“Heute lasse ich dich gehen, Lucia. Doch die Inquisition wird deine Sekte beobachten. Und früher oder später euch den aufrichtigen Glauben der Heiligen Kirche näher bringen. Der Imperator wird nicht ewig seine schützende Hand über die Javeisten halten. Ich verabschiede mich.”
Mit einem leichten Nicken, bei dem Lucia eine Gänsehaut bekam, drehte er sich um und ging. Erst als er aus der Kathedrale verschwunden war, wandte sie sich dem Fremden zu.
“Verzeiht, Lucia. Mein Name ist Eisenhand, ich arbeite für das Haus Leocathor und den Imperator", stellte er sich mit der Höflichkeit eines Gentleman vor. "Ihr kennt Astradamus?”, fragte er dann leicht verwundert. Lucia war ebenfalls überrascht, dass Eisenhand sie scheinbar kannte. Er musste sich gut auskennen und schien sich sehr häufig im Kreise des Adels aufzuhalten.
“Nein, nicht direkt. Semikon hat mir von ihm erzählt”, antwortete sie.
“Dann hat er hoffentlich auch erwähnt, dass er gefährlich ist. Er ist dafür bekannt, dass seine Feinde plötzlich und für den Rest der Zeit verschwinden. Wer über die Inquisition spricht, spricht automatisch auch über Astradamus. Sein Glaube ist mindestens genauso absolut wie der der Javeisten."
Lucia nickte. Sie wollte sich nicht bei dem Fremden bedanken oder über ihren Glauben sprechen. Sie war verwundert, dass er sie scheinbar sehr gut kannte und froh, dass er sie gerettet hatte. Nach einem knappen Nicken schaute sie sich um und entdeckte Julius, Vinzenz und Tao, die bewusstlos auf dem Boden lagen. Als sie zu ihnen gehen wollte, um ihnen zu helfen, griff der Fremde sie mit seiner stählernen Hand am Arm und drehte sie zu sich um.
“Gehe und suche Semikon. Er wird dich brauchen. Ich kümmere mich um die Dinge hier. Aber gib Acht, dass Astradamus dich nicht in seine Hände bekommt!”
Eisenhand meinte es ernst und machte klar, dass er keine Widerworte duldete. Lucia bemerkte das sofort. Sie nickte immer noch etwas abwesend und verwundert. Ohne ein weiteres Wort machte sie sich dann auf den Weg.

Nur langsam kamen alle anderen wieder zu sich. Eisenhand

sammelte sie auf und setzte sie der Reihe nach auf eine der Kirchenbänke.
“Astradamus hat euch hypnotisiert. Er hätte euch auch alle töten können! Ich finde das sehr beunruhigend.”
“Er ist von einem Parasit besessen!”, meinte Vinzenz leise und hielt sich mit schmerzverzerrtem Gesicht den Kopf.
“Nein, er ist ein sehr mächtiger Inquisitor”, widersprach Tao, der sich ebenfalls miserabel fühlte. Sie alle brauchten ein paar Minuten, um wieder einigermaßen auf die Beine zu kommen. Eisenhand wartete geduldig ab.
“Ein parasitischer Inquisitor”, sagte Vinzenz schließlich und sah ernst in die Runde. Gerade als Tao den Kopf schütteln wollte, begann er zu verstehen, was sein Freund im Schilde führte.
“Schau dich um, wie viele Zeugen es dafür gibt.” Er deutete auf die vielen Menschen in der Kirche. Als er wieder einigermaßen bei Kräften war, stand er auf und stellte sich auf die Bank. Er sah in die Gesichter der Männer und Frauen, die eigentlich zum Beten kamen und Zeuge des grausamen Schauspiels geworden waren.
“Ich bin Vinzenz de Vray”, sprach er so laut es sein Kopfschmerz zuließ und so, dass es möglichst alle Umstehenden hören konnten.
“Ich bin ein Parasitenforscher, der die Parasiten auf Babylios ausfindig machen soll. Der Mann, den ihr gesehen habt, Astradamus, ist einer von ihnen. Dieser Mann hier….”, Vinz ging zu dem toten Inquisitor, der auf dem Boden lag “…war ein gläubiger Bruder, der das erkannt hatte. Und das musste er mit dem Tode bezahlen. Behaltet das in Gedanken, und seid argwöhnisch gegenüber den Menschen, die sich verändern und bei denen ihr das Gefühl habt, sie könnten die Gedanken manipulieren. Das ist die mächtigste Waffe der Parasiten. Unsere einzige Chance ist es, sie zu erkennen.”
Die Menschen machten einige Schritte zurück und sofort begannen viele unter ihnen zu tuscheln. Einige schüttelten die Köpfe, andere nickten ihm zu. Es war egal, ob sie seinen Worten glaubten oder nicht. Sicher war, dass sich die Botschaft wie ein Lauffeuer in der Stadt ausbreiten würde. Astradamus würde

hier keine Macht mehr haben, die Menschen würden ihm von nun an argwöhnischer und ängstlicher gegenüber treten, ganz gleich, wo er sich aufhielt. Eisenhand wusste nicht, was er davon halten sollte. Ihm war klar, dass Vinzenz log, doch ihm war nicht klar, warum er versuchte Astradamus zu verleumden.

–

Eisenhand hatte sie in einem Hotelzimmer in einer der Leocathor-Residenzen untergebracht. Julius saß nun in dem kleinen Konferenzraum. Er hatte einige Gespräche hinter sich. Das erste hatte er mit Neverdy geführt und erfahren, dass Laudana sich in den Händen von Astradamus und der Inquisition befand. Das zweite hatte er mit Astradamus selbst geführt und erfahren, dass nur die Auslieferung von Lucia eine 'Befragung' der Baroness abwenden könnte. Letztendlich hatte er Graf Lorenzo Valeo angefunkt und ihn über die Geschehnisse auf Babylios und die Gefangenschaft seiner Tochter informiert. Dem jungen Marquis ging es schlecht! Was war seine Freiheit wert, wenn er sie nicht mit der Frau teilen konnte, die er liebte, sondern um ihr Leben bangen musste? Lucia war seit der Drogennacht auf der Calypso wie vom Erdboden verschwunden. Vinzenz war überzeugt, dass die Chylac sie ermordet hatten, er selbst zweifelte daran, konnte jedoch auch nicht bestätigen, dass sie noch lebte. Selbst wenn dem so wäre, sie auszuhändigen kam überhaupt nicht in Frage! Julius kannte seine Gefühle gegenüber Lucia selbst nicht. Es war mehr als Freundschaft. Die Nacht in der Diskothek auf Acromia hatte das Verhältnis zwischen ihnen... intensiviert. Seither hatten sie niemals mehr unter vier Augen darüber gesprochen. Es waren wieder Drogen im Spiel gewesen, doch trotzdem hatte niemand von ihnen diese Nacht wirklich bereut. Außer, dass Julius sich Laudana gegenüber Vorwürfe machte! Große Vorwürfe. Und er hasste Lügen. Bei diesem Gedanken hob er den Blick, denn Vinzenz betrat das Zimmer.

"Die Audienz ist gefährlich, Julius", sagte er, anstatt ihn zu begrüßen. Schon wieder war er anderer Meinung. Langsam reagierte Julius allergisch auf diesen Verfolgungswahn. Überall

sah Vinzenz nur Feinde, Chylac oder Attentäter. Und nun war es der Imperator persönlich?!
“Es ist ganz einfach, Vinz: Ich habe eine Audienz beim Imperator weil er natürlich an der Entdeckung eines neuen Systems interessiert ist. Wir werden ihm die Sprungschlüssel geben und eine ehrenvolle Belohnung erhalten. Mit der können wir dann vielleicht einige deiner Fehler wieder ausbügeln. Außerdem vermag ich vielleicht Laudana zu befreien, die jetzt dummerweise in den Händen der Inquisition ist. Das ist alles! Und ich verlange von dir, dass du dich anständig im Sinne der guten Etikette benimmst. Andernfalls werfe ich dich aus meinem Gefolge und du kannst draußen vor der Tür warten!”
“Es ist mehr als nur ein Verdacht. Und du musst zugeben, dass ich in der Vergangenheit erstaunlich oft Recht hatte mit meinen Vermutungen. Die Sprungschlüssel sind zu mächtig, und der Imperator will dich tot sehen”, verteidigte er sich.
“Nein! Ich dulde keine Verdächtigungen mehr. Es reicht! Was denkst du eigentlich? Deinetwegen leben wir hier wie die Flüchtlinge. Deinetwegen ist Lucia tot oder verschwunden. Und warum? Weil du irgendwelche Drogenpläne und dein ständiges Misstrauen hast. Sie mochte dich sehr und uns allen tut der Verlust weh, nicht nur dir! Krieg das endlich in deinen Kopf!"
Julius war wütend. Er und Vinzenz gehörten irgendwie zusammen, doch es musste mal Klartext gesprochen werden. Vinzenz hatte sich gesetzt und blickte zu Boden, als Julius etwas ruhiger weitersprach: "Ich weiß nicht sehr viel über dich, aber das Wenige zeigt mir, dass du dein Leben auf einem riesigen Berg von Lügen und Verdächtigungen aufgebaut hast. Und vor allem dieser Selbstbetrug macht es sehr schwierig, mit dir klarzukommen. Und nun suchst du nach Freunden, die dir vertrauen. Das ist der größte Selbstbetrug überhaupt. Wir ernten, was wir säen, verstehst du? Und bevor ich mir nun von dir sagen lasse, dass der Imperator mich umbringen will, weil du so etwas wie ein schlechtes Gefühl oder einen Verdacht hast, frag dich selbst einmal, woher deine Verdächtigungen kommen.”
Vinzenz war aufgebracht. Gleichzeitig schämte er sich. Julius hatte in einigen Punkten Recht. Es war sicherlich nicht immer

einfach, doch er war so furchtbar blauäugig. Sie befanden sich im Krieg und wussten nicht, wer ihre Gegner waren. War Eisenhand ein Chylac? Wer war Astradamus? Er tauchte aus dem Nichts auf und hätte sie beinahe umgebracht. Niemand wusste, wie Eisenhand ihn davon abgehalten hatte.

“Ich werde darüber nachdenken”, sagte er schließlich. Es hatte keinen Sinn, mit Julius über die Audienz zu streiten. Kein vernünftiges Argument würde ihn davon abhalten. In seinen Augen war sie das größte Ziel und das Ende seiner langen und beschwerlichen Reise nach Escalon. Vinzenz konnte darüber nur den Kopf schütteln. Die Situation war festgefahren, und er hatte keine Idee, wie er seinen Freund überzeugen konnte. Schließlich stand er mit einem Seufzer auf und verließ den Konferenzraum wieder. Etwas frische Luft würde ihm gut tun.

“Warte, Vinz,” rief Tao ihm nach, nachdem er ein paar Schritte gegangen war.

“Wir beide müssen uns unterhalten", sagte er und hielt ihn am Arm zurück. "Komm mit, ich lade dich auf einen Wein ein. Den wirst du brauchen.”

Vinzenz zuckte die Schultern. "Von mir aus", sagte er und machte keine Anstalten, seine geknickte Stimmung zu verbergen. Gemeinsam gingen sie durch die Straßen von Babylios, in denen viele Menschen ihren Geschäften nachgingen. Die Häuser um sie herum waren hoch, hatten mindestens fünf bis sechs Stockwerke und waren in großen Blöcken dicht aneinander gebaut. Im Erdgeschoss befanden sich Geschäfte und Bars. Nach einigen Minuten gelangten sie über einen Durchgang zu einem kleinen Innenhof, in dem unter Bäumen ein Restaurant eingerichtet war. Sie nahmen Platz und bestellten eine Karaffe Wein. Dann begann Tao zu erzählen:

“Ich habe gelauscht, als du dich mit Julius unterhalten hast. Ich glaube, es ist der richtige Augenblick, dir etwas zu erzählen, was ich dir bisher verheimlicht habe." Vinzenz hob die Augenbrauen. Tao hatte seine volle Aufmerksamkeit!

"Die Geschichte begann vor fünf Jahren. Damals war ich ein unbedeutender Priester hier in der Kathedrale von Babylios. Eines Tages kam ein junges Pärchen zu mir. Die beiden waren verliebt und wollten heiraten. Das ist nichts Ungewöhnliches

und nach einem kurzen Gespräch war mir klar, dass sie sich sehr liebten und es eine gute Ehe werden würde. Also erklärte ich mich bereit, die beiden vor Gott zu Mann und Frau zu trauen. Die Frau hatte eine große Verwandtschaft. Sie war eine Adelige aus dem Hause der Valeo. Der Mann hingegen war nicht mehr als ein freier Bürger und er hatte auch bis auf seine Schwester keine Verwandtschaft. Es ist nicht unbedingt selten, dass ein Adeliger ein nicht adeliges Mädchen zur Frau nimmt, doch ich könnte an fünf Fingern die Fälle abzählen, bei denen es umgekehrt ist. Du kannst dir sicherlich schon denken, wer das junge Pärchen war." Tao und sah seinen Freund an. Vinzenz nickte und nahm einen großen Schluck von dem Wein, denn sein Kopf begann zu schmerzen. Er hatte ein ungutes Gefühl. Trotzdem bat er Tao fortzufahren.
"Die Trauzeugen bei dieser Hochzeit waren Herzog Waldemar Valeo und deine Schwester Neverdy. Du warst der Bräutigam und Crystal Valeo deine zukünftige Frau. Die Hochzeit werde ich in meinem Leben nicht vergessen! Es war ein sonniger Tag hier in Babylios. Die gesamte Traugemeinde hatte sich auf dem Platz vor der Kathedrale eingefunden. Alles war geschmückt, und man konnte mit Fug und Recht behaupten, dass das Haus Valeo keine Kosten und Mühen gescheut hatte, diese Hochzeit außergewöhnlich zu gestalten. Fast tausend Menschen waren anwesend. Ich war ziemlich nervös, weil ich bisher niemals für eine so große Hochzeitszeremonie verantwortlich war. Aber es verlief alles nach Plan. Wir hatten das Procedere gut einstudiert und es herrschte eine fröhliche Stimmung. Als es dann ernst wurde, geschah jedoch etwas sehr Unerwartetes: Dir wurde plötzlich schlecht, kurz bevor du das 'Ja-Wort' geben wolltest. Du hast unverständliche Worte gefaselt, bist plötzlich umhergelaufen, hast dich immer wieder übergeben müssen und bist schließlich zusammengebrochen. Mehrere Ärzte waren sofort zur Stelle und Neverdy lief zu dir. Bevor jedoch jemand etwas unternehmen konnte, bist du an diesem Tag in den Armen deiner Schwester und vor den Augen deiner Braut und eintausend Gästen gestorben. Der Anblick war schrecklich. Dir quoll Blut aus dem Mund, und du hast die Augen verdreht. Es war sehr offensichtlich, dass dich jemand an diesem Tag vergiftet hat.

Neverdy hielt dich in den Armen, und sie hat so bitterlich geweint. Glaube mir, ich habe noch niemals in meinem Leben einen Menschen so am Tod eines anderen leiden sehen. Dein Tod ging uns allen sehr ans Herz, doch niemandem so wie Neverdy. Sie brach völlig zusammen, und als sie sich später auf ihr Zimmer zurückzog, dachten wir alle, wir würden sie am nächsten Tag tot auffinden, so schlecht ging es ihr. Crystal, deine Ehefrau war ebenfalls sehr betroffen. Mir schien es, als habe dein Tod eine Art Schalter in ihrem Kopf umgelegt. Ihre Trauer war jedoch von anderer Natur als Neverdy's. Sie hielt dich nicht in den Armen, sondern zog einen Revolver aus dem Halfter unter deinem Jackett. In dem Getümmel aus Ärzten, panischen Gästen und der trauernden Neverdy ging sie geradewegs auf ihren Vater zu und hielt ihm deinen Revolver an den Kopf. Sie nannte ihn ein Monster, und ich habe ihre Worte noch gut im Ohr. Ohne zu zögern, drückte sie den Abzug durch und erschoss ihren eigenen Vater."
Tao sah Vinzenz in die Augen und erkannte, dass es ihm nicht sonderlich gut ging. Die Geschichte machte ihm zu schaffen. Dennoch, er hatte sich dazu entschieden, sie ihm zu erzählen, und es wäre sinnlos, jetzt aufzuhören. Nach einem großen Schluck Wein redete er weiter: "Damals war mir klar, dass beide eine lange Zeit brauchen würden, um sich von diesem Tag wieder zu erholen. Und ich habe weder Crystal noch Neverdy bisher wiedergesehen. Du hingegen hast bei mir für eine Überraschung gesorgt. Ich weiß nicht wieso, doch damals wusstest du, dass du an diesem Tag umgebracht werden solltest. Ich habe keine Ahnung, woher oder was wirklich im Hintergrund geschah. Doch aus diesem Grund hast du einen Klon von dir zu der Hochzeit geschickt: Der Mann, der in Neverdy's Armen gestorben ist, warst nicht du, sondern dein Klon! Seit diesem Tag verfolge und begleite ich dich. Mein Abt hat mir den Auftrag gegeben, dich nicht aus den Augen zu lassen und ihn über alle deine Taten zu unterrichten. Vor drei Jahren ist er auf mysteriöse Weise ums Leben gekommen. Ich war neugierig und hatte schon zwei Jahre damit verbracht, deine Geschichte aufzuklären."
"Dann war es gar keine Lüge, dass ich Lucia auf der Darius II

erzählt habe, dass wir uns schon seit fünf Jahren kennen?", wollte Vinzenz wissen.
"Doch. Julius und ich kannten Lucia schon länger. Irgendwann hat es sich ergeben, dass Julius seiner Familie beweisen musste, dass er kein Waschlappen ist. Wir drei sind etwas umhergereist. Aber die beiden wussten nicht, dass wir in Wirklichkeit dich verfolgten. Gerald Ehrlich hat uns beauftragt, den Escalonschmugglern auf die Schliche zu kommen. Aber er wollte auch wissen, wohin du reist. Ich wusste das, doch ich habe es für mich behalten. Ich habe dann nur Julius überredet, dich nicht aus der Schleuse zu werfen. Die ganze Zeit über habe ich versucht mich so wenig wie möglich in die Angelegenheiten einzumischen. Ich wollte nur beobachten."
"Wieso wissen bloß alle mehr über mich als ich selbst, Tao?" Vinzenz goss sich ein weiteres Glas von dem Wein ein. Er brauchte das jetzt tatsächlich.
"Was hast du über mich herausgefunden? Warum bin ich nach Escalon gereist, und warum kann ich mich an die ganzen Jahre zuvor nur so lückenhaft und ungenau erinnern?"
"Das kann ich dir nicht beantworten. Selbst wenn ich es wüsste. Du weißt selbst, dass die Droge, die du nimmst, dir die Gedanken verschleiert. Aber warum du Morpheus Traum nimmst, kann ich dir nicht sagen. Ich habe in den letzten fünf Jahren gelernt, dass es gefährlich ist, sich in deiner Nähe aufzuhalten. Alle, die dich beobachten wollten, sind gestorben. Mein Abt, Darius und wahrscheinlich auch Gerald Ehrlich. Und mehr noch: Crystal hat ihren eigenen Vater ermordet, weil er dich töten wollte. Zwei Dinge stehen jedoch fest: Du selbst bist daran nicht unschuldig und die Chylac spielen eine große Rolle in deinem Leben. Nur scheinen mir noch einige Teile des Puzzles zu fehlen. Das macht mir Sorgen. In meinen Gebeten spüre ich, dass du dich mehr und mehr mit dem Tod umgibst. Es gibt weitere Menschen, die dich beobachten! Mehr kann ich nicht sagen, aber du musst aufpassen, dass die Liebsten um dich herum nicht sterben. Ich träume seit einigen Nächten schreckliche Dinge. Immer wieder kommt unsere Audienz beim Imperator darin vor. Ich habe das Gespräch zwischen dir und Julius belauscht. Und ich sehe die Dinge wie du. Es wird gefährlich für

uns."
Vinzenz nickte nachdenklich. Es dauerte einige Zeit, bis sich Tao's Wahrheiten etwas gesetzt hatten.
"Ich muss dich um etwas bitten, Tao. Ich habe mir viele Gedanken um die Audienz gemacht. Und ich habe einen Plan," sagte Vinzenz schließlich.
Auf Tao's Nicken hin begann er ihn detailliert in sein Vorhaben einzuweihen. Die beiden verbrachten mehrere Stunden damit, den Plan auszufeilen. Erst spät in der Nacht kehrten sie wieder in ihre Unterkunft zurück. Vinzenz schlief schlecht in dieser Nacht. Vielleicht war es das Gespräch mit Tao gewesen, vielleicht auch die Vorbereitungen, die ihn nervös gemacht hatten. In seinen Träumen befand er sich in einem großen Saal. Er war gesäumt von vergoldeten Spiegelsäulen, und vornehm gekleidete Menschen standen in kleinen Grüppchen zusammen. Sie tranken Cognac und unterhielten sich. Vor ihm lag Julius in seiner besten Uniform. Doch jetzt war er blutüberströmt und rang um seine letzten Atemzüge. Vinzenz selbst hielt ein blutiges Schwert in der Hand. Er wollte sich zu Julius herunterbeugen, ihm beistehen in den letzten Minuten seines Lebens, als plötzlich etwas von hinten durch seine Wirbelsäule stieß. Er hörte das Knarren und Bersten seiner eigenen Knochen und spürte, wie seine Beine taub wurden und unter ihm nachgaben. Dann sah Lucia ihm kalt in die Augen. 'Schuldig' formten ihre Lippen ohne das Wort auszusprechen. Als er aufwachte, rang er nach Atem. Es war ein Traum, den er schon öfters hatte, der aber in der letzten Zeit immer bedrohlicher wurde.
„Lucia, ich habe dich so geliebt", wimmerte er leise und spürte eine Träne, die ihm über die Wange rollte. Alle Wege, die er in Gedanken gehen konnte, verengten sich, keine Entscheidung war richtig und die Liebe, die er so oft für Lucia empfand, war ein seltsamer Duft, der ihn betörte und sich verflüchtigte, sobald er ihn zu tief einatmete. Zwei Seelen griffen nach seinem Körper, kämpften darin und erleichternd gewann endlich ein Entschluss die Oberhand: Er würde sein Leben verändern, es gegen ein neues und ungewisses Leben eintauschen. Alles, was er zuvor zu sein glaubte, musste er wie einen schwarzen Mantel ablegen. Sein Denken durfte nicht weiter einzig seinem Egois-

mus dienen. Um glücklich zu werden, musste er verstehen, respektieren und vor allem zulassen, was in den Menschen um ihn herum vorging. Doch wie schwer dieser Wandel war! Wie oft hatte er sich das schon vorgenommen und dann wieder verworfen! In der letzten Nacht hatte er Gaia's freien Willen mit seinen Drogen verändert. So ein Mensch wollte er nicht mehr länger sein. Julius hatte Recht; man erntet, was man sät, und seine Saat war eine schlechte gewesen. Vinzenz schloss die Augen, um zu beten. Er legte den schwarzen Mantel des Todes ab, die Maske, die zu viel Teil von ihm geworden war, weil er sie immer dann aufsetzte, wenn es wichtig wurde. Es war auch die Trennung von etwas Geliebtem, von dem Überlebenswillen, der ihn aus Cypher's Hand gerettet hatte. Er wusste, Tao und Julius würden es ebenfalls tun und weder Gaia noch Neverdy würden zu ihm stehen, solange er der Attentäter war, von dem niemand, nicht einmal er selbst, wusste, wer sein nächstes Opfer sein würde. All dies musste ein Ende haben, sonst würde jede seiner Stärken wie morsches Holz unter der Wirklichkeit seines verwüsteten Lebens zerbrechen. Ein guter Grund, sein Leben aufs Spiel zu setzen. Plötzlich vermisste er das nächtliche Teekochen auf der kleinen Brücke der Darius II. Und er vermisste auch den Urux mit seiner Urux-Familie. Sogar Terra war ihm doch irgendwie ans Herz gewachsen. Was war bloß los, dass ihn das alles so sentimental berührte? Leise packte er seine Tasche, die neben dem Bett stand und verließ das Hotelzimmer. Er würde in dieser Nacht keinen Schlaf mehr finden, denn er hatte noch viel zu tun. Schließlich war er der einzige, der seinen Plan vollständig kannte!

Semikon lag zur gleichen Zeit nackt und eng mit Lucia umschlungen in dem weichen Lager in den Ruinen vor der Stadt. Er hatte fliehen müssen, denn Astradamus trachtete ihm nach dem Leben. Seine Situation war weitaus gefährlicher als Lucia es ahnen konnte. Sie war ein unschuldiges Lamm im Vergleich zu ihm. Astradamus war nicht ohne Grund sein Widersacher. Semikon's Macht lag darin, den Javeisten Botschaften zukommen zu lassen und sie gegen die Heilige Kirche zu vereinen. Er machte auf die Missstände aufmerksam, die Astradamus mit jeder Faser seines Körpers und seines Geistes zu vertuschen versuchte. Er war dem Inquisitor mehr als nur ein Dorn im Auge. Astradamus konnte Semikon ans Kreuz nageln. Nur wenn es dem Javeisten gelang, vor ihm zu fliehen und die Anhänger Javes zu vereinigen, wäre er derjenige, vor dem Astradamus zu der Wahrheit stehen müsste. Und das käme seinem Tod gleich. Auch wenn niemand darüber sprach, der Kirche war nichts so heilig wie ihre Macht über die Menschen. Und dazu waren die Inquisitoren bereit, über Leichen zu gehen. Besonders über die Leiche des Imperators! Wie ein Gespenst geisterte der Gedanke in Semikon's Kopf, dass dies Mächtegleichgewicht zwischen Adel und Kirche empfindlich durch den Parasitenkrieg gestört war. Wenn der Imperator gestürzt würde, bräche die menschliche Kultur in Chaos aus - der Beginn eines schrecklichen Krieges. Und Semikon hütete ein Geheimnis, das bedeutend war. Er kannte Astradamus' Schicksal. Sein eigentlicher Name war Karim El'Zalar. Als Semikon ihm begegnete, war er ein junger Mann Anfang zwanzig, neugierig und auf der Suche nach Wahrheiten, die ihm die Lehrer und Professoren der Universtäten nicht geben konnten. Hier auf Babylios begegnete er Karim auf einem kleinen Markt. Er hielt ein Amulett in der Hand, das die heilige Erde darstellte.

"Dieses Amulett ist ein Abbild des Schlüssels zur Wahrheit. Auf alles, was geschehen wird, könnten wir eine Antwort geben, wenn wir wüssten, woher wir stammten, junger Mann."

Er hatte Semikon mit diesen Worten beeindruckt. Die Suche nach der Earth I war Karim's wichtigstes Ziel - und der Grund dafür war einleuchtend: Die Antwort auf die Frage, woher die Menschen kommen und wonach sie streben!

In den darauffolgenden Wochen und Monaten führten die zwei Männer viele Gespräche über die Menschheit und ihre Motivationen. Semikon begann die alten Philosophen zu lesen. Er erkannte außerdem, dass Karim eine besondere Gabe hatte, Menschen zu beobachten und ihr Verhalten zu studieren. Er war mit den Jahren zu Semikon's Mentor geworden. Er wollte die Menschen vereinen, ihnen ein Zuhause geben, egal wo sie sich befanden. Und schließlich wollte er die Erde finden. Dann, vor ungefähr fünf Jahren, verschwand er. Semikon fand heraus,

dass er von Acromia nach Babylios springen wollte. An Bord seines Schiffes waren seine Frau und sein damals vierzehnjähriger Sohn. Niemand hatte jemals herausgefunden, was bei den Sprung schief gegangen war, doch Karim war der einzige Überlebende. Die gesamte Besatzung war gestorben. In seiner Trauer floh er vor der Presse, den Behörden und leider auch vor seinen Freunden. Einige Monate später tauchte er als Astradamus wieder auf. Mit der Änderung seines Namens hatte sich auch seine Gesinnung vollständig gewandelt. Astradamus hasste die Javeisten und versuchte sie mit allen Mitteln zu vernichten. Semikon war froh, dass Lucia dieses gefährliche Wissen nicht kannte. Andernfalls wäre sie wahrscheinlich heute gestorben anstatt ihm, Semikon, das Leben zu retten. Er war der letzte, der davon wusste und er war sich sicher, dass jeder, dem er dieses Wissen mitteilte, ihn entweder auslachen oder sterben würde. Für ihn gab es nur ein Ziel: Er musste Astradamus vernichten, bevor er Tod und Verderben über die Menschen und die Javeisten bringen konnte. Nacht für Nacht plagte er sich mit der Frage, was Astradamus' Ziele waren. Warum tat er das alles? Was wusste der Inquisitor über die Erde und die Vergangenheit der Menschheit? Und warum war aus dem guten Mann, der sich die Suche nach der Wahrheit für eine bessere Welt zum Lebenssinn gemacht hatte, ein grausamer Mörder und Verräter an der Menschlichkeit geworden? Semikon wälzte sich schlaflos auf dem Lager und beobachtete Lucia's Atem. Er war unregelmäßig, und nach einigen Sekunden begann sie in seinen Armen zu zittern. Schließlich schreckte sie aus einem Traum auf.
"Vinz wird sterben", sagte sie kühl und sah Semikon an.
"Der Traum war so etwas wie eine Prophezeiung. Ich bin mir sicher. Wenn er zusammen mit Julius morgen zu der Audienz den Palast betritt, wird ihm jemand einen Dolch in den Rücken rammen. Und er wird daran sterben!"
Sie schaute ihren Mann fragend und mit verwirrtem Blick an. Semikon schwieg eine Weile. Er wusste, dass Lucia Vinzenz mochte, und er spürte ihre Unsicherheit, ihn seinem Schicksal zu überlassen.
"Kannst du ihm helfen?", fragte er sie nach einer Weile. Lucia

zuckte mit den Schultern.
"Kann ich das Schicksal ändern, wenn Gott es für uns vorgesehen hat?"
"Gott sieht kein Schicksal für uns vor. Genauso wenig wie Jave uns befiehlt, seine Hyperraumtore zu nutzen. Wir sind diejenigen, die über unser Schicksal entscheiden und den Lauf der Dinge gestalten. Willst du ihm helfen, Lucia?" Abermals zuckte die Pilotin mit den Schultern.
"Vinz ist kein böser Mensch, er hat das Herz am rechten Fleck. Aber je näher man ihn kennenlernt, desto unerträglicher wird es in seiner Gegenwart. Er ist verwirrt und unberechenbar. Er weiß nicht, was er tut und macht nur, was er will. Wenn du mich fragst, hat er eine tiefgreifende paranoide Persönlichkeitsstörung. Und trotzdem tut er mir leid. Ich glaube, es gibt sehr viel Leere in seinem Leben. Und ich bin mir nicht sicher, ob er diese Leere irgendwann füllen kann."
"Dann geh und hilf ihm. Er hat wenigstens eine Chance verdient, die Dinge in seinem Leben zu richten", meinte Semikon. Er wusste, dass ein Band zwischen Lucia und Vinzenz existierte. Doch ihm war klar, dass er sich nicht zwischen diesen Mann und seine Frau stellen durfte. Liebe, wie sie zwischen Semikon und Lucia bestand, war auch Freiheit. Und Freiheit wiederum war der einzige Boden, auf dem diese Liebe wachsen konnte. Darum fühlte er keine Eifersucht. Lucia nickte mit dankbarem Blick.

–

Die Katakomben der Kathedrale waren schier unermesslich groß. Sie wanden sich zwischen alten U-Bahnschächten und dienten vielen Ratten als Heimat. Unter den wenig erforschten Abschnitten gab es einige geheime Räume, in denen sich Astradamus häufig aufhielt, um seiner Arbeit als Inquisitor nachzugehen. Heute tat er das mit ganz besonderer Hingabe, denn seine Gefangene war ein besonderer Mensch: Laudana Valeo. Sie saß gefesselt auf einem Holzstuhl in einer der Zellen und hatte etwas Wasser und Brot zu essen bekommen. Ihre schmutzige, nach Schweiß riechende Kleidung trug sie, seitdem sie von Neverdy entführt wurde. Fettige Haarsträhnen gingen ihr

im Gesicht und blutverkrusteter Eiter hatte sich um die Wunde an ihrem Arm gebildet. Dennoch schaute sie stolz und mit wachen Augen zu ihrem Peiniger hinauf.
“Ich weiß, wer du bist, Laudana”, sagte Astradamus und lächelte.
“Gut, dann brauche ich mich ja nicht vorzustellen. Ich weiß auch, wer du bist, Astradamus”, erwiderte sie ruhig. Sie wusste einiges über diesen Menschen, der dem Imperator half, die Hyperraumtore zu erforschen. Ihm war es zuzuschreiben, dass die Chylac Escalon verlassen konnten und der Krieg zwischen ihnen und den Menschen erneut entfacht wurde. Doch leider wusste Laudana nicht, welches Motiv er für diesen Verrat hatte. Ein Chylac schien er nicht zu sein. Noch nicht jedenfalls.
“Weißt du, was das Interessanteste an dem Universum ist, in dem wir leben?”, fragte Astradamus und griff nach einem Stuhl. Er setzte sich ihr gegenüber falsch herum darauf und stützte die Ellenbogen auf der Lehne ab.
“Es steckt voller Überraschungen! Eine davon ist, dass ich dich heute nicht foltern werde. Stattdessen möchte ich dir ein bisschen was über mich erzählen, damit du verstehst, warum gerade du hier sitzt - ein Upload, ein Mensch, der schon einmal auf der von Sagen umwobenen Erde gelebt hat und nun in einem neuen Körper wiedergeboren wurde.”
Laudana schluckte erstaunt. Woher wusste Astradamus von diesem Geheimnis? Dieses Wissen war gefährlich! Wenn die Chylac davon erführen, wäre die Menschheit in wesentlich größerer Gefahr als sie bisher angenommen hatte! Sie wurde etwas unruhig, während Astradamus fortfuhr: “Der Unterschied zwischen den meisten Menschen und solchen wie uns zwei ist ein großer. Überall um uns herum machen sich die Leute Gedanken um die Liebe und wie sie ohne Depressionen einigermaßen glücklich durchs Leben kommen. Wenn sie einen Partner und einen Weg gefunden haben, halten sie sich für erleuchtet und nennen es tiefsinnig. Aber du und ich, wir beide wissen, dass das Leben sinnlos bleibt, solange wir den Tod nicht besiegt haben. Alles, was wir Kultur nennen, unsere Schriften, die Religion, die Musik und die Geschichte sind doch nur Hilfestellungen, die über die Sinnlosigkeit unseres Daseins hinweg-

täuschen. Die Chylac hingegen haben uns Menschen dazu gebracht, unseren Geist unsterblich zu machen und ihn in ein so gewaltiges Computersystem zu laden, das über Lichtjahre hinweg kommunizieren kann. Ich will dich nicht mit Dingen langweilen, die du schon weißt. Laudana, ich bin auf der Suche nach der Wahrheit. Es interessiert mich nicht, ob die Chylac versuchen die Menschen zu vernichten oder umgekehrt. Ich halte das eine für genauso dumm wie das andere. Ich bin auf der Suche nach der Wahrheit, nach dem, was uns alle voranbringt. Und ich hoffe durch dich einen Schritt weiterzukommen. Du hast dich freiwillig aus dem System heraus wieder in einen menschlichen Körper begeben. Meines Wissens nach ist sowohl zu dem Upload eines Geistes, sowie zu dem Download in einen Körper nur ein Schiff fähig: die legendäre Earth I! Das Schiff, das kein Sterblicher je zu Gesicht bekommen hat und entweder überhaupt nicht existiert oder verschollen ist. Du allerdings sitzt hier als Mensch vor mir. Und nach vielen tausend Jahren deiner Existenz nehme ich nicht an, dass du die Menschheit vor der Vernichtung der Chylac retten willst, um anschließend fünfzig Jahre später an Altersschwäche oder Herzinfarkt zu sterben. Folglich unterstelle ich dir, dass du Kontakt zur Earth I hast."

Astradamus machte eine Pause, um Laudana in die Augen zu sehen. Er konnte ihre Gedanken nicht lesen, aber ihre Gelassenheit während seines Monologs deutete darauf hin, dass sie genau wusste, wovon er sprach.

"Ich bin ein Sterblicher, Laudana. Ich bin kein Chylac, und ich habe auch nicht unbedingt vor, einer zu werden. Dennoch möchte ich wissen, warum es uns Menschen gibt. Ich will wissen, was es mit der Erde auf sich hat, und warum die Chylac eines Tages Herr über uns Menschen wurden. Das sind meine Religion, meine Liebe und mein Lebenssinn. Und darum will ich, dass du mir hilfst, meinen Geist in die Earth I upzuloaden. Ich habe auch etwas dafür zu bieten: Ich werde dir sagen, woher ich meine Informationen habe, denn nur so kannst du an der Seite der Menschen den Krieg gegen die Chylac gewinnen. Glaube mir, sie sind mächtig. Ich habe Teile des Kommunikationssystems der Hyperraumtore verstanden, und vielleicht war es nicht im Sinne der Menschen, dass ich es den Chylac ermöglicht habe, sie zu passieren. Ich habe damals aus den Jahrhunderte alten Legenden um Jave eine neue Sekte fanatischer Gläubiger erschaffen, um die Menschen von der Erforschung der Hyperraumtore abzulenken. Die Javeisten gehören zu denen, die einen angenehmen Weg gefunden haben, ihre Lebenszeit in diesem Universum zu überstehen. Es war mein Geschenk an sie, doch sie strafen mich mit Undankbarkeit und Verachtung. Mein Ziel war es, den Chylac Zeit zu verschaffen, sich im Escalonsystem auszubreiten. Und nun, fast dreißig Jahre später, ist die Zeit der Abrechnung gekommen. Entweder, die Chylac machen mich unsterblich und ich werde auf ihrer Seite die Menschheit erkunden, oder die Menschen tun es. Es ist mir egal, wer diesen Krieg gewinnt. Ich halte ihn für dumm und überflüssig. Leider ist er aber unausweichlich, weil die Menschen genauso wie die Chylac gierig auf das schnelle Glück sind, anstatt die Weitsicht zu besitzen, dass sie gemeinsam erfolgreicher sind. Das ist die Natur der Dinge. Vielleicht ist das Gott. Aber wie es auch sein mag, bin ich auch nur ein Mensch und als solcher höchst egoistisch. Ich möchte auf der Seite des Gewinners stehen und nicht in einem Krieg sterben. Für uns beide hier in dieser Zelle gibt es nur eine Entscheidung zu treffen: Entweder werden wir Partner oder Feinde, Laudana."

Sie sah ihn an. Der Inquisitor war während der Zeit seines kurzen Lebens nicht untätig gewesen, sondern hatte äußerst viele Geheimnisse gelüftet, die den meisten Menschen unbekannt waren. Das machte ihn zugegebenermaßen interessant. Dennoch war er größenwahnsinnig und wollte sich gegen die Natur des Seins auflehnen.

"Was wirst du machen, wenn deine Annahme falsch ist, dass ich eines Tages wieder in die Earth I upgeloadet werden möchte? Was tust du, wenn ich das unsterbliche Leben satt habe? Wenn ich den Sinn des Lebens begriffen habe und nichts weiter will, als ein Kind zur Welt zu bringen, und mich nach Frieden für die nächsten hundert Jahre sehne? Vielleicht ist das meine große Motivation. Vielleicht bist du derjenige, der den Sinn des Lebens verkannt hat. Du solltest eines nicht vergessen: Wer

sich auf die Suche nach der Wahrheit macht, sollte auch bereit sein für das Unerwartete, das er finden könnte. Das Universum steckt schließlich voller Überraschungen."
Beide schwiegen eine Weile. Astradamus genoss Laudana's Anwesenheit. Diese Frau war ihm gewachsen!
"Ich brauche Zeit, um darüber nachzudenken, Astradamus. In vierundzwanzig Stunden werde ich dir eine Antwort geben. Das ist die Länge eines Tages auf der Erde."
Laudana schwieg. Astradamus stand von seinem Stuhl auf, nickte und verließ die Zelle. Er bedeutete den Wachen, Laudana pfleglich zu behandeln und ihr gutes Essen zu bringen.
–

Der nächste Morgen begann mit einem strahlenden Sonnenaufgang. Marquis Julius Leocathor stand in voller Pracht vor dem Spiegel in seinem Zimmer. Er trug einen mit Kord und Samt besetzten Anzug. In der Westentasche befand sich die wertvolle, mit Edelsteinen besetzte Uhr, die sein Vater ihm damals mit auf die Reise gegeben hatte. Darüber trug er ein dunkelrotes Cape mit dem Löwenwappen des Hauses Leocathor. Der Zylinder auf seinem Kopf war obligatorisch und zeugte von Etikette. Eisenhand, Vinzenz und Tao betrachteten ihn und nickten zufrieden.
"Ja, ich denke, so wird es gehen", meinte Eisenhand mit prüfendem Blick.
"Habt Ihr das Schwert dabei?"
"Ja, natürlich."
Julius beugte sich zu einer Kiste. Darin lag ein glänzendes, außergewöhnlich sorgfältig geschmiedetes Schwert. Vinzenz war sehr stolz darauf. Er hatte etwas Geld aus der Tasche, die für Neverdy bestimmt war, abgezwackt und dies Schwert auf einem Markt erstanden. Dann hatte er sehr lange mit Julius über die 'Schwertangelegenheit' diskutiert. Letztendlich hatte er ihn davon überzeugen können, sein geheimnisvolles Schwert verborgen zu halten und zunächst das andere Schwert als den kostbaren Schatz auszugeben. Zu viele Menschen wussten Bescheid und nur unsichtbar war dieses Artefakt vor Diebesgesindel sicher. Julius und Vinzenz waren sich einig darüber, dass

auch Eisenhand nicht in alles eingeweiht werden musste.
"Nun zu euch."
Julius wandte sich den beiden Gefolgsmännern zu. Tao trug seine frisch gewaschene Robe; für einen Mönch gehörte es sich, auch bei offiziellen Besuchen die Kutte zu tragen. Ein gewöhnlicher Ordensbruder besaß weder Vermögen noch teure Kleidung. Vinzenz trug als Leibarzt und Gefolgsmann des Marquis ebenfalls das Wappen des Hauses Leocathor auf seinem Mantel. Darunter trug er ein Rüschenhemd aus dem umfangreichen Kleidungsbestand von Julius.
"Und benimm dich, Vinz. Das sage ich dir! Es ist mir wichtig, und ich dulde nicht, dass du mir mein Leben mit deinem unangemessenen Benehmen versaust. Hast du verstanden?", fragte Julius ihn rein rhetorisch und sah ihn mahnend an.
Kurze Zeit später waren sie auf dem Weg zur Audienz beim Imperator. Sie ließen sich in einem Schweber chauffieren und wurden von Eisenhand begleitet, der sie nicht aus den Augen ließ. Die Allee, die sie zum Palast führte, war gesäumt von bizarren Bäumen, die mit ihren Kronen ein Laubdach aufspannten, das ihnen Schatten spendete, während sie dem riesigen Gebäude in der Ferne entgegen schwebten. Viele Türme ragten aus dem grünen Palmenwald vor ihnen hoch hinaus und vermittelten ein Gefühl des Kleinseins. Eben noch vibrierte um sie herum die lebendige, laute Stadt, vollgestopft mit Menschen, die ihrer täglichen Arbeit nachgingen. Hier drinnen herrschte Stille und Frieden. Babylios war eine Stadt voller Kontraste. Die riesigen, alten Villen und großen Bauwerke verschwanden im Schatten des Raumhafens, der nicht viel kleiner war als jener Megaport auf Acromia. Unter den Bewohnern tummelten sich die reichen Geschäftsmänner neben den Bettlern, die die Ruinen und Slums in den entlegenen Vierteln bewohnten. Viele hundert Jahre der menschlichen Kulturentwicklung schienen zwischen den Reichen der Stadt und den Bettlern und Arbeitern zu liegen. Doch sie alle wohnten hier dicht an dicht. Während die Gefährten die Ruhe des riesigen Palastgartens genossen und sich die Sonne ins Gesicht scheinen ließen, wurde ihnen klar, dass Babylios das Zentrum des Universums darstellte. Und dieser Palast wiederum war das Zentrum von

Babylios. In den Gärten lebten Giraffen, Elefanten und Zebras. Sie liefen durch den Sand, saßen im Schatten der riesigen Bäume oder tranken aus den zahlreichen Wasserstellen. In den Baumkronen brüllten die Affen und schwangen sich fast parallel mit dem Schweber von Baum zu Baum, um die Neuankömmlinge ein Stück zu begleiten und mit lautem Geschrei willkommen zu heißen.
Der Weg schien aber auch eine Safari der Besinnung zu sein. Man wurde sich bewusst, dass man sich dem Zentrum näherte. Die Kälte der Stadt wich der terrageformten, angenehm warmen Savannenlandschaft und niemand der kleinen Gruppe kam umhin, diesen Kontrast mit dem eigenen, inneren Kontrast zu vergleichen. Julius empfand Stolz und erwartungsvolle Neugier, Tao schien zwar gleichgültig, doch eigentlich war er ebenso aufgeregt, wie Julius. Vinzenz war wie immer misstrauisch. Er fühlte sich nackt, ohne ein Messer, ohne seine Tasche und in den Gewändern der Leocathors. Gar nicht er selbst, ein Mann in der Verkleidung eines Dieners.
Schließlich kam der Gleiter vor dem inneren Tor sanft zum Stehen. Den letzten Rest des Weges zum Audienzsaal musste man zu Fuß zurücklegen. Eisenhand stieg aus, der Chauffeur des Gleiters hielt dem Marquis und seinem Gefolge die Tür auf. Der Eingang des Palastes war in eine makellose Fassade eingelassen. Haushohe Torbögen vereinigten sich elegant über einem riesigen Portal, vor dem zahlreiche Diener und Wachen standen. Die Diener öffneten mit Muskelkraft die großen Torflügel. Spiegelblank poliertes Mahagoni-Parkett bildete, gesäumt von kleinen Palmen, einen majestätischen Gang in das Innere des Palastes. Die Eingangshalle strahlte eine gediegene, ruhige Atmosphäre aus. Überall ragten Bäume in die Höhe, kleine Wege führten in alle Richtungen durch den Garten, der sich im Inneren der riesigen Halle erstreckte. Ein Wasserfall plätscherte über einige Steine vor sich hin. Rechts und links gesellten sich jeweils zwei Wachen an die Seiten der Ankömmlinge und begleiteten sie. Niemand traute sich, ein Wort zu sprechen und alle folgten Eisenhand, der sie einen der vielen Gänge entlangführte. Die Wände waren übersät mit Porträtzeichnungen und Fotographien, die Julius zum Teil aus seinen

Lehrbüchern der Geschichte wiedererkannte. Schließlich endete der Gang nach über hundert Metern vor einem großen Holztor, das ein Mann allein nicht öffnen könnte.
“Die größten Holztüren des Universums”, merkte Eisenhand lächelnd an.
“Dahinter wird euch der Imperator mit seiner Gesellschaft und einigen Vertrauten empfangen.”
“Na dann, Julius. Showtime, würde ich sagen”, meinte Vinzenz und lächelte verschmitzt. Julius sah in böse an.
“Mach jetzt keinen Mist!”
Im Moment brauchte sein Gefolge einfach etwas erfahrene Führung, andernfalls wären sie überfordert mit der Situation, dem obersten Herrscher des Universums gegenüberzustehen. Da musste Julius seinem Rang entsprechend das gute Vorbild sein und seinen Gefährten das Gefühl von Standfestigkeit und Selbstbewusstsein geben.
“Gehen wir.” Mit weichen Knien betrat er allen voran den Saal. Große Leuchter hingen von den ungefähr zwölf Meter hohen Decken und tauchten den fensterlosen Saal in helles Licht. Die zahlreichen Säulen bestanden aus in Stein gehauenen Figuren. Julius erkannte die alten Philosophen der verschollenen Erde und dahinter die ersten Imperatoren. Die Wände des Saales erzählten in Form riesiger Bilder die Geschichte der Menschheit von den alten Göttern der Griechen, den Erscheinungen der beiden Propheten Jesus und Jave, der Aufbruch und die Flucht von der Erde und die neuen Kolonien, die von den Adelshäusern beherrscht wurden. In der Mitte stand ein großer, ungleichmäßig geformter Holztisch, an dem fünfzig Personen mühelos Platz fanden. Julius war begeistert, sein Herz pochte. In diesem Saal konnte man Jahre verbringen und sich bilden, ohne jemals alle Bilder, Skulpturen und Schmuckstücke betrachtet zu haben. Wahrlich, dieser Saal war eines Imperators würdig. Der Leocathor war stolz, dieses Zentrum des Universums in seinem Leben betreten zu dürfen. Vinzenz betrachtete die Grüppchen von Menschen, die überall herumstanden und sich unterhielten. Er versuchte zu scannen, wer ihre Ankunft wahrnahm und sich darauf hin anders verhielt als zuvor. Wer den Platz wechselte, den Raum verließ oder ihn betrat. Er er-

kannte Türen, die durch die Säulen schlecht einzusehen waren. Einige verschmolzen mit den Bildern, die die Wände zierten, so dass sie auf den ersten Blick nicht als Türen zu erkennen waren, sondern nur rechteckige Fugen darstellten. Auf den Tischen standen Cognacflaschen und Gläser, kleine Snacks wurden immer wieder durch eine der Türen hereingebracht. Vinzenz zählte die Sekunden, die vergingen, während eine Kellnerin mit leerem Tablett in der Tür verschwand und mit vollem Tablett wiederkam. Eine Minute, sechs Sekunden. Das stimmte mit seiner Einschätzung überein und bedeutete, in zügigem Schritt war die Küche in dreißig Sekunden gut zu erreichen. Ein schmales Lächeln breitete sich auf dem Gesicht des ausgewiesenen Leibarztes und Parasitenforschers aus. Es war wieder diese Euphorie, die er immer verspürte, wenn es ernst wurde. Vor seinem inneren Auge erschienen die Worte Cypher's: ‚Du bist nicht der klügste Mensch im Universum, nicht der stärkste und auch nicht der hübscheste. Aber du solltest der einzige sein, der deinen Plan kennt. Dennoch, Fehler kosten dich dein Leben und es gibt viele Feinde, die danach trachten. Erinnere dich an die Regeln. Sie helfen dir, den Zeitpunkt deines Abtretens zu verzögern. Behalte sie gut im Kopf wenn du überleben willst.'
“Bist du schon wieder abwesend?”, fragte Tao, der neben ihm stand und ihm mit dem Ellenbogen leicht in die Seite knuffte. Der Mönch genoss die Atmosphäre. Diese Audienz hatte tatsächlich etwas Königliches. Die gedämpfte Geräuschkulisse, der helle, aber dennoch gemütliche Saal und die exotischen Menschen aller ihm bekannten Rassen machten diesen Ort zu einem wahren Palast, wie er sich in Kindertagen einen Palast immer vorgestellt hatte. Zwischen den Wandbildern und auf einigen Bodenflächen waren Spiegel angebracht, die das einfallende Licht reflektierten und dem Raum dadurch das Erscheinungsbild eines Kristallschlosses gaben. Er staunte mit offenem Mund. Die Kombination aus allen Sinneseindrücken bereitete ihm eine angenehme Gänsehaut. Zwei Diener führten die Gruppe dann an der Tafel vorbei zu einer Erhöhung am anderen Ende des großen Raumes. Dort stand unter Palmen, umsäumt von Tierskulpturen uns Schalen mit dampfen-

den Flüssigkeiten, der aus reinem Gold bestehende Thron des Imperators. Imperator Tyl Leocathor selbst saß darauf recht leger. Er trug eine unspektakuläre braune Hose und einen Umhang über einem Seidenhemd. Erst bei genauem Hinsehen erkannte Julius, dass es sich bei dem Umhang um einen zarten Stoff handelte, der aus einem metallenen Faden gewoben war. Das Metall kam seines Wissens nach aus Port Newham, und es hatte irgendwas ganz besonderes damit auf sich. Julius konnte sich nicht erinnern, was es war. Der Imperator lächelte selbstbewusst, seine Augen waren die eines Herrschers, und seine Gegenwart ließ alle anderen Anwesenden klein erscheinen, ohne dass Julius einen Grund dafür nennen konnte. Es war eine Aura der Erhabenheit, die den Mann umgab und alle anderen nervös werden ließ, wenn sie sich dem Imperator näherten. Er hatte ein Glas mit einer milchigen Flüssigkeit auf dem Thron abgestellt und schaute interessiert auf die Ankömmlinge herab. An seiner Seite lehnte ein aufwendig gearbeitetes Schwert an dem Thron. Vinzenz erkannte einen roten Blutrubin im Knauf des Griffes, für den man sich wohl mehrere Raumschiffe kaufen konnte, wenn er keine Fälschung war. Ein junger Leopard lag halb auf den Füßen des Herrschers und schaute müde auf Julius herab. Zu seiner Rechten stand Astradamus, während Eisenhand sich an seine linke Seite stellte. Sie waren enge Vertraute des Imperators! Den Gefährten wurde bei dieser Geste ihre eigene Wichtigkeit bewusst.

“Verneigt Euch Eurem Rang entsprechend”, flüsterte einer der Diener und sofort verneigte sich Julius tief und seine Gefährten noch etwas tiefer. Vinzenz am tiefsten, denn er wollte keinen Fehler machen.

“Mein Imperator…”, begann Julius und hatte sich im Kopf zusammengelegt, was er dem Imperator von dem neuen System und von seinen Reisen und Erfahrungen berichten wollte. Seit sie auf der Calypso nach Babylios ins Imperiale System gekommen waren, hatte er sich immer wieder Gedanken darüber gemacht, was den Imperator wohl interessieren würde, wie er ihm die Geschichte erzählen sollte, ohne ihn zu langweilen und wie er, der Marquis Julius Leocathor, den Imperator beim anschließenden Essen zum Lachen bringen würde.

“Ja, ja, schon gut, Marquis”, wurde er vom Imperator unterbrochen, bevor er einen Satz beenden konnte. “Habt ihr das Schwert dabei?”, fragte der mächtigste Mann des Universums ungeduldig und verwirrte Julius damit sehr.
“Jawohl, ich habe es hier”, antwortete er prompt und deutete auf die Kiste an seiner Seite. Der Imperator schnipste mit den Fingern und zwei Diener brachten die Kiste zum Thron.
‚Das wird euch nicht glücklich machen. Ich glaube, das war keine gute Idee’, ertönte die Stimme in Tao’s Kopf. Der Mönch schaute erschrocken auf und sah, dass Astradamus ihm zuzwinkerte.
‚Du solltest Julius sagen, dass der Imperator das Schwert niemals in die Hände bekommen darf!’
Tao pflichtete der Stimme in Gedanken bei, die scheinbar zu Astradamus gehörte. Er unternahm jedoch nichts. Er und Vinzenz hatten in der letzten Nacht einen Plan geschmiedet, und jetzt sah er zu seinem Gefährten herüber, der gebannt die Reaktion des Imperators auf dies gewöhnliche Schwert abwartete. Tyl nahm es mit einem still triumphierenden Lächeln aus der Kiste und wog es sorgfältig in seinen Händen. Dann schien er sich zu konzentrieren, was Vinzenz für äußerst verdächtig hielt. Es dauerte einige Sekunden bis das Lächeln langsam aus seinem Gesicht verschwand.
“Mein Imperator, Ihr…”, schaltete Julius sich ein und wollte etwas erklären. Sie alle staunten, dass Julius sich mit seiner Lüge, was das Schwert anging, so lange zurückgehalten hatte. Das war sonst gar nicht seine Art.
“Ruhe, Marquis. Ich weiß, was ich zu tun habe.”
Der Imperator versuchte sich weiter zu konzentrieren. Julius tat, wie ihm befohlen. Er hatte absichtlich einen Augenblick gewählt, in dem der Imperator ihn nicht ausreden lassen würde. Das echte, unsichtbare Schwert zitterte auf seinem Rücken. Julius hatte keine Ahnung, was gerade geschah, doch es war ihm nicht geheuer.
“Marquis Julius Leocathor”, setzte der Imperator mit kalter, lauter Stimme an und schaute erbost zu ihm herunter.
“Ihr seid ein Verräter. Ihr habt mich belogen.”
In dem Saal herrschte Totenstille! Julius riss die Augen auf. Er

hatte plötzlich ein Sausen im Ohr. Hatte der Imperator ihn einen Verräter genannt? Das war unmöglich! Er war ein treuer Angehöriger seines Hauses, er hatte ein neues System entdeckt! Warum nannte der Imperator ihn einen Verräter? Ihm blieb jedes Wort im Hals stecken, und Tao stützte ihn ein wenig von hinten, damit er nicht umfiel. Julius bewegte sich so langsam und steif, als sei er zur Salzsäule erstarrt. Und Vinzenz hatte auf den kleinen Knopf auf seiner mechanischen Uhr gedrückt. Niemand sonst hatte so eine altmodische Uhr ohne Batterie, weil die Zeit sowieso überall anders war und man sich normalerweise nur nach den Funksignalen richtete, die die Uhrzeit vorgaben. Vinzenz war da etwas eigensinnig. Tao wusste, dass Vinzenz nun mit ihrem gemeinsamen Plan begann. Überall im Raum standen Kerzen, in deren Wachs kleine Behälter eingedrückt waren. Und niemand bemerkte, dass sich diese Behälter durch den Knopfdruck auf die Uhr geöffnet hatten. Ihr Inhalt floss in den flüssigen Wachs und wurde vom Docht aufgesogen. Auf diese Weise verdampfte er und verbreitete sich in dem Raum. Tao hatte diese Behälter in der letzten Nacht in den Kerzen versteckt, nachdem er den geheimen Gang zwischen Kathedrale und der Küche des Palastes entdeckt hatte. Jetzt wurde der Mönch jedoch selbst nervös. Die Abmachung war, dass die Substanz nur zum Einsatz kam, falls etwas sehr schief lief. Vinzenz hatte es als so eine Art Lebensversicherung erklärt, ein Plan, der riskant und voller Gefahren war, aber sie alle vielleicht retten würde, wenn der Tod die einzige Alternative wäre. Und das war auch die einzige Bedingung, unter der Tao ihm zugestimmt hatte. Denn was Vinzenz ihm über die Wirkung der Substanz am letzten Abend in der Bar erzählt hatte, ängstigte ihn. Bis die Wirkung jedoch einsetzte, würde noch bis zu einer halben Stunde vergehen.

"Nehmt sie fest und durchsucht sie komplett", befahl der Imperator seinen Wachen mit einer wegwischenden Handbewegung. Sofort gingen aus mehreren Ecken des Saals Wachen auf sie zu. Doch kurz bevor die erste Wache Julius erreichte, streckte dieser die Hand nach der Wache aus und deutete auf deren Hals.

"Halt", sagte er besonnen, und prompt blieb der Mann stehen.

Er spürte die unsichtbare Spitze des Schwertes an seiner Kehle, ohne eine Erklärung dafür zu finden. Mit blassem Gesicht ließ er seinen Blaster fallen und hob die Hände. Die anderen Wachen zögerten und hoben ihre Gewehre.
“Mein Imperator”, fuhr Julius mit fester Stimme fort. Dies war der Moment seines Lebens, und er war sich dessen bewusst! Wenn er diesen Moment verspielte, würden sie alle hier sterben. Jetzt war seine Zeit des Bestehens gekommen! “Wir haben Euch um eine Audienz ersucht, um Euch von der Existenz eines neuen Sonnensystems zu berichten. Ich fühle mich geehrt, hier vor Euch treten zu dürfen und begegne Euch mit Respekt, denn ihr seid mein Imperator. Ihr habt mir die Nachricht zukommen lassen, Euch ein Schwert als Geschenk zu überreichen. Und ich habe Euch ein sehr kostbares Schwert mitgebracht. Ihr und ich, wir stammen aus dem gleichen Hause, sind von gleichem Blut, und ich bin mir keiner Ungnade bewusst. Daher erbitte ich Euch ebenfalls um Respekt mir und meinen Freunden gegenüber.”
Die Gefährten sahen sich mit großen Augen an. Niemand hätte Julius das zugetraut. Und selbst wenn sie sich nun in größten Schwierigkeiten befanden, so spürten sie doch Stolz und Verbundenheit in dieser ausweglosen Situation. Der Imperator blickte ihn kühl an. Anstatt zu antworten, griff er nach dem Schwert mit dem kostbaren, roten Griff. Langsam schritt er die schweren, hölzernen Stufen von seinem Thron herunter und baute sich von Julius auf. Mit einem Kopfschütteln holte er aus, um Julius vor allen Anwesenden zu enthaupten. Tyl tat so etwas häufiger und machte daraus keinen großen Akt. Jeder, der ihn belog oder sich ihm gegenüber unangemessen verhielt, zahlte mit seinem Leben dafür. Schließlich war er der Imperator. Und um der Herrscher über die gesamte Menschheit zu bleiben, war eine gewisse Radikalität notwendig. Solch Frevel sollte überhaupt nicht ernstgenommen werden. Darum sparte er sich auch jeden Kommentar, jede Erklärung und jedes Gefühl. Er schlug dem Marquis einfach nur den Kopf ab. Bevor die imperiale Klinge Julius' Kopf jedoch erreichte, traf sie abrupt auf einen unsichtbaren Widerstand. Tyl kniff die Augen zusammen und konzentrierte sich. Plötzlich erkannte er das Schwert, das

sein Gegenüber in den Händen hielt. Julius wusste, dass niemand es sehen konnte, doch er wusste auch genau, wie lang es war und wie der Imperator nun reagieren würde. Es kam ihm wie ein Déjà Vû vor, so als habe er diese Situation schon einmal in einem früheren Leben erlebt.
Tyl lächelte. Dieser Trottel dachte, er könne gegen den Imperator kämpfen? Dann hatte er offensichtlich einen tödlichen Fehler begangen.
“Ich will Euch nicht bekämpfen, mein Imperator”, sagte Julius unterwürfig. Ihm schlug das Herz bis zum Hals und er hatte vor Augen, wie er gegen den Grafen Lorenzo Valeo gescheitert war. Einen Kampf gegen den Imperator würde er wohl kaum überleben. Außerdem hatte er das Gefühl, der Imperator schaue ihm direkt in die Seele und könne seine Angst erkennen und ihn mit seinen bloßen Händen zerquetschen.
“Kämpfe einfach. Du wirst sterben, egal, was du noch tust oder sagst. Marquis Julius Leocathor, deine Zeit ist abgelaufen.”
Tyl stand vor ihm und hielt das Schwert locker in der Hand. Er betrachtete den Marquis und wusste, dass er in wenigen Sekunden einen ziemlich jämmerlichen Angriff von der linken Seite starten würde. Irgendwie belustigte ihn dieser arme Wurm, und aus reiner Freude würde er ihn noch ein wenig bloßstellen, bevor er ihn umbrachte. Die Wachen und alle anderen Anwesenden im Raum bildeten einen Kreis um die beiden. Selbst Vinzenz und Tao wurden beiseite gezogen, damit die Kämpfer in der Mitte des Kreises kämpfen konnten. Tyl tat das ebenfalls von Zeit zu Zeit, es gab niemanden im Universum, der es jemals geschafft hätte, ihm eine Wunde im Schwertkampf zuzufügen. Für die Hofgesellschaft war ein solcher Kampf eine belustigende Abwechslung bei einem ansonsten eher langweiligen Vormittag mit vielen endlosen Audienzen, die die meisten Adeligen am Hofe sowieso nicht verstanden.
Julius krallte sich mit beiden Händen an dem unsichtbaren Griff fest und schlug dann unsicher und dilettantisch auf die linke Seite des Imperators ein, weil ihm einfach nichts Besseres einfiel. Das Schwert des Imperators blockte den Schlag schon ab, bevor Julius seinen Angriff zu Ende gedacht hatte. Im selben Moment spürte er einen scharfen Schnitt an seinem linken

Arm und das Brennen der Wunde, aus der sein eigenes Blut sein Hemd rot färbte. Der Imperator war schnell, er würde ihn einfach so töten. Julius betete. Zu Gott, zu Jave, zu Jesus, zu Lucia und Tao und zu jedem, der ihm einfiel. Er wollte nicht sterben, doch er hatte Todesangst! Alle Augen im Saal waren auf sie gerichtet. Vinzenz griff sich eine Flasche Cognac von einem der Tische und drückte Tao eine zweite in die Hand. Mit einem Zug leerten sie jeweils die halbe Flasche.
"Mach die Augen zu, Julius", sagte Tao, als Julius stolperte und in seine Richtung zu fallen drohte. Tao hatte vor Augen, wie Julius Nacht für Nacht im Traum gekämpft hatte. Und jedes Mal begannen die Bewegungen des Marquis mit einigen zurückweichenden Schritten. Tao dämmerte, dass es kein Zufall war, dass diese Schritte in Julius' Traum absolut identisch mit den Schritten waren, die er jetzt eben gegangen war. Außerdem schmeckte der erste Cognac seines Lebens sehr gut.
"Schließ die Augen, und glaube an die Liebe Gottes", wiederholte er noch einmal. Julius war verzweifelt. Er konnte nicht denken, er konnte nicht einfach die Augen schließen. Er konnte sich vor allem nicht bewegen! Die Wunde auf seinem Arm spürte er gar nicht, sondern sah nur das Blut von seinem Hemd auf den kostbaren Boden tropfen. Der Imperator stand einige Schritte vor ihm und sah ihn kühl und unfreundlich an. Er freute sich nicht, er sah ihn einfach nur an, wie ein Löwe, der überlegt, wie er das lahmende Zebra vor sich nun zerfleischen würde. Was sollte er nur tun? Vielleicht doch Tao's Rat folgen? Er war der einzige in seinem Gefolge, dessen Worte stets gut gewählt waren. Tao sagte nicht einfach etwas daher, er war gewissenhaft. Und wenn er nun durch die Hand des Imperators sterben sollte, dann wenigstens würdevoll: Mit seinem Schwert in der Hand und seinen Gefährten hinter sich. Er atmete tief ein und schloss die Augen. Einige Sekunden vergingen. In Gedanken lief sein Leben vor ihm ab. Eine Träne quälte sich unter seinen Liedern hervor, denn er war noch nicht so weit. Er wollte noch nicht sterben! Warum holte Gott ihn ausgerechnet jetzt zu sich? Während er sich diese Frage stellte, spürte er den Imperator auf sich zulaufen. Er sah ihn nicht und hörte ihn auch nicht. Er hatte nur so eine Ahnung. Und ohne es steuern zu

können, hob er die rechte Hand mit dem Schwert blitzschnell an und bemerkte im selben Moment einen tödlichen Stoß, den er mit geschlossenen Augen abgewehrt hatte.
Er hatte immer noch die Augen geschlossen. Sein Arm nahm die Energie des abgewehrten Schlages auf, wirbelte herum und führte selbst einen Schlag aus. Der Imperator parierte, doch Julius wusste, dass er parieren würde. Er kannte die Bewegungen, er sah sie voraus! Auch seinen nächsten Schlag würde der Imperator parieren und dann zwei Schritte zurückweichen, um zu einem neuen, heimtückischen Angriff auszuholen. Julius kannte die Schrittfolge.
Die Umstehenden staunten über den Schlagabtausch. Beide Kämpfer schienen plötzlich schnell und gewandt. Die Gelassenheit und das Selbstbewusstsein waren aus dem Gesicht des Imperators verschwunden. Julius kämpfte. Er kämpfte mit geschlossenen Augen in Gedanken. Sein Körper folgte diesen Gedanken. Jedoch war er nicht der einzige, der die Geschehnisse voraussagen konnte. Immer, wenn er sein Schwert minimal anders führte, als er es im Traum getan hatte, schien der Imperator es ebenfalls zu erkennen. Und noch etwas beunruhigte ihn zunehmend: Langsam näherte er sich dem Ende seines Traumes! Und am Ende hatte er immer ein Schwert gesehen, das sich durch seinen Bauch bohrte - genau in dem Moment, in dem er die Augen öffnete. Doch was sollte er tun? Sie geschlossen halten, ohne zu wissen, was passiert? Blind umherwandeln? Er begann zu beten!
Die Stimmung in dem Saal wurde immer bedrückender. Die Menschen wurden von Minute zu Minute angespannter und Tao immer betrunkener. Und irgendein Blödmann wollte doch tatsächlich in den Kampf zwischen Julius und dem Imperator eingreifen und Julius ein Bein stellen. Auch wenn Tao gelernt hatte, sich zu beherrschen und anständig zu benehmen, war er über so ein Verhalten angesäuert. Er sagte etwas zu Vinzenz, lallte dabei aber so, dass dieser nichts verstand und darum einfach nur nickte. Der sonst schüchterne Mönch drängte sich zwischen der Hofgesellschaft nach vorn und ohne Vorwarnung schlug er die Cognacflasche einem Adeligen über den Kopf, der sofort zu Boden ging. Die stabile Flasche schleuderte Tao

neben ihm zu Boden, sodass sie zersprang. Ein Baron des Hauses Valeo, der neben ihm stand, hatte die Attacke bemerkt und riss erschrocken die Augen auf. Er wusste nicht, was geschehen war und fing plötzlich an, in wilder Wut auf Tao einzuprügeln. Von einer Sekunde zur nächsten brach Panik aus! Orientierungslos schlugen Leute auf ihre Nachbarn ein, da sie sich bedrängt fühlten. Schreie und das Scheppern zerbrochener Gläser, Flaschen und Teller stachelten die Panik weiter an. Der Kampf zwischen Tyl und Julius wurde zweitrangig. Der Imperator war plötzlich in seiner Konzentration gestört. Er konnte Julius' Gedanken nicht mehr lesen. Sein ganzer Körper lag ihm unangenehm wie Gummianzug an und schnürte sich immer weiter zu. Tyl konnte sich kaum noch darin bewegen. Er bekam Platzangst. Im selben Moment wurde Julius von einem Kopfschmerz übermannt. Er riss die Augen auf, es war der letzte Schlag, den er im Traum vollführt hatte. Und in dieser Situation würde er ihn mit offenen Augen schlagen! Seine unsichtbare Doppelklinge manifestierte sich in der Luft, und wie die Zähne einer Schlage stach die Zwillingsspitze dem Imperator so heftig in den Arm, dass er sein Schwert fallen ließ. Julius kam dabei ins Stolpern, schlitterte rücklings auf den Boden und hielt dem unbewaffneten Imperator sein mächtiges Schwert hilflos entgegen.

“Ihr Menschen werdet sterben”, brüllte er durch den Saal. Die adelige Gesellschaft brach vollends in unkontrollierte und blutrünstige Panik aus. Unter ihnen waren weitere Chylac, die sich ähnlich wie Tyl veränderten. In wilder Entschlossenheit griffen sie die Wachen, Diener und Adeligen an. Chaos brach aus, Menschen gingen blutend zu Boden, und von einer Sekunde auf die nächste verwandelte sich der Saal in ein Schlachtfeld. Die Kämpfenden griffen sich gegenseitig mit einer Grausamkeit an, als hätten sie ihr Menschsein vergessen. Neben Julius, der noch immer hilflos am Boden lag, zerplatzte ein Schädel, den jemand mit einem Stuhlbein eingeschlagen hatte. Blut spritze über ihn. Sein eigener Kopfschmerz wurde unerträglich stark. Er wusste nicht, was los war. Ihm gegenüber stand der Imperator. Er riss einer Frau, die auf ihn zu gerannt kam, mit bloßer Muskelkraft einen Arm aus und schleuderte ihn durch den Raum. Julius sah sein tödliches Schicksal in der Gestalt des Chylac Tyl Leocathor Schritt für Schritt näher auf sich zukommen. Rückwärts robbte er über den Boden. Sein Schwert hielt er zitternd dem Imperator entgegen.

Wie aus dem Nichts tauchte Crystal neben Astradamus auf. Außer ihm hatte sie bisher niemand bemerkt. Sie stand am Rand des riesigen Saals und beobachtete den Kampf. Im Augenwinkel versuchte sie die gesamte Gesellschaft ebenfalls im Auge zu behalten und sah Vinzenz und Tao, die sich am Cognac vergriffen. Plötzlich nahm sie einen seltsamen Geruch wahr. Sie konnte ihn nicht zuordnen, doch irgendwie war er vertraut, so als habe sie ihn vor langer Zeit schon einmal gerochen. Es passierte ihr häufig, dass bestimmte Gerüche Erinnerungen in ihr weckten und sie Bilder aus der Vergangenheit vor Augen hatte. Doch diesmal war es etwas anderes: "Lysergin", murmelte sie vor sich hin. Natürlich! Es war ihre Hochzeit gewesen. Karl Vincent Meridon hatte die Gäste mit dieser Droge vergiftet und damit eine so heftige Panik ausgelöst, dass sie sich gegenseitig umgebracht hatten! Sie spürte einen Anflug von Unruhe, ein Vorbote der herannahenden Panik. Allerdings war sie sich nicht sicher, ob dies von der Droge herrührte, oder von der Tatsache, dass ihr der Verdacht kam, in einen von Vinzenz' heimtückischen Plänen involviert zu sein. Sie hatte nicht erwartet, dass er sich so schnell wieder von den Drogen auf der Calypso erholte und nun hier auftauchte. Schnell schnappte sie sich eine Cognacflasche vom Tablett eines Dieners und leerte sie in einem Zug. Alkohol war das beste Gegenmittel! In ihrem Ärmel hielt sie einen langen, spitzen Dolch bereit. Ein guter Stich, und sie würde Karl Vincent Meridon das Herz durchbohren.

"Warte noch einen Augenblick, Crystal", sagte Astradamus, ohne den Blick von dem Kampfgetümmel zu wenden.

"Ich möchte Wissen, wen das Schicksal diesen Kampf gewinnen lässt. Dies ist ein magischer Augenblick! Vor unseren Augen wird sich zeigen, ob die Chylac oder die Menschen in Zukunft das Universum beherrschen werden. Dieser Kampf ist über Jahrhunderte vom Schicksal initiiert worden. Er wird in die Geschichte eingehen. Es ist nicht an uns, dort einzugreifen."

Astradamus' Augen glänzten. Ungeheure Euphorie überkam ihn. Crystal sah ihn mit zweifelndem Blick an. War er etwa nicht hundertprozentig auf der Seite des Imperators und der Chylac? Ohne seine Worte zu beachten ging sie langsam zu dem kämpfenden Imperator herunter, in dessen Nähe sich Karl Vincent aufhielt. Ihr unruhiges Gefühl rührte vom Schwert des Imperators, das er plötzlich in der rechten Hand hielt. Er war einfach dorthin geschlichen und hatte sich diese Waffe mit dem blutroten Rubin im Knauf geschnappt. Es war an der Zeit zu handeln. Vorsichtig näherte sich Crystal ihm von hinten und setzte zu ihrem tödlichen Stoß an. Sie spürte, wie ihr Herz schneller klopfte. Selten war sie ihm seit der Zeit auf Icon so nahe gekommen, und seine Anwesenheit strahlte noch immer eine besondere Aura aus. Karl Vincent Meridon war kein gewöhnlicher Mensch!

Doch dies war der Augenblick, auf den sie jahrelang gewartet hatte. In einer Sekunde würde sie dem mächtigsten Attentäter des Universums einen Dolch ins Herz rammen und seine Position einnehmen. Sie persönlich würde den größten Alptraum ihres Lebens eliminieren und damit ihrem großen Traum den Weg ebnen. Noch einmal sog sie die Luft tief ein, um diesen Stich zu genießen und die größte Befriedigung ihres Lebens zu erreichen. . . dann stach sie blitzschnell zu! Der Dolch bahnte sich den Weg durch Vinzenz' Rippen und Crystal wusste, dass er tödlich war. Sie spürte jeden Widerstand auf seinem Weg mitten ins Herz. Ihr Widersacher taumelte. Der Dolch steckte zwischen seinen Rippen. Das Schwert des Imperators glitt aus seiner schlaffen Hand und fiel zu Boden. Vinzenz ging ein paar Schritte vorwärts, um dann kopfüber mit verdrehten Augen zu Boden zu fallen. Blut quoll aus seinem Mund und er war nicht einmal mehr fähig zu röcheln. Innerlich triumphierte Crystal. Sie hatte ihr Ziel erreicht!

Nun würde sie dem Imperator helfen und diesen Julius ebenfalls töten. Sie schritt über die Leichen der Adeligen und Bediensteten, die am Boden lagen. Viele Menschen und einige der Chylac waren im Feuer der Blastergewehre und in dem Kampf auf Leben und Tod gestorben. Vier der überlebenden Chylac gesellten sich an die Seite der mächtigen Frau.

Gaia rannte. Sie rannte um das Leben ihrer Freunde durch die Katakomben, die von der Kathedrale zum Palast führten. Der Weg war über zehn Kilometer weit, und Tao und Vinzenz waren die ganze Nacht unterwegs gewesen. Erst wenige Minuten, bevor Eisenhand sie abholen wollte, war Tao in das Zimmer gestürmt. Sofort hatte er ihr den Weg auf ein Taschentuch gekritzelt. Er war aufgebracht und ein wenig ängstlich, so als hätte er etwas Unglaubliches herausgefunden. Er hatte auf sie eingeredet, dass ihr aller Leben von ihr abhing. Ohne weitere wertvolle Minuten zu verlieren, hatte Gaia sich ihr Gewehr auf den Rücken geschnallt und war losgelaufen. Mit dem Gleiter hatten Tao und Vinzenz ihr gegenüber einen großen Vorsprung, und den musste sie aufholen. In den dunklen Gängen ließ sie sich von dem grünen Schimmer der fluoreszierenden Pilze an den Wänden leiten. Der Gedanke an Vinzenz und die Gefahr, dass er sterben könnte, trieb sie an und ließ sie weiterlaufen. Egal, wie sehr ihre Beine schmerzten. Sie erinnerte sich an ihre Kindheit und den Tod ihrer Mutter. Sam, ihr Meister und Lehrer, hatte sie umgebracht, denn sie war zu einem Parasiten mutiert. Einige Jahre waren seither vergangen, doch sie hatte das Gesehene noch immer so deutlich vor Augen, als sei es gestern gewesen. Sie würde es nicht zulassen, dass noch weitere Menschen, die sie liebte, den Parasiten zum Opfer fielen. Diese Vergangenheit war ihre Motivation in den Jahren ihrer Ausbildung gewesen. Nur durch sie hatte Gaia die Entbehrungen überstehen und auf ihre Jungend verzichten können. Und dies hier war der Moment, für den Sam sie ausgebildet hatte! So schnell, wie sie damals vor ihm und dem Tod ihrer Mutter geflüchtet war, so schnell lief sie nun, um sich an den Parasiten dafür zu rächen.
Endlich erreichte sie ihre Position und schob den Lauf ihres Gewehres durch das kleine Loch in der Wand. Sie senkte mit ihrer Willenskraft ihre eigene Herzfrequenz, um eine ruhigere Hand zu haben. Das hatte sie lange trainiert. Dann blickte sie durch ihr Zielfernrohr in den Audienzsaal und legte den Zeige-

finger an den Abzug. Im gleichen Augenblick legte sich die Schwärze der Verzweiflung über ihr Herz und erdrückte jede Hoffnung darin: Sie sah, wie Vinzenz mit einem Dolch in der Seite zu Boden ging…

Einer der vier Chylac an Crystal's Seite hatte das Schwert des Imperators aufgehoben, das neben Vinzenz' Leiche lag. Er setzte an, um Tao damit den Kopf abzuschlagen. Als er zuschlagen wollte, gaben seine Knie jedoch unter dem Gewicht seinen Körpers nach. Er konnte das Schwert nicht mehr führen, und verfehlte Tao's Hals. Die Klinge schnitt ihm in den Arm. Bevor die Kreatur jedoch noch einmal nachsetzten konnte, fiel sie leblos zu Boden. Bläuliches Blut floss dem Chylac aus Nase, Mund und Augen. Sekunden später sackte ein zweiter Chylac in sich zusammen. Crystal drehte sich erschrocken um. Was geschah? Noch während sie nachdachte und sich umschaute, sackten die anderen beiden Chylac rechts und links von ihr tot zu Boden. Sie erkannte die Falle, als es bereits zu spät war. Sie blickte in den Lauf eines Gewehres, der nur wenige Zentimeter weit aus dem Mund einer der Skulpturen in den Raum ragte. Gaia's Gewehr war auf ihre Wahrnehmung abgestimmt. Mit präziser Genauigkeit löste sich alle zweihundert Millisekunden ein Schuss. Dies war die Zeit, die sie benötigte, um sicher von einem Ziel auf das nächste zu wechseln. Pro Sekunde tötete sie fünf Chylac in dem Raum durch einen einzigen, lautlosen Kopfschuss aus ihrem Luftgewehr. Schneller als Crystal begreifen konnte, spürte sie ein leichtes Stechen auf der Stirn. Im selben Augenblick färbten sich ihre Augen rot. Sie wurde blind und ein Kopfschmerz zwang sie in die Knie. Mit der Befriedigung, Karl Vincent Meridon, die größte Liebe ihres Lebens und gleichzeitig den verachtenswertesten Mann des Universums, getötet zu haben, starb sie schneller, als sie den Schmerz ihrer platzenden Augäpfel wahrnehmen konnte.

Auch Astradamus hatte die lautlosen Schüsse bemerkt. Es war dieselbe Attentäterin, die einen der Inquisitoren in der Kathedrale erschossen hatte. Und nun wollte sie das Zünglein an der Waage sein, das Julius zu seinem Sieg verhalf? Wie die Fliegen starben die Chylac in dem Raum durch eine einzige Attentäterin!? Sie war tödlicher als eine ganze Armee! Das würde er nicht zulassen! Wütend fuhr der Inquisitor herum und wollte mit der Kraft seiner Gedanken das Mädchen zur Bewusstlosigkeit zwingen, ganz gleich wie dick die Mauer war, hinter der sie sich versteckte. Doch noch etwas verunsicherte ihn. Etwas Großes bahnte sich an und trübte seine Zuversicht. Er konnte es weder deuten noch beschreiben und hielt inne, um sich umzusehen: Unten in dem Atrium des Saals stolperte der verzweifelte Julius weiter zurück. Tyl hatte sein Schwert wiedererlangt und schlug immer wieder gegen die nun sichtbare Doppelklinge des mysteriösen Schwertes. Während der Imperator immer kräftiger wurde, hatte Julius schon so viel Blut verloren, dass er blass und kraftlos war und sich kaum noch auf den Beinen halten konnte.

Er war verzweifelt. Dies war der Moment, vor dem er sich sein Leben lang gefürchtet hatte: Machtlos dem Tod in die Augen blicken zu müssen und zu wissen, dass von nun an ein dunkles Zeitalter über die Menschheit hereinbrach. Auch er betete, doch mit wenig Kraft, denn die Müdigkeit der Bewusstlosigkeit überkam ihn. Er spürte seine Beine nicht mehr. Das Denken fiel ihm immer schwerer. Es war wie eine Halluzination, als in diesem Augenblick der Boden zu beben begann. Sekunden später barst in der Mitte der Halle der schwarze Marmor. Mit einem lauten Krachen durchbrach etwas Riesiges von unten durch den Boden. Wie durch eine Explosion wurde Tyl zur Seite geschleudert. Staub und Steine barsten überall, denn was immer sich gerade in den Palast des Imperators bohrte, war größer als die Audienzhalle selbst. Astradamus riss fassungslos die Augen auf. Es dauerte einige Sekunden, dann quälte ihn eine böse Vermutung: Unter dem Palast befand sich ein weiteres Hyperraumtor, ein Geheimnis, das nur ihm, dem Wissenschaftler Asirael und dem Imperator persönlich bekannt war. Und wenn er mit seiner Vermutung richtig lag, war in diesem Augenblick ein Schiff durch dieses Tor gesprungen und direkt in diese Halle vorgestoßen - völlig unangekündigt, wie aus dem Nichts. Jeder im Raum, der fähig war, sich zu wundern, wunderte sich. Julius und Tao erkannten gleichzeitig den

Schriftzug auf dem Metall des unbekannten Flugobjekts.
“Die Palfuria”, flüsterte Julius, und riss mit letzter Kraft die Augen auf. Ein warmes, kraftvolles Gefühl durchströmte seine Glieder, als er Lucia sah, die an der Seite von Laudana aus einer Luke sprang. Tyl drehte sich ungläubig um. Das hatte er nicht erwartet! Wie konnte es geschehen, dass ein Raumschiff sich so zielgenau mitten in seinem Palast manifestiert?
‚J e t z t’, hörte Julius Lucia's Stimme im Kopf. Und mit diesem Wort wurde das Schwert in Julius' Hand federleicht. Er nutzte die Überraschung und die Unaufmerksamkeit des Imperators und mit einem gezielten Schlag enthauptete er ihn. Der Kopf des Chylac fiel mit einem dumpfen Bersten auf den Marmorboden. Julius wusste kaum, wie ihm geschah. Mit letzter Kraft brachte er ein Lächeln zustande und sackte dann ohnmächtig zusammen. Astradamus machte einige Schritte rückwärts, als er die beiden Frauen erblickte. Innerhalb weniger Sekunden waren beide Möglichkeiten, auf die er seine Zukunft gesetzt hatte, erloschen. Laudana’s Freiheit bedeutete, dass ihm der Weg verwehrt blieb, seinen Geist in das legendäre Computersystem der Earth I hochzuladen. Und durch den Tod des Imperators würde er das Bündnis mit den Chylac verlieren. Darüber hinaus rannte Lucia mit wütendem Blick und scheinbar völlig ohne Angst auf ihn zu. Er war so perplex, dass er sich kaum bewegen konnte.
“Du bist ein Verräter an der Menschheit, Astradamus! Deinetwegen sind diese Menschen gestorben und es werden noch mehr werden, wenn die Chylac gegen uns kämpfen! Du bist verachtenswert! Alles andere als ein gottesgläubiger Mensch. Und du Bastard hast Vinzenz auf dem Gewissen”, sagte sie mit eisiger Stimme. Dann kniff sie die Augen zusammen und sah auf seine Brust: Dort baumelte das kleine Amulett von der Heiligen Erde, ihr Amulett! Plötzlich wurde ihr bewusst, dass er es gestohlen haben musste. Langsam und mit kaltem Zorn redete sie weiter auf ihn ein: "Du hast den Chylac den Weg aus Escalon geöffnet!"
Wütend packte sie das Amulett, riss es Astradamus vom Hals und gab ihm gleichzeitig mit der linken Hand eine heftige Ohrfeige.

“Du weißt gar nicht, wovon du sprichst, Lucia”, verteidigte er sich, doch jede Selbstsicherheit war verschwunden. “Heute haben die Menschen einen Sieg davongetragen, doch solange du und Semikon nicht versteht, wofür ihr und die Javeisten eigentlich kämpft, werdet ihr euer Ziel niemals erreichen. Semikon hat ebenfalls vergessen, wofür dieses Amulett steht!”
Astradamus stand mit dem Rücken zur Wand. Er konnte noch gar nicht realisieren, was soeben passiert war. Lucia hob das kostbare Schwert auf, das Julius dem Imperator als Geschenk mitgebracht hatte, und das nun unmittelbar neben ihr lag. Doch im selben Moment öffnete sich hinter dem Inquisitor eine Tür, die zuvor nur als dünner Umriss dort erkennbar gewesen war. Astradamus verschwand darin, als hätte ihn jemand von hinten gepackt, und schneller als Lucia mit dem Schwert zuschlagen konnte, schloss sich die Wand hinter ihm wieder. Wutentbrannt schlug sie mehrere Male auf die Tür ein, obwohl sie wusste, dass es sinnlos war. Astradamus war entkommen! Doch als sie sich umdrehte, erkannte sie, dass der Imperator und ein ganzer Hofstaat aus Verrätern und Chylac besiegt war!

–

Epilog

"Nichts in diesem Universum hat den Menschen so sehr evolutioniert wie das Virus! Ihm entspringt Glaube, Liebe und Hoffnung - und der Tod der Menschheit!"
Alexa.

Eine Woche später saßen Tao und Lucia an Julius' Krankenbett. Er hatte sich wieder einigermaßen von den Verletzungen erholt, wenngleich sein Arm noch immer dick in Verbände eingepackt war. Die Krankenstation des Palastes war bestens ausgerüstet und unter den Ärzten bestand kein Zweifel, dass er schon bald wieder ganz der Alte sein würde. Trotzdem herrschte eine bedrückte Stimmung. Wie sehr hatten sie auf Vinzenz und seine absurden Pläne geschimpft. Doch nun mussten sie zugeben, dass sein Bauchgefühl richtig gewesen war. Sein Tod lastete auf ihren Gemütern. Tao erzählte von den Ereignissen in der Nacht vor der Audienz: "Ab und zu höre ich seltsame Stimmen im Kopf. Und in dieser Nacht war es Laudana, die in meinem Geist um Hilfe rief. Zunächst dachte ich, es war ein Traum, doch ich konnte einfach nicht einschlafen, der Hilferuf war durchdringend und lies mir keine Ruh. Also weckte ich Vinz und berichtete ihm davon. Gemeinsam gingen wir in die Katakomben und machten uns auf die Suche. Ich kannte den alten Gefängnistrakt noch aus meiner Zeit hier als Novize. Die Inquisition hatte dort schon früher Menschen verhört. Ich war selbst niemals dort gewesen, weil ich mich immer so weit wie möglich von den Inquisitoren fernhalten wollte. Wie dem auch sei, wir stießen nur auf geringen Widerstand. Vinz hatte drei Wachen umgebracht. Dann endlich konnten wir Laudana aus einer der Zellen befreien. Sie sagte uns, dass wir in Gefahr seien, und bestätigte unsere Befürchtungen. Also blieb uns nicht mehr viel Zeit. Ich machte mich mit dem Lysergin, das Vinz noch in seiner Tasche hatte, auf den Weg zum Palast. Ich kenne einen geheimen unterirdischen Gang direkt von der Kathedrale in die Küche des Palastes. Vinz hatte mir die Wirkung des Lysergins erklärt und unter der Bedingung, dass wir es nur im Notfall anwenden, habe ich es in den Kerzen deponiert. Er sprach währenddessen mit Laudana und brachte sie zu einem Ort draußen in den Ruinen, wo der Graf sie mit einem Shuttle abholen wollte. Wahrscheinlich haben sie dort geplant, dass die Palfuria auftaucht. Es ging alles sehr schnell. Als ich wiederkam, brach bereits die Morgendämmerung ein, und sofort haben wir Gaia losgeschickt. Diese Idee kam uns erst in letzter Sekunde."

Im selben Augenblick kam Gaia in das Krankenzimmer. Sie trug noch immer ihre schwarze, hautenge Mode, in der sie wie eine Raubkatze aussah, die auf Beutefang ist. Doch in ihrem Gesicht zeichnete sich Resignation ab. Als sie ansetzte, um über Vinzenz' Tod zu sprechen, seufzte sie und hatte Tränen in den Augen. In diesem Moment erkannte Lucia, dass das Mädchen noch sehr jung war. Eigentlich zu jung für dieses schmutzige Handwerk. Lucia war sich sicher, dass sich einige Geheimnisse in ihrem Herzen befanden. Ohne zu zögern, nahm sie sie in den Arm. Tao biss sich auf die Lippen, er wusste, dass Gaia noch unter der Wirkung der Drogen stand, die Vinzenz ihr verabreicht hatte. Warum bloß hatte er das tun müssen? Letztendlich kämpften sie doch ohnehin auf derselben Seite. Nach einigen Minuten hatte Gaia sich wieder etwas gefangen.

"Ich soll euch von Neverdy ausrichten, dass sie auf der Suche nach Verstärkung im Kampf gegen die Chylac ist und sich freuen würde, wenn der Herr Marquis und seine Mannschaft sich mit uns verbünden würden. Wir sind nur noch zu viert, Neverdy, Zesch, Bombard und ich."

Trotz ihrer roten Augen und der Tränen lächelte sie und übergab Julius einen Brief von Neverdy. Dieser staunte. Damit hatte er nicht gerechnet. Doch er begrüßte das Friedensangebot sehr. Neverdy schien eine fähige Frau zu sein und Gaia ebenfalls. Etwas geschwächt, aber in gewohnt strengem Ton antwortete er: "Gaia, bitte richte ihr folgendes von mir aus: Der Rat der Zwölf wird gerade neu gegründet. In Kürze wird er eine Übergangsregierung stellen. Solange es noch keinen Herrscher gibt, wird die Baronin Laudana Valeo den Vorsitz dieses Rates übernehmen. Wir, meine Crew und ich, stehen vereidigt und treu in ihren Diensten. Ich würde eine Zusammenarbeit mit Neverdy sehr begrüßen und mich bei der Baronin mit einem

Fürsprechen dafür einsetzten. Jedoch ist es notwendig, dass Neverdy die Baronin persönlich um Verzeihung bittet, was die Angelegenheit mit der Entführung angeht. Ich denke aber, dass auch die Baronin daran interessiert ist, fähige Männer, äh, Verzeihung, fähige Söldner und Söldnerinnen unter Vertrag zu nehmen."
Julius spürte, dass er sich noch ein paar Tage ausruhen musste, bevor er wirklich wieder ganz der Alte war. Er lächelte Gaia an, als wollte er sagen, dass er eigentlich gar nicht so streng ist, und von Anfang an Sympathien für Neverdy und sie empfunden hatte. Gaia erwiderte das Lächeln.
–

Neverdy betrat die Kathedrale. Sie trug ihre alte Lieblingshose mit dem Waffenhalfter, der locker an ihrer Hüfte baumelte. Die dicken, blonden Haare hatte sie mit einem Kopftuch gebändigt. Es war ein sonniger Vormittag, doch trotzdem war es dunkel und kühl im Inneren der Kathedrale. Mit leisen Schritten näherte sie sich einer Gestalt, die in der ersten Reihe kniete und betete. Wortlos kniete sie sich daneben und faltete ebenfalls die Hände.
"Wieso wusste ich, dass ich dich hier finden würde?", fragte sie im Flüsterton.
"Das muss in der Familie liegen. Unsere Eltern haben uns wohl sehr viel Intuition mit auf den Weg gegeben. Ich wusste, dass Crystal mich töten würde, und ich kann nicht ewig auf der Flucht sein. Der Klon befand sich auf der Palfuria. Ich habe ihn im Escalonsystem dort in den Cryokammern entdeckt. Mit einigen Drogen haben wir ihn auf die Audienz vorbereitet. Es ging nicht anders, denn ich wusste auch, dass wir den Imperator angreifen würden und Julius diesen Kampf im Traum wieder und wieder durchlebt hatte. Und mit diesem Wissen im Kopf wäre es Selbstmord gewesen, die Hallen zu betreten. Es ging nicht anders, so wie es nicht anders ging, als ich Crystal geheiratet hatte. Ihr Vater war ein mächtiger Chylac gewesen, aber damals wusste ich nicht, dass sie ebenfalls von ihm infiziert wurde. Die Vergangenheit holt uns alle ein, Neverdy. Und ich weiß einfach nicht, warum wir denjenigen Schmerzen be-

reiten müssen, die wir lieben!"
Neverdy schüttelte lächelnd den Kopf.
"Vicente Castelli, du wirst mir ein ewiges Rätsel bleiben. Aber ich liebe dich. So sehr wie eine Schwester ihren Bruder nur lieben kann." Leise stand sie auf und wandte sich ihm zu: "In drei Tagen wird hier übrigens eine Beerdigung zu Ehren aller Menschen stattfinden, die an diesem Tag gestorben sind. Vinzenz de Vray wird ebenfalls begraben. Und auf der Liste der Trauergäste steht ein gewisser Baron Cypher Medici. Ich dachte das könnte dich interessieren. Ich werde nun unseren Eltern einen langen Brief schreiben, denn eines ist sicher: Das Leben steckt voller Überraschungen!"
Sie zwinkerte ihm zu, und ebenso leise wie sie gekommen war, stand sie wieder auf und ging davon.

–

Jaime und Asuncion Castelli standen in schwarzen Gewändern am Grabe ihres Sohnes. Dreizehn Jahre waren vergangen, ohne dass sie ein Lebenszeichen von Vicente gehört hatten. Neverdy ließ öfters von sich hören. Sie kam zu Weihnachten heim und erzählte von ihren Abenteuern. Jedoch hatte sie bisher dabei kein Wort über Vicente verloren. Jaime erinnerte sich häufig an die Gespräche mit seinem Sohn, und während er Jahr um Jahr auf ihn wartete, hatte er in immer tieferer Melancholie beobachtet, wie er und Asuncion älter wurden und ihre Hoffnung, den Sohn eines Tages wiederzusehen, mehr und mehr verblasste. Schließlich war es Neverdy, die in das kleine Bauerndorf nahe bei Aden zurückkam und ihnen von den Ereignissen in Babylios berichtete. Es war der Söldnerin schwer gefallen, von Vicente's Beruf und seinem vorgetäuschten Tod zu berichten. Ihre Intuition sagte ihr, dass es nicht gut war, doch niemals würde sie ihren Eltern die Lüge aufbürden, die ihr Bruder ihr einst aufgebürdet hatte. Das wäre zu viel!
So waren die Eltern mit ihrer Tochter nach Babylios gekommen, um bei der Beerdigung ihres Sohnes anwesend zu sein. Es war ein warmer Tag. In den Gärten des Palastes des toten Imperators hatte sich eine große Menschenmenge versammelt. Wie ein Lauffeuer hatte sich die Nachricht über den Tod des

Imperators in den Straßen der riesigen Stadt verbreitet. Die Menschen waren geschockt gewesen, niemand begriff, was geschehen war und die Medien zeigten immer wieder die verschiedensten Fotos von Monstern und Aliens, die den Namen 'Parasiten' trugen.
Nicht für alle Menschen waren die Gärten geöffnet. Nur Adelige, Privilegierte und Angehörige der vielen Toten durften dem Begräbnis beiwohnen. Laudana Valeo, die inzwischen zur Gräfin ernannt worden war, trat an das Rednerpult, um der Welt von den Geschehnissen zu berichten: "Der Imperator ist tot," begann sie mit fester Stimme und versuchte den Gedanken zu verdrängen, dass Milliarden Menschen ihren Worten lauschen würden und das, was sie nun sagte, die Zukunft der Menschheit zu beeinflussen vermochte.
"Wir alle haben ihm vertraut, er war der oberste Herrscher, der uns Menschen zusammenführen sollte; dessen Lebenssinn der Friede und die Einheit war. Doch stattdessen hat er uns in den Krieg geführt. Mehr noch, wir haben ihn geliebt und er hat uns betrogen. Er hat versucht, uns die Hoffnung zu rauben, dass die Menschheit in Frieden leben kann. Und so stehen wir nun hier in der dunkelsten Stunde. Betrogen, hintergangen und verlassen. Wir alle verspüren Wut, Enttäuschung und ein Stück Leere in unseren Seelen. Uns begleitet der bittere Schmerz und die unfassbare Trauer über die geliebten Menschen, die die Chylac mit in den Tod gerissen haben. Wenn morgen die Sonne aufgeht und wir wieder unserer Arbeit nachgehen, wird die Welt, in der wir leben, nicht mehr dieselbe sein. Und damit nicht genug: Mit dem Tod des Imperators haben wir die Gewissheit, dass die Legende, von der wir alle immer gehofft haben, dass es ein Märchen ist, bitterste Realität ist. Die Chylac existieren und sie befallen unsere Körper wie Parasiten."
Laudana machte eine kurze Pause und sah in die Gesichter der Menschen, die vor ihr standen. Viele hatten den Kopf gesenkt, waren noch immer in ein stummes Gebet vertieft und versuchten zu realisieren, dass ihre Welt sich verändert hatte. Es war der Moment, in dem Laudana den Menschen Hoffnung machen musste. Mit kräftiger Stimme fuhr sie fort:
"Der Imperator ist tot, und was er hinterlassen hat, ist eine Zi-

vilisation, deren Zusammenhalt und Wille, zu überleben so stark ist, dass kein Chylac in diesem Universum ihn brechen kann. Wenn ich hier oben stehe, sehe ich in die Gesichter stolzer Menschen, die um das Leben ihrer Familien und Freunde trauern und ihre Namen in Ehren halten. Sie sind für die Freiheit der Menschheit gestorben! Ich blicke in die Augen von Menschen, die bereit sind, in eine ungewisse Zukunft aufzubrechen, deren einzige Hoffnung die Liebe und der Glaube an Gott ist. Liebe und Glaube sind uns gewiss, unser Schild, an dem das Böse abprallen wird, selbst nach unserem Tod. Sie werden uns unendliche Kraft und Hoffnung verleihen und Generation um Generation in Freiheit leben lassen." Langsam löste sich die Anspannung in den Augen ihrer Zuhörer.
"Bürger von Babylios, von Icon, Escalon, Aden und Acromia: Besinnt Euch! Und vergesst in der finstersten Stunde der Geschichte nicht, was uns zusammenhält und von den Chylac unterscheidet: Es ist die Menschlichkeit mit der wir uns begegnen. Es ist Glaube, Hoffnung und Liebe…"

Cypher Medici stand auf einer kleinen Anhöhe im Schatten einer Palme und beobachtete die Zeremonie. Er wusste, dass der Tod des Imperators und seine Enttarnung als Chylac den Krieg ein wenig verzögern würde. Er legte die Stirn in Falten und sah zu dem Sarg, in dem Vinzenz de Vray in Frieden ruhte. Ehrenhaft wurden alle Menschen beigesetzt, die bei den Kämpfen im Palast getötet wurden. Verwandte und Freunde erwiesen den Toten die letzte Ehre und legten Blumen auf die Särge. Zum ersten Mal erblickte Cypher ein grauhaariges Ehepaar. Er wusste intuitiv, dass es sich um Jaime und Asuncion Castelli handelte - Vinzenz' Eltern.
'Sie weinen vor Glück, nicht aus Trauer', ging es ihm durch den Kopf, und er konnte spüren, was sie dachten. 'Schade um sie!'
Sam und Gaia standen nicht weit von Cypher entfernt. Ihre Gedanken waren mit der Trauer über den Verlust eines Freundes beschäftigt. All das verstärkte nur Cypher's Vermutung: Vinzenz war am Leben! Cypher behielt den Gedanken für sich. Wahrscheinlich saß er irgendwo in der Umlaufbahn in einem Schiff und fühlte sich wie ein kleiner Gott, während er seine

Trauergemeinde hier unten beobachtete. Es war an der Zeit, Crystal's Tod zu rächen. Cypher hatte sie geliebt. Sie war sein Partner und wie er eine Chylac gewesen. Und Chylacblut war dicker als Menschenblut. Immer stärker wuchs der Wunsch in ihm, sich an Vinzenz und der gesamten Menschheit für seine Trauer zu rächen. Vieles hatte sich verändert in dem letzten Jahr. Der Krieg gegen die Menschen hatte begonnen!

Ende des ersten Teils.
Die Fortsetzung folgt in: